Sur l'auteur

Christian Di Scipio est auteur, professeur d'histoire, journaliste et conférencier sur le thème des faits divers.

CHRISTIAN DI SCIPIO

LE CRIME DU MÉTRO

10/18

CAP BEAR ÉDITIONS

ISBN 978-2-264-08007-3
Dépôt légal : janvier 2022

À Sylvie

PROLOGUE

Dimanche 16 mai 1937

L'autobus se présenta à l'angle de la rue du Moulin-d'Enfer. « Drôle de nom », pensa Laetitia. À croire qu'à Maisons-Alfort le diable se terrait sur les bords de Marne.

Elle présenta un ticket au receveur et alla s'asseoir au fond du bus. Elle avait chaud et se sentait lasse en cette fin de journée. Le matin, elle était une autre femme qui avait revêtu un tailleur sombre, mis des bas malgré la canicule et enfilé des chaussures basses pour aller au rendez-vous que lui avait donné le patron des établissements Maxi. Plus précisément sur les quais de Seine dans le pavillon des industries chimiques de l'Exposition universelle qui ouvrait ses portes morceau par morceau en raison des retards dus aux grèves. « Ce n'est pas en Italie qu'on verrait une telle pagaille. » Ce constat la ramena à un des sujets qui la préoccupaient ces derniers temps : sa défection auprès des autorités de l'ambassade. Depuis une dizaine de jours qu'elle avait retrouvé un peu de sérénité, l'idée d'aller s'expliquer là-bas ne lui répugnait plus.

Un vaste mouvement dans l'autobus la sortit de ses pensées. On était arrivé porte de Charenton. Elle suivit le flot des passagers qui traversèrent le boulevard Poniatowski pour s'engouffrer dans la station de métro.

Laetitia sortit de son sac à main un carnet de billets de première classe. Au portillon, elle en tendit un au poinçonneur et monta à bord du wagon au milieu de la rame. Il était vide. Elle s'installa sur le siège qui tournait le dos à la porte afin de se trouver dans le sens de la marche.

Le calme qui régnait dans le wagon contrastait avec la rumeur du quai qui voyait des grappes de jeunes gens accourir pour ne pas manquer le départ. Elle se pencha sur son sac afin d'en sortir le magazine *Vu* quand une main se posa sur son épaule. Elle se tourna et le vit, debout derrière elle. Son regard fou la glaça. Soudain, il la frappa en poussant un cri rauque. Elle ressentit une douleur inhumaine au niveau du cou. Le bruit des pas de l'homme qui fuyait, le coup de sifflet annonçant le départ et l'horrible roulement de ferraille de la fermeture des portes lui parvinrent comme noyés dans une bouillie sonore écœurante.

Le démarrage du métro la plaqua sur le dossier de son siège. Elle voulut bouger mais ses muscles ne répondaient pas. Ses bras, ses jambes, ses épaules, plus rien ne fonctionnait. Elle était paralysée. On lui avait fait du mal ! Une piqûre empoisonnée ! Mais elle dut se rendre à l'évidence que ce n'était rien de tout ça, car en baissant les yeux autant qu'elle le pouvait, elle vit sa robe verte maculée de rouge. Le rouge de son sang ? D'où venait ce sang puisqu'elle ne ressentait plus rien ? Elle avait sommeil. « Je suis dans un rêve. On m'a fait du mal… Je vais dormir, dormir… »

PREMIÈRE PARTIE

LUNDI 22 MARS 1937

— Je finirai par la tuer… ou me tuer.

Adrien relut une fois encore la lettre, ou plutôt le billet que la concierge venait de glisser sous la porte.

Bonjour Adrien. Je crois que tu devrais t'occuper de jeunes filles de ton âge. Nous ne sommes pas faits l'un pour l'autre. C'est fini mon bon ami.

Elle avait signé d'un L. Même pas le courage de mettre son nom en entier… Comme si elle avait honte. « Honte de moi bien sûr. Et en plus elle termine en me disant "mon bon ami". Sait-elle seulement ce que ça veut dire en français, "bon ami" ? Bien sûr qu'elle le sait. Elle a beau être italienne, depuis le temps qu'elle est en France, elle réussit même à écrire sans fautes. À moins qu'elle se soit fait aider par un de ses amants. Parce que c'est sûr que des amants elle en a… »

Il soupira. Il fit une boule du carré de papier et le jeta en direction du coin cuisine où elle roula sur le carrelage avant de finir sa course contre le petit meuble de bois blanc sur lequel se trouvait le réchaud à gaz.

« Mais qu'est-ce qu'elle a à me traiter en gamin ! J'ai 22 ans, je mesure un mètre soixante-seize et j'ai une voiture. »

La pensée de sa voiture lui procura une onde de plaisir. Au moins, il avait ça. Avec un tel argument de séduction, des Laetitia, il en embarquerait d'autres. Il lui suffisait de se montrer à l'entrée des guinguettes du bord de Marne ou des dancings parisiens pour attirer l'attention des jeunes filles. Et des autres aussi. Surtout des autres.

Adrien consulta sa montre : il était bientôt 1 h 20. Le temps de faire un brin de toilette et de s'habiller, et il aurait juste le temps d'arriver à l'heure dans l'amphi de la Salpêtrière. Encore faudrait-il que le métro ne soit pas en grève. « Ce serait étonnant par les temps qui courent que quelque chose fonctionne dans Paris depuis que le Front populaire et ses alliés cocos gouvernent. »

***

— Laetitia, tu m'attends ?

— Oui, mais dépêche-toi Marlène, je dois passer chez moi avant d'aller au cinéma.

— Où ça ?

— Au Ba-ta-clan. C'est mon Petit Notaire qui m'invite.

— Ils jouent quoi ?

— *Tarass Boulba*, une histoire qui se passe chez les Mongols au Moyen Âge ou quelque chose dans ce genre.

Comme Marlène semblait surprise du choix de ce film, elle précisa :

— En fait, l'histoire je m'en fiche. J'ai choisi ce film parce qu'il y a Jean-Pierre Aumont qui est amoureux de Danielle Darrieux. Ma mère me dit tout le temps que je lui ressemble.

— C'est ma foi vrai, approuva Marlène après l'avoir regardée bien en face comme le ferait un médecin spécialiste des yeux examinant une patiente. En attendant, tu les fais valser avec tes grands yeux verts : le Petit

Notaire ce soir… un petit docteur l'autre jour… Tu t'embêtes pas.

— Pourquoi… je devrais ?

Les deux ouvrières partirent d'un petit rire complice au moment où elles franchirent la grille de l'usine Maxi sous le regard libidineux du gardien qui grommela :

— Toujours les premières sorties et les dernières entrées ces deux-là.

Sa remarque se perdit dans les mugissements du vent chargé d'une pluie fine qui balayait la rue de l'Écuyer dans le quartier des usines de Saint-Ouen. Heureusement pour lui.

— Je l'aime pas ce type de l'entrée, lança Marlène. On dirait Soleilland avec ses yeux bizarres.

— Soleilland ?

— Tu es trop jeune, toi… et puis tu as grandi en Italie. Mais nous, du crime de Soleilland, y en a eu plein les journaux à l'époque. J'avais à peine 10 ans quand ce salaud a étranglé une petite fille. Et ça s'est passé au Ba-ta-clan justement. C'est pour ça que j'ai pensé à lui.

— Quelle horreur. Au Ba-ta-clan ! Mais comment ?

— Enfin, pas vraiment à l'intérieur de la salle. Ce Soleilland, il avait dit à la mère qu'il emmènerait la petite au spectacle au Ba-ta-clan qui existait déjà à l'époque, mais en fait il l'a tuée chez lui.

— Bouh ! tu n'es pas drôle ce soir.

— Mais c'était il y a longtemps… Tout juste trente ans et je crois…

Marlène s'interrompit. Elle souleva le coude de Laetitia pour l'engager à presser le pas.

— Dépêche ! Le 34 est au coin, moi je remonte vers la mairie. Je prends le tram pour aller chez mon frère à Saint-Denis. À demain…

Laetitia lui répondit par une œillade et courut vers l'autobus. Elle monta à bord par l'arrière. Elle mit du temps à trouver son porte-monnaie pour payer le carnet de tickets qu'elle avait demandé au contrôleur.

— Le froid vous a engourdi ma petite dame, fit ce dernier en la couvrant d'un regard d'une jovialité ambiguë.

La mine peu amène de Laetitia coupa court à son envie de poursuivre sur ce registre familier.

Les nombreuses places libres permirent à la jeune femme de s'installer confortablement à l'avant sur un siège près de la vitre. Elle posa à ses pieds le sac de gros cuir noir qu'elle utilisait pour aller à son travail dans lequel elle avait mis sa blouse, une bouteille de limonade et un sachet en papier contenant son casse-croûte du midi.

Elle en sortit le dernier numéro de la revue *Ciné France* avec Renée Saint-Cyr en couverture. Elle se rappela avoir vu cette actrice dans un film français qui était passé à Aoste pendant les vacances de l'an dernier. Les premières qu'elle avait prises avec sa mère, sa sœur et ses deux frères, tous ensemble. Ils avaient même pu voyager à tarif réduit jusqu'à Bourg-Saint-Maurice, près de la frontière italienne, avant de prendre un autobus. Quelle expédition ! C'est son père qui avait été surpris de les voir de retour à Oyace, au village, après tant d'années.

Le père Nourrissat n'avait pas voulu suivre sa femme, dix-huit ans auparavant, quand elle était partie à Lyon avec ses quatre enfants, dont Laetitia était la petite dernière. Pas de bécot sur la joue entre eux. C'est tout juste s'il répondit aux embrassades de ses grands enfants.

Laetitia s'était prise à douter que sa mère eût envoyé une lettre à son père l'avertissant de sa visite avec toute la fratrie, mais plus tard, elle avait eu la preuve de son existence. Le Vieux la lui avait montrée. « C'est bien que ta mère sache encore écrire sans fautes la langue de chez nous. » Il avait utilisé cette expression à propos de l'italien, alors qu'elle désignait habituellement, pour les habitants du Val d'Aoste, le patois très proche du français en usage dans les familles. À sa façon bourrue, il avait ajouté qu'il regrettait qu'elle et ses frères et sœur n'habitent plus à Lyon. « C'était quand même plus près d'ici. »

De Lyon, Laetitia ne conservait aucun souvenir, car la famille était montée à Paris très rapidement. « C'est là que je trouverai un bon travail, et vous aussi quand vous serez grands », avait expliqué sa mère pour atténuer l'angoisse des enfants, inquiets de repartir si vite vers une nouvelle vie. Durant son enfance, passée dans le 9e arrondissement, Laetitia avait souvent dû expliquer aux maîtresses pourquoi elle parlait si bien le français, alors qu'elle était de nationalité italienne. Pourquoi aussi Nourrissat, son nom de famille, sonnait si peu italien. « C'est parce qu'on vient de l'Italie française », disait-elle fièrement. Une façon bien à elle de signifier son intégration dans une société parisienne qui n'avait pas toujours une image positive de ces Ritals qui immigraient en masse depuis la fin de la guerre de 14-18.

Un arrêt brusque du bus la sortit de sa rêverie. Elle en avait encore pour un bon quart d'heure avant d'arriver au métro.

Elle feuilleta le magazine et s'arrêta à la page sur laquelle s'étalait un grand titre : « DÉBOBINONS ». Le sens du mot lui échappa mais elle se douta que ça devait vouloir dire « rigolons » ou quelque chose du même genre puisque les dessins humoristiques côtoyaient des petits textes racontant des blagues ou des mots drôles.

Elle leva les yeux vers l'homme assis dans la rangée d'à côté face à elle. La trentaine, petit, le visage barré par une fine moustache, il était plongé dans la lecture de *L'Humanité* dont elle ne voyait que la première page. « PLUS D'UN MILLION ! » Le titre en caractères énormes était illustré par une photo de foule qui occupait la moitié de la page. Le midi, lors de la pause à l'usine, les gens avaient parlé de cette journée de manifestation à l'occasion des obsèques des cinq communistes tués à Clichy la semaine précédente. Les discussions avaient été animées. Les militants communistes, très nombreux au service des expéditions, voulaient convaincre que ce massacre avait été perpétré par les fascistes des Ligues d'extrême droite. Ils s'en prenaient aussi aux socialistes et aux radicaux qui trahissaient les idéaux du Front populaire.

Laetitia les avait écoutés en mangeant lentement sa tranche de pain mouillée d'un peu d'huile d'olive. Son frère Henri, ami d'un grossiste qui en importait du midi de la France, lui en avait apporté un grand carton de six bouteilles. Chez les Nourrissat, on n'arrivait pas à s'habituer à cette huile française qui n'avait pas de goût.

Un homme dans la soixantaine bien vêtu vint s'asseoir en face du lecteur de *L'Humanité*. Elle perçut une petite mimique de désapprobation sur son visage quand il découvrit la une du journal déplié. « En voilà un qui n'est pas de ce bord politique », pensa-t-elle. Elle se replongea vivement dans le magazine au moment où, sentant son regard posé sur lui, il se tourna vers elle. Elle sourit intérieurement : il ne manquerait plus que ce vieux beau se fasse des idées. « J'ai déjà bien assez à faire avec Rouffignac. »

***

— Tu ne restes pas, Adrien ?

Pour toute réponse il se contenta d'un « je dois réviser, j'ai un travail à finir pour demain » lancé à la cantonade. Ses copains étudiants accueillirent cette excuse par un « hou ! » unanime qui fit se tourner les têtes de tous les autres clients du café du boulevard Saint-Marcel.

Adrien, en réalité, n'avait pas l'intention de regagner sa chambre de la rue de Tolbiac pour préparer l'examen de jeudi. Il avait simplement envie de changer d'air. Il était las des chamailleries idéologiques de ses compères étudiants partagés en deux grandes familles de pensées : d'un côté les enfants de riches bourgeois parisiens gagnés par les idées de gauche qui s'indignaient des provocations fascistes causes de la fusillade de Clichy ; de l'autre les étudiants, fils et filles de notables de province que ces désordres choquaient. « Si les communistes n'étaient pas allés flanquer la pagaille lors de ce festival du film organisé par les factieux du Parti social français, il ne se serait rien passé », disaient ces derniers. Ce à quoi les premiers répondaient que le PSF n'était rien d'autre qu'une copie conforme du Parti national-socialiste de Hitler en Allemagne.

En fait, Adrien ne s'intéressait pas à la politique. Son père passait des heures à lire les deux principaux quotidiens locaux paraissant dans son département. Il était aussi abonné à *La Croix*. Quand il habitait encore dans la maison paternelle, le jeune homme s'agaçait de son inquiétude, exprimée jour après jour, de voir les communistes prendre le pouvoir en France. « Ça finira mal tout cela », disait-il immanquablement en repliant le journal catholique qui terminait sa revue de presse journalière.

Ce qu'il craignait avait fini par arriver avec la victoire du Front populaire. Curieusement, quand les grandes grèves du printemps 1936 aboutirent à ce que le gouvernement de Léon Blum accorde au monde ouvrier une forte augmentation des salaires, deux semaines de congés payés et la semaine de quarante heures, sans compter la reconnaissance du droit syndical, son père n'avait soufflé mot. Par prudence peut-être, par résignation sans doute.

Il avait fini par accepter que les « socialo-communistes », comme il disait, gouvernent le pays. « Tant qu'ils ne touchent pas à l'empire colonial, je veux bien tout accepter », lui avait-il confié au mois d'août dernier alors qu'il était allé passer les trois mois de vacances universitaires chez ses parents. Il avait ajouté, comme pour se convaincre et se rassurer : « Finalement, en tant que médecin, je ne risque pas la nationalisation. » Adrien avait eu envie de répondre que tout était possible, y compris cette éventualité. À Paris, les étudiants en médecine créaient des comités de vigilance et de réflexion pour préserver la médecine libérale afin de ne pas en arriver à la bolchévisation de la santé.

« Bolchévisation » : le mot sonnait comme un espoir chez les ouvriers communistes alors qu'il représentait la pire des choses pour les tenants d'un ordre plus conforme à la tradition républicaine conservatrice. Du coup, pour les gens de droite, Léon Blum, le « juif coco », devenait le dernier rempart de l'ordre bourgeois. « Il les tient, lui avait dit son père au téléphone samedi dernier quand il avait appelé ses parents depuis le bureau de poste de la rue de Patay, toute proche de sa chambre. Regarde ce qui s'est passé à Clichy : la police aux ordres du socialiste Max Dormoy a tiré sur les excités qui voulaient en découdre avec les types du PSF. Et Thorez, qu'est-ce qu'il a fait ? Rien. Il va enterrer ses morts demain en accusant les fascistes alors qu'il sait très bien que ce n'est pas vrai. »

Pour une fois, Adrien avait approuvé chaudement cette analyse. Il en avait rajouté sur ce Thorez qui avait été placé à la tête du Parti communiste français par Staline en personne. Il avait dit cela pour montrer à son père qu'il ne se désintéressait pas complètement de la politique. En réalité, il s'était contenté de répéter ce qu'il lisait régulièrement sur les tracts distribués par les étudiants trotskystes dans les bistrots du Quartier latin.

Tous ces débats le fatiguaient. Son souci du moment, c'était Laetitia. Il devait la revoir. Le seul endroit où il espérait la retrouver, c'était le bal de l'Ermitage du Charentonneau, sur les bords de la Marne à Maisons-Alfort. Il ne savait quasiment rien sur elle, ni ce qu'elle avait comme travail, ni où elle habitait. Avec qui, encore moins. Pourquoi tant de mystère ?

Elle devait être mariée. Pourtant, la seule fois où elle l'avait suivi jusque dans sa chambre, le mois dernier, elle ne lui avait pas donné l'impression que quelqu'un l'attendait chez elle. Elle était restée jusqu'au petit matin. À 6 heures elle s'était éclipsée en refusant catégoriquement qu'il la raccompagne en voiture. « Le métro n'est pas loin. Je préfère. » Cela avait été dit sur le ton de celle qui ne souffrirait aucune contradiction. Adrien n'avait pas insisté, de crainte de la braquer. Il était trop heureux d'avoir séduit cette femme du monde. Tellement expérimentée aussi. Avec elle, pas besoin d'aller dans les maisons de frivolités, comme on disait à Paris. Il sourit intérieurement en pensant que dans sa province, on disait plus simplement « bordel ».

Adrien avait ses habitudes rue des Moulins, pas loin du Palais Royal, à La Fleur Blanche. C'était un peu cher, mais bien fréquenté. Les filles étaient distinguées et pas trop jeunes. Il avait un penchant pour les femmes mûres dans la trentaine.

Depuis qu'il avait débuté son internat à la Salpêtrière, il avait bénéficié des privautés de quelques filles de salle, mais à chaque fois, il vivait mal ces rapports rapides. Il ne parvenait pas à dominer l'angoisse qui occupait son esprit à l'idée d'être surpris en fâcheuse position par un de ses collègues dans la petite chambre de détente réservée aux médecins.

Hans Seyle, un endocrinologue autrichien dont il avait lu la thèse consacrée au eu-stress et au dys-stress, avait parfaitement résumé ce qu'il éprouvait durant ces accouplements pas très dignes. En plus, ces filles n'étaient guère expertes. Plutôt passives et peu jouissives, comme le disaient certains de ses collègues étudiants qui sacrifiaient eux aussi au coït express dans les recoins de l'hôpital.

Cela n'avait rien à voir avec l'impression que lui avait laissée Laetitia. Une experte. Trop sans doute. Sa façon de prendre toutes les initiatives durant la soirée passée dans sa chambre lui avait fait craindre un moment qu'elle ne monnayât sa prestation. Lui qui n'avait jamais connu de défaillance au bordel comme à l'hôpital n'avait pas été à la hauteur. Quand il avait perdu le contrôle au bout de dix minutes, en réalité sans doute un peu moins, il s'était senti humilié, blessé et honteux. Comme il s'apprêtait à dire quelque chose en guise d'excuse ou d'explication, elle posa son index sur ses lèvres : « Chut. C'est pas grave. » Puis elle avait ajouté dans un sourire protecteur : « Allez, c'était bien quand même. »

***

Le coupé Dynamic Panhard bleu s'arrêta devant le 3 de la rue Pierre-Bayle. La jeune femme brune assise à côté de l'homme qui conduisait posa une main sur son épaule.

— Merci pour cette belle soirée.

— Je suis ravi que ça vous ait plu, Laetitia.

— Oh ! vous savez, moi, voir un beau film, même si c'est au Ba-ta-clan…

— Oui, ce n'est pas vraiment une salle de cinéma. Ils n'ont rouvert que depuis peu. Avant, il y avait des spectacles et même des bals, mais depuis l'incendie, on n'y donne que des films. Nous y retournerons si vous voulez, je crois qu'on y danse aussi certains soirs.

Elle se pencha vers son Petit Notaire comme elle se plaisait à l'appeler et lui déposa un gros bécot sonore sur la joue.

— Sortez-moi un samedi la prochaine fois. On aura plus de temps…

Elle se cala sur la banquette, une main sur le rebord de la portière en cuir, l'autre posée sur l'épaule de Gabriel.

— Hummm… On est bien dans cette voiture, fit-elle en se cambrant voluptueusement. C'est quand même autre chose que de rentrer en métro à 10 heures du soir.

— Oui, c'est long pour aller chez vous.

— Comment ça ?

— En métro. J'ai compté. Entre Oberkampf à côté du Ba-ta-clan et Philippe-Auguste près de chez vous, il y a deux changements…

— Il a regardé le plan du métro qu'il ne prend jamais ! Vous êtes charmant.

— Et vous, vous êtes irrésistible… Alors samedi ? Je vous emmène dans un endroit qui vous plaira.

— Comment vous pouvez en être sûr ? minauda Laetitia.

— Ah ! c'est mon secret.

— On verra d'ici là.

Sentant monter entre eux une complicité qu'il avait essayé en vain d'établir au cours d'une soirée où Laetitia avait gardé ses distances, le Petit Notaire s'enhardit à poser une main sur son genou.

Elle la retira fermement mais sans paraître irritée de son audace.

— Samedi, fit-elle dans un sourire prometteur.

— J'attendrai, sembla-il se résigner de l'air du plus heureux des hommes.

Il sortit et contourna la voiture pour ouvrir sa portière. Il ne lui laissa que le minimum de place pour s'extraire de son siège afin quelle passe tout contre lui et ne puisse lui refuser un baiser. Un vrai peut-être… Mais elle se faufila prestement et s'engouffra dans son immeuble.

Le Petit Notaire se promit de ne pas renouveler cette expérience inaboutie. Il démarra en trombe sous le regard de Laetitia qui était revenue sur ses pas pour guetter, derrière la lourde porte d'entrée, le bruit du moteur marquant le départ de son prétendant. Elle monta les quatre étages conduisant à son appartement en sifflotant gaiement. Avec un jeune type doté d'une belle voiture et plein aux as, elle pouvait voir venir. Le tout était de ne pas lui donner trop d'illusions car les hommes s'enflamment vite et peuvent se révéler d'une jalousie féroce. « Décidément, ces Français, ils sont possessifs comme des Siciliens ! »

Elle se remémora son aventure d'un soir avec Adrien, le petit docteur. Il l'avait invitée dans sa chambre d'étudiant. Il était gauche et presque touchant, mais quelle scène il lui avait faite au petit matin quand elle avait décidé de rentrer chez elle, rue Pierre-Bayle, avant que la concierge se réveille, afin de ne pas entacher sa réputation de jeune veuve. Il avait voulu à tout prix la raccompagner mais elle avait refusé sans faillir, car elle voulait surtout lui cacher son adresse.

Elle n'avait pas allumé le hall d'entrée et l'escalier pour ne pas être vue de la concierge qui, comme toutes ses semblables, passait son temps à guetter les allées et venues des locataires. « Pas d'hommes ici ! » lui avait-elle un jour lancé du ton d'une mère supérieure édictant la règle du couvent à des novices. Et au début, Laetitia avait présenté ses deux frères accompagnés de sa mère afin de préserver leur libre accès à son logement.

Arrivée enfin sur le palier du quatrième, elle fit tourner délicatement la clé dans la serrure et entra chez elle. Une odeur de tabac froid planait dans son logement. Inquiète, elle resta plantée contre la porte qu'elle venait de refermer sans bruit. Elle fut soudain prise d'une peur panique : elle était certaine de sentir une présence, là, dans une des deux pièces de son petit appartement.

***

Chaque fois qu'il ressortait de ces soirées passées à La Fleur Blanche ou dans un des établissements du même genre, il ressentait un immense malaise. Comme un refus de se retrouver avec lui-même. « Quand je pense que la plupart de ceux qui vont au bordel le font pour se sentir mieux après, moi, c'est tout l'inverse, pensa-t-il. Comme d'habitude. Le mieux, c'est que je laisse tomber. En plus, ces filles simulent. Tout ça, c'est bon pour les vieux vicieux. » Il n'arrivait pas à effacer de son esprit les sentiments négatifs qui le harcelaient. Comme à chaque fois, il se promettait d'arrêter les filles de bordel, mais il savait bien que sa résolution ne tiendrait pas. De toute façon, jusqu'à la fin du mois, le problème ne se poserait plus : il était à sec. Ou presque. Il ne lui restait plus que 110 francs.

Il allait devoir vivre comme un ouvrier. Heureusement, il avait fait le plein d'essence de la voiture. De quoi pouvoir se déplacer sans problème.

Il retrouva sa 402 Peugeot garée rue des Petits-Champs derrière le jardin du Palais Royal. Il la démarra à la manivelle afin de préserver sa batterie.

« Allez, se dit-il, fauché pour fauché, je vais quand même faire un tour à L'As de Cœur. Il paraît qu'elle y va de temps en temps. » Dimanche dernier, un employé d'un dancing de la rue de Lappe lui avait confié que Laetitia tenait le vestiaire de cette guinguette de la rue des Vertus. Drôle de nom pour ce quartier de plaisirs où les bals côtoyaient les bistrots et les maisons de rendez-vous.

Il ne mit qu'une dizaine de minutes pour atteindre son but. Il trouva une place près du métro Arts-et-Métiers. De cette manière il aurait des chances de la croiser si par le plus grand des hasards elle était en train de rentrer chez elle. Il était près de 11 heures, cette hypothèse n'avait rien d'improbable.

Il fut accueilli à l'entrée par une blonde vêtue d'un tailleur strict. « Ce lieu de débauche est plutôt du genre institution catholique », s'amusa-t-il intérieurement.

— Vous attendez quelqu'un ? lui demanda la jeune femme en l'invitant à franchir la porte donnant sur la salle de bal dont la moitié des tables étaient occupées.

Une dizaine de couples dansaient au son d'une valse lente d'un duo de musiciens jouant de l'accordéon et de la cabrette.

— Vous avez le vestiaire sur la droite si vous voulez… C'est moi qui m'en occupe ce soir. Donnez-moi votre gabardine, vous serez plus à l'aise.

— Euh… non, inutile, coupa Adrien, je bois un verre et je m'en vais.

La femme accueillit ses paroles avec un sourire bienveillant.

— Il ne faut jamais dire ça, monsieur. L'As de Cœur peut vous réserver des surprises.

L'imperméable à la main, Adrien parcourut la salle de l'air de celui qui cherche un groupe d'amis. Personne ne sembla remarquer sa présence. Elle n'était pas là. Le type qui l'avait renseigné lui avait dit qu'elle allait souvent danser dans la salle. « C'en est une qui sait joindre l'utile à l'agréable », avait-il ajouté d'un ton de connaisseur en matière de gent féminine. Adrien chassa de son esprit l'image de cet individu qui avait eu le don de salir l'image de Laetitia par ce sous-entendu malséant.

Il choisit une table juste à côté d'une banquette occupée par deux jeunes filles. Des employées de magasins des boulevards sans doute. Il leur adressa un petit signe de connivence auquel elles répondirent par un sourire timide. La plus grande n'était pas mal. Vu l'heure, elles allaient sans doute rentrer chez elles en prenant le métro ou le dernier tram.

Il pensait qu'il aurait mieux fait de venir ici tout de suite au lieu d'aller s'encanailler au boxon quand le serveur s'approcha de lui.

— Une bière pour moi et deux limonades pour ces dames… si elles veulent bien accompagner ma solitude.

Elles voulaient. Il prit la résolution de proposer aux deux filles de les ramener chez elles. La grande blonde, qui lui avait rendu à deux reprises son sourire depuis qu'il était là, lui permettait tous les espoirs. À condition de la faire danser sans trop tarder. Il commença par inviter la petite, la brune au physique moins avantageux que l'autre, histoire d'assurer ses arrières en ne mettant pas tous ses œufs dans le même panier.

***

Laetitia poussa un petit cri quand la lumière s'alluma avant qu'elle eût le temps de trouver l'interrupteur.

Il se tenait juste à côté d'elle, souriant de toute l'épaisseur de sa moustache poivre et sel.

— Qu'est-ce qui vous prend de vous installer chez moi ! fit-elle à voix basse en reculant dans l'angle du vestibule.

— Ne craignez rien, Laetitia.

— Comment êtes-vous entré ? La concierge ne vous a pas vu au moins ?

— Je ne crois pas. À moins qu'elle soit jeune avec un enfant et loge au troisième.

— Non, bien sûr. Elle est un peu forte avec des cheveux blancs, tout blancs…

— Non, je n'ai vu personne d'autre.

Laetitia était partagée entre le soulagement que Rouffignac soit entré sans être vu de la concierge et la peur que lui inspirait sa présence.

— Je suis entré avec ma clé.

— Votre clé ?

Rouffignac lui montra une sorte de crochet.

— Enfin, Laetitia… On a travaillé ensemble.

— Oui, mais je ne savais pas que vous étiez aussi cambrioleur.

— Jamais de la vie. Je voulais vous parler discrètement.

Laetitia se défit de son manteau et passa dans sa chambre dont elle ressortit quelques secondes plus tard revêtue d'une robe de chambre verte à fleurs la recouvrant jusqu'à ses pieds chaussés de pantoufles assorties.

Rouffignac esquissa une petite moue amusée à la voir dans cet accoutrement si rapidement endossé.

— J'aimerais que vous ne veniez plus ici. Surtout, ne vous introduisez plus chez moi de cette façon.

— C'est promis, Laetitia, et croyez bien que…

— Inutile de me baratiner, comme disent les Parisiens. La prochaine fois, je vous envoie mon frère Riton. Et croyez-moi qu'il vous passera l'envie de recommencer.

Rouffignac ne sut quel parti prendre : ou essayer d'amadouer la belle ou opter pour l'autorité. Elle ne lui laissa pas le temps de déterminer sa posture car déjà elle reprit la parole en s'asseyant à la table du séjour, sans l'inviter à en faire de même.

— Allez-y. Qu'est-ce que vous voulez me dire ?

— Il s'agit de me renseigner sur les habitudes d'un homme.

— Un Italien ?

— Vous vous doutez que si je fais appel à vous, Laetitia, c'est parce qu'il s'agit d'un travail de confiance concernant un de vos compatriotes.

— Un antifasciste ?

— Bien sûr.

Laetitia se leva. Rouffignac comprit que l'entretien était clos.

— Laetitia, souvenez-vous que je suis mandaté pour tout ce qui concerne la surveillance de certains éléments.

— Je sais, mais il est bien convenu que pour les missions délicates, je suis en droit de prendre mes précautions et d'en référer à l'ambassade.

— Justement, c'est un envoyé de l'ambassade qui m'a demandé de vous contacter en urgence. Votre cible est un homme de première importance, il va séjourner en province et…

— Je contacterai les gens de l'ambassade moi-même et je leur demanderai de me préciser leurs instructions.

Laetitia avait ouvert la porte en prononçant cette dernière phrase.

— Écoutez Laetitia, si je suis là, c'est qu'il y a urgence. Pour ce qui est de votre travail chez Maxi, j'ai déjà prévenu mon ami, le directeur M. Dalit, que vous aurez un empêchement de quelques jours.

— À force, ces absences trop fréquentes, ça va finir par déplaire…

— Rassurez-vous. De ce côté-là, vous n'avez rien à craindre. Je vous couvre. Dalit ne peut rien me refuser et à vous encore moins.

Laetitia émit un petit « hum » signifiant qu'elle appréciait cette commodité. Rouffignac poursuivit :

— La voiture de l'ambassade vous attendra demain matin à l'heure habituelle où vous vous rendez au travail pour vous conduire à un endroit que l'on ne m'a pas précisé.

Laetitia se contenta d'un petit mouvement du menton qui pouvait aussi bien indiquer qu'elle n'avait aucune idée de la chose ou qu'elle ne voulait rien en dire.

— Quoi qu'il en soit, reprit Rouffignac, il faut vous préparer à une entrevue. J'ai déposé une grosse enveloppe sur votre table.

— J'ai vu.

— Elle contient quelques journaux italiens édités par des ennemis de l'Italie. Vous y trouverez la photo et quelques articles écrits par ce monsieur dont vous devrez vous occuper. Il vous est demandé de lire ces journaux et d'étudier tout cela afin que votre rencontre de demain soit efficace.

Laetitia resserra sa robe de chambre autour de sa taille.

— Vous auriez pu vous rendre utile en allumant le gaz. Il ne fait pas chaud, fit-elle.

— La prochaine fois j'y penserai.

— La prochaine fois, attendez-moi à la sortie du métro.

— C'est ce que j'ai fait, mais vous n'arriviez jamais.

L'air glacial de Laetitia dissuada Rouffignac de poursuivre la conversation.

— Au revoir, Georges. Soyez discret, la vieille de la loge a l'oreille fine. Je tiens à ma réputation dans l'immeuble comme chez Maxi à Saint-Ouen.

— Ne craignez rien Laetitia, j'y veille… Au revoir.

***

La blonde, qui se prénommait Noémie, s'était montrée plus farouche qu'il ne s'y attendait. Elle ne voulut pas qu'il la raccompagne. Mais il avait néanmoins senti de bonnes vibrations chez elle quand ils avaient dansé la java, même si à deux reprises elle lui avait remonté les mains au niveau de la taille. Dommage qu'il n'ait pas conclu cette affaire parce qu'elle avait la fesse ronde et appétissante.

Il ralentit en arrivant boulevard Voltaire. Au moment où il reprenait de la vitesse, des jeunes gars lui crièrent quelque chose qu'il ne comprit pas. Qu'importe, ce n'était assurément pas sympathique. Des Apaches qui insultaient le bourgeois, c'était bien le moins quand on se hasardait dans l'est parisien à bord d'une belle voiture.

Il continua sa route, rendue aisée en raison de la maigre circulation. Il repensa à L'As de Cœur. La soirée n'était pas perdue. À charge de revanche, comme on dit, pour ce qui concernait la dénommée Noémie. L'allitération qu'il venait de formuler en pensée l'amusa. « La nommée Noémie, Noémie la nommée », se prit-il à fredonner sur l'air d'une ritournelle de Tino Rossi.

Il avait déposé Noémie et sa copine au métro et maintenant il filait dans la nuit vers la rue Pierre-Bayle, le plan de Paris ouvert sur le siège passager.

Oui, la soirée avait été fructueuse car il avait réussi à obtenir un renseignement de premier ordre malgré tout.

— Ah ! vous cherchez Laetitia ? avait répondu le serveur au moment où il réglait les consommations. Celle qui tient le vestiaire et qui fait danser les clients ?

— Oui.

— De toute manière, il n'y en a qu'une ici.

— Alors ? s'était-il impatienté. Elle vient ici souvent ?

— Oui… Elle tient le vestiaire certains soirs, plutôt le samedi et le dimanche.

Finalement, il avait réussi à obtenir l'adresse de Laetitia en glissant un billet de 5 francs au garçon. Elle logeait au n° 3 de la rue Pierre-Bayle. C'était une petite rue près du cimetière du Père-Lachaise, donnant sur le carrefour où Ménilmontant devenait Charonne.

Il remonta la rue du Chemin-Vert et refit une halte afin de vérifier sa route sur le plan. En quelques minutes, il était arrivé.

Il gara sa voiture sur le boulevard et enfila la rue Pierre-Bayle à pied. Il repéra le n° 3 juste au début de la rue malgré l'absence d'éclairage public, la lueur des réverbères du boulevard voisin suffisait pour repérer les lieux.

Toutes les fenêtres de la façade étaient éteintes, que les volets à claire-voie fussent fermés ou non. Il essaya d'ouvrir la porte d'entrée de l'immeuble, mais elle était fermée à clé.

Adrien resta planté là sans trop savoir quoi faire. Il n'allait tout de même pas réveiller la concierge pour savoir si Laetitia habitait bien ici. Et après ? Il irait la réveiller ? Non, le mieux était de partir et de revenir demain.

— Tu cherches quelque chose ?

La voix venait du trottoir d'en face. Un homme dans la pénombre dont il ne distinguait que le haut du corps parce qu'il se tenait derrière le capot de la seule voiture arrêtée le long du trottoir.

— Barre-toi illico, fit l'homme en s'avançant vers lui.

MARDI 23 MARS

La Simca-Fiat grise était bien là, sur le boulevard à une centaine de mètres de l'entrée de la rue Pierre-Bayle. Laetitia fit un petit signe à l'homme au chapeau noir et à l'imperméable gris qui fumait une cigarette appuyé contre la malle arrière. Il se redressa, écrasa son mégot et alla se mettre au volant.

Après s'être assurée que personne de sa connaissance n'était en vue, Laetitia monta à l'arrière de la voiture qui démarra lentement.

— Bonjour, Yolanda, dit l'homme en italien.

— Rien à signaler, Silvio ? fit Laetitia dans la même langue.

— Rien. Enfin juste un type qui rôdait devant chez vous peu de temps après que vous êtes rentrée hier soir.

— Vous êtes resté longtemps devant ma porte ?

— Jusqu'à minuit, pour m'assurer que personne ne vous espionne.

Laetitia se débarrassa de son chapeau et quitta son manteau.

— Il fait meilleur que dehors, constata-t-elle.

— J'ai mis une bouillote sous le siège.

— Oh ! merci, pour cette charmante attention. Alors ce type ?

— Un ivrogne à la recherche d'un bistrot pour finir de se soûler.

Silvio tira sur le démarreur qui donna l'impression de refuser le moindre effort avant de lancer brusquement le moteur. Il actionna les essuie-glaces.

— Il tombe quelques gouttes. On dirait de la neige fondue.

La jeune femme ne relança pas la conversation. Elle se projeta dans l'entrevue qu'elle allait avoir avec le capitaine Paladini, le secrétaire de l'attaché militaire qui occupait une discrète chambre de bonne en guise de bureau officieux rue Victor-Hugo, dans le quartier le plus huppé de Paris.

C'était un jeune gars plus occupé à lui faire du charme qu'à l'écouter. Mais là, elle ne se laisserait pas « embobiner », comme disait sa collègue syndicaliste chaque fois qu'elle avait une entrevue avec le patron de Maxi.

Laetitia rajusta les plis de sa robe et plia soigneusement son manteau. Elle se surprit à penser qu'elle s'apprêtait pour séduire. Non, elle n'entrerait pas dans ce jeu, d'autant que ses préoccupations ne l'incitaient pas aux futilités. Si on lui demandait de rencontrer Paladini, c'est qu'on projetait de lui confier une nouvelle mission. Elle redoutait une répétition de l'épisode dramatique de Navachine du mois de janvier.

« Vous n'êtes en rien mêlée à sa mort, lui avait assuré Paladini. Nous voulions entrer en contact avec lui, mais pas pour le tuer. Nous voulions simplement le surveiller et surtout le localiser. D'où notre demande de l'approcher. Et puis, il y a ce type qui l'a assassiné, dont nous ne savons rien. Sûrement un règlement de comptes entre communistes russes. »

Elle avait accepté cette explication qui se tenait puisque Navachine, banquier au service de l'URSS, avait refusé de rentrer dans son pays, craignant de finir fusillé comme certains de ses amis. Elle soupira. Puisqu'on lui avait dit qu'elle n'avait pas servi à l'accomplissement de son assassinat quelques mois auparavant au bois de Boulogne, à deux pas du nouveau stade de tennis, elle devait l'accepter. Elle était néanmoins tourmentée par le remord. Ce M. Navachine était un homme si charmant. Pour mieux l'aborder, elle s'était promenée certains matins avec un fox terrier en tout point semblable à l'un des deux chiens que Navachine tenait en laisse.

Cette affinité avait permis à Laetitia de lier facilement la conversation avec le Russe qui parlait un français impeccable. Ils avaient même échangé leurs prénoms. Elle avait senti que son charme opérait sur cet homme jovial qui aimait les bonnes choses de la vie et les jolies femmes. Au fil de leurs rencontres, Navachine lui avait fait des confidences, comme son projet de séjour dans le sud de la France, tout cela à partir d'une simple question sur la capacité des chiens à supporter les déplacements en voiture ou en train. Navachine s'était montré intarissable sur la question, trop heureux sans doute d'avoir un sujet de conversation qui lui permettait de prolonger leur entretien.

L'affaire avait suivi son cours, et puis, un matin, un homme blond, d'après les témoins, l'avait agressé et tué d'un coup de baïonnette au cœur. Elle en avait été bouleversée. Se rendant compte de son émoi, Rouffignac lui avait expliqué, lui aussi, qu'elle n'était pour rien dans la mort de Navachine ; car ce genre de personnage avait de nombreux ennemis. Selon lui, l'ambassade italienne avait appris la nouvelle avec consternation.

Cela rappelait à Laetitia l'assassinat de Montanari, deux ans plus tôt, un militant antifasciste italien réfugié en France que les services italiens surveillaient et que Beiso, un partisan trop zélé de Mussolini, avait exécuté de sa propre initiative. « On n'est jamais à l'abri d'un acte commis par un abruti », lui avait dit le capitaine Paladini lors d'une entrevue quelques mois après les faits.

Elle avait filé d'autres personnages moins connus que ce pauvre Montanari. Tous des Italiens antifascistes, qui apparemment se contentaient de militer dans des groupes d'exilés. À sa connaissance il ne leur était rien arrivé.

La plupart d'entre eux travaillaient sur des chantiers ou dans des usines : des gens simples qui menaient des vies ordinaires. Après qu'on lui eut demandé un rapport final sur leurs activités, elle lisait les journaux avec une certaine angoisse, dans la crainte de voir apparaître un nom familier dans la rubrique des faits divers. Elle voulait bien « rendre service » à l'Italie du Duce et de son gendre le comte Ciano, un bel homme qu'elle avait déjà rencontré à deux reprises, mais être complice d'un assassinat la révulsait. Elle ne manquerait pas de le dire au secrétaire de l'attaché militaire.

Elle préférait de loin les missions tranquilles que lui confiait régulièrement Rouffignac, comme avoir à l'œil des syndicalistes depuis qu'elle travaillait chez Maxi à Saint-Ouen.

La pensée de Rouffignac la contraria. Elle le trouvait un peu pressant ces jours-ci. Lui qui avait toujours été paternel jusque-là… À croire que les hommes sont tous les mêmes. Il la faisait peut-être espionner et avait fini par croire que, parce qu'elle sortait beaucoup, elle était une femme facile.

Il lui arrivait de se perdre entre la Yolanda qu'elle était pour les Italiens et la Laetitia que connaissaient les Français. Comme agent de renseignement, elle trompait bien son monde en s'affichant avec des ouvrières un peu écervelées et en fréquentant les bals au bras de jeunes gens bien habillés conduisant de belles voitures. La parfaite midinette. Cette image de femme futile si éloignée de sa vraie vie ne lui déplaisait pas finalement. Jouer les coquettes et céder selon son bon plaisir à la cour assidue que lui faisaient tous ces hommes, ça n'était pas sans présenter certains avantages.

Bien sûr, il y avait aussi des individus inquiétants qui lui tournaient autour lorsqu'elle travaillait à L'As de Cœur. Elle en avait assez et elle réservait à certains un chien de sa chienne. Cette expression, si parisienne, la ramena à Jules, son défunt mari, si fier de son pays. C'est par son entremise qu'elle avait connu les cercles nationalistes. Lorsqu'elle s'était retrouvée veuve, les amis de son cher Jules n'avaient pas oublié qu'elle était sans ressources. C'est comme cela qu'elle avait fait la connaissance de M. Rouffignac qui lui avait donné du travail au sein de son agence de détective privé. Et comme il connaissait M. Dalit, le patron de Maxi qui fabriquait le fameux cirage Lion Noir, elle avait pu intégrer l'usine tout en restant en contact avec son agence et poursuivre à temps partiel son activité secrète.

La voiture remontait la rue de Rivoli sous une pluie de plus en plus dense. Les essuie-glaces grinçaient désagréablement tandis que les roues émettaient un bruit assourdissant sur les pavés.

Elle entendit néanmoins le clic-clac de la flèche indiquant un changement de direction. Elle fut surprise de voir le chauffeur tourner à gauche au lieu de continuer sur Rivoli. Elle chercha à voir le nom de la rue, en vain.

— Dites-moi Silvio, on ne va pas chez Paladini ?
— Non, le capitaine est rentré en Italie. Un ordre venu d'en haut.
— Ah ! bon... On va où ?
— Rue de Varennes.
— À la nouvelle ambassade ?
— Oui. On vous y attend.
— L'aristocrate ?
— Je ne pense pas, hésita Silvio. À moins que M. Cerruti soit un noble comme M. Morano Di Custoza qui était en poste avant lui.
— Ce M. Cerutti, je ne lui ai jamais parlé. Pour tout vous dire, je ne l'ai même jamais vu.
— Hum...
— Même pas en photo dans le journal.
— C'est un homme discret apparemment.
— Donc, je vais le rencontrer ?
— En personne, madame.
Comme le ton de sa passagère avait trahi une certaine déception, Silvio laissa passer un temps avant d'ajouter :
— Nous entrerons dans l'ambassade par le portail. Dès que nous arriverons à proximité de la rue de Varennes, vous devrez vous coucher sur la banquette arrière. Question de discrétion. Même précaution pour la sortie. J'ai ordre de vous laisser ensuite près de la gare de Lyon.
— Si je dois partir pour un voyage de longue durée, il faut que je repasse chez moi.
— Vous auriez dû prendre votre bagage. En général, quand on vous convoque de cette façon, c'est qu'il y a urgence...
— Je voulais être sûre. Imaginez que la concierge me voie partir avec une valise et me retrouve sur le

pas de la porte une heure après en train de rentrer chez moi. J'aurais l'air fine.

— Si vous devez retourner chez vous, je vous laisserai devant un métro. Ensuite vous irez à la gare en taxi. Toujours question de discrétion.

— À ce propos, stationner devant chez moi toute la nuit, plusieurs fois par semaine, ce n'est pas très discret.

— Ce sont les ordres. Ne me demandez pas pourquoi Yolanda, je l'ignore.

***

— Eh bien la Mère, on dirait qu'y a pas la foule chez vous ce matin.

— C'est ma foi vrai. Et pourtant on est mardi. C'est peut-être toutes ces grèves qui font que le commerce va moins bien.

— Ah ça ! Avec ces sagouins qui pensent qu'à être payés sans travailler…

La Mère Marguerite, comme l'appelaient ses clients, préféra changer de sujet plutôt que de s'engager dans une discussion politique. Elle savait, en bonne commerçante, éviter de se retrouver en opposition avec des clients. Par les temps qui couraient, on pouvait aussi bien être surprise qu'un monsieur distingué soit un ardent communiste tandis que des types mal embouchés, coiffés d'une casquette à la propreté douteuse, se montraient plus capitalistes que Rockefeller.

— Elle a l'air bien lourde votre valise, monsieur Jacques. Vous vendez donc des tuyaux de plomb ?

— Presque ! c'est de l'acier. Des roulements à billes.

Marguerite fronça les sourcils, mais ne se crut pas autorisée à demander ce que c'étaient que ces choses à billes.

— C'est que je transporte aujourd'hui mes pièces de démonstration nouvelles pour mes clients. Elles sont dans un sac à part, mais pour plus de commodité, je colle le tout dans la valoche.

Elle se contenta de cette indication du client de la chambre 4. Il venait régulièrement passer une ou deux nuits au Lapin Sauté, sa coquette auberge en pierre meulière et au toit d'ardoise située entre Brévannes et Boissy-Saint-Léger. Sa petite affaire était connue des transporteurs et des voyageurs de commerce que leurs activités amenaient dans les communes du sud de Paris. Ils quittaient bien souvent la nationale 6 et ses villes bruyantes pour trouver là un gîte et un couvert soignés.

Ce M. Jacques tranchait dans sa clientèle. Il avait un côté inquiétant renforcé par cette balafre sous son oreille gauche.

Et pour finir, ce drôle de client, qui ne venait jamais avec la même voiture, lui avait montré un permis de conduire au nom de Jacques Cot. D'expérience, elle était certaine que la photo avait été changée rien qu'à voir la date de naissance : 1888. Ce qui lui donnait presque la cinquantaine. Jamais de la vie ! Ce drôle de paroissien avait 35 ans à tout casser. « À l'époque, j'avais pas la moustache. Ça change, pas vrai ! » s'était-il empressé de dire pour expliquer sa ressemblance approximative avec la photo dont un des rivets flottait sur le carton rose.

En plus, le lieu de naissance indiquait une commune des Pyrénées-Orientales. Elle avait tiqué : ce Jacques Cot avait un accent de la campagne, de la Bourgogne ou quelque part par là-bas, mais en aucun cas celui du Midi. Quand elle était enfant, Marguerite avait accompagné ses parents chez l'oncle Fernand et la tata Rosine qui habitaient à Narbonne, une ville où tout le monde chantait en parlant. Et ce Cot, il ne parlait pas comme eux…

— Alors la Mère, ce café et ces tartines, va falloir que je les fasse moi-même ?

Elle sursauta. Cot se tenait là devant elle, un sourire qui étirait sa moustache taillée de frais.

— Allez, faut pas vous effrayer, j'voulais juste vous sortir des vapes. C'est que je dois tailler la route fissa. Rapport aux clients qu'attendent pas.

— Vous revenez ce soir ?

Elle n'obtint pas de réponse.

Elle servit à M. Jacques un bol de café au lait accompagné de deux grandes tartines de pain beurrées et un morceau de saucisson. Il demanda une chopine de muscadet qu'il versa dans une sorte de gourde plate et paya une nuit d'avance.

— Gardez la monnaie, la Mère, c'est pour le téléphone.

***

Le secrétaire de l'ambassade reçut Laetitia dans un salon éclairé par de hautes fenêtres ornées de rideaux comme elle n'en avait jamais vu. Ils paraissaient constitués de plusieurs épaisseurs cousues les unes sur les autres, formant des volumes en forme de demi-cercles. « Si maman voyait ça, pensa-t-elle, elle pourrait m'en coudre des pareils. » Elle eut à peine le temps de mesurer ce que cette idée pouvait avoir de saugrenu sur les petites fenêtres de son deux pièces qu'un des plantons en faction ouvrit la porte et annonça dans un italien mélodieux si différent de celui, plus rude, parlé dans sa montagne natale :

— Son excellence M. le comte Cerutti.

Un homme dans la cinquantaine, enserré dans un costume croisé élégant, se dirigeait vers elle. Il était grand, si bien qu'il se pencha pour la saluer. Deux petits yeux perçants, comme perdus dans un large visage où pointait un grand nez aquilin, lui conféraient un air aristocrate qui l'impressionna.

Instinctivement, elle se redressa, dans une sorte de garde-à-vous. L'ambassadeur lui prit la main et la porta à la hauteur de ses lèvres.

— Vittorio Cerutti pour vous être agréable, chère madame, murmura-t-il en se relevant.

Laetitia pensa que pour recevoir cet hommage si distingué elle avait bien fait de mettre sa robe verte et le petit boléro de laine crocheté blanc qui lui allait si bien au teint.

Cerutti la regarda un instant en silence. Il eut l'air satisfait de l'examen à en juger par le sourire bienveillant dont il la gratifia.

— Ne gardez pas votre manteau sous le bras, madame Nourrissat.

Avant qu'elle eût esquissé le moindre geste, un des deux soldats l'avait allégée de son vêtement.

Cerutti lui fit signe de le suivre vers une porte qui s'ouvrit comme par enchantement lorsqu'ils s'en approchèrent. Ils pénétrèrent dans un bureau aussi grand que la pièce précédente, avec les mêmes rideaux, les mêmes dorures, le même genre de tableaux représentant des scènes bucoliques ou bibliques. Elle en avait vu de semblables dans les pages du dictionnaire.

— C'est beau, vous ne trouvez pas ? C'est un palais que nous venons d'acheter à la France de manière à avoir une ambassade digne de l'Italie nouvelle.

Vittorio Cerruti parlait un italien recherché, d'une voix lente, en détachant chaque syllabe. Soit il voulait donner de la solennité à ses paroles dans ce lieu magnifique pour l'impressionner, soit, comme M. Mermaz, le vieil instituteur de l'école d'Oyace, il s'exprimait de la sorte afin d'être bien compris.

Pendant que l'ambassadeur s'installait à son bureau, elle remarqua derrière lui deux photos encadrées, posées sur un meuble de bois marqueté. La première représentait Cerutti et Mussolini debout, se serrant la main. L'autre montrait Hitler assis aux côtés d'un évêque avec à sa gauche un homme qu'elle ne connaissait pas et, sur le bord de la photo, Cerutti qui regardait le chancelier allemand d'un air très sérieux.

Elle revint vers l'ambassadeur qui lui souriait. Il avait sans doute remarqué qu'elle examinait les deux clichés.

— Ce sont les maîtres du monde que j'ai rencontrés là, fit-il en donnant un petit coup de tête vers l'arrière. Ce sont aussi nos maîtres. Surtout notre Duce, bien sûr.

Laetitia répondit par un petit sourire.

— Eh bien Yolanda ? Vous permettez que je vous appelle ainsi ?

— Je vous en prie, monsieur l'ambassadeur. C'est mon nom de baptême. Laetitia, c'est pour les Français.

— Sans doute, mais je vois que vous n'avez pas oublié Yolanda et vos racines italiennes comme tant de nos compatriotes émigrés en France qui renient leur race au point de donner des prénoms français à leurs enfants.

Elle ressentit le besoin de lui dire dans un italien sans faille :

— Je suis allée à l'école en Italie jusqu'à 12 ans. Et je continue à parler notre langue avec des compatriotes restés fidèles à notre patrie.

— Bravo ! Je dois dire, chère Yolanda, que pour une femme exilée à l'étranger, la qualité de votre italien vous honore.

L'onde de bonheur qui traversa Laetitia lui fit oublier tout ce qu'elle avait résolu de dire au capitaine Paladini à propos des meurtres des antifascistes. Face au comte Cerruti, la donne était différente. Il était si charmant, si convaincant, si sincèrement patriote. Avec zèle, elle dressa le résumé de ses actions d'espionne au service de la mère patrie.

— Ces faits mériteront une reconnaissance le jour prochain où l'Italie retrouvera la place de première puissance méditerranéenne. Une position qui fut la sienne du temps des Césars.

Au terme de cette tirade louangeuse, Cerutti échangea un regard avec le plus jeune des deux militaires qui voulait dire : « Ne vous avais-je pas dit qu'elle était la femme de la situation. »

***

— Salut, René. Regarde vers le comptoir. Le jeune gars, c'est Émile Fachart, notre chauffeur… Si ça te va, bien sûr… Je lui ai tout expliqué.

René, plongé dans la lecture de la page des sports du *Petit Parisien*, ne prit pas la peine de lever les yeux vers son pote Marcel Jardet. Il finit par lâcher :

— Appelle-moi Jacques quand tu te pointes chez la Mère Marguerite. D'ailleurs, le mieux, ce serait même que tu m'appelles pas. Tu piges ?

— Excuse-moi, mais avec toi il faut s'accrocher et te suivre avec tous tes faux blazes.

— Tous mes alias tu veux dire !

— Tes alias ?

— T'occupe. Fais-le venir.

René examina l'homme qui s'approchait à l'invitation de Marcel. Une vraie gueule d'Apache avec son pantalon serré à la taille, sa veste trop étroite et son foulard rouge à motifs qui lui protégeait le cou.

— Bonjour.

— Salut, répondit René. T'as pigé ce que Marcel t'a dit de faire pendant qu'on s'occupe du commis ?

— Ben…

— Y a pas de « ben… ». T'as pigé ou pas ?

— C'est bon, Marcel a été clair.

René n'aimait pas le regard fuyant du jeune gars. « Soit il va se défiler au premier pépin, pensa-t-il, soit il va tirer dans le tas pour faire le malin. » Il reprit :

— T'as pas un flingue ou un surin sur toi, j'espère !

— Si, bien sûr. Un couteau, faut bien…

— Faut bien… Faut rien ! Rien du tout ! Tu restes peinard au volant et t'attends en te faisant tout petit avec ta tronche de premier communiant déguisé en Indien. Alors ton couteau, tu me le donnes. Tâche de prendre l'air d'un brave chauffeur qui attend son bourgeois de patron.

L'autre ne se le fit pas répéter, il sortit de sa poche un couteau à la lame pliable munie d'un cran d'arrêt et le tendit à René.

— Et ? fit René en tendant la main.

— J'ai pas de flingue, j'te jure. Et j'ai rien d'autre.

— Y a intérêt, fit René en quittant son siège. Allez, on y va. T'as ton permis au moins ?

— Ben c'est que…

— Il conduit comme un chef, intervint Marcel.

— Je demande à voir, ronchonna René.

Ils sortirent après que René eut salué Marguerite en lui laissant ses consignes : laisser la porte de derrière ouverte et changer le seau.

— Putain, ça caille ce matin, fit Marcel.

— Comment vous êtes venus jusque-là ? demanda René.

— En train. On s'est retrouvés en gare de Brévannes.

Pendant que le jeune Émile traversait la route, René retint Marcel.

— Je te rappelle : pas un mot sur mon nom. Pour lui, je suis Jacques et rien d'autre.

Comme Marcel paraissait ne pas trop comprendre, René souffla avant de préciser :

— Cot ! Jacques Cot. C'est le nom du cave que j'ai soulagé de son permis de conduire.

— Maintenant c'est ton nom pour de vrai qu'on dirait, à force. Hein ?

— Hein quoi ?

— Ben c'est marrant d'avoir maintenant ton faux nom pour vrai nom.

— Hum... ça dépend pour qui. En attendant tu la fermes.

Ils firent le trajet qui les menait à Paris en silence. Quand ils eurent atteint Maisons-Alfort par la nationale, René fit stopper la voiture au carrefour d'Alfort. Il expliqua à Marcel et Émile qu'en cas de problème, s'ils devaient abandonner la voiture, ils se sépareraient et fuiraient à pied. Il leur distribua à chacun un ticket de métro.

— Au cas où... À partir de là, ce sera chacun pour soi. Si on a le flouze, vous vous démerdez pour aller porte de Charenton et de là vous prenez le bus E qui vous amène ici. On se retrouve au Petit Caporal, le troquet à l'entrée du pont. Et si y en a un qui se fait serrer, c'est motus.

Il fit signe à l'Apache de lui laisser la place.

— Je vais conduire jusqu'à la rue du Cotentin. Toi, tu passes derrière et t'enfiles la pèlerine noire qui se trouve sous le siège et t'enlèves ton foulard. Je vais pas te le répéter une autre fois. Garde ta casquette, mais tu la mets bien droite et pas sur le côté comme les maquereaux. Quand tu reprendras le volant, tu dois avoir l'air de rien. Compris ?

— Hi ! hi ! rigola Marcel. Pour avoir l'air de rien, y va pas se forcer l'gamin.

René ne réagit pas à la bonne blague.

— Ah, dernière chose, j'ai mis des fausses plaques cette nuit. J'y ai collé celles d'une voiture que j'avais forcée du côté d'Orléans et que j'ai refourguée depuis à un meccano de ma connaissance. Quand on aura fait notre affaire, on s'arrêtera dans un coin de Bercy pour remettre les bonnes. Je te guiderai, Émile. Y a intérêt que tu soyes à la hauteur.

— Pour l'instant ça va, fit le jeune du ton de celui qui a réussi son examen de passage.

— On verra. C'est quand ça chauffe…

— … qu'on reconnaît les bons chauffeurs… s'empressa de compléter Marcel en rigolant.

René, pour une fois, esquissa un sourire.

« Il a mis le temps, l'enflure », pensa Émile en rajustant sa casquette.

***

— Yolanda, regardez ce type ! Là, sur la droite, debout devant le capot de la Peugeot en stationnement.

Laetitia se tourna vers la vitre et balaya du regard le paysage urbain qui s'offrait le long du boulevard Saint-Germain.

— On l'a dépassé, retournez-vous, je m'arrête. Par la lunette arrière vous le voyez en train de parler à un agent.

Elle vit l'homme gesticulant sous le regard impassible du policier qui écrivait dans un calepin.

— Ce type qui se prend une contravention…

— Oui, Silvio. Qu'est-ce qu'il a ?

— Hier soir, il était devant votre porte. J'en suis sûr. La rue n'est pas éclairée, mais je l'ai vu de près. Les mêmes cheveux bruns bouclés, le même blouson de cuir clair. C'est lui ! Pas de doute.

« Oui, c'est lui, paniqua Laetitia intérieurement. C'est ce jeune toubib… Quel imbécile. Il va me coller maintenant… Ça m'apprendra à me laisser séduire par un trop jeune. »

— Je ne le connais pas. Jamais vu, lâcha-t-elle d'un ton détaché, si naturel qu'elle en fut surprise.

— Pourtant, il était bien devant chez vous.

— Silvio, arrêtez de vous faire des films. Il n'y a pas que moi qui habite le n° 3. Il cherchait quelqu'un, voilà tout.

Silvio redémarra. Laetitia jeta un dernier coup d'œil vers Adrien. Il écoutait maintenant l'agent de ville, les mains dans les poches en marquant sa désapprobation à ce qu'on lui disait par des signes de dénégation de la tête.

— Yolanda, vous savez, j'ai l'œil. C'est mon métier. Je ne me trompe jamais : quand j'ai vu une fois c'est pour toujours. Si ce type, vous le rencontrez à nouveau, prévenez-nous. On s'occupera de lui.

— Silvio, fit Laetitia dans un large sourire qui transparut dans le ton de sa voix. Je ne peux pas le rencontrer à nouveau puisque je ne l'ai jamais rencontré une première fois.

Silvio mit une petite seconde avant de saisir la subtilité de la nuance. Il se dit que décidément Yolanda, à toujours vouloir dominer la situation par la blague, était en train de devenir une vraie Française.

***

— Allez, l'Apache, prends ma place et sois prêt. T'éteins pas le moteur, hein ! Toi Marcel, tu te tiens debout au coin de la rue en face.

Marcel, occupé à déchiffrer le nom de la rue, ne répondait pas.

— Eh ! t'écoutes ce que j'te dis ?

— Rue Charles-Cazin ! s'exclama Marcel.

— Ma parole, t'es miraud. Il te faut deux plombes pour lire une plaque.

— C'est pas ça, mais je lis pas souvent.

— Bon, là-bas, il y a la gare de marchandises de Vaugirard qui touche à la gare Montparnasse. Notre gars, il arrive de là avec une sacoche pleine de biftons vu qu'il ramène le fric de la vente de wagons de bouffe arrivés de bon matin.

— De bouffe ?

— Oui. C'est un genre de grossiste. La société Lallemant.

— Marrant… Le fric de la sacoche, c'est toujours ça que les Allemands n'auront pas.

— Arrête de déconner, tu ferais mieux de réviser ton cours préparatoire de lecture, ça nous ferait gagner du temps. Mets ces lunettes noires. Si le type nous voit, il aura du mal à nous reconnaître.

— Et lui ? fit Marcel en montrant Émile.

— Négatif, ça le gênerait pour conduire. Et puis comme ça, il se tiendra à carreau et restera dans la voiture.

Les deux hommes se dirigèrent vers la gare de Vaugirard pendant que l'Apache faisait une manœuvre pour placer la voiture dans le sens inverse.

Le froid qui continuait à peser sur Paris et la pluie fine qui s'était remise à noircir le ciel dissuadaient les rares passants, emmitouflés dans leurs cache-cols, de lever le nez.

René choisit le coin qu'il avait repéré : le mur aveugle qui marquait la séparation entre la rue et les voies de chemin de fer.

— Il arrive ! C'est un gars ponctuel, annonça-t-il en consultant sa montre. 11 h 25. Laisse-le s'approcher le plus près de la voiture. Moi, je m'occupe de lui, et toi des passants.

— Y a pas un chat, fit Marcel, comme à regret.

— Tant mieux, moins j'aurai besoin de toi, mieux ça vaudra…

René se dirigea d'un air nonchalant vers l'homme qui tenait une sacoche sous le bras. Il jeta un dernier coup d'œil à la voiture et s'assura que c'était bien elle dont on entendait le moteur vu la fumée qui sortait du tuyau des gaz. Pas de flic en vue, juste une femme à une cinquantaine de mètres derrière l'encaisseur.

Quand l'homme le croisa, il l'agrippa par le bras, et lui mit son pistolet devant les yeux.

— Ton fric ou t'es mort !

L'encaisseur, qui dépassait René en taille, se raidit en pressant son précieux bagage des deux mains sur son ventre.

— T'entends ? Ou tu veux que je fasse exploser ta p'tite cervelle ?

Toute velléité de résistance s'éteignit soudain dans son regard. Il laissa tomber la sacoche et leva lentement les mains en l'air.

René lui fit signe de reculer.

— Pas de blague hein ! T'as des gosses. Recule et ferme-la !

Marcel, qui s'était approché, s'empara de la sacoche et fila vers la voiture. René lui emboîta le pas mais au moment de monter à son tour, il manqua le marchepied.

— Merde ! hurla-t-il en s'y reprenant.

Émile, qui venait de démarrer, freina brusquement, ce qui contribua à le déséquilibrer lors de sa deuxième tentative. Il parvint à se hisser sur le siège avant.

— File ! cria-t-il à l'Apache dès qu'il eut refermé la portière. T'aurais pu attendre que je soye installé avant de démarrer...

Émile s'abstint de répondre. Il se contenta d'un petit sourire ironique qui n'échappa pas à René.

Les cris « Au voleur ! Au voleur ! » du convoyeur qui courait vers la gare d'où il venait amenèrent René à se fendre d'un commentaire de vrai dur, sans doute pour en jeter à l'Apache :

— C'est ça, l'enflure, soulage-toi en beuglant. Nous, on a l'oseille et on se tire.

Au sortir de la petite rue, Marcel menaça de son pistolet un homme qui se tenait sur le pas de sa porte, sans doute alerté par les cris du comptable.

— Retourne-toi ou je te bute ! lui hurla-t-il en passant.

L'autre s'exécuta en levant les mains.

— Pour sûr, il ne fait pas le malin, exultait Émile.

Pour marquer le coup, histoire de rigoler, il donna un grand coup de klaxon au moment où il tournait sur la rue du Château. Sa joie fut de courte durée.

— Merde, y a deux types en vélos qui nous coursent.

En effet, deux manutentionnaires de la gare de marchandises qui s'en allaient casser la croûte à la cantine fonçaient à leur poursuite, debout sur les pédales.

— Accélère, l'Apache, ou je t'en colle une.

— Je peux pas, on arrive au croisement de tout à l'heure.

— Tu tournes à droite et ensuite je te guide, direction porte de Vanves.

Ils durent ralentir au carrefour et comme les deux gars à vélo en avaient sous la pédale, ils s'étaient rapprochés à portée de voix. Mais heureusement, ils ne tinrent pas la distance.

Quand ils arrivèrent au niveau du métro Pernety, René fit arrêter la voiture. Il descendit.

— Toi, tu descends là, intima-t-il à Marcel. Y a le métro. Je passe te voir demain matin. Et toi, laisse-moi ta place. Je vais te lâcher sur Alésia.

— Et le fric ? fit l'Apache en glissant à contrecœur sur le siège passager.

— Tout à l'heure, à 2 heures à la sortie du métro École-Vétérinaire, devant l'usine de vélos. Allez, magne-toi.

— Je croyais que c'était au Petit Caporal, s'étonna l'Apache.

— Eh ben, on a changé ! C'est comme ça !

Quand René s'installa au volant, Marcel avait déjà pris la tangente vers la bouche de métro.

— Tu vois petit, c'est ça le boulot, fit René en démarrant. Ni vu ni connu.

Émile était pensif. Il avait l'impression qu'on était en train de le doubler dans ce changement de programme pour le partage du blé. Il sortit son foulard et le noua autour de son cou.

— Y a beaucoup dans la sacoche ? On pourrait y jeter un coup d'œil rapido avant le partage.

Il répéta sa question car le bruit du moteur avait couvert sa voix. René ne répondit pas tout de suite, comme si la conduite accaparait toute son attention.

— On verra ça tout à l'heure.

— Qui me dit que tu vas pas te servir pendant que Marcel et moi, on a le dos tourné ?

— Y a pas de partage, y a le chef et les autres. Prépare-toi à descendre et ferme-la.

***

Laetitia n'avait eu que quelques minutes pour repasser chez elle, terminer sa valise et se repoudrer avant d'aller prendre un taxi à une tête de station sur le boulevard.

L'ambassadeur et ses deux assistants avaient été charmants. M. Cerutti lui avait même versé le thé en personne, tout en la félicitant pour tous les services qu'elle avait rendus à la patrie.

Elle pensait partir pour l'Italie, mais c'était dans l'ouest de la France que M. Cerutti l'envoyait. Plusieurs jours dans une ville dont elle n'avait jamais entendu le nom, sinon à l'école quand la maîtresse l'interrogeait sur les départements : « Nogent-le-Rotrou, sous-préfecture du département de l'Eure-et-Loir, chef-lieu Chartres », disait-elle mécaniquement quand on lui montrait l'endroit sur la carte de France muette. Elle supposait que si c'était à l'ouest, il y aurait des prés bien verts et des vaches broutant sous les pommiers.

Laetitia fut ramenée à la réalité du pavé parisien par des coups de klaxon intempestifs.

— Voilà qu'on est bloqués on dirait… marmonna le chauffeur.

— Je vois, fit Laetitia, d'une voix où transparaissait l'inquiétude.

— Dans combien de temps, votre train ?

— Encore une heure, je crois.

Elle releva sa manche pour consulter sa montre.

— Un peu plus, même, ajouta-t-elle.

— Ne vous inquiétez pas madame, on arrivera à temps.

— Je ne sais pas. Je ne conduis pas dans Paris et pour tout vous dire, la gare Montparnasse est dans un coin de Paris où je ne suis jamais allée.

— C'est un quartier fréquenté par les artistes. J'ai un collègue qui travaille par ici. Il me raconte des choses incroyables sur ce qui s'y passe. Les gens font la fête tous les soirs dans les cafés et les restaurants.

— Grand bien leur fasse, laissa tomber Laetitia.

— Le mont Parnasse dans la mythologie, c'est le lieu où résident les muses. C'est sans doute pour cela que c'est devenu le quartier des artistes.

— Comment vous savez ça ?

— Je l'ai lu dans un guide touristique. J'aime bien raconter des histoires aux clients. Aux touristes aussi… Ça leur passe le temps dans les embouteillages. Et à moi aussi.

La circulation reprit cahin-caha. Comme le taxi passait devant un panneau annonçant la direction de la gare, il dut céder le passage à deux voitures de police qui klaxonnaient furieusement pour qu'on leur laisse la voie libre, occasionnant l'arrêt d'une charrette de légumes, d'un bus et de quelques voitures au milieu du carrefour.

— Vous croyez qu'on va passer, maintenant ? s'inquiéta Laetitia.

— Si on n'avance plus, je descends avec vous et on y va à pied. On est à deux pas… Bah ! ça va aller, il vous reste encore une bonne demi-heure avant le départ de votre train. Ne vous inquiétez pas, on va redémarrer.

Laetitia baissa légèrement sa vitre embuée. Sur le trottoir, devant le cinéma Pathé qui affichait un film avec Arletty, les passants échangeaient des informations sur les raisons du passage tonitruant des policiers.

— Il paraît qu'ils ont cambriolé un train, rapportait l'un.

— Mais non, c'est un encaisseur qui s'est fait délester de sa sacoche pleine d'argent, disait un autre.

— C'est exactement ça, approuvait une femme, ils se sont enfuis à vélo.

— Oh ! alors c'est eux que j'ai vus, confirma un vieux monsieur.

— Moi aussi, et je peux vous dire qu'ils avaient le feu aux fesses, renchérit un jeune gars en bras de chemise malgré le froid.

La conversation se termina par un gros rire quand une voix lança :

— Les coureurs du Tour de France, z'ont qu'à attaquer les trains et se barrer à vélo, ça vaudra tous les entraînements et en plus ça leur paiera leurs frais.

***

René franchit le pont de Charenton et se gara devant l'usine des cycles Lejeune à deux pas du terminus des bus. Émile, l'Apache, n'était pas encore en vue.

« J'espère que ce petit con ne s'est pas perdu dans le métro. » Cette pensée en amena une autre. Ce ne serait pas une mauvaise chose finalement : il économiserait la part qui lui revenait. Enfin sa petite part de jeune branque, se réjouit-il.

Un petit sourire éclairait encore son visage quand il vit l'Apache descendre du bus E et regarder autour de lui.

Il repéra la voiture et arriva au petit trot.

— Allez, grouille et monte !

L'autre s'exécuta.

— Et Marcel ?

— Il a pris la tangente, on était trop repérés. Je le verrai demain. Et toi, rien à signaler ?

— Qu'est-ce qu'il y aurait eu à signaler ?

— J'sais pas moi, s'énerva René. Des flics dans tous les coins et dans les stations de métro sur ton chemin.

— J'étais pas sur des chemins, j'étais assis dans le wagon…

— Tu te fous de ma gueule ou quoi ?

— Mais non, pourquoi ? s'étonna Émile.

— Putain ! toi, non seulement t'en as l'air, mais tu l'es vraiment.

Émile renonça à demander des précisions sur ce qu'il croyait avoir compris pour ne pas créer de fâcherie avant de toucher son fric. Il se cala dans l'angle que faisaient la banquette et la portière.

— On aurait pu s'en jeter un au Petit Caporal et faire le partage devant un canon, c'était juste à côté de l'arrêt du bus.

— Bien sûr ! Et le patron aurait pu dire aux flics que sur le coup de 2 heures de l'après-midi, il avait vu deux gars pas trop catholiques compter les billets contenus dans une sacoche.

— On l'aurait fait discrètement…

— Tu crois peut-être qu'avec ta tête de voyou, le patron du rade, il aurait pas fait le rapprochement avec le vol de t'à l'heure.

— Il en sait rien.

— Maintenant non, mais demain matin en lisant son journal, sûr qu'il aurait pigé.

— Boh !

— Boh ! si tu veux. Mais moi j'ai remarqué ce matin que sur le comptoir, y avait *Le Petit Parisien*. Et crois-moi que demain en première page on parlera de nous.

— Je lis pas les journaux.

— Eh bien t'as tort. Faut s'instruire si on veut arriver à quelque chose dans la vie.

René avait prononcé cette sentence du ton de celui qui met un terme à la conversation. Émile se le tint pour dit. Il osa la ramener timidement quand René tira le frein à main après s'être rangé le long du trottoir. On était encore à Maisons-Alfort. Un gros bâtiment surmonté d'un grand clocher où flottait un drapeau tricolore attira son attention.

— Ce que tu vois, c'est la mairie. Le tramway s'arrête devant ton nez. Alors, tu le prends et tu disparais.

— Bien.

— Attends, fit René en lui présentant une enveloppe qu'il avait sortie de sa poche de veste. C'est ta part.

— Mais… On devait partager ensemble avec Marcel.

— C'est fait, comme tu vois.

— Mais…

— File.

L'Apache ne s'exécuta pas. Il ouvrit l'enveloppe qui n'était pas cachetée et jeta un coup d'œil à l'intérieur et s'exclama :

— Quoi, 2 000 ?

— Pas mal, hein, en deux minutes.

— Pas mal, peut-être, mais pas assez ! Rapport à ce qu'il y avait dans la sacoche.

— Pas assez ? gronda René. Parce que toi, tu sais combien de biftons il transportait le zigue ?

— Non, mais Marcel m'avait dit qu'il y aurait beaucoup.

René se pencha vers l'Apache, bras tendu. Il tourna la poignée de la portière qui s'ouvrit en grand.

— Assez jasé.

Émile finit par descendre, un mauvais rictus au coin des lèvres. Il claqua la portière en murmurant quelque chose que René ne comprit pas et partit d'un pas pressé à l'opposé de l'arrêt du tram et des bus.

René se demanda ce que ce foutu gamin allait faire. Il pensa qu'il partait en direction de la gare toute proche. « Attends un peu, je vais t'apprendre à obéir au chef », enragea-t-il intérieurement. Il démarra en trombe, tourna à droite, reprit à droite encore une fois avant le pont du chemin de fer et longea les voies jusqu'à la gare par ce chemin détourné.

Si l'Apache avait l'intention de prendre le train, il ne tarderait pas à le voir traverser la place devant lui. Il le repéra au bout de trois minutes. À cette heure, la rue en pente où il avait stoppé la voiture était déserte.

— Hé l'Indien !

Émile tourna la tête au moment où il s'apprêtait à entrer dans la petite gare. Il fut étonné de voir René qui l'attendait à côté de la voiture dont le moteur libérait un nuage fumée blanche dans l'air humide.

— Allez, amène-toi, petit, lui lança René, bien calé sur ses deux jambes, la main droite négligemment glissée dans l'échancrure de sa veste boutonnée.

***

L'ambassade avait bien fait les choses. Le rapide qui la menait à Nogent-le-Rotrou ne s'arrêtait qu'à

Versailles et Chartres avant de poursuivre sa route vers Le Mans.

Les trois sièges moelleux de chaque côté du compartiment étaient recouverts d'une sorte de velours fuchsia du plus bel effet. Le tout se mariait avec des rideaux bleus et un revêtement de sol caoutchouté de la même couleur.

Un couple de personnes d'un certain âge était sur la banquette face à elle, contre la fenêtre où figuraient des consignes de prudence en plusieurs langues. Elle lut mentalement la phrase en italien « *E pericoloso sporgersi* » et la compara au « *Nicht hinauslehnen* » écrit en allemand, une langue dont elle ignorait tout. Elle s'étonna qu'il y ait autant de « h » en si peu de mots. Elle s'attarda ensuite sur la phrase « Ne pas se pencher au-dehors » et constata que la formulation française était toute différente de l'italienne. Le français interdisait de se pencher alors que l'italien avertissait du danger.

Les deux vieux semblaient indifférents à ces avertissements. D'autant moins sans doute parce qu'ils avaient remonté la vitre dès le départ de Paris. « C'est à cause de la fumée qui entre quand on passe dans les tunnels… et puis, il ne fait pas chaud. » Serrés l'un contre l'autre, ils commentaient à voix basse le paysage qui surgissait au sortir des saignées renforcées de pierres noircies par la fumée des locomotives.

Laetitia avait décidé de se placer près du couloir où elle irait se dégourdir les jambes de temps en temps en fumant une cigarette. Elle allongea ses jambes sous le siège qui lui faisait face et ferma les yeux en se laissant bercer par le tadam-tadam des roues métalliques.

Ainsi donc, elle filait vers Nogent-le-Rotrou. Elle ne savait pas précisément ce qu'on attendait d'elle, sinon qu'il s'agissait d'une mission de routine, compte tenu de son savoir-faire en matière de filature.

Juste après l'arrêt de Chartres, elle vit le vendeur de boissons et de casse-croûte qui passait dans le couloir. Elle lui acheta de quoi se restaurer. Elle profita que le couple soit descendu pour occuper la place près de la fenêtre et utiliser la tablette amovible.

Les étendues vertes de la grande plaine de la Beauce, dont on ne voyait pas l'horizon, lui rappelèrent un poème que la maîtresse avait demandé aux élèves du certificat d'étude d'apprendre par cœur. Elle se souvenait du nom de l'auteur : Charles Péguy, un grand écrivain, mais aussi un soldat qui était mort dans les premiers jours de la dernière guerre. L'institutrice leur avait expliqué le texte et les avait laissés libres d'en apprendre la strophe de leur choix. Elle avait choisi celle qui disait :

Deux mille ans de labeur ont fait de cette terre
Un réservoir sans fin pour les âges nouveaux.
Mille ans de votre grâce ont fait de ces travaux
Un reposoir sans fin pour l'âme solitaire.

Elle était solitaire telles ces âmes évoquées par ce M. Péguy qui avait été fauché dans les tranchées comme des millions de jeunes hommes. Peut-être que s'il n'y avait pas eu cette guerre dévastatrice, la France n'aurait pas eu besoin de tant de main-d'œuvre pour se reconstruire. Elle serait restée avec sa mère et ses frères et sa sœur là-bas, dans la montagne où il faisait si froid l'hiver. Elle sourit en pensant que finalement, c'était mieux d'habiter à Paris que de moisir dans un coin perdu du Val d'Aoste à garder les vaches et à travailler dur à la ferme. Tout compte fait, cette guerre qui avait fauché tant de vies avait eu un résultat heureux pour elle. Un dicton qu'elle entendait souvent dans les conversations correspondait bien à la situation : « Le malheur des uns fait le bonheur des autres. » Tout à coup, tout le cynisme de la phrase l'accabla d'un lourd sentiment de culpabilité. Elle s'en libéra bien vite en mesurant combien, malgré les apparences, elle n'avait jamais été vraiment heureuse. Sauf, peut-être, durant les cinq années passées auprès de Jules, son défunt mari. Certes, il était timide et un peu triste, mais pour lui faire plaisir, il l'emmenait danser dans les endroits chics de Paris. Il avait été très amoureux d'elle dès qu'il l'avait vue lorsqu'elle avait trouvé un travail dans la petite fabrique de vaisselle appartenant à son père. Elle avait 19 ans, il en avait 35. Tous les employés de l'usine savaient que les parents de Jules se désespéraient de ne pas le voir marié à son âge. Il lui avait fait une cour discrète pendant des mois. Elle avait fini par accepter quelques invitations à dîner en donnant comme excuse à sa mère et ses frères que du travail en retard nécessitait qu'elle fasse des heures supplémentaires.

Jules lui avait promis le mariage un soir qu'ils attendaient un taxi qui la ramènerait près de chez elle. Il s'engagea à en parler à ses parents quand ils seraient prêts à accepter qu'il épouse une ouvrière, italienne de surcroît. « Je vais les préparer, lui avait-il dit. Mon père t'apprécie. » Elle avait enchaîné en riant par une formule qui lui était venue à l'esprit spontanément : « Comme ouvrière sans doute, mais comme belle-fille, j'en doute. » Il avait ri, un peu jaune, à ce bon mot inattendu.

Mais le destin vint contrecarrer leur bonheur de vivre ensemble au travail en attendant de partager un jour tous les instants de la vie. La crise qui avait causé tant de dégâts en Allemagne et en Amérique à la fin des années 1920 frappa la France à son tour. L'entreprise Toureaux fut confrontée à la mévente de ses produits et dut licencier du personnel. Les femmes étant les premières sacrifiées dans ces cas difficiles, Laetitia se retrouva sans emploi.

Jules, en vrai gentleman, ne la laissa pas tomber. Il l'épousa, mais en secret. Sans rien dire à ses parents. Ils s'installèrent dans un petit appartement rue Pierre-Bayle, pas très loin de la rue des Amandiers où se trouvaient les bureaux et l'atelier de la maison Toureaux. Ses parents ne vinrent jamais le visiter, ce qui ne manqua pas d'étonner Laetitia. Elle s'accommoda de la situation, en considérant que dans le milieu bourgeois parisien, on avait des façons d'être bien éloignées de celles d'une modeste famille italienne de la montagne.

Mais ce petit bonheur tranquille de femme au foyer partageant sa vie entre les courses dans les grands magasins et des visites à sa parenté fut brutalement interrompu par la mort de son mari, emporté en quelques mois par une tuberculose laryngée.

Malgré sa maladie, Jules avait continué son travail auprès de son père à l'usine. Mais, au bout de quelque temps, trop faible, il avait dû se résoudre à garder la chambre. Sentant sa fin approcher, il envoya une lettre à ses parents leur demandant de venir le visiter à son domicile dont il leur communiquait l'adresse pour la première fois.

M. Toureaux père, dès le lendemain, sonna à la porte de l'appartement de son fils. Il eut la surprise de voir Laetitia, cette bonne ouvrière dont il avait dû se séparer cinq ans auparavant, lui ouvrir. Il apprit avec un étonnement douloureux que son fils s'était marié à l'insu de ses parents avec cette petite Italienne sans dot et sans éducation. Mais il ne laissa rien paraître de son dépit et de sa déception, tant l'état physique de son fils faisait pitié.

Les parents de Jules vinrent tous les jours visiter leur fils dont le destin était scellé, selon le diagnostic des médecins. Jules s'éteignit en demandant à ses vieux de se montrer affectueux et généreux envers sa femme qui lui avait apporté tant de bonheur au cours des cinq années de leur vie commune.

Ils lui promirent d'agir conformément à ce vœu ultime, mais une fois Jules mis en terre, ils ne reprirent jamais contact avec Laetitia. Ils se contentèrent de remplir une partie de leur promesse en lui versant une petite pension.

Son frère Virgile, marié à la fille d'un cafetier de Paris, avait été d'un grand secours pour lui permettre un nouveau démarrage dans la vie. Il lui avait permis de trouver ce petit travail à L'As de Cœur, le dancing qui se trouvait dans la même rue que le bistrot de son beau-père.

C'est au hasard de ses rencontres dans la salle de bal qu'elle sympathisa avec M. Rouffignac. Il lui fit du charme, mais plus en aîné séduit par sa beauté et sa conversation qu'en vieux beau désireux de la mettre dans son lit. Elle se rendit compte que c'était exactement le genre de relation qu'elle cherchait dans cette période de veuvage. Bien qu'elle n'eût jamais ressenti de désir passionnel pour Jules, et même pas de désir du tout, elle l'avait aimé à sa façon. Mais elle était consciente que le grand, le vrai amour qui entraîne toutes les folies et toutes les audaces, elle ne l'avait jamais connu. Le connaîtrait-elle un jour ? En cela, elle tenait de sa mère qui lui avait toujours semblé d'une froideur marmoréenne avec son père pour autant qu'elle se souvienne de la manière dont ils se parlaient sans jamais se toucher, du moins devant les autres. Ils s'embrassaient encore moins. Et pourtant, ils avaient eu quatre enfants.

Il lui parut soudain évident que si sa mère était aussi distante avec son père, c'est qu'elle refusait de s'exposer à des grossesses en série comme c'était la règle dans la campagne aostienne. Quatre enfants en sept ans devait lui paraître un rythme au-delà de ses forces et de son seuil de tolérance. Finalement, elle était comme sa mère. Si elle avait été si affectueuse avec Jules, et paradoxalement si distante physiquement, c'est qu'elle ne voulait pas d'enfants. Du reste, Jules s'en accommodait plutôt bien. Sa timidité avait quasiment occulté chez lui tout ce qui concernait la sexualité des femmes. Il n'avait jamais fait l'amour à une femme avant leur nuit de noces, et durant leurs cinq années de vie commune, il n'avait guère progressé dans ce domaine. Laetitia avait bien des fantasmes qui venaient troubler ses nuits d'insomnies tandis que Jules ronflait bruyamment dans le grand lit, mais elle remettait leur réalisation à plus tard.

Elle fut effrayée lorsqu'une chose s'était affirmée comme évidente malgré elle : si elle devait un jour connaître l'amour physique, comme elle entendait ses collègues féminines en parler à mots couverts entre elles à l'usine, ce ne serait pas avec Jules. Et maintenant qu'elle était veuve, peut-être la vie lui réserverait une belle rencontre. Elle passa en revue ses « amoureux » potentiels ou déclarés : le jeune étudiant en médecine, le vieux Rouffignac, l'ambassadeur, le chauffeur italien, le soi-disant notaire à la voiture de sport, le marin de Toulon qui lui écrivait des lettres enflammées. Elle en oubliait peut-être un ou deux, mais elle savait que l'homme de sa vie n'était pas parmi eux. Existait-il seulement ? Peut-être que oui. Alors il était quelque part, à Paris ou ailleurs. Et si elle l'avait déjà croisé sans savoir que c'était lui et sans qu'il sache que c'était elle ? Malgré ses 30 ans, elle avait encore toute une vie devant elle. Par la vitre du train elle vit dans la brusque apparition du soleil un signe annonciateur positif. Le train filait à vive allure dans un paysage de collines verdoyantes inondées de lumière.

MERCREDI 24 MARS

— Mais qu'est-ce qui t'a pris, bon dieu !

— Il m'a pris qu'hier, ce petit con m'a énervé. Alors, j'ai voulu lui donner une leçon, mais il s'est rebiffé.

— Et qu'est-ce qu'il a fait pour te mettre en boule au point de le suriner en plein jour ?

René Blondeau haussa les épaules.

— Ce que j'en sais moi. C't'Indien m'a couru sur le blaze avec ses manières de faux derche.

— Mais pourquoi t'es retourné le voir devant la gare, alors que tu m'as dit qu'il avait fini par s'écraser et ficher le camp ? Il est venu me voir hier soir. Heureusement, il avait juste une grosse entaille sur le côté et une petite blessure au bras.

— Il a vu un toubib ?

— Il m'a dit que non.

— Et tu le crois ?

— J'sais pas.

René finit par lâcher, la mâchoire serrée, laissant siffler ses paroles :

— C'est bon Marcel. Suffit, dac' ! Le chef c'est qui ?

— C'est toi, mais...

— Bon, si c'est moi, à c't'heure, c'est pas toi qui causes.

Sentant qu'il était peut-être allé trop loin, Marcel leva les bras, la paume des mains en avant.

— Pas de problème.

— C'est ça, pas de problème entre nous, fit René d'un ton conciliant.

Il but une gorgée de café au lait.

— Et le journal, il en parle ?

— De l'Apache ? Non. Du moins pas dans *Le Populaire* que j'ai acheté ce matin, Enfin, j'ai à peine lu et regardé les images.

— C'est bonard. Si ton canard ne dit rien là-dessus, les autres non plus. Ils écrivent tous la même chose.

Marcel s'abstint de répondre, ne se sentant pas assez expert en matière de presse pour contredire le chef, mais quelque chose le chiffonnait dans ce silence des journaux.

René sortit *Le Petit Parisien* plié serré dans la poche de sa veste.

— Mais, pour notre expédition à Montparnasse, là-dedans y a des photos et tous les détails !

Il déplia le journal qui annonçait, à la une, l'attaque du caissier. Il alla à la page 3 et la montra à Marcel.

— Tu vois, ils en font toute une tartine avec le témoignage des gens qui nous ont vus, sans compter ce que raconte le gars qu'on a volé.

Marcel regardait la page du journal et lut avec application les titres et les légendes des photos. Il leva les yeux vers René et finit par dire, sur un ton mi-inquiet mi-sceptique :

— Il y avait rien du tout sur nous dans *Le Populaire*... C'est bizarre, vu que tu dis que les journaux racontent tous la même chose.

— Oui ! C'est la règle, mais les journaux c'est comme la grammaire, y a toujours des exceptions, se cabra René.

Agacé devant le côté laborieux de la lecture de Marcel, il lui indiqua d'une pichenette un encadré dans la colonne de droite :

— Tu vois, ces salauds de témoins ont même donné le numéro de la voiture ! Ils disent dans l'article que la bagnole est immatriculée à Orléans.

— C'est pas bon ça !

— T'inquiète… je l'ai planquée. Maintenant, va falloir en trouver une autre.

Marcel reprit le journal et entreprit de lire l'article du *Petit Parisien* avec application en remuant les lèvres. Il s'attarda sur la photo de l'encaisseur, un certain Beauvois, qui racontait l'agression en détail. Sous son portrait figurait celui d'une femme ayant assisté à leur fuite depuis sa fenêtre du rez-de-chaussée. Il s'exclama :

— Ah ! la traînée ! Elle balance salement. Les gens ont peur de rien !

— Tu parles de la mémé ?

— Enfin la mémé, pas si vieille que ça. J'en ferais bien mon quatre heures.

René se contenta d'une petite mimique montrant qu'il appréciait la grivoiserie de la remarque. Il observait Marcel du coin de l'œil en se roulant une cigarette pendant qu'il continuait à lire, s'étonnant qu'il n'ait pas encore parlé des 70 000 francs du butin annoncés par les journalistes.

Marcel finit par lever les yeux du journal. Il prit le temps de le replier et de le jeter sur la table.

René resta silencieux. Il fronça les sourcils en guise d'intense réflexion, le regard plongé dans sa tasse, comme s'il cherchait dans le reste de café une réponse à un intense débat intérieur.

— Tu me demandes rien sur les 70 000 francs de la sacoche ? finit-il par lâcher sans lever les yeux.

Marcel prit le temps d'écraser son mégot dans le cendrier de faïence jaune citron frappé des lettres « SUZE ».

— Moi tu sais, ce que les journaux racontent… En plus, le gars à la sacoche, il balance bien ce qu'il veut. Hein ? Va savoir s'il en avait pas mis dans sa poche avant qu'on le dévalise.

— Bien parlé.

René sortit une enveloppe de papier kraft de sa poche intérieure de veste. Il la posa devant lui et la glissa lentement, quasi cérémonieusement, près du verre de Marcel.

— Ta part.

— Merci, fit Marcel en faisant disparaître l'enveloppe.

— Tu comptes pas ?

— Je fais confiance. On est des potes, non ?

René ne montra rien de ce qu'il pensait de cet acte d'allégeance à son autorité. Son attention était maintenant concentrée vers le comptoir, où le patron discutait avec deux clients, des transporteurs de légumes qui allaient aux Halles. Il avait repéré leur camionnette Renault en face du café.

Marcel vida la carafe de Piccolo d'Argenteuil dans son verre.

— On devrait pas rester dans ce bistrot, là, à Maisons-Alfort. Si Émile a parlé, les flics doivent te chercher dans le coin.

— On n'est pas à la gare ici, on est au pont de Charenton. C'est à deux kilomètres.

Comme René restait silencieux, l'œil dans le vague dirigé vers la fenêtre, Marcel se tut à son tour. Il alluma une cigarette et laissa errer son regard à travers la salle, histoire de s'assurer qu'il n'y avait pas des mouches de la police en train d'observer le monde.

Il terminait son verre quand René, maintenant bien présent, désigna d'un mouvement de tête les transporteurs debout au comptoir et la camionnette garée au dehors.

— Viens Marcel, on va faire notre marché.

Comme Marcel le regardait sans comprendre, il ajouta, un petit sourire aux lèvres qui faisait ressortir le trait de sa cicatrice sous l'oreille :

— Me dis pas que t'aimes pas les légumes. Y a rien de meilleur pour la santé. Je l'ai entendu l'autre jour au Poste parisien.

Marcel eut envie de lui rétorquer que les radios comme les journaux disaient souvent n'importe quoi, mais il jugea plus prudent d'oublier de répondre.

***

L'hôtel situé à la sortie de Nogent-le-Rotrou était confortable, presque luxueux. « Étonnant, pour une petite ville », pensa Laetitia. Une voiture hippomobile rouge vif portant sur les côtés l'inscription en jaune « HÔTEL DU CHÊNE DORÉ » prit en charge les trois personnes arrivant de Paris qui avaient réservé dans l'établissement.

Elle attendit d'être dans sa chambre pour ouvrir les deux enveloppes que le voiturier lui avait tendues lorsqu'il l'avait accueillie sur le quai.

L'une des enveloppes contenait de l'argent. 3 000 francs, soit presque six fois sa paye chez Maxi à Saint-Ouen. Une belle somme. Un billet indiquait l'usage qu'elle devait en faire : payer l'hôtel, les taxis pour ses déplacements et ses repas. Le mot précisait qu'elle ne devait pas se faire remarquer ni par des paroles intempestives, ni par son attitude. En guise de post-scriptum, une phrase écrite à la plume disait : *Soyez très discrète, chère Yolanda, même si votre beauté aura bien du mal à passer inaperçue.* C'était signé d'un V.

Vittorio Cerutti à n'en pas douter. Laetitia éprouva un sentiment mêlé où la gêne d'être l'objet d'un compliment aussi direct d'un homme de pouvoir auquel il faudrait bien céder le disputait à une certaine fierté d'avoir subjugué l'ambassadeur Cerutti, un familier des puissants comme le Duce ou M. Hitler, qui faisaient trembler leurs ennemis à la seule évocation de leur nom.

Elle se rassura en se disant que l'ambassadeur n'allait certainement pas la poursuivre de ses assiduités comme le faisaient ses habituels prétendants. Elle s'amusa à les compter sur ses doigts et finit par s'arrêter à quatre.

Elle ouvrit la seconde enveloppe, plus grande. Elle contenait une série de feuilles concernant des renseignements sur Carlo Rosselli.

Elle en prit connaissance avant de descendre au restaurant de l'hôtel où elle comptait déjeuner frugalement de manière à se sentir légère, en prévision de l'après-midi important qui l'attendait.

La salle à manger était déserte. Le patron, un homme rond, l'accueillit d'un sonore :

— Bien le bonjour, madame Nourrissat. Vous êtes la première, mais si vous redoutez la solitude, n'ayez crainte. Ici, on ne déjeune pas avant 1 heure. Ce n'est pas comme à Paris.

L'homme tira une grande chaise tapissée d'un méchant tissu à fleurs dans les tons de gris. Et tout en la déshabillant du regard, il l'invita à prendre place.

— Nous avons fait le nécessaire pour le taxi qui vous emmènera à votre visite du manoir de Courboyer. Figurez-vous qu'un de nos clients, M. Rosselli qui est descendu chez nous accompagné de son épouse, nous a demandé de ne pas le servir trop tard parce qu'il projetait, lui aussi, de se rendre à Courboyer dans l'après-midi.

— Tiens donc ! fit Laetitia. C'est vraiment curieux comme coïncidence.

— Pas vraiment au fond. C'est aujourd'hui que les propriétaires organisent la visite pour des acheteurs éventuels.

Laetitia se réjouit intérieurement du bon travail accompli par les services de renseignements italiens. La chance lui souriait ; non seulement, comme prévu, Rosselli et son épouse avaient maintenu leur projet de visiter la propriété de Courboyer, située dans un village de l'Orne à une dizaine de kilomètres de Nogent-le-Rotrou, mais en plus ils avaient pris une chambre à l'hôtel prévu. Sans doute était-ce le seul établissement digne d'accueillir un monsieur si important dans la région.

Il ne restait plus qu'à espérer qu'elle puisse nouer un contact avec la femme de Rosselli, le meilleur moyen d'approcher sa cible sans éveiller sa méfiance.

***

Il vit entrer dans le café un jeune type du nom d'Henri qu'il connaissait depuis peu.

— Salut, Adrien, dans la lune ?

— Non, non, Henri. Au contraire, je te regardais saluer tous les gens sur les quelques mètres qui te séparent de la porte. Et pour tout dire, je me demandais à quelle table tu te poserais.

— Comme tu vois, je choisis la tienne, soupira Henri en se laissant tomber sur une chaise.

Il déposa une grosse serviette en cuir noir devant lui.

— En fait, outre le plaisir de ta compagnie, je m'assieds ici parce qu'il y a de la place. Je vais un peu m'étaler sur la table.

« Henri comment, déjà ? » se creusait Adrien, en le regardant sortir un bloc de papier quadrillé et un stylo. Il avait pourtant un nom très méridional.

— Tu écris ?

— Oui. Je bosse, tu vois.

Henri éclaira sa réponse en sortant un gros paquet de journaux de son sac.

— Contrairement aux apparences, je ne travaille pas pour ma licence, mais pour un journal qui m'a engagé. Et tu ne devineras jamais pour quelle rubrique.

Adrien prit le temps de la réflexion.

— Alors ? le relança Henri.

— Je te verrais bien écrire sur la politique, compte tenu de ton engagement en tant que président du Groupe de Paris des étudiants communistes. Mais ce n'est pas ça, je suppose…

— Pas du tout en effet. Rien à voir !

Comme il eut l'impression que le jeu des devinettes lassait Adrien avant même d'avoir commencé, Henri précisa dans un gros rire :

— Les faits divers. J'écris dans la page des faits divers. Étonnant, tu trouves pas ?

— En effet, convint mollement Adrien.

— Ça n'a pas l'air de t'étonner plus que ça.

— Si… si.

— Qu'importe. Mais excuse-moi, il faut que je m'y mette sans tarder : l'actualité n'attend pas.

Henri commanda un café et se mit à parcourir les journaux qu'il avait posés en pile devant lui. De temps en temps, il prenait des notes.

Adrien alluma une cigarette et en offrit une à Henri.

Henri Noguès ! Son nom lui était revenu tout à coup.

— Mais tu recopies les articles…

— En fait, je rédige une revue de presse pour Gilbert, le journaliste spécialiste de la rubrique du journal *Ce soir*.

Adrien jugea poli de ne pas lui dire qu'il ne connaissait pas ce journal.

— Tu connais ? reprit Henri.

— Pas vraiment, je t'avoue.

— Ce n'est pas étonnant, c'est un nouveau quotidien qui veut être la voix des vrais gens de gauche. Ce que je fais en ce moment, c'est vérifier dans tous les journaux du matin que nos concurrents ne rendent pas compte d'affaires que nous avons loupées. Ou alors comme là, dans *Le Petit Parisien* que j'ai sous les yeux, de la mention de détails que nous n'avons pas traités.

— Par exemple ? s'intéressa Adrien.

— Un exemple ? En voilà un que je relève à propos de l'attaque d'un caissier hier du côté de la gare Montparnasse. Nous, on a écrit qu'ils étaient deux, en fait d'après certains témoins, ils étaient trois. Et surtout leur journaliste a été assez malin pour obtenir de la police le numéro de la plaque de la voiture.

— Et pourquoi la police ne l'a pas dit à votre journaliste ?

— Parce que *Ce soir* est un journal communiste. La police est plutôt de droite, comme je ne te l'apprends pas… Bref je prends des notes et ensuite, Gilbert va faire des vérifications et compléter ce qui nous manquait s'il le juge utile.

Henri s'était déjà replongé dans son travail. Adrien commanda un autre café. Il jeta un coup d'œil sur les premières pages des journaux que Noguès avait déjà épluchés.

La une du *Petit Parisien* faisait la part belle au débat à la Chambre des députés à propos des désordres de

Clichy. Ça ne l'intéressait pas vraiment, en revanche, on parlait aussi d'un certain Pinheiro arrêté après une tentative d'évasion en compagnie de trois autres détenus. Un des sous-titres de l'article annonçait qu'un faux-monnayeur, qui avait aidé les évadés à creuser le mur de leur cellule, n'était finalement pas parti avec eux. « Filez, on est bien ici. J'y reste », leur avait-il dit.

Il rit en repliant le journal.

— Qu'est-ce qui te fait rire ?

— Les faits divers. Tu as raison, c'est très amusant… Et instructif sur l'âme humaine.

Trois cigarettes et un café plus tard, Adrien referma *Le Populaire* et *Ce soir* qu'il avait lus avec une certaine attention. Henri, qui l'avait observé en coin, lui lança après avoir posé son stylo :

— Tu ne t'intéresses pas à la politique.

— Bof…

— Je vois bien. Dès qu'on évoque le sujet dans la bande, tu sors de la conversation.

— Oh, tu sais, j'ai déjà tellement de mal à y entrer.

Noguès fouilla dans la serviette posée sur la chaise à côté de lui. Il en sortit un flacon carré bleu qu'il déboucha. Il entreprit ensuite d'ouvrir le stylo dont la plume devait être en or.

— Un cadeau de mon père. Il était historien et ami de Jaurès. Lui aussi, dans son jeune temps, il a été étudiant à la Sorbonne et représentant jusqu'en 1905 des étudiants collectivistes. Tu vois, j'ai de qui tenir.

— Finalement, tu as toujours habité à Paris.

— Oui, sauf pour naître et passer des vacances. Je suis né à Perpignan. Je suis un Catalan si tu préfères.

Adrien ne réagissait pas. Il regardait fixement Noguès, comme plongé dans une intense réflexion.

— Qu'est-ce qu'il y a, Adrien ? J'ai dit quelque chose de bizarre ?

***

La voiture avait quitté Nogent depuis une dizaine de minutes. Tout s'était déroulé pour le mieux. Au restaurant, Laetitia avait attendu dans le salon jusqu'à ce que le couple Rosselli prenne place. Elle avait obtenu du serveur, contre un billet de 100 francs glissé discrètement dans son gilet, la faveur d'occuper une table près de la leur. Elle avait engagé très vite la conversation avec Mme Rosselli à propos de la cape verte que cette dernière avait soigneusement pliée sur le dossier de sa chaise avant de s'asseoir. La femme n'était pas forcément du genre à parler chiffons mais Laetitia l'avait complimentée sur le choix de la couleur. « J'aime tant le vert moi-même », avait-elle déclaré en espérant avoir frappé juste. Apparemment, ce fut le cas puisque la dame se détendit et s'ouvrit à la conversation.

De fil en aiguille, Laetitia tint son rôle de bourgeoise avec brio. Elle en vint, au moment du dessert, à l'objet de sa présence dans cette petite ville du Perche : la visite du domaine de Courboyer organisée par le propriétaire. « Ah ! bon, vous aussi ! » s'était joyeusement exclamée Mme Rosselli. Elle s'était tournée vers son mari qui, n'ayant pas pris de gâteau, en était déjà au café qu'il sirotait en feuilletant le journal *Ouest-France.* « Tu entends, Carlo, lui avait-elle dit en italien. Cette dame va au même endroit que nous. Nous pourrions l'emmener. Elle est si sympathique. »

Voilà comment Laetitia avait pu s'installer dans la voiture du couple, au milieu de la banquette arrière. Ils roulaient maintenant sur une longue ligne droite bordée de prairies séparées par des haies, où paissaient des vaches de couleur marron, la tête parsemée de taches blanches.

Carlo Rosselli conduisait prudemment, un petit sourire aux lèvres. Il passa ses doigts dans sa chevelure brune et drue. C'était un homme distingué, soigné même. Il sentait bon. Son costume bleu pétrole de fin lainage devait coûter une fortune.

Elle se fit la réflexion qu'il était étonnant qu'un homme visiblement riche comme lui, avec une femme si éduquée, puisse être socialiste ou, pire encore, communiste.

Carlo Rosselli échangea quelques mots en anglais avec sa femme assise à ses côtés dans la voiture.

Laetitia en ressentit une vive contrariété. Au restaurant, ils s'étaient entretenus entre eux en italien et voilà que tout à coup ils se parlaient en anglais. Elle n'avait que de très vagues notions de cette langue apprise dans les livres, à une époque où Rouffignac l'avait encouragée à le faire au motif que « dans le métier de détective, c'est toujours utile ». Et puis, elle avait laissé tomber dès qu'elle avait trouvé cet emploi fixe chez Maxi à Saint-Ouen. À mesure que leur conversation se prolongeait, Laetitia fut saisie d'une inquiétude : et s'ils avaient des soupçons sur son compte ? Mais pourquoi tout à coup ? Elle n'avait rien dit depuis qu'ils avaient quitté Nogent. Elle était encore plongée dans un abîme d'incertitudes quand Rosselli se tourna vers elle.

— Nous avons parlé italien tout à l'heure à table, mais Marion est beaucoup plus à l'aise en anglais car elle est irlandaise. C'est pour cela qu'elle aime tant le vert qui est la couleur fétiche de son pays.

— Votre épouse donnait l'impression de parler italien avec tant de facilité que j'ai cru qu'elle était italienne. Mais ce n'était donc qu'une impression…

Quand on ne connaît pas une langue, il est bien difficile de juger de la manière dont les gens la parlent.

— Oh ! mais c'est que Marion maîtrise bien la langue de Dante. Quand je l'ai connue à Florence, elle venait d'achever un doctorat en italien.

Marion se tourna vers Laetitia et la gratifia d'un beau sourire.

Laetitia fut à nouveau assaillie par un sentiment désagréable car elle n'avait pas maîtrisé la situation. Elle n'avait pas douté, durant les quelques mots échangés entre Carlo et sa femme au cours du repas, que Marion fût italienne. Laetitia se promit de se plaindre auprès de l'ambassadeur. On aurait dû lui en dire davantage sur la femme de Rosselli car le fait qu'elle soit irlandaise n'était pas anodin. Elle se reprocha son manque de réactivité. Elle avait bien tiqué en lisant son prénom « Marion », si peu italien, mais elle n'avait pas cherché plus loin. Bêtement. Or, comme le lui avait souvent dit Rouffignac : « Ne laissez jamais dans l'ombre le moindre truc bizarre ou incongru, parce que la réussite ou l'échec d'une mission, c'est là que ça se tient. » Elle se promit d'être plus vigilante.

À l'entrée d'un village nommé Berd'huis, Carlo Rosselli reprit sa conversation avec Laetitia :

— En fait, Marion et moi parlons plutôt italien entre nous. Il nous arrive parfois de nous « oublier », comme on dit, et d'utiliser l'anglais, mais l'italien est notre langue d'amoureux. C'est comme ça que nous nous sommes connus il y a plus de dix ans maintenant.

Laetitia retrouva tout son allant en pensant qu'ils continueraient à parler italien devant elle sans savoir qu'elle comprenait tout.

— Nous avons deux garçons, John et Andrea, et une fille qui a 7 ans maintenant. Elle est restée à Paris avec ses frères. Elle va déjà à l'école. Figurez-vous qu'elle a déjà écrit de nombreuses histoires dans ses cahiers.

— À son âge ! s'exclama Laetitia sans feindre son admiration.

— Elle a décidé qu'un jour, elle serait écrivain, dit fièrement la femme en se tournant vers Laetitia. C'est pas beau comme projet pour une fille si petite ?

Laetitia répondit par un sourire. Elle nota que la simple évocation de cette enfant prodige avait illuminé les traits de Mme Rosselli. Au cas où elle aurait besoin de relancer une conversation, la petite serait le sujet tout trouvé.

— Elle s'appelle comment ?

— Amelia, fit Carlo Rosselli en ralentissant. On va s'arrêter prendre du carburant à la station Shell qu'on voit là-bas. Je ne voudrais pas tomber en panne en pleine campagne.

La voiture s'arrêta en tressautant en raison de nids de poules sur le bord de la chaussée.

— Le trajet en votre compagnie est tellement plus plaisant qu'en taxi… Je voudrais vous dédommager pour les frais d'essence.

— Vous n'y pensez pas, Laetitia, répondit Carlo Rosselli en sortant du véhicule.

Un fois dehors, il se pencha à l'intérieur de la voiture.

— Vous permettez que nous vous appelions Laetitia ? C'est un prénom qui est très en vogue chez nous, en Italie. Et puis, nous serions heureux Marion et moi que vous remplaciez le « madame et monsieur » par « Marion et Carlo ».

Il repoussa la portière sans lui laisser le temps de répondre.

Marion partit d'un petit rire.

— Vous avez remarqué comment Carlo prononce votre prénom ?

Laetitia se contenta d'un petit « hum ? ».

Bien sûr que ça ne lui avait pas échappé.

— Il dit « Lètiii-tsia ».

— En effet…

— Alors qu'en français, les sons sont plus doux et monocordes. C'est une très belle langue que la vôtre.

— Vous la parlez si naturellement, la complimenta Laetitia.

Pendant que Rosselli conversait avec le pompiste qui actionnait la manette de distribution, Laetitia relança la conversation.

— Votre fille Amelia porte un très joli prénom… C'est italien, non ?

« Bien joué ! se félicita Laetitia, j'ai réussi à bien prononcer Amélia à la française. »

— Oui. C'est le nom de la mère de Carlo, la « mamma », répondit Marion d'un ton amusé.

Laetitia perçut un brin d'ironie. Sans doute Marion Rosselli trouvait-elle les Italiens attachés à leur mère d'une manière excessive au regard de sa culture britannique.

— Et vous madame Toureaux, pardon Laetitia, vous avez des enfants ?

— Non.

Laetitia chercha en vain comment apporter un complément intelligent à ce « non » suivi d'un long silence qui lui fit craindre de passer pour une femme ayant un secret à cacher.

Par bonheur, Rosselli ouvrit la portière du côté de sa femme et vint lui demander de la monnaie pour donner un pourboire au garagiste.

— Nous avions l'intention d'en avoir un peu plus tard, reprit Laetitia, mais le destin a voulu que…

— Pardonnez-moi, chère Laetitia, de remuer des souvenirs cruels.

— Mais non, ne vous excusez pas.

Carlo reprit sa place au volant.

— Votre épouse vient de m'expliquer pourquoi votre fille si brillante se prénomme Amelia.

— C'est vrai que je ne suis pas allé chercher loin pour proposer ce prénom à Marion. Vous savez, nous les Italiens, nous sommes très famille et même souvent un peu trop…

Une fois de plus, Laetitia eut l'impression de manquer de répartie. Elle aurait voulu trouver un mot plaisant qui aurait enchaîné sur la note d'autodérision. Marion la sortit de son embarras en reprenant la conversation engagée sur les langues :

— Mon mari parle en italien à Amelia et moi j'utilise l'anglais. Elle pratique le français à l'école et avec ses amies.

Laetitia reprit son opération de séduction pour le couple :

— C'est bien de parler des langues comme vous. Moi, je n'ai pas eu l'occasion. Chez nous en France, pour ce qui est des filles, on se contente de leur apprendre à lire, à compter et à coudre.

Marion lui renouvela son sourire aimable. Elle eut l'impression qu'il était teinté cette fois d'une certaine commisération.

— C'est partout pareil, soupira Marion. C'est bien pour cela qu'avec mes amies anglaises – oui j'ai des amies anglaises bien que je sois irlandaise – nous luttons pour la reconnaissance de droits égaux entre les hommes et les femmes. Y compris – et surtout, devrais-je dire – en matière d'éducation.

Laetitia se tut, sentant que le terrain était d'une nature quasi inconnue pour elle. Elle regretta de ne pas comprendre ce qu'il y avait dans ce « bien que je sois irlandaise ». Elle savait vaguement que quelque chose remontant à la guerre opposait l'Irlande et l'Angleterre, mais sans plus. Elle résolut de poursuivre dans le mensonge qu'elle avait mis sur les rails au cours du repas : son histoire de veuve gérant l'entreprise de vaisselle en étain de son défunt mari épris d'idées progressistes avait plu.

— Ah ! l'Italie... soupira-t-elle. Mon mari et moi avions prévu d'y faire un voyage. Mais nous le remettions sans cesse en raison du travail. Nous voulions surtout garder tous nos ouvriers malgré la crise de ces dernières années.

Carlo Rosselli lui sourit.

— C'est bien d'avoir cet idéal, surtout si, comme vous nous le disiez tout à l'heure au cours du repas, votre mari soutenait les forces de progrès dans votre pays.

— Et croyez bien que ce n'était pas facile vis-à-vis des gens de notre milieu.

— Lui et vous n'en aviez que plus de mérite.

— Mais maintenant, je veux me retirer à la campagne et cette grande propriété de Courboyer à Nocé m'intéresse.

— Comme je vous comprends, Laetitia. Regardez cette belle nature. Et en plus, en signe de bienvenue, on voit enfin le soleil percer à travers les nuages.

Après un temps de silence, dû à un passage de la troisième vitesse à la deuxième qui émit un couinement sinistre, Rosselli se tourna vers elle et reprit tout sourire :

— Et dire que tout à l'heure, nous serons en concurrence pour l'acquisition de cette propriété.

***

Le commissaire Nicolle, chef de la division parisienne des Renseignements généraux, n'était pas à proprement parler un homme de gauche, mais il avait à cœur de remplir scrupuleusement sa mission, au service d'un ministre socialiste.

Depuis que le Front populaire gouvernait, les organisations anticommunistes et profascistes avaient prospéré au grand jour. Les plus radicales travaillaient dans la clandestinité. La plus extrémiste et la plus secrète d'entre elles, la Cagoule, terrorisait en priorité les nombreux réfugiés italiens qui avaient dû fuir le régime de Mussolini.

Il y avait dans les rangs de cette organisation du beau monde, ce qui lui conférait une sorte de caution intellectuelle et bourgeoise à défaut d'être morale. Les sympathisants aisés versaient des sommes d'argent importantes à cette « Cagoule » qui bénéficiait en outre du soutien occulte d'entreprises de renom international comme Renault, Ripolin, Byrrh, Lesieur ou Michelin.

« Ils sont partout » : l'expression s'imposa à Nicolle en écho au journal fasciste *Je suis partout*. Il lui vint à l'esprit des noms de journalistes et d'écrivains connus comme Pierre Gaxotte, Jean Giraudoux, Lucien Rebatet, Drieu la Rochelle ou Céline. Des talents dévoyés dont on retrouvait la signature dans les colonnes de cette revue qui expliquait tous les quatre matins que Dreyfus était coupable. Trente ans après avoir été gracié ! Parmi les mécènes et les sympathisants on trouvait des grands noms de la finance et des fils de bonne famille. L'un d'eux intéressait particulièrement le commissaire : Eugène Deloncle. Ce brillant ingénieur, gagné aux théories antisémites les plus folles, rêvait de jeter tous les Juifs et les communistes à la mer. À la différence des intellectuels qui se contentent d'écrire ou de discourir, Nicolle ne doutait pas que ce

Deloncle pourrait passer à l'acte. Autrement dit, tuer ou plus sûrement engager des gens capables de le faire pour son compte. Peut-être l'avait-il déjà fait sans que la police n'en sache rien.

Ce ne serait pas étonnant, vu toute la pègre qui gravitait autour des organisations satellites de la Cagoule comme l'OSARN, l'Organisation secrète d'action révolutionnaire nationale. Un intitulé pompeux pour une bande d'excités qui faisaient le coup de poing, et parfois le coup de feu, dans les manifestations, de quelque bord qu'elles soient, juste histoire d'attiser les haines.

Il n'en avait pas la preuve, mais il soupçonnait des activistes de la Cagoule d'être à l'origine des troubles de Clichy qui avaient causé la mort de cinq personnes la semaine dernière. Une conviction, une intuition plutôt, réfutée par les services de police qui attribuaient la responsabilité de l'émeute aux communistes emmenés par le maire, un certain Auffray, bien résolu d'empêcher la tenue dans sa ville d'un festival du cinéma patronné par le PSF, le Parti social français. Ce PSF n'était que la reconstitution sous un autre nom du MSF, un mouvement fasciste dissout par le Front populaire l'année précédente, en même temps que toute une série de partis du même bord. L'initiateur de ces mesures, Roger Salengro, le ministre de l'Intérieur, avait fait l'objet d'une campagne de haine sans précédent de la part des membres de ces ligues dissoutes. On l'avait tant traîné dans la boue qu'il s'était suicidé. Nicolle n'était pas socialiste, loin de là, mais ces méthodes le dégoûtaient.

Tous ces excités du fascisme à la française ne se contentaient pas de lancer des campagnes de dénigrement contre des hommes politiques qu'ils avaient dans le collimateur ou de créer des incidents à la moindre occasion, ils étaient impliqués dans l'assassinat de réfugiés politiques ou dans les attentats visant de hautes personnalités étrangères en exil en France.

Nicolle avait encore en mémoire les exécutions d'Italiens, opposants de Mussolini, comme ce Franco Clerici il y a quelques années ou ce Guiliano Usubelli plus récemment. Et voilà maintenant que les communistes, eux aussi, réglaient leurs comptes politiques à coups de révolver ou de couteau en plein Paris. Le cas auquel il pensait était celui de Navachine, un exilé russe qui avait été longtemps le représentant de la banque centrale de l'URSS à Paris, avant de tomber en disgrâce auprès de Staline.

Paris en particulier et la France en général étaient devenus une sorte de champ clos où les fanatiques de tous bords réglaient leurs comptes sanglants en faisant appel à des exécuteurs.

Le commissaire écarta quelques feuilles de papier dactylographiées qui encombraient son bureau afin de retrouver les notes concernant l'individu qui intéressait ses services depuis l'assassinat de Navachine : Filiol. Un drôle de zig dont il avait la fiche cartonnée en main. Sur la partie supérieure était agrafée une photo récemment tirée par le labo de la police. Elle représentait un homme jeune aux cheveux soigneusement plaqués sur le crâne. Il regardait droit dans l'objectif comme pour défier par avance tous ceux qui auraient à se pencher un jour sur son portrait. Son visage plutôt séduisant était quelque peu gâché par la minceur des lèvres. Un signe de cruauté, avait lu Nicolle dans le manuel d'anthropométrie lors de son passage à l'école de police. Il n'avait jamais été très convaincu par ces correspondances entre l'apparence des gens et leur nature profonde. Le fameux Bertillon, le maître de l'identité judiciaire moderne, avait même repris à son compte tout un attirail de données fondées sur la mesure des crânes pour non seulement identifier des individus récidivistes, mais aussi déterminer par avance leur prédestination à la déviance criminelle. Le commissaire émit un petit soupir de mépris pour cet attirail pseudo scientifique. Il alluma une cigarette qu'il sortit d'un paquet de Celtique bleu et jaune.

Pour en revenir à ce Filiol, comme tous ces salopards de la Cagoule, il avait trente-six mille noms. Son véritable patronyme était Filiol, avec un seul « l », mais ses papiers lui avaient été délivrés avec deux « l », histoire de compliquer encore plus les choses. « Si ça se trouve, grimaça Nicolle, en éjectant deux traits de fumée par les narines, même ses copains fascistes ne connaissent pas son vrai nom. »

Il se consola de la douleur aiguë qui lui revenait de temps en temps au côté droit dans la poitrine, en pensant qu'il avait au moins deux noms d'emprunt à coller sur ce Filiol : « Palmalade » et « Begout ». Ce deuxième pseudo, il l'avait trouvé sans peine : « Begout » était le nom de jeune fille de sa mère.

Avec les quelques indics qui travaillait à la marge de la Cagoule à défaut d'en être des membres, il finirait bien par le localiser et à lui mettre le grappin dessus. Et peut-être que l'on ferait une avancée décisive dans l'assassinat, au début de l'année, du banquier Navachine.

***

La vieille Ford de Rosselli traversait le bourg de Nocé, un agrégat de bicoques basses sans charme d'où émergeaient quelques maisons de maîtres. L'église, curieusement située à la sortie du village, était flanquée d'un énorme clocher carré et trapu en forme de donjon.

Marion Rosselli, un itinéraire écrit au crayon sur un carré de papier, guidait son mari.

— Il faut ressortir, le manoir est à l'écart, en pleine campagne, indiqua-t-elle. Vous verrez, c'est un petit bijou d'architecture percheronne de la Renaissance, comme cette charmante église que nous venons de voir.

Laetitia ne réagit pas aux propos de Marion afin d'éviter de dire des bêtises car ses connaissances en matière d'architecture se limitaient à très peu de chose. Autant dire à rien. De plus, elle préférait se taire afin de ne pas perturber cette opération de guidage à travers les chemins de terre enserrés dans les haies du bocage.

— C'est tellement beau, fit Marion en italien, à l'intention de son mari. On dirait l'Irlande avec un je-ne-sais-quoi de plus riant, de plus gai. Non ?

Carlo Rosselli approuva d'un large sourire.

La beauté de la campagne accroissait l'euphorie intérieure de Laetitia. En moins de deux heures, elle avait gagné l'amitié du couple ! Elle savourait le bonheur égoïste d'avoir montré autant d'habileté. C'était si facile pour elle. Il lui suffisait de se mettre dans la peau de son personnage et de se laisser aller à être naturelle. Savoir parler peu, mais juste ; suggérer les choses plutôt que les dire ; laisser des zones d'ombres de manière à piquer la curiosité et être amenée à répondre à des questions sur des thèmes qu'elle voulait aborder plutôt que les évoquer elle-même en premier. Il fallait « les laisser venir », comme disait son père quand elle l'accompagnait à la pêche à la truite dans le Buthier, la grande rivière d'Aoste qui descendait des glaciers de la montagne.

C'était tellement facile avec des gens chaleureux comme les Rosselli. Si aisé qu'elle ressentait quelque honte d'abuser ainsi de leur bienveillance et de leur générosité. Des personnes ouvertes et aimables. Lui surtout, car Laetitia sentait chez Marion une certaine réticence. « Elle pense peut-être que je veux séduire son mari, s'alarma-t-elle. Je dois avoir cette éventualité constamment à l'esprit pour rester dans la bonne voie. » Elle pensa que la meilleure solution pour lever toute ambigüité sur sa position était de mettre leur couple en valeur. Aussi leur avait-elle laissé entendre combien ils paraissaient unis et amoureux.

Une autre façon de bien marquer sa réserve en tant que femme jeune et séduisante consistait à évoquer Jules, son défunt mari. Tout à l'heure, à la fin du repas, elle s'était si bien prise au jeu de la veuve éplorée qu'elle en avait eu les larmes aux yeux. Ce qu'avait remarqué Marion Rosselli quand ses reniflements l'avaient amenée à tourner la tête vers Laetitia. « Mais vous pleurez », lui avait-elle dit, la gorge nouée par l'émotion en se penchant vers elle.

« Chapeau l'artiste ! » n'avait pu s'empêcher de se féliciter Laetitia. Certes, elle réagissait en observatrice d'elle-même en train d'accomplir une mission, mais une voix se faisait entendre en elle d'une manière de plus en plus pressante, celle de ses commanditaires à l'ambassade : « *Cara Yolanda, non collegare a queste persone ! Sono nemici del Duce e della nuova Italia. Sono comunisti che sono bravi qui in Francia, ma che uccidono, e torturanno le persone quando prendono il potere in un paese*[1]. »

Durant toute cette journée, elle avait repensé à Navachine et à un jeune type du nom de Zanatta, l'homme que l'ambassade lui avait adjoint pour

1. « Chère Yolande, ne t'attache pas à ces gens ! Ce sont des ennemis du Duce et de l'Italie nouvelle. Ce sont des communistes qui sont gentils en France mais qui tuent et torturent les gens quand ils prennent le pouvoir dans un pays. »

l'aider à conduire la surveillance du banquier. Elle avait partagé avec cet Italien taciturne des heures de veille dans les allées du bois de Boulogne, du côté du nouveau stade de tennis, afin de bien connaître les habitudes de Navachine. Lorsqu'ils se passaient le relais, elle avait toujours peur que Zanatta se montre trop pressant lorsqu'il lui parlait tout bas, la bouche quasiment collée à son oreille, de manière à ne pas être entendu des passants. Un bon prétexte pour lui toucher l'épaule ou même la joue. Une fois que les habitudes de Navachine avaient été bien relevées, on avait mis un terme à la mission de Zanatta et Laetitia avait reçu l'ordre d'entrer en contact avec sa cible. Ce qu'elle avait parfaitement réussi. Quelques semaines plus tard, elle avait appris par les journaux que Navachine avait été tué d'un coup de couteau ou d'épée. Elle frémissait à la pensée que ce Zanatta, qui sentait le mauvais tabac comme les vieux du village en Italie, était celui qui avait exécuté le Russe.

Peut-être suivait-il en ce moment même la voiture des Rosselli, prêt à entrer en action. Elle jeta un regard vers la lunette arrière : aucun véhicule n'était en vue.

— Nous y sommes, lança gaiement Rosselli à Laetitia.

La voiture roulait doucement dans la cour de gravier. Un homme botté de cuir et coiffé d'une casquette indiqua à Rosselli où se garer.

Avant de descendre, Carlo prit la main de Marion et y déposa un baiser.

— Notre guide a été efficace.

— Et ça n'était pas simple de s'y retrouver dans ce dédale de chemins tous pareils, ajouta Laetitia pour faire écho au propos aimable de Carlo.

Marion sourit et dit à l'intention de Laetitia :

— Couvrez-vous, car les quelques rayons de soleil sont trompeurs. Il fait frais.

La Ford antique de Rosselli faisait tache à côté des voitures rutilantes à bord desquelles étaient venus les acquéreurs potentiels de la propriété. Quand ils visitèrent le bâtiment, chaque fois qu'elle en avait l'occasion, Laetitia s'approchait d'une fenêtre de manière à voir si ce maudit Zanatta ne rôdait pas à proximité du bâtiment. Elle en profitait pour regarder si la Simca bleue qu'il utilisait n'était pas stationnée au milieu des autres véhicules. Elle en connaissait même le numéro d'immatriculation : 1809 LH 4. Les quelques voitures bleues qu'elle avait pu apercevoir dans la cour affichaient les lettres FE et MX indiquant leur provenance de l'Eure-et-Loir et de l'Orne. Les filatures qu'elle avait menées au sein de l'agence de détective de Rouffignac l'avaient familiarisée avec la signification des lettres des plaques minéralogiques.

Elle décida de se ressaisir et d'oublier Zanatta. Si une action avait été prévue, elle en aurait été informée. Elle était une espionne reçue comme une personne de qualité par l'ambassadeur. Une patriote fidèle, habile, redoutable, une femme dont l'Italie aurait encore besoin, une fois cette mission menée à son terme. Elle s'approcha de Marion qui l'accueillit avec un sourire radieux.

— Où donc étiez-vous passée ? Je vous avais perdue de vue.

— C'est beau, esquiva Laetitia.

Elle se contenta de cette banalité, toujours de peur de proférer une ânerie sur le style du bâtiment.

— Et puis ces collines alentours… ajouta-t-elle, soudain inspirée. Quelle sérénité, quelle douceur.

Marion lui prit le bras et lui souffla :

— Celle de nous deux qui achètera cette propriété invitera l'autre le plus souvent possible. Promis ?

— ... Promis, bien sûr.

Quand la dizaine de personnes intéressées par l'achat de Courboyer furent réunies dans le grand salon en présence du propriétaire, un vieux monsieur portant encore beau, elle n'eut de cesse d'imaginer l'assassinat de Carlo, assis devant elle, à coup de couteau ou avec une arme à feu. Elle fixait son cou émergeant du col blanc et amidonné de sa chemise. Il avait beaucoup de cheveux, élégamment bouclés à l'arrière du crâne, alors que son front était déjà largement dégarni. Il faisait plus jeune de dos que de face : ce constat la fit sourire malgré l'état d'agitation intérieure dans lequel elle vivait cet après-midi champêtre et ensoleillé.

Une fois la visite et la petite conférence du notaire terminées, elle se retrouva dehors près de la voiture en compagnie de tous les acheteurs, dont certains avaient l'air de bien se connaître. Elle regardait avec inquiétude autour d'elle dans la crainte de voir surgir Zanatta, armé d'une dague, quand une main se posa avec délicatesse sur son épaule. C'était Rosselli. À ses côtés, sa femme lui souriait aimablement.

— Vous nous cherchiez ?

***

Une fois de plus, elle n'était pas là. Adrien se demanda un instant s'il allait rester à L'As de Cœur ou passer la soirée dans un autre endroit. Il s'approcha de la fille qui tenait le vestiaire à la place de Laetitia comme avant-hier. Il lui tendit son imperméable.

— Toujours cette pluie qui n'en finit pas, lui dit la jeune femme blonde décolorée.

Elle lui donna un numéro gravé sur un carré de bois en échange du vêtement.

— Ouais… Comme ça, c'est vous qui tenez le rayon vêtements du magasin ?

La fille marqua un temps d'arrêt avant de comprendre ce qu'il y avait comme dose d'humour dans l'expression « rayon vêtements du magasin ».

— Euh oui… fit-elle un peu penaude de n'avoir pas compris tout de suite la blague.

Sans lui laisser le temps de se ressaisir, Adrien poursuivit :

— Votre collègue Laetitia accordait une danse à ses clients fidèles au cours de la soirée. Vous n'allez pas déroger à une règle traditionnelle dans cette belle maison ?

Le mot « déroger » l'intrigua. Elle avait l'impression de l'avoir déjà entendu au Poste parisien dans les émissions politiques. Elle eut une hésitation, mais le sourire si franc de ce jeune homme bien mis, un étudiant fortuné sans doute, lui inspira un « oui, tout à l'heure » sans retenue.

« À la bonne heure, se réjouit Adrien, au moins, si je peux me lever cette petite, je n'aurai pas perdu ma soirée. » Il alla s'installer à une table sous le regard d'un homme vêtu d'un costume gris fripé, assis à l'entrée de la salle.

L'orchestre entama une série de polkas. L'homme qui avait observé Adrien se dirigea vers le vestiaire.

— Et ce gonze-là, vous le connaissez ? demanda-t-il à la femme occupée à ranger les vêtements de nouveaux arrivants.

— Ce quoi ? fit-elle en pensant que décidément c'était la soirée des énigmes.

— Ce jeune type si vous préférez.

— Celui qui vient d'entrer ? Oui, je le connais. Ça fait plusieurs jours qu'il passe tous les soirs pour voir Laetitia, la fille qui tient le vestiaire de temps en temps. On a beau lui dire qu'elle ne sera pas là de la semaine, il vient quand même. C'est peut-être…

— Possible, compléta l'homme en tirant un paquet de Gauloises de sa poche. Merci pour le tuyau.

VENDREDI 26 MARS

La locomotive renvoyait comme des bouffées de fumée noirâtre contre les vitres du wagon de première classe. Laetitia se dit que pour une fois, le mauvais temps qui sévissait sur la France en cette fin mars avait au moins l'avantage de dissuader quiconque de baisser la fenêtre du salon-bar du Train Bleu.

C'était la deuxième fois qu'elle prenait ce train dont on vantait le confort de rêve dans les réclames des journaux. Elle était montée à bord la veille au soir peu avant minuit gare du Nord, là on ajoutait aux wagons venus de Londres par le train-bateau ceux qui, au départ de Paris, assureraient la liaison jusqu'à Vintimille en Italie, via Lyon, Marseille, Cannes, Nice et Monte Carlo. Les tensions entre la France du Front populaire et l'Italie fasciste occupée à se constituer un début d'empire colonial avec l'occupation de la Libye et de l'Éthiopie avaient fait craindre que la liaison directe soit interrompue entre les deux pays. Heureusement, les trains circulaient normalement sur la ligne.

Laetitia s'était couchée tout de suite sans pleinement profiter de la décoration magnifique de son compartiment-lit personnel. Elle s'était réveillée de bon matin, mais avait attendu l'arrêt de Lyon pour sonner le serveur et lui demander d'apporter son petit déjeuner. Ensuite, elle prit son temps pour faire sa toilette, sachant par expérience qu'elle allait passer une journée ennuyeuse.

Le Train Bleu la faisait rêver, du temps de son mariage avec Jules. Maintenant, en cette fin d'après-midi, elle ressentait comme un vide. À midi, au wagon-restaurant, elle dut dissuader fermement quelques hommes de lui faire la conversation.

Pendant une mission, la règle était de ne nouer de contact avec quiconque. Après une petite sieste, elle s'était installée dans un large fauteuil de tissus fleuris face à deux vieilles dames, des Anglaises ou peut-être des Américaines. Comme elles ne connaissaient pas un mot de français, les échanges furent limités à quelques sourires polis.

Elles parlaient peu entre elles et se contentaient du spectacle offert par les paysages qui défilaient derrière la fenêtre, s'extasiant chaque fois qu'un bout de mer bleue jaillissait entre les arbres et les maisons. On venait juste de quitter la gare de Cannes. Elle envia les deux dames qui allaient pouvoir passer encore de beaux moments puisque la voie ferrée longeait le rivage jusqu'à Nice.

Elle reprit la lecture du magazine de cinéma *Pour vous* que Rouffignac lui avait acheté à la gare. « Je sais que le ciné ça vous plaît. Ça vous distraira pendant ces longues heures de solitude jusqu'à San Remo. » Elle se replongea dans l'interview de Jean Gabin qui venait de sortir un nouveau film avec Michèle Morgan dont le titre, *Quai des Brumes*, lui paraissait évocateur et mystérieux à la fois. Il était beau, Gabin, fort, autoritaire. Tout le contraire de Jules. Et pourtant, elle avait aimé ce mari si effacé, si banal physiquement et tellement soumis à ses moindres désirs. Gabin, il devait être fort, il pouvait empoigner les femmes sans brutalité mais fermement, de toute la puissance de ses muscles. Il lui avait tellement plu dans *La Belle Équipe*, son dernier film. Elle l'avait vu quelques mois auparavant, toute seule, dans un cinéma près de la République. C'était une histoire d'amitié un peu triste, mais au milieu du film, Gabin chantait une chanson qui passait souvent à la radio. Elle fredonna l'air dans sa tête qui commençait par « Quand on s'promène au bord de l'eau ». Elle dut afficher un sourire béat pendant quelques secondes car elle remarqua que les deux femmes en face d'elle échangeaient quelques paroles en la regardant d'un air amusé.

Elle commanda un café bien fort au serveur et lui demanda s'il pouvait lui apporter un journal. Quelques minutes plus tard, elle parcourait *Le Petit Parisien* du jour avec en première page la photo du comte Ciano passant en revue des soldats à Belgrade en compagnie du président de la Yougoslavie.

Plus tard, dans sa cabine, elle relut le mémorandum sur Carlo Rosselli que lui avait remis l'ambassade. Le personnage y était décrit comme un dangereux terroriste, prêt à tout pour renverser l'État italien restauré dans sa dignité et sa puissance par Benito Mussolini. Les Rosselli étaient une famille de juifs cupides et pleins d'argent vendus aux Anglo-Français qui avaient floué l'Italie lors des traités de la Guerre mondiale. Pourtant, en 1915, les ennemis de l'Allemagne avaient été bien contents de voir l'Italie entrer en guerre à leurs côtés, créant un front de plus contre l'alliance austro-allemande. Nul doute que la nation italienne avait été mal récompensée de son intervention qui avait coûté la vie de sept cent mille hommes, sans compter le million de blessés et les centaines de milliers de disparus. Tout ça pour rien, ou presque : un bout du Tyrol et quelques pouces de territoire au nord de Venise cédés par les Autrichiens.

Oui, s'enflamma intérieurement Laetitia, cette injustice historique justifiait qu'on soutienne en Mussolini le grand homme qui avait réparé le préjudice moral subi par l'Italie. Bien sûr que les ennemis du Duce étaient à mettre au rang des ennemis de l'Italie, bien sûr qu'il fallait les combattre et parfois les éliminer, bien sûr…

Mais pour ce qui était de Carlo Rosselli et de sa femme Marion, Laetitia avait le sentiment que l'on se trompait. Eux, ils n'étaient pas comme les autres traîtres à la nation, c'étaient des gens bien. Elle en était de plus en plus convaincue.

***

Raoul Nicolle, le commissaire principal des Renseignements généraux, n'en revenait pas : Badin, le patron de la Criminelle, lui avait fait parvenir spontanément un signalement intéressant, de quoi l'étonner et le réjouir. Badin cultivait un certain secret sur les affaires dont il avait la charge en dépit des recommandations de la hiérarchie pour amener chacun des services à travailler en liaison avec les autres. En pure perte. Jusqu'à cet après-midi du moins.

Il tira sur sa pipe et entama la lecture de la note de Badin dans un nuage de fumée blanche.

— Eh bien ! Il est sympa le père Badin quand il veut, soupira-t-il en se versant un verre d'eau minérale.

« Trop chaude cette flotte », maugréa-t-il mentalement, lui qui l'aimait bien fraîche. Il reprit dès le début les pages du rapport qu'il venait de parcourir dans ses grandes lignes. Il concernait le fameux René Blondeau, dit « le Balafré », qui faisait parler de lui régulièrement dans la rubrique des faits divers. Il releva au passage quelques noms de politiciens proches de groupes fascisants à défaut d'en être des membres actifs. Jusqu'où irait-on dans la décadence ? Nicolle n'en savait trop rien. Mais ce dont il était sûr, c'est que trop d'hommes de pouvoir affichaient un goût immodéré pour l'argent et un penchant coupable pour le vice à l'instar des voyous. Le mal était là ! « *Nous avons de bonnes raisons de penser que ce Blondeau est lié à la Cagoule, le groupe de fanatiques d'extrême droite* », indiquait Badin. Suivait une liste d'individus liés de près ou de loin à Blondeau, parmi lesquels Pierre Decormis, plus connu sous le sobriquet de Pierrot le Bancal.

Nicolle ralluma sa pipe dont il avait oublié d'entretenir le feu, absorbé qu'il était par la lecture du dossier. Il s'attarda sur les photos du Balafré et du Bancal, des noms de clowns pour deux individus dangereux qui n'hésitaient pas à sortir leur armurerie à la moindre contrariété. Si Blondeau avait finalement une bonne tête, l'autre portait sur son visage toute la méchanceté du monde. À se demander s'il n'avait pas forcé son regard de défi et sa moue cruelle pour les besoins de la photo de sa carte d'identité. Il était plus que probable qu'ils fassent partie tous les deux d'un groupe d'hommes de main, occasionnels ou permanents dans l'orbite de la Cagoule.

La note de la Criminelle mentionnait enfin une altercation sanglante près de la gare de Maisons-Alfort entre un homme correspondant au signalement du Balafré et un individu plus jeune.

Deux témoins de la scène, des cheminots rentrant chez eux au terme de leur service, avaient déclaré aux policiers avoir été intrigués par le manège de deux hommes qui se disputaient, mais en évitant de parler trop fort. Ils étaient dans la rue qui longe la voie à une cinquantaine de mètres de la place de la gare, près d'une voiture dont le moteur tournait. Les deux individus, accaparés par leur querelle ne leur avaient pas prêté attention. Très vite la situation avait dégénéré. Le plus âgé des deux s'était mis à bousculer le jeune gars avant de le frapper sur le haut du corps avec un couteau. Son forfait accompli, il avait sauté dans sa voiture et remonté la rue d'où il venait en marche arrière dans un bruit de moteur strident. « *Un vrai cinglé* », selon un des deux témoins qui poursuivait ainsi : « *Le bon réflexe qu'on a eu, c'est que dès qu'on s'est aperçus que la situation était bizarre, on a regardé la plaque de la voiture, on sait jamais. Et on a bien fait. Ce n'était pas un numéro parisien, mais d'un autre département avec les lettres JP. On s'est ensuite approchés de celui qui avait reçu des coups de couteau. C'était un de ces Apaches avec la veste serrée, le foulard et la casquette large. Il saignait au bras. Il nous a dit de nous "barrer fissa". Ce qu'on a fait. Il est entré à la gare et il a disparu. Comme il n'y avait pas de train annoncé avant une demi-heure et qu'il n'était pas sur le quai quand on est revenus avec les gendarmes, on a pensé qu'il avait traversé la voie pour prendre la sortie Alfortville.* »

Après ce compte rendu dactylographié de la déclaration des deux témoins, le commissaire Badin indiquait dans une note manuscrite que l'enquête se dirigeait vers les médecins du secteur susceptibles d'avoir soigné l'Apache.

***

Rouffignac n'aimait guère les hommes qui tournaient autour de Laetitia. Oh ! il n'avait aucune visée malsaine sur sa protégée, il nourrissait plutôt pour elle des sentiments paternels. Ne l'avait-il pas formée au métier de fileuse et d'espionne ? Elle était sans conteste la femme la plus douée qu'il ait rencontrée en vingt ans de métier. Elle n'était pas à proprement parler une belle femme qui vous subjugue au premier coup d'œil, non, Laetitia c'était autre chose : elle avait de l'allure. Elle pouvait se fondre dans l'anonymat des passantes d'une avenue ou des clientes d'un restaurant, simplement en s'habillant de vêtements amples et sombres comme une femme de 40 ans. Mais il lui suffisait de se vêtir d'une robe près du corps aux couleurs chatoyantes, de souligner ses grands yeux d'un trait noir et de se passer un coup de rouge à lèvres pour fixer le regard des hommes. Et même des femmes, sourit Rouffignac. Une sacrée garce qui, finalement, lui témoignait une vraie affection. Elle l'aimait bien son vieux Rouffignac. Il pensa que ce « bien » voulait tout dire quant à ses chances d'être pour Laetitia autre chose qu'un père de substitution. Dommage, mais c'était comme ça : les choses s'étaient installées de la sorte avec le temps. Il eut un petit pincement au cœur en pensant qu'il ne serait jamais son amant. Il se résigna à la pensée que finalement tout les opposait, outre la différence d'âge : elle, fine, élancée, élégante, l'éternel féminin personnifié, et lui trapu, large d'épaules, grossier de visage avec un nez à la fois épaté et busqué et une chevelure grisonnante qui se raréfiait de chaque côté d'un épi central.

Pour l'heure, dans sa voiture stationnée devant l'entrée du Petit Balcon, un dancing de la rue de Lappe, il avait troqué son éternel imperméable contre un manteau d'hiver tant la température s'était rafraîchie dans la journée. Il n'était pas mécontent d'être à l'abri dans son coupé Peugeot 201 bordeaux. La voiture était rapide, confortable, assez peu encombrante, un atout dans les rues de Paris où il lui fallait parfois trouver une place pour s'arrêter en urgence. Mais cette couleur manquait singulièrement de discrétion. La voiture aussi, à bien y réfléchir. Trop rare. Rouffignac se promettait régulièrement d'en changer, mais il trouvait toujours une bonne raison, en fait toujours mauvaise, pour remettre à plus tard le remplacement de sa chère 201.

Ses pensées vagabondaient et revenaient souvent vers Laetitia. Au moins, il ne se faisait pas d'illusions sur l'avenir de leur relation, pas comme tant d'autres. L'idée des innombrables soupirants qui échouaient dans leur volonté de parvenir jusqu'au lit de Laetitia lui apparut comme une lueur de bien-être dans la nuit froide.

Sa montre indiquait 10 h 26. Il sortit une grosse boîte d'allumettes de la poche de sa veste et s'apprêtait à allumer la cinquième cigarette depuis qu'il était en planque quand il vit sortir son homme. Il entraînait dans sa marche pressée une rousse tape-à-l'œil vêtue d'un manteau bleu marine. Il la fit monter à bord de sa Dynamic Panhard. Une sacrée bagnole ! Elle serait un peu voyante pour un détective privé, mais surtout bien trop chère. Et l'autre gourde qui riait aux éclats en se glissant sur le siège avant sous le regard gourmand de ce fameux Petit Notaire. Rouffignac avait appris l'existence de ce nouvel amoureux de Laetitia par un de ses agents qui avait réussi à obtenir deux rendez-vous avec une de ses collègues de travail chez Maxi à Saint-Ouen.

Il se demanda s'il serait judicieux de rapporter à Laetitia les infidélités de son nouvel amant, parce que l'attitude du couple laissait à penser qu'il y avait autre chose entre eux que de la simple camaraderie.

Jeantet qu'il s'appelait. Gabriel Jeantet. Ce nom n'avait eu aucune résonnance dans la mémoire de Rouffignac. Il avait dû, une fois de plus, se servir de ses réseaux d'amitiés chez les flics pour en savoir plus sur ce jeune homme au physique d'étudiant attardé avec ses lunettes en écaille rondes, un peu comme celles de Sacha Guitry. Sauf que ce Jeantet n'avait rien de commun avec l'acteur que Rouffignac était allé voir quelques semaines plus tôt au théâtre de la Madeleine. Le premier était aussi sinistre que le second était drôle.

La Panhard démarra. La rue à sens unique épargnerait un éventuel demi-tour à Rouffignac au cas où l'autre aurait eu l'intention de retourner vers la Bastille. Il suffisait de le suivre à bonne distance. Dès que la Panhard eut tourné à gauche à l'angle de la rue de Charonne, il donna du gaz pour ne pas lui laisser prendre trop d'avance.

Oui, ce Jeantet était un personnage inquiétant. La police l'avait à l'œil. Lui et ses amis, des individus peu recommandables qui rêvaient de renverser la République pour transformer le pays en une copie conforme de l'Italie fasciste ou de l'Allemagne hitlérienne. Que diable Laetitia avait-elle besoin de se lier avec un coureur de jupons comme ce Jeantet ! Il avait voulu l'avertir l'autre soir, mais il ne savait pas encore tout de son chevalier servant.

Il fut interrompu dans ses pensées parce que la Panhard, qui avait suivi le boulevard de Charonne, venait de traverser le boulevard Voltaire. « Bon Dieu ! se raidit Rouffignac sur son siège en démarrant en trombe. Bon Dieu, mais ils vont tout droit chez Laetitia. Quelle idée… »

Il s'impatienta de devoir laisser passer une file interminable de véhicules auxquels il devait la priorité. Il finit par passer en démarrant d'un coup d'accélérateur rageur qui fit se détourner les têtes des rares passants à cette heure du soir.

Il grommela à voix haute comme pour se réveiller :

— Ils y vont ! Ma parole, j'y comprends plus rien.

C'est avec la conviction que quelque chose de grave lui échappait alors que jusque-là, il se voyait en grand ordonnateur des événements, que Rouffignac prit la direction de la rue Pierre-Bayle en gardant en ligne de mire les gros feux arrière de la Panhard.

***

Déjà trois heures qu'elle aurait dû débarquer du train à Vintimille ! Laetitia s'impatientait. Elle n'arrivait pas à fixer son attention sur les quelques revues que lui avait fort obligeamment procurées le groom de son wagon-lit. Pourquoi cet arrêt interminable si près de la frontière ? N'était-ce pas après elle qu'on en avait ?

Un homme vêtu d'un uniforme de la compagnie ferroviaire était passé dans le wagon-bar dès que le train eut stoppé en gare de Menton. Il avait invité tout le monde à regagner sa place ou sa cabine et à n'en pas bouger. Elle était en train de se repoudrer dans le petit coin toilette quand on frappa à sa porte. Deux gendarmes la saluèrent et demandèrent à entrer.

L'un était grand et l'autre obèse, si bien qu'ils occupaient le maigre espace restant entre la couchette, les deux fauteuils et la tablette accolée à la fenêtre.

Le grand lui demanda ses papiers d'identité tandis que le gros jetait un œil circulaire dans la pièce.

— Vous êtes italienne à ce que je vois ?

— Oui…

— Yolanda Vercellin ?

Laetitia craignit l'espace d'un instant que l'homme ne lui dise d'un ton rude : « Et comment se fait-il que votre nom véritable soit Laetitia Toureaux ? » Comment pourrait-elle expliquer qu'à Paris elle était Laetitia Toureaux née Nourrissat alors que dans ses déplacements en Italie elle s'appelait Yolanda Vercellin ? Elle avait choisi Vercellin parce que c'était le nom de jeune fille de sa mère.

— Alors ? insista le grand dont l'air bonasse la rassura.

— Oui…

— Vous parlez bien le français, fit le gros d'un ton méfiant.

Laetitia fut déstabilisée par cette réflexion : elle n'avait en tout et pour tout prononcé qu'un mot, répété deux fois, « oui ». Alors comment…

— Je vous dis ça, reprit le gros, parce que je vois que vous n'avez que des revues en français. Vous avez même un livre.

— Oui, je parle français et je le lis.

— Hum, fit le gros, décidément très soupçonneux.

— Nous avons de bonnes écoles en Italie et de plus, je suis née dans le Val d'Aoste.

Comme aucun des deux hommes ne réagissait, Laetitia leur expliqua qu'on y parlait un patois proche du français.

Les deux gendarmes ne manifestèrent aucune réaction. Le plus gros fouilla une petite sacoche qu'il portait fixée à son gros ceinturon de cuir. Il prit le temps d'en extraire une fiche cartonnée et une petite boîte qu'il ouvrit.

— Soyez assez aimable, madame… euh…

— Vercellin ! compléta Laetitia.

— Oui… Vercellin… bien sûr… Posez vos doigts sur cet encreur. C'est pour vos empreintes.

***

Les deux tourtereaux firent bel et bien étape chez Laetitia, mais l'arrêt s'avéra de courte durée. Peu avant 11 heures, Jeantet laissa sa voiture, moteur et phares allumés, sur le boulevard de Charonne, au coin de la rue Pierre-Bayle. Il avait à la main un petit paquet emballé dans du papier kraft.

Rouffignac dépassa la Dynamic Panhard et s'arrêta un peu plus loin de manière à avoir l'entrée de la rue et l'immeuble de Laetitia dans son champ de vison. Il attendit quelques minutes avant de voir ressortir Jeantet qui avait pénétré dans le bâtiment après avoir frappé sans ménagement au volet de la concierge.

Ce type agissait en habitué des lieux, constata amèrement Rouffignac. Il semblait même bien connaître la concierge, Mme Lenoir, une grosse femme dans la soixantaine, qui portait mal son nom, vu ses cheveux blancs.

Ensuite, il avait suivi la Panhard et ses deux occupants dans une sorte de tournée des dancings dans le quartier de la République. Peu après minuit, ils étaient allés dîner aux Halles, là où on peut trouver un restaurant ouvert à toute heure du jour et de la nuit.

Ces deux fêtards lui avaient donné faim. Il ne voulut pas sortir de la voiture stationnée une vingtaine de mètres devant la Panhard. « En plus, je vais me prendre un torticolis à force de me retourner pour surveiller la bagnole. » Il avait pensé un moment faire le tour du pâté de maisons pour essayer de trouver un endroit plus commode où exercer sa surveillance, mais il avait jugé plus prudent de renoncer de peur que Jeantet et la fille ne repartent pendant ce temps.

Il était plus de 1 heure du matin, quand Jeantet et la rousse rejoignirent leur voiture. Ils filèrent vers l'ouest de Paris et s'arrêtèrent devant un pavillon assez quelconque au 21 de la rue Félicien-David dans le 16e arrondissement. Ils y entrèrent tous deux après que Jeantet eut ouvert le petit portail avec une clé qu'il décrocha à l'arrière de la palissade bordant le jardin minuscule. C'était peut-être un point de chute de Jeantet qui habitait officiellement rue de Réaumur. Il se promit d'éclaircir ce point dès le lendemain. Vers 2 heures du matin, un taxi s'arrêta devant la maison et prit à son bord la jeune fille seule.

Rouffignac attendit encore une vingtaine de minutes, puis il considéra qu'il en avait assez fait et décida de rentrer chez lui, fatigué par les longues heures de filature sans pouvoir manger.

SAMEDI 27 MARS

Le commissaire Badin, de la brigade criminelle, avait en main la fiche établie par les gendarmes de Vitry-sur-Seine. « Bon travail », se surprit-il à penser. Comme la plupart des flics de Paris, il n'avait pas une très haute opinion des gendarmes qui œuvraient dans la banlieue aux portes de Paris. Cette fois, les pandores de Vitry avaient diligenté une enquête sur les chapeaux de roue. Forts des renseignements fournis par les deux témoins en gare de Maisons-Alfort, ils avaient retrouvé le médecin qui avait reçu la visite d'un jeune homme blessé par une série de coups de couteau. Il présentait des blessures au bras gauche et au torse qui s'étaient avérées moins graves qu'il n'y paraissait. Le jeune homme avait pu être soigné et repartir.

Badin relut la fiche établie par les gendarmes expliquant que le docteur avait craint que son patient, un Apache qui l'avait menacé, ne lui réserve un mauvais sort, une fois remis sur pied.

Si le toubib ne savait rien du jeune gars, peut-être pourrait-il l'identifier sur une des fiches recensant les jeunes voyous ayant déjà eu affaire à la police. Il y en avait plusieurs centaines.

Badin l'avait joint au téléphone. Le docteur avait prétexté une garde de fin de semaine pour essayer d'échapper à l'invitation qui lui avait été faite de venir quai des Orfèvres pour identifier celui qu'il avait soigné. Mais devant la menace d'une convocation en bonne et due forme, il avait fini par accepter. Badin avait envoyé un de ses hommes l'attendre à la gare de Lyon.

***

Le côté gauche lui faisait encore mal, même si la douleur avait considérablement baissé d'intensité depuis la veille. « Chapeau, toubib ! pensa Émile. S'il est aussi peu bavard qu'il est bon docteur, il m'arrivera rien. »

Il avait volé une 401 noire. « De la bonne bagnole qui a de la reprise. » Avec ça, il pouvait semer tout le monde. Ni vu, ni connu : hier après-midi, dans un coin discret de la forêt de Sénart, il avait passé deux chiffres de la plaque à la peinture noire avant de les remplacer par deux numéros de sa façon. Les deux premiers, comme le faisait son père. Pourquoi ? Parce que, lui avait-il expliqué, les gens se rappellent toujours des deux premiers, pas ceux du milieu. Il s'était appliqué pour ajouter deux 7, le chiffre le plus facile à imiter. 7715RH65 : le nouveau numéro lui plaisait bien. Tiens, la prochaine fois qu'il volerait une bagnole, il prendrait le temps d'y coller sa date de naissance avec ses initiales. Une sorte de pièce d'identité à l'avant et à l'arrière. Ça donnerait… 2305FE18. Il souffla : que des chiffres difficiles à dessiner, à part le 1.

Il n'eut guère le temps de rêver davantage à ce projet puéril, car sa portière s'ouvrit brutalement. Il ne put esquisser le moindre geste tant il fut violemment collé contre son siège par une tonne de muscles qui sentait le tabac et la sueur. Il ressentit une immense douleur au côté.

— Alors P'tite Têt', t'en as pas eu assez l'aut'jour ?

C'était René.

— Qu'est-ce que tu fous devant chez moi ? Hein !

Émile était paralysé, à la fois par la peur et par la douleur. Il se demandait s'il ne lui avait pas donné un nouveau coup de couteau dans le feu de l'action.

— Qu'est-ce que t'as ? Perdu ta langue ?

Non, il ne l'avait pas suriné une fois de plus vu qu'il avait ses deux mains autour de son cou. La douleur, c'était sûrement sa blessure qui s'était rouverte.

— Hé ! tu me fais mal… Je suis blessé. Je voulais juste te parler.

René se releva, méfiant, des fois qu'Émile soit en train d'essayer de l'endormir pour mieux le frapper.

— Putain, t'appuie pas sur moi, ahhh !

Il se recula.

— Oh ! excuse-moi, j'voulais pas te faire mal, siffla René d'un ton moqueur en desserrant son étreinte. T'es donc blessé ?

— Forcément avec ce que tu m'as enfoncé dans le lard mercredi.

René ressortit son buste de l'habitacle. Il rajusta sa casquette qui s'était mise de travers pendant l'empoignade.

— Bouge pas de d'là. Les mains bien visibles sur le volant.

— T'inquiète, j'ai eu mon compte. J'voulais juste te dire que l'aut'jour, je me suis un peu emballé.

— Et ? fit René, en sortant une blague à tabac qu'il ouvrit d'un coup d'ongle du pouce.

— Et voilà… Je veux continuer à bosser avec toi.

L'autre ne répondit rien, concentré sur ses doigts qui roulaient une cigarette. Il releva la tête pour humecter les bords du papier d'un aller-retour du bout de la langue.

— À une condition... Deux, même : pas d'arme sur toi, et tu t'écrases à partir de dorénavant, hein ! C'est moi le chef...

— D'ac'.

— Tu peux m'appeler René.

— Je connais ton vrai blaze.

Blondeau ne put dissimuler une expression de contrariété.

— Comment ça ?

— Je me suis renseigné.

— Tiens donc ! Allez, maintenant, tu sors de la bagnole et tu vides tes poches.

L'Apache s'exécuta en évitant tout mouvement brusque, des fois que ce fumier se mette à croire qu'il avait l'intention de se venger.

— T'as quoi ?

— Rien. Même pas mon schlass, fit Émile.

— À la bonne heure... Passe-moi ta veste et retourne les poches de ton futal, histoire de voir !

***

Le comte Ciano avait cette habitude d'entrer dans le vif de la conversation quand il rencontrait un subordonné.

— Ma chère Yolanda, dit-il, après l'avoir gratifiée d'un baisemain appuyé comme à une grande dame, j'arrive de Belgrade où j'ai signé au nom de notre patrie un traité de coopération économique avec nos voisins yougoslaves.

Il ne lui laissa pas le temps de répondre par une de ces banalités que les gens adressent aux personnes de prestige.

— Cet accord qui fait suite à ceux que nous avons déjà passés avec des pays qui comptent comme l'Autriche, la Suisse ou la Hongrie nous renforce dans notre légitimité d'acteur de premier plan en Europe et de puissance coloniale en Afrique.

Ciano fit une pause dans son discours. Il quitta le fauteuil de son bureau et alla ouvrir un petit secrétaire, juste à côté de la cheminée de marbre violet derrière lui. Il en sortit une bouteille.

— La grappa. Vous connaissez ?

Elle savait que c'était de l'alcool de raisin, ce qu'on appelait du marc en France. Elle fut étonnée de voir le comte se délecter de ce qui était une boisson de pauvres à Paris.

Ciano reposa la bouteille.

— Ce n'est pas pour les dames. Trop fort… Tenez, un Martini vous ira bien. Vous en avez déjà bu ?

— Oui, mentit-elle.

— Je vous en verse deux doigts.

Quand il eut débouché la bouteille et rempli à moitié un verre de cristal, Ciano la regarda pendant quelques secondes, comme pour la jauger. Ses yeux paraissaient écarquillés tant il la fixait avec attention. Elle ne savait quelle attitude prendre : le regarder elle aussi, au risque de paraître insolente, ou baisser les yeux et passer pour quelqu'un manquant de franchise ou ayant peur ? Non, elle devait faire face. Elle ne devait pas faire comme les autres. Elle était Yolanda Vercellin, une femme au service de l'Italie, un pays auquel le Duce et son gendre, l'homme en face d'elle qui lui tendait maintenant un verre, avaient rendu son honneur et sa place en Europe.

— Yolanda, vous n'êtes pas une femme ordinaire. Trinquons à l'expansion de l'empire.

Elle regardait avec intensité le comte. Comme la première fois qu'elle l'avait rencontré, elle le trouva beau. Toujours aussi élégamment vêtu, toujours aussi mat de peau. Un *italiano vero*, comme se plaisaient à se qualifier les élites du pays. Il avait la paupière gauche plus basse que l'autre. Très légèrement, mais suffisamment pour lui donner un air méchant. Mais en même temps, derrière cette apparence, elle voyait un homme bon et généreux.

Elle trempa ses lèvres dans le verre. C'était une espèce de vin un peu liquoreux avec un goût de vanille mélangé à d'autres plantes.

— C'est bon, sourit-elle.

— Vous en trouvez en France ?

— Certainement, monsieur le comte. On trouve tout en France.

Ciano fronça les sourcils. Laetitia eut l'impression d'avoir parlé trop vite. Ce quelle venait de dire était une apologie trop catégorique d'un pays détesté par Mussolini. Elle atténua :

— Enfin… en France sans doute pas, mais on peut en acheter à Paris. Paris, c'est de ce point de vue comme Rome ou Turin.

Elle se tut et sirota son Martini pour se donner une contenance car elle sentait qu'elle risquait de s'enferrer dans des justifications laborieuses.

Ciano parut satisfait de la manière dont elle avait rattrapé la situation. Il reprit d'un ton aimable.

— Ah ! Turin… Vous connaissez ?

— Oui. J'y suis allée avec mes frères il y a deux ans. Je suis d'une certaine façon piémontaise, puisqu'originaire du Val d'Aoste.

— Les Alpes, c'est l'Italie que j'aime ! C'est beau. Le climat y est rude. Il est bon pour fortifier la race.

La référence à la race lui fit craindre que son mariage avec Jules, un Français, ne nuise à son image auprès du comte. Mais il était perdu dans ses pensées.

— Et dire qu'il y a tant d'Italiens à Paris et en France qui ne croient pas dans la grandeur de la nouvelle Rome que veut créer notre Duce.

Il la regarda longuement d'un air pénétré, comme s'il la voyait pour la première fois. Il reprit place derrière le bureau.

— Cette robe verte est du meilleur effet. Vous l'avez achetée à Paris ?

— Oui et non… hésita Laetitia qui ne voulait pas refaire un impair.

— Attention, Yolanda, vous devenez comme ces politiciens français décadents qui ne savent pas se déterminer avec force et qui veulent « ménager la chèvre et le chou », comme ils disent. Alors que désormais, dans l'Italie nouvelle, c'est oui ou c'est non.

— En fait, c'est ma mère… Elle est couturière. C'est elle qui me fait mes robes… Souvent à partir de patrons italiens que nous envoie par la poste ma tante restée au pays.

Ciano se contenta d'un petit sourire amusé.

— Vous avez beaucoup d'aplomb, Yolanda. Vous mentez admirablement, le regard bien droit, sans jamais laisser paraître votre peur.

— …

— Vous avez un peu peur, Yolanda. Non ?

***

La boîte de vitesses grinça si douloureusement que les passants de la rue Daumesnil se tournèrent à l'unisson en direction de la voiture.

— Pas terrible ta conduite.

René, sous le coup de l'injure, leva le pied de l'accélérateur, ce qui provoqua un klaxon furieux venant de l'automobiliste qui le suivait.

— De quoi ? Dis donc Apache de mes deux… T'as pas compris comment faut me parler ?

— Tu vas pas boxer un gars blessé comme moi, fit Émile, un petit sourire méprisant au coin des lèvres.

René le Balafré redonna du gaz. Le gamin était incorrigible, mais il avait du cran. Il l'avait suriné, ensuite brutalisé au point de faire saigner sa blessure et voilà qu'il reprenait du poil de la bête en lui donnant une leçon de conduite.

— Forcément que ça couine, tu fais mal le débrayage, reprit Émile.

— Comment ça ?

— Ben oui. Il faut faire un double débrayage si tu veux rétrograder en douceur.

— Rétro… quoi ?

— Rétrograder… Descendre les rapports si tu préfères.

— T'es mécanicien, toi ?

— Un peu. Mon père travaillait dans un garage à Vitry.

— Et il y travaille plus ?

— Non, il est mort. Cirrhose… rapport à la boisson.

René se tourna vers lui. Pour la première fois, Émile eut l'impression qu'il le regardait sans méchanceté.

— Pour le fric, c'est bon. T'es le chef. Alors, on fait la paix…

Émile attendit une réponse qui ne venait pas. L'autre se décida enfin, le regard fixé sur la route.

— Qui t'a dit qu'on faisait la paix, P'tite Têt' ?

— Ben toi… puisque tu m'emmènes à Paris. Si t'étais allé à la cambrousse ou en forêt, je me serais méfié, je ne t'aurais pas laissé faire.

— Pourquoi donc ? Tu pourrais m'empêcher de quelque chose ?

Émile se tut, sentant qu'il en avait assez fait dans la provocation, d'autant qu'il n'était pas physiquement de taille à pourvoir se défendre. Pas encore.

— Allez, l'Indien, pour te montrer que je ne suis pas rancunier, je t'ai trouvé un boulot.

— Ah !

— Agréable et bien payé. T'auras une grosse bagnole vu que les sauterelles, quand ça voyage, ça prend de la place. En attendant, c'te belle 401, je la garde.

LUNDI 29 MARS

Le train filait à pleine vitesse dans la campagne inondée de brume. Laetitia reposa sa tasse de café sur la tablette coulissante. Il n'était pas fameux, un peu trop léger et sans goût. Elle se demanda pourquoi le café était si bon en Italie et si fade en France. Rien que pour cela, elle avait bien raison de se mettre au service du Duce et de son gendre.

Bercée par la cadence métallique régulière des roues, elle laissait vagabonder ses pensées sur tout ce qu'elle avait vécu à San Remo.

Elle était encore sous le charme du comte Ciano, un homme plein d'égards, aux si belles manières. Tout au long de l'entrevue, elle avait craint qu'il ne l'invite à dîner et à finir la nuit avec lui. Rien de cela ne se produisit. Elle en fut à la fois soulagée et déçue. Pourtant, le compliment appuyé sur sa robe et sa façon de lui parler en laissant son regard se perdre dans son léger décolleté indiquait que Ciano était troublé. Il devait attendre un signe d'elle, juste un regard qui l'aurait autorisé à prendre une initiative. Mais comme souvent, Laetitia, qui aimait tant plaire, se sentait bloquée quand il s'agissait d'assumer les conséquences du désir qu'elle faisait naître. Elle pouvait pousser loin le badinage équivoque, voire se laisser aller à quelques baisers, mais coucher véritablement lui coûtait. Aux hommes qui ne se satisfaisaient pas d'une amourette platonique, elle donnait une foule d'excuses pour retarder le moment de passer aux choses sérieuses. La plupart du temps, elle rompait en douceur en ne se rendant pas au rendez-vous ou en mentant sur sa situation. En dernier ressort, elle allait même jusqu'à laisser entendre qu'elle préférait les femmes. En général, ça calmait les hommes impatients, mais parfois, cela nourrissait leurs fantasmes et renforçait leur persévérance d'amoureux transis.

Elle qui lisait volontiers des romans d'amour paraissant en feuilleton dans les magazines avait fini par admettre qu'elle n'était pas de la race des grandes amoureuses. Tant pis ! Ciano avait peut-être senti qu'il n'y avait rien à tirer de cette femme étrange sur le plan du vice.

Et s'il était comme elle ? Aimant plaire avant tout. Le fait qu'il ait évoqué à plusieurs reprises son épouse Edda au cours de leur tête-à-tête constituait un indice : il l'aimait et lui resterait fidèle. Et puis, trompe-t-on sa femme quand on est marié à la fille du Duce ? Assurément non. Cette conviction se trouvait renforcée quand elle se remémora en quels termes élogieux Ciano parlait d'Edda. Il la percevait comme une sorte de Madone politique. Laetitia soupira en faisant la moue : voilà qu'elle se surprenait à être jalouse. Elle se trouva bête, et pourtant…

Elle avait terminé sa dernière soirée dans l'hôtel de San Remo seule, assise près du guéridon où se trouvait un téléphone. Elle attendait donc quelque chose ? Elle avait dû s'avouer qu'elle espérait un signe de Ciano. Elle était en train de se reprocher son manque d'audace. Bien sûr que Ciano avait craqué pour elle, ça sautait aux yeux. « Que je suis bête ! » Elle en était arrivée à ce point d'autoflagellation quand on avait frappé à sa porte. Elle avait été saisie d'une peur panique. Elle s'était levée et s'était approchée de la grande armoire à glace pour vérifier sa tenue. « Entrez », avait-elle fait enfin d'une voix ferme. Ce n'était que le coursier de l'hôtel qui portait un immense bouquet. Il était allé le placer dans un grand vase vide qui semblait l'attendre sur une étagère entre les deux baies vitrées. Quand elle fut seule, elle avait ouvert l'enveloppe que l'employé avait déposée au pied du vase. C'était Ciano. Le mot très bref, sans équivoque, la remerciait de sa présence et de « l'attention patriotique » qu'elle avait accordée à ses recommandations pour le bon accomplissement de sa mission. Elle avait dû reconnaître qu'elle aurait aimé que le comte se soit adressé à la femme plutôt qu'à la collaboratrice de ses services secrets.

Tout était déjà bien loin, maintenant qu'elle était dans ce train qui filait vers Paris. Elle regarda d'un air las le paysage défiler derrière la vitre. Il lui sembla que les bâtiments et les villes prenaient de la densité. On était sur le point d'arriver à destination. Paris, enfin… La France, l'Italie, ses deux patries. Le mot « patrie » la renvoya à Ciano. À l'heure qu'il était, après une nuit passée avec sa chère Edda, il devait prendre sa collation du matin. Avec elle sans doute…

« Être jalouse, c'est la preuve qu'on est amoureuse » : cette phrase, elle l'avait souvent entendue dans les conversations entre femmes à l'heure de la pause déjeuner à l'usine de Saint-Ouen. Écouter le récit des disputes conjugales de ses collègues de travail la distrayait. Avec Jules, son mari, elle n'avait jamais connu ce genre de conflit. Les seules fois où ils s'affrontaient, c'était à propos de ses beaux-parents, auxquels Jules n'avait jamais voulu avouer qu'il vivait avec elle, avec

Laetitia Nourrissat, une ancienne employée de l'entreprise familiale. Une mésalliance.

Alors qu'un millier de kilomètres la séparait de San Remo, elle se surprenait à admettre qu'elle était tombée amoureuse d'un homme inaccessible, resté là-bas et sans doute perdu à jamais. Et comme pour se consoler de sa déconvenue, de son manque d'audace, elle repensait à ses amours passées. Des amours qui n'en étaient pas vraiment. Finalement, elle était comme la Cendrillon du livre d'images qu'on lui avait offert quand elle était petite : elle attendait son prince charmant. Il était passé tout près d'elle. C'était hier.

Elle chassa l'image de Ciano. Elle se força à redevenir Laetitia, la Parisienne, une femme forte et libre. Yolanda, l'autre part d'elle-même, était restée à San Remo. Elle ne serait jamais une princesse accrochée au bras de son comte de roman. Laetitia reprenait vie à l'approche de Paris, elle n'avait besoin de personne, c'étaient les autres qui avaient besoin d'elle.

Elle souriait au paysage fait de bâtiments noircis par la fumée des trains. Même sous ce ciel plombé et dans ce décor grisâtre, c'était si bon de retrouver la France. Sa France…

***

La Brigade mondaine surveillait de près les quelques milliers de prostituées recensées dans Paris. La plupart d'entre elles travaillaient en « maison », selon l'expression consacrée, mais certaines proposaient leurs services dans les rues. Une pratique interdite mais tolérée dans quelques quartiers de la capitale.

Les policiers de la Mondaine avaient un œil sur les autres lieux de plaisirs comme les cabarets dont certains étaient des points de rencontre spécialisés dans toutes sortes d'activités liées au sexe. Bien que gardiens de la bonne tenue morale du Paris nocturne, ils savaient fermer les yeux sur beaucoup de transgressions dans la mesure où ces « endroits de perdition », comme les décrivaient les curés à leurs ouailles, servaient de quartier général à la pègre. La première chose que faisaient les jeunes voyous après un gros coup était d'aller « claquer leurs biftons » dans les bals et dans les bordels.

C'est pourquoi le commissaire Badin avait demandé de « loger » le dénommé Émile Fachart. Il avait été identifié par le médecin de Vitry l'ayant soigné pour ses coups de couteau. La présentation aux témoins des fiches avec photos des repris de justice sévissant dans la région parisienne avait une fois de plus montré son efficacité. La consigne était d'avoir Fachart à l'œil mais de ne pas l'arrêter trop tôt. « Le gibier qui nous intéresse, avait-il expliqué aux flics de la Mondaine, c'est René Blondeau, surnommé le Balafré. Une fois que Fachart se sera donné du bon temps avec les filles, il ne manquera pas de nous mener jusqu'à lui. »

Les flics n'avaient pas failli à leur tâche. Leur rapport indiquait que Fachart avait passé une grande partie de la soirée de la veille chez Margot, un lupanar de la rue Saint-Georges dans le 9e arrondissement.

Badin se bourra une bonne pipe et consulta sa montre : bientôt 3 heures. Il commanda un café à la secrétaire de l'étage et relut attentivement la note de la Mondaine. Sans être un établissement du haut du panier, le bordel où Émile Fachart s'était délassé de son coup de couteau n'était pas parmi les moins chers. La preuve qu'il avait reçu sa part du vol de la sacoche de la société Lallemant. Probable que lui et René le Balafré se soient disputés à propos du partage devant la gare de Maisons-Alfort. Et quand on n'est pas d'accord chez les gangsters, on s'explique à coups de couteau ou de pistolet automatique.

— Ah ! misère, si c'est pas malheureux des loulous pareils… murmura Badin.

— Tiens donc, vous parlez tout seul, patron ?

L'inspecteur Ranou, un ancien qui travaillait aux côtés de Badin depuis plus de dix ans, venait d'entrer dans le bureau, une liasse d'enveloppes à la main.

— Non, je me désespère.

— Rapport à quoi ?

— À des fripouilles comme le Balafré. Lui et ses hommes de main nous filent toujours entre les doigts.

— René ? On est sur lui, commissaire, on va le choper ce salopard.

***

« C'est si bon la France… » La phrase tournait dans sa tête depuis qu'elle avait regagné son petit nid de la rue Pierre-Bayle : « C'est là ma place. » Le pays de Jules Toureaux, de la poinçonneuse de la station Philippe-Auguste, de ce bon vieux Rouffignac, de la concierge de la rue Pierre-Bayle, du patron de L'As de Cœur rue des Vertus, de celui de L'Ermitage sur les bords de Marne… Des bonnes personnes qui avaient été si prévenantes avec elle. Et qui l'étaient encore, à l'exception de Jules qui lui manquait tant. Ah ! s'il n'avait pas succombé à cette tuberculose, elle aurait mené une vie paisible à ses côtés.

Certes, elle n'aurait jamais connu la ville de San Remo, si belle, mais elle aurait aussi évité de rencontrer cet officier des services secrets italiens si laid qui l'avait retenue dans un salon privé de l'hôtel, juste avant qu'elle prenne le train de nuit pour la France. « J'aurais pu vous demander de passer à la préfecture d'Imperia, la ville voisine distante d'une douzaine de kilomètres, mais nous avons décidé de ne pas vous imposer des fatigues supplémentaires après votre long voyage », avait-il marmonné d'un ton sans chaleur. Cet homme froid, aux yeux perçants, l'avait longuement interrogée sur son approche réussie de Carlo Rosselli. Il voulait tout savoir : à quelle heure il se levait, quelles personnes il avait vues au cours de son séjour à Nogent-le-Rotrou, s'il lui avait parlé des cures qu'il suivait régulièrement à Bagnoles-de-l'Orne pas très loin de cette ville, s'il allait acheter le manoir qu'il avait visité, si sa femme se plaisait en France, s'il avait évoqué le nom d'autres activistes antifascistes italiens et quels liens il entretenait avec Leone Ginzburg.

« Ginzburg ? » avait-elle cherché dans sa mémoire car l'homme avait tout particulièrement insisté pour qu'elle lui apporte des précisions. Elle avait fini par lui dire que ce nom avait été prononcé mais en parlant d'une femme prénommée Natalia.

« Ah ! avait-il réagi, vivement intéressé en prenant des notes. Et qui en a parlé, lui ou elle ? » Elle avait répondu qu'elle ne s'en souvenait plus. « Plutôt elle, je crois », avait-elle hésité. Il s'était montré cassant : « Chez nous, c'est l'un ou l'autre. Et on est sûrs. Sinon on ne dit rien. »

Il lui avait demandé ensuite, d'un ton neutre, de lire attentivement les documents qu'il lui présentait et il les lui retirait des mains au fur et à mesure qu'elle en avait pris connaissance. « Nous ne pouvons pas vous laisser la moindre de ces feuilles, lui avait-il dit. Inscrivez bien tout cela dans votre mémoire. »

On lui donnait des instructions précises sur sa mission. Elle n'avait pas changé : il fallait mettre hors d'état de nuire au plus vite Carlo Rosselli. Pour faciliter sa tâche, on lui fournissait les noms et adresses de quelques personnes de confiance qu'elle aurait à contacter le moment venu.

Un nom avait provoqué une sorte d'effroi chez elle. Elle s'était mise à tousser frénétiquement afin de masquer son embarras.

L'homme l'avait regardée d'un air inquiet mais n'avait paru rien soupçonner de la dissimulation qui était la sienne.

***

Plus belle la vie, ça serait difficile ! Émile sifflotait au volant de la Mercedes 200 rouge et noire que lui avait confiée René. D'accord, il ne lui avait rien donné de plus que ce qu'il avait décidé sur le vol de la gare de Vaugirard, mais ces 2 000 francs étaient un acompte bon à prendre en attendant mieux, surtout que René l'avait embauché pour plusieurs semaines.

« Puisque t'as encore mal au côté droit, là où je t'ai fait des chatouilles avec mon couteau, je te refile un taf agréable et bien payé pour un gars comme toi qui aimes conduire les belles bagnoles », qu'il lui avait dit, toujours avec l'air de se payer sa tête.

« Laisse faire, on réglera nos comptes un de ces quatre… » se maîtrisa Émile qui sentait la moutarde lui monter au nez quand il repensait au coup de surin. Il préféra s'attacher à tout ce qu'il y avait de bath dans sa nouvelle situation au volant de la Mercedes. En plus, il n'y avait pas que la voiture qu'était bien roulée, il y avait aussi les greluches à l'intérieur. Finalement, ça avait eu des avantages de croiser la route de ce fêlé de Blondeau. Parce que René lui avait refilé son vrai blaze en ajoutant simplement : « Je te le donne parce que les filles le connaissent et finiront par le lâcher devant toi. »

Les filles, ses gagneuses, elles l'appelaient aussi René. Elles l'aimaient bien parce que c'était « un mac correct ». Quasiment un julot de la sociale à les écouter. Il leur offrait des journées à la campagne plusieurs fois par mois, « histoire de se relaxer », qu'il disait. Émile se demandait où ce con avait entendu ce mot. Probablement au cinoche.

Reste qu'il fallait admettre qu'avec les radeuses, si elles turbinaient sur le macadam sans tirer au flanc, le René il était réglo. Trop bon même… Tout juste s'il cotisait pas à l'assurance syphilis et à la retraite des vieux.

En attendant, c'était lui, Émile, qui avait conduit les gonzesses de René du côté de Joinville, sur les bords de Marne, avec pour mission de les ramener à l'heure en ce lundi de Pâques. René lui avait expliqué : « Je leur refile congé aux poulettes, parce qu'à Pâques, le bourgeois va à la messe avec bobonne et la marmaille et se fait un bon repas en famille. Y a pas grand-chose à gagner ce jour-là. Par contre, le lundi, jour férié, il a besoin de se délasser après le gigot d'agneau trop sec restant de la veille et la tronche de la belle-mère. Alors retour au turbin ! »

Dernière recommandation du patron pour cette journée au bord de l'eau : « Pas touche aux trois filles, hein. Les extras gratos, c'est pour mézigue, pas pour les employés. »

Vu la réaction violente de René la semaine dernière, Émile se dit qu'il allait pas s'exposer à un renvoi, ou pire, à un autre coup de couteau ou de flingue pour faute professionnelle.

— Alors, Émile, vas-y. C'est à toi de passer ! fit une voix féminine à l'arrière.

— Je vois bien, lança Émile en embrayant la première. On n'est pas pressés.

— Allez, avoue que tu rêvais, reprit la même voix féminine.

— Je pensais.

— À nous ? fit la voix rieuse.

— Non, à moi. Et puis, mettez-la en veilleuse les pintades !

***

Déjà 1 heure de l'après-midi ! Adrien se leva d'un bond. Il s'était rendormi après s'être réveillé à l'aube, l'esprit contrarié par les incertitudes concernant Laetitia qu'il avait cherchée en vain au cours de ce long week-end de Pâques. La dissection commençait à 2 heures pile. Un lundi férié en plus ! Il devait courir porte d'Orléans, à Broussais. Un coup d'œil par la fenêtre lui indiqua que le temps était au beau fixe, mais toujours aussi frais à en juger par les manteaux que portaient les passants.

C'était bien vrai ce qu'on disait dans son Sud natal : à Paris, l'hiver n'en finissait jamais.

Il rassembla ses cahiers et ses polycopiés sur l'appareil digestif. Il les jeta dans la serviette de beau cuir que lui avait offerte son père deux années auparavant quand il était monté à Paris pour entamer ses études.

Il y glissa *Le Matin*, le journal qu'il était allé acheter la veille. Il avait dévoré la page des sports et particulièrement le compte rendu largement illustré de la course Paris-Roubaix. C'est Rossi, un Italien, qui l'avait emportée au sprint devant ses quatre compagnons d'échappée. Speicher, son coureur préféré, terminait dans un groupe à deux minutes. « Putains de Macaronis ! Il ne manquerait plus qu'il y en ait un qui gagne le Tour de France l'été prochain… » Il se réjouissait déjà à la perspective d'aller voir passer les coureurs près de chez lui, au départ de la grande étape de montagne des Pyrénées. Il avait déjà repéré l'endroit où il se posterait, dans une côte, là où les coureurs roulent le moins vite afin de les identifier. Si Speicher ne retrouvait pas la grande forme, on pourrait compter sur Georges Lapébie, un gars du Midi qui venait de remporter Paris-Nice deux semaines auparavant.

Il alluma une cigarette sur le gaz en même temps qu'il mettait une casserole d'eau à bouillir pour son café. Il alla ensuite ouvrir la fenêtre pour retirer le beurrier posé sur le rebord extérieur. Il avait lesté le couvercle d'une brique afin d'empêcher le vent de l'emporter. Bientôt, avec les premières chaleurs du printemps, il ne pourrait plus garder la nourriture au frais comme ça. Il avait vu dans *Le Figaro* des réclames pour des réfrigérateurs de marque Frimaire, peu encombrants, mais vu le prix dépassant les 3 000 francs, il essuierait un refus du paternel pour un achat qui représentait presque dix fois le loyer mensuel pour son meublé. Tant pis. Il irait au café prendre son petit déjeuner. N'empêche, ce devait être agréable d'avoir un appareil comme ça chez soi. Le vin rosé serait toujours frais. Et la bière n'en parlons pas. Son père, toujours aussi obtus, refusait d'en boire pour deux raisons : « D'abord parce qu'on est un pays de vin, ensuite parce que la bière, c'est la bibine des Boches. » Adrien n'avait jamais contredit son paternel sur ce point et encore moins évoqué son goût pour une bonne bière bien fraîche à la terrasse d'un bistrot de peur de lancer le débat sur la guerre 14-18, sur celle de 1870 et possiblement sur la défaite de Waterloo en 1815.

Tous ces vieux étaient fatigants à la fin avec leur patriotisme à la noix. Lui, si une nouvelle guerre venait à se déclarer, comme d'aucuns le craignaient, il prendrait la poudre d'escampette. Vers où ? Vers l'Espagne, en face de sa région natale ? Non. Rongée par une cruelle guerre civile, elle n'était pas le meilleur endroit pour trouver la paix. Dommage car elle avait accueilli des milliers de jeunes Français désireux d'éviter une mort quasi certaine dans les tranchées de la Grande Guerre. Il irait en Amérique. Il paraît que c'était facile d'émigrer là-bas quand on était jeune et instruit. Et en plus, il n'y avait pas de service militaire, à ce qu'on disait. Il pourrait même y emmener Laetitia. Enfin, on n'en était pas là.

La chose primordiale la concernant était de la revoir au plus vite. Hier soir, à L'As de Cœur, rue des Vertus, le portier lui avait dit qu'elle reprenait son service au vestiaire ce soir.

Et dire qu'en attendant ce moment, il lui faudrait passer un long après-midi à la morgue pour apprendre sur le corps de gens morts comment soigner les vivants. Il se demanda s'il avait choisi le bon métier. Ou plutôt si son père avait choisi le bon métier pour lui.

***

Pour Laetitia, retrouver son quartier de Ménilmontant, sa rue et la porte de chêne peinte en bleu de son immeuble lui avait procuré un réconfort qui l'étonna. Elle venait de passer deux jours dans un endroit de rêve où un homme aussi galant et prestigieux que le comte Ciano lui avait témoigné une grande estime, et pourtant, c'était son coin de Paris, triste et gris, qui la remplissait de bonheur. Un refrain de chanson lui trottait dans la tête comme un slogan politique : « J'ai deux amours, mon pays et Paris. »

Elle avait demandé à Silvio de la laisser près du métro Philippe-Auguste où l'attendait Henri, son frère, le seul de sa famille à connaître certains pans de sa double vie au service de Rouffignac. Elle eut le sentiment qu'il en savait plus sur son compte qu'il ne le laissait paraître tant il s'était montré peu curieux sur sa longue absence pour ces fêtes de Pâques.

La concierge les accueillit chaleureusement.

— Alors ce pèlerinage à Chartres, mam' Toureaux, ça s'est bien passé ?

Laetitia se contenta d'une réponse convenue et abrégea la conversation afin de ne pas trahir le bobard qu'elle lui avait servi pour justifier sa longue absence. La concierge ajouta d'un ton pincé :

— Au fait, il y a un paquet pour vous. C'est un monsieur très distingué qui l'a apporté vendredi soir à point d'heure.

— Comment ça ?

— Il a frappé comme un sonneur au volet en pleine nuit. Je dormais déjà… il était près de minuit !

— Un monsieur distingué… reprit Laetitia, pensive.

— Il ne m'a pas laissé son nom. Il a dit que sa carte était à l'intérieur et que vous le connaissiez.

— Ah !

Heureusement, Henri s'était engagé dans l'escalier pendant quelle conversait avec la concierge. Elle n'aurait pas aimé qu'il apprenne qu'un homme dont elle ne lui avait jamais parlé lui avait adressé un paquet.

— Et puis il est reparti dans une voiture arrêtée, le moteur en marche, devant la porte, continua Mme Lenoir. Je les ai vus filer vers le boulevard.

Laetitia fronça les sourcils et leva les yeux d'un air inquiet vers l'escalier. Le bruit lointain des pas de son frère montant la valise la rassura.

Finaude, la mère Lenoir compléta à mi-voix :

— Je dis « les » parce que je crois bien qu'il y avait une femme à l'intérieur.

Une femme… Laetitia se contenta de remercier la concierge. Elle prit le temps de chercher son porte-monnaie et lui tendit une grosse pièce de 20 francs pour la peine. Les remerciements empressés de la vieille, ponctués d'une mimique entendue, lui laissèrent espérer qu'elle se montrerait discrète.

— Vous trouverez un courrier chez vous.

Laetitia monta au troisième. Henri l'attendait sur le palier.

— C'est quoi ce paquet ?

— Une paire de chaussures que j'avais commandée sur un catalogue…

Henri lui tendit une lettre.

— Il y avait ça derrière la porte.

— Je sais. La concierge me l'a dit.

Ils pénétrèrent dans l'appartement dont Henri avait ouvert en grand toutes les fenêtres.

— Il fait frais… fit Laetitia en se débarrassant de son manteau. Si tu savais comme il faisait beau sur la Côte d'Azur et sur la Riviera italienne.

— Tu me raconteras ?

Laetitia prit le temps de refermer la fenêtre du séjour avant de répondre.

— Bien sûr, mais plus tard. Je suis fatiguée.

Henri se satisfit de cette promesse. Il sortit une pochette d'allumettes de sa poche de veste.

— Je vais t'allumer le gaz.

— Bonne idée.

Laetitia s'installa sur le canapé et ouvrit l'enveloppe. C'était une carte d'invitation de Marion Rosselli pour un cocktail au domicile parisien du couple. L'enveloppe était timbrée et avait donc été acheminée par la poste. Laetitia préférait ça. Elle n'aurait pas aimé qu'un envoyé de Mme Rosselli, ou pire encore, elle-même, ne voie l'immeuble ordinaire dans lequel elle habitait. Bien qu'elle eût joué les modestes durant les conversations qu'elle avait eues avec le couple à Nogent-le-Rotrou, elle s'était quand même présentée comme propriétaire d'une entreprise et à ce titre elle devait tenir son rang.

— Heureusement qu'elle n'est pas venue elle-même m'apporter cette carte, dit-elle en patois aostien à Henri qui avait pris place à ses côtés. Si la concierge lui avait parlé, elle aurait pu lui dire que j'étais italienne et que je parlais dans ma langue avec mes frères.

— Oui, concéda Henri. Il faudrait nous refaire une nouvelle vie ailleurs.

— Comment ça ?

— Je sais beaucoup de choses à propos des Italiens que tu surveilles.

— …

— Je trouvais que tu étais souvent dehors ces derniers mois. Je m'en suis inquiété et j'en ai parlé à Rouffignac.

— Ah !… s'inquiéta Laetitia.

— Il a fini par m'avouer que tu travaillais beaucoup en ce moment pour l'ambassade, et que c'est pour ça que tu étais absente ces trois jours.

— Oui… Je suis allée en Italie.

— Je sais.

Laetitia approcha son visage de celui de son frère. Elle lui déposa un baiser sur la joue.

— Henri, je préfère t'en dire le moins possible. Ne m'en veux pas de t'avoir caché des choses sur ce voyage. Ce sont les consignes. Un jour, je te dirai tout.

— C'est quand même un peu fort que ce soit un étranger qui m'apprenne une chose pareille, dit-il, un rien dépité.

— Je n'avais pas le droit. Si Rouf l'a fait, c'est qu'il avait l'autorisation. Il a sans doute eu peur que tu croies que j'avais une liaison sérieuse avec un homme pour expliquer mes absences au travail et à L'As de Cœur. Les Italiens de l'ambassade qui m'emploient devaient craindre que tu me suives et que tu te fasses remarquer en risquant de tout gâcher. Ce sont des gens méfiants.

Henri sortit une cigarette d'un étui argenté. Il l'alluma avec un briquet qui sentait l'essence. Il prit le temps d'en tirer une longue bouffée qu'il renvoya par les narines avant de reprendre la parole :

— Rouffignac m'a expliqué pour le couple Rosselli. Je me suis renseigné, ce sont des gens sans foi ni loi.

— Ils ne m'ont pas donné cette impression.

— N'empêche que tu devrais déménager. Ça devient trop dangereux.

***

C'était vraiment trop bête de s'être fait pincer comme ça ! Émile, menottes aux poings, pestait contre le manque de bol qui avait amené les poulets à lui mettre le grappin dessus en pleine rue. Deux inspecteurs qui l'avaient serré à un feu rouge rue des Pyrénées comme il repartait tranquillou après avoir livré les gonzesses à la mère maquerelle d'un claque du 11e où René avait des actions. « Amène un peu », lui avait dit le premier flic en le prenant par le colbac après que son collègue lui eut ouvert la portière. « Comme un bleu ! » râlait intérieurement Émile. Même pas été fichu de repérer les deux roussins qui devaient le mater depuis qu'il était à l'arrêt. Et ce putain de feu rouge qui passait jamais à l'orange, et encore moins au vert. Saleté d'invention que ces trucs-là, comme si la priorité à droite, ça suffisait pas. « Amène un peu, avait répété le plus petit. Elle est à toi c'te jolie bagnole de richard ? À moins que tu sois maquereau mon salaud ? – Eh ben, il est jeunot pour prospérer sur le macadam, avait commenté l'autre, le costaud, en lui passant un nœud coulant autour du cou. Alors, ça fait quel effet d'être en laisse, hein ? » Il avait eu beau crier qu'il avait rien fait, que c'était la voiture d'un pote, ils l'avaient sorti de derrière le volant et l'avaient mis à genoux sous l'œil curieux des passants. « Pas la peine d'appeler les flics, Émile, vu que les flics c'est nous », lui avaient-ils rigolé au nez en lui ficelant les poignets.

Ils l'avaient ensuite bouclé dans la cage du commissariat du 12ᵉ. Un endroit bien dégueu qui sentait un mélange d'urine et de parfum à 100 sous le litre.

Au bout de trois heures dans ce mitard où il était seul comme un rat dans cette puanteur insupportable, un type était venu le trouver. Un grand blond qu'ils avaient dû aller chercher en Allemagne parce qu'il parlait avec un drôle d'accent.

L'autre gars qui attendait à la porte lui avait lancé : « Essaie pas de la ramener avec l'Alsacien, il aime pas la contrariété. »

Pour sûr qu'il allait se tenir à carreau, d'autant qu'il avait une sacrée envie de pisser et qu'au moindre geste un peu brusque il avait l'impression qu'il se lâcherait dans le froc. Déjà qu'il était marron, alors c'était pas le moment de passer pour une gamin qui se faisait dessus. Ils penseraient même, les vaches, que ce serait de trouille.

Ensuite, ils l'avaient menotté à un tuyau qui passait contre un mur près d'un bureau. « J'ai besoin d'aller aux gogues ! » leur avait-il crié au moment où ils quittaient la pièce.

« Les besoins du genre pipi et caca, c'est après les repas », lui avait répondu le petit. Et pour être bien compris il avait ajouté : « Si tu te mets à table, tu seras le roi des cabinets. »

Ils s'étaient salement poilés, ce qui rendait Émile fou de rage. « Attendez que je vous retrouve les deux sagouins, pour sûr, je vous louperai pas. »

Comme par un fait exprès, c'est quand Émile se complaisait à imaginer toutes sortes de sévices à infliger aux deux flics qu'un de leurs collègues entra dans la pièce. C'était un homme dans la quarantaine, grand, le visage épais barré par un trait de moustache soigneusement taillé. Il traversa la pièce d'un pas légèrement chaloupé sans lui accorder un regard. Il ôta lentement son imperméable mastic. Il l'accrocha au portemanteau de bois foncé après avoir jeté son chapeau bordé d'un gros crêpe noir sur la table où s'accumulaient des dossiers en carton fort.

Toujours sans lui prêter la moindre attention, il s'assit dans le siège à accoudoirs. Il sortit de sa poche un stylo dont il dévissa le capuchon et ouvrit un cahier d'écolier posé sur son sous-main en cuir. Quand il eut trouvé la bonne page, il se pencha dessus et se mit à écrire quelques mots. Il sortit une règle en bois du tiroir central de son bureau et tira un trait avec soin.

L'homme leva la tête et regarda enfin Émile comme s'il venait tout juste de s'apercevoir de sa présence.

***

Il aimait bien Le Balajo parce qu'il y avait toujours sur la piste des grappes de jolies filles. Beaucoup de vendeuses des grands magasins de la rive droite qui habitaient dans les quartiers populaires du nord et de l'est de Paris. Elles venaient passer une heure ou deux devant un bock en attendant que des beaux gars, et pourquoi pas des types moins beaux mais ayant un portefeuille bien garni, les invitent à danser. La soirée pouvait se terminer dans un bon restaurant et ensuite, pourquoi pas, dans un petit hôtel du quartier.

Adrien en avait ramené quelques-unes dans son meublé du quartier d'Alésia. Ce soir, il avait d'autres projets : celui de revoir Laetitia qui devait reprendre son service à L'As de Cœur. Il consulta sa montre. Bientôt 8 heures. Il passa au bar régler sa note sous le regard contrarié de deux midinettes vêtues de robes aux tons pastel surchargées de dentelles. Deux provinciales qui essayaient de se mettre au diapason de la coutume parisienne. « Provinciales » : Adrien se surprit à se considérer désormais comme un vrai Parisien puisqu'il réagissait comme eux, regardant avec un sentiment de supériorité tous les ploucs qui débarquaient de leur bled. Certes, lui aussi, vu de Paris, habitait un bled, même si c'était une grande ville. L'image de son père vint polluer sa bonne humeur. Il cala ses pensées sur Laetitia.

Il avait décidé de changer de registre dans la relation qu'il voulait renouer avec elle. Il avait compris qu'il ne fallait surtout pas lui montrer qu'il était fou amoureux. Il ne pouvait espérer l'attendrir en affichant des beaux sentiments. Au contraire. Tout ça, c'était de la romance de puceau qui ne pouvait que fatiguer une femme, une vraie femme, qui avait du vécu sur le plan amoureux. Elle aimait les hommes forts, virils, avec une préférence pour les grands bruns, du genre méditerranéen, d'après ce qu'il avait pu observer quand il l'avait suivie après leur rupture. Désormais, il serait lui aussi un homme, un vrai, qui ne s'embarrasserait pas de sentiments : voilà la posture qu'il devait travailler.

Il retrouva sa voiture garée près d'un autre dancing, Le Petit Balcon. Il se promettait d'y emmener un soir Laetitia ou à défaut une jolie fille. Oui, un de ces jours, il se pointerait dans le coin, ce serait la fête… avec Laetitia ou une autre.

Il démarra. Le bruit du moteur si régulier le remplit d'aise.

Finalement, la vie était simple quand on avait une jolie femme pour point de mire et qu'on pouvait se balader en voiture. « Merci papa ! » Pour une fois, une formule se rapportant à son paternel le fit sourire et même rire de bon cœur.

C'est tout guilleret qu'il se précipita rue des Vertus après avoir difficilement trouvé une place où laisser sa voiture. Dès qu'il poussa la porte, il eut le sentiment qu'une déception l'attendait.

***

Le commissaire, qui n'avait toujours pas dit le moindre mot à Émile, continuait à remplir d'une écriture appliquée la première page de son cahier. Les deux flics auxquels l'Apache avait déjà eu affaire entrèrent dans le bureau. Mauvais signe, ils avaient enlevé leur veste et dénoué leur cravate. Le plus balèze avait même retroussé ses manches.

Ils se placèrent derrière Émile.

— Je suis le commissaire Badin. Il est 6 heures du soir. Je rentre dîner chez moi à 7 heures. Je veux, d'ici là, connaître la planque de ton pote René.

— Mes respects, monsieur le commissaire, mais sur la tête de mes vieux, je vous jure que je le connais pas. J'avais jamais entend'…

Émile n'eut pas le temps de terminer sa phrase. Il ressentit un choc cuisant sur le sommet du crâne tandis que sa chaise se dérobait sous lui : le gros flic lui avait asséné un énorme coup de poing, alors que dans le même temps, le petit avait balancé un coup de latte dans le pied arrière de son siège. Il tomba lourdement sur le parquet en dévissant sur le côté, retenu par sa main droite menottée au tuyau du radiateur. Il hurla de douleur.

— Eh ben ! fit le nabot. Le voilà qui se fait mal au bras tout seul et qui pleure papa-maman alors qu'on l'a à peine touché. Ça promet.

Aussitôt une pluie de claques s'abattit sur son visage que le nain maintenait vers le haut en tirant sa chevelure pour faciliter la tâche du gros. Ils finirent par cesser et le rétablirent sur son siège.

Tout cela s'était passé sans un mot du commissaire qui consentit à jeter un coup d'œil sur Émile dont la chaise avait été replacée plus loin du mur, si bien qu'il avait son bras presque à l'horizontale, tendu vers le maudit radiateur. Il s'essuyait le visage de sa main libre en essayant de trouver une position assise stable.

— On vient de perdre cinq minutes, marmonna Badin. Dans une heure, il y a douze fois cinq minutes.

Le même scénario se reproduisit, à la différence qu'à la fin, le commissaire s'adressa à Émile alors qu'il était encore à terre :

— Vous avez tendance à saigner rapidement, monsieur… comment déjà… Émile Fachart.

Émile leva la tête malgré la clé de bras que lui infligeait le petit flic qui l'obligeait à garder le buste penché en avant. Le gros lui empoigna la tignasse et lui fit baisser la tête brutalement.

Un cri de douleur lui échappa. Sous ses yeux, des gouttes de sang qui perlaient de son nez avaient tracé deux lignes brisées. Badin reprit la parole :

— Il nous reste encore une bonne dizaine de fois…

— C'est bon ! cria Émile. Ça va… Pas la peine de me faire un dessin.

— Ah ! j'aime mieux ça, fit Badin. J'ai cru que tu allais me demander à voir ton avocat comme dans les films américains.

***

Après le départ de son frère, Laetitia resta penchée à la fenêtre afin de s'assurer qu'il ne reviendrait pas à l'improviste pour un motif quelconque. Dès qu'il eut franchi le coin de la rue, elle alla tourner deux tours de clé à la porte d'entrée et défit le paquet.

Il contenait un corsage de chez Dior emballé avec soin dans un papier léger, doux comme de la soie. Une carte l'accompagnait qui disait : *J'ai choisi pour vous ce corsage vert en harmonie avec la couleur de vos yeux.*

C'était Gabriel, son Petit Notaire. Elle sourit parce qu'elle n'avait pas les yeux vraiment verts, ils étaient marron clair avec quelques reflets émeraude. Elle dut s'avouer que cela lui faisait plaisir qu'on la voie avec ces yeux-là. Ce Gabriel avait beaucoup d'allure et surtout, il lui faisait une cour patiente.

Pour le moment, elle n'avait pas le temps de penser à lui, il lui fallait se préparer à aller à L'As de Cœur, mais auparavant elle devait voir Silvio de toute urgence.

Elle fit un brin de toilette et passa des vêtements propres. Huit heures passées ! Elle fila sur le boulevard à la recherche de la voiture de Silvio. Il changeait souvent de place afin de ne pas se faire remarquer près de chez elle, mais le plus souvent il restait cantonné dans le secteur du carrefour du boulevard de Ménilmontant et de la rue de la Roquette. Elle finit par l'apercevoir.

Lui aussi l'avait repérée.

— Silvio, je ne monte pas avec vous. Je vais retourner à la station Philippe-Auguste. Il vaut mieux que je prenne le métro pour aller à L'As de Cœur comme d'habitude. Mais j'aurais besoin d'un service.

— Je vous écoute.

— Ne me demandez pas pourquoi, mais trouvez-moi une paire de chaussures ordinaires à ma taille dès ce soir.

— Des chaussures comment ? Quel genre ?

— Pour l'été. Pas chères, surtout.

— Je vais voir.

Elle savait qu'il trouverait ce qu'elle lui demandait. Il fallait absolument qu'elle puisse montrer dès demain à son frère la paire de chaussures qu'elle avait prétendu avoir commandée sur un catalogue. C'était étonnant qu'il ne lui ait pas demandé d'ouvrir le colis tout à l'heure. Il l'aurait fait sans arrière-pensée, par pure curiosité fraternelle. Heureusement, la lettre des Rosselli avait fait diversion.

***

— Laetitia n'est pas là ce soir ?

Adrien avait à peine regardé la fille du vestiaire à laquelle il venait de poser la question. Il était tourné vers la salle au fond de laquelle un orchestre composé d'un accordéoniste, d'un banjo et d'une batterie jouait un air de musette.

— Elle n'est pas au vestiaire et je ne la vois pas dans la salle.

— Vous me donnez votre imper ou vous le gardez sur vous ?

Le ton peu amène, presque agressif, de la jeune femme sembla réveiller Adrien de son idée fixe.

— Non, je le garde.

— Vous cherchez Laetitia ? Elle viendra peut-être tout à l'heure. En tout cas, elle est très demandée.

— …

— Comme qui dirait, ce soir, il y aura de la concurrence.

— Qui ça ? fit-il en examinant les hommes attablés autour de la piste de danse.

Adrien fut interrompu dans son tour d'horizon de la clientèle par une main qui tira sur son veston d'une façon cavalière.

— Mais qu'est-ce… ? fit-il, obligé de se retourner sous la poigne d'un géant mal rasé, au ventre proéminent.

— Mme Laetitia s'est plaint de votre insistance. Cessez de l'importuner, grinça le balèze.

Il relâcha le col de sa veste en ponctuant son geste d'une frappe du plat de la main sur la poitrine d'Adrien. Le coup déséquilibra le jeune homme qui alla heurter le comptoir du vestiaire.

Sans ajouter un mot, le type tourna les talons et se dirigea tranquillement vers la table qu'il occupait sur la droite de la piste en compagnie d'un homme de petite taille qui observait la scène derrière des lunettes rondes à grosse monture en écaille.

— Laissez tomber. C'est un dur et son copain, c'est pire. Croyez-moi.

Adrien se tourna vers la fille du vestiaire qui venait de le mettre en garde. Elle ne lui souriait pas. Elle détourna son regard pour accueillir un couple.

Adrien hésita entre le parti de rester en bravant l'interdit du gros et celui de se retirer dans la dignité. Pour cela, il aurait fallu que quelqu'un le voie, mais personne ne regardait. Pas même les deux hommes, le petit à lunettes et le grand au gros ventre qui concentraient désormais toute leur attention silencieuse dans la contemplation des couples évoluant sur la piste de danse.

« La classe ! résolut Adrien en rajustant sa veste. Je pars discrètement, sans paraître affligé de l'agression. Simplement, je reste là quelques secondes à regarder la salle de bal, dans la position de celui qui veut voir si rester en vaut la peine, s'il y a des jolies filles et si l'orchestre est à la hauteur. Et dans mon tour de salle d'un regard blasé de fêtard expérimenté, je m'arrête un instant sur les deux voyous, l'air indifférent comme si rien ne s'était passé, et ensuite je m'en vais en adressant, un petit sourire à la fille du vestiaire qui forcément va me regarder, parce qu'elle avait peur que ça dégénère, je l'ai vu dans ses yeux apeurés. Elle verra que la peur, moi, je connais pas. »

Au moment où il sortait après avoir scrupuleusement respecté son petit scénario, la voix du serveur retentit derrière lui :

— Jeune homme, vous oubliez votre imper qui est tombé par terre.

***

— Laetitia ! Laetitia ! Attendez…

Elle se retourna et vit Rouffignac qui avançait d'un pas rapide dans sa direction.

— Vous me faites courir, Laetitia.

— Monsieur Rouffignac… Ne me dites pas que c'est par hasard que vous prenez le métro.

Arrivé à la hauteur de Laetitia, le détective privé rajusta son chapeau en reprenant son souffle.

— Pas vraiment. En fait je vous suis depuis votre arrivée à la gare de Lyon.

— Un problème ?

— Non… enfin oui. Je devais vous avertir avant que vous n'alliez à L'As de Cœur.

Laetitia restait muette dans l'attente de la suite.

— C'est à propos de M. Jeantet, votre Petit Notaire comme vous l'appelez.

— Eh bien ?

— Comme vous vous en doutez, il n'est pas plus notaire que je suis archevêque.

Une foule de choses s'entrechoquaient dans la tête de Laetitia. Les révélations que Rouffignac promettait de faire à propos de son Petit Notaire allaient sans doute ajouter à son trouble après les dispositions qu'elle aurait à prendre à propos des Rosselli.

— Allons nous installer sur la terrasse du Grand Hôtel.

— Non, c'est à l'entrée de ma rue. Je ne veux pas qu'on m'y voie maintenant alors que je suis sortie depuis plus d'une heure. Et j'y reviendrais avec vous ? Que penseraient les gens ?

— Je comprends. Juste en face, dans la rue de Mont-Louis : j'y ai stationné ma voiture. Nous n'en aurons pas pour longtemps…

— Non.

— Vous tenez vraiment à prendre le métro ?

— Oui. Surtout ce soir. Suivez-moi. On se retrouve dans le wagon de première.

Sans attendre la réponse de Rouffignac, elle s'engouffra dans l'escalier. Il attendit une minute, le temps d'allumer une cigarette et d'en tirer quelques bouffées, avant de la suivre. À cette heure tardive, la station était quasiment déserte. Il déboucha sur le quai comme le métro arrivait.

***

— Pour tout dire, monsieur… comment déjà ? Fachart Émile, nous savons que vous avez été un des deux ou trois individus qui ont dévalisé un caissier à la gare de Vaugirard la semaine dernière.

Émile fut parcouru d'une onde glaciale qui lui remua le bas-ventre. Encadré par les deux flics, il regardait craintivement ce commissaire à la grosse moustache qui remplissait le réservoir de son stylo avec une petite bouteille d'encre dont l'étiquette jaune était maculée de bleu. Satisfait de son opération, le vieux flic passa un coup de chiffon sur son instrument après l'avoir soigneusement revissé. Il reprit la parole, toujours sans le regarder.

— Voyons… Monsieur Fachart, une attaque à main armée, ça va chercher dans les cinq ans minimum, sans parler du proxénétisme avéré, du vol de voiture et si ça se trouve de complicité dans diverses autres affaires avec votre grand ami René Blondeau qui se fait appeler le Balafré.

— Blondeau ? le Balafré ? j'ai jamais entendu parler de…

Émile n'eut pas le loisir d'expliquer la nature de sa non-relation avec René car le Petit agrippa soudain son foulard des deux mains et attira son visage vers le sien. De son haleine de bouc, il lui souffla dans la figure :

— On n'a que toi sous la main, gros malin, alors tu va porter le chapeau pour les 70 000 francs. Au fait, tu les as mis au frais ?

— …

— Non ? Quel amateur ! Sûr que ça n'arrange pas tes affaires. Et puis, ce matin, on t'a repéré avec une charretée de traînées dans ta jolie bagnole avant de te mettre le grappin dessus. Au fait, elle est à toi ?

« Ma parole, pensa Émile, il suce de l'ail pour puer autant de la gueule. »

— Il me semble que les papiers sont pas à ton nom, tu les as volés, on dirait.

Émile dit aussitôt que non, que la voiture était à un copain, du moins d'après ce qu'il lui avait raconté. La précipitation avec laquelle il s'était justifié n'avait pas échappé au Petit :

— Comme ça, tu te déballonnes à la première occase, petite fiotte. Eh ! ben, le René, quand il saura ça, il va être content. Pas vrai, patron ?

Le commissaire, occupé à écrire, termina sa ligne. Il leva les yeux sur Émile. Un silence se fit, au terme duquel il lâcha la pipe bien calée entre ses dents de devant :

— Je suis sûr qu'Émile… comment déjà… Fachart, un garçon plein d'avenir, saura où est son intérêt.

Le Gros, qui s'était contenté d'assister à la scène appuyé contre le radiateur, partit d'un petit rire forcé.

— On va le serrer sous peu, le Balafré. Le temps de le loger. Et ce s'ra pas long, crois-moi.

Le Petit émit un gloussement :

— Ouais ! Ensuite, restera plus qu'à lancer les ragots à la Santé comme quoi c'est un jeune branleur logé dans la prison qui l'a donné aux poulets pour s'éviter les assises.

— Remarque, même pas la peine de se fouler, il suffira de le dire à René entre quat'zieux.

— Ouais, encore plus direct. J'y avais pas pensé. Comme il est du genre méchant, il va pas apprécier.

Le commissaire sembla tout à coup excédé par le sketch des deux policiers. Il se leva.

— Messieurs, je vous rappelle que nous agissons dans le cadre d'une procédure judiciaire. Vos menaces sur ce garçon, contre lequel nous avons des charges qui reposent sur des témoignages qu'il nous est parfaitement loisible de retenir ou d'éliminer, sont hors de propos. M. Fachart va maintenant être officiellement inculpé. Emmenez-le, le temps que je rédige le mandat de dépôt et mes conclusions pour le juge.

« Le salaud ! Le salaud ! » jurait intérieurement Émile.

— Attendez, monsieur le commissaire.

— Oui… monsieur Fachart. Une question ?

— Et qu'est-ce qui ferait que certains témoignages soient oubliés ?

— Devine… intervint le Gros.

— Vous rencarder sur le Balafré ? se risqua Émile.

— Tu comprends vite, ducon… on dirait, ironisa le Petit.

Badin lança un regard faussement courroucé à ses deux sbires. Il revint à Émile.

— En échange de cette fleur, on oublie l'affaire de l'encaisseur de Vaugirard, et les filles qui travaillent pour ton compte ou celui de René. Avouez qu'on ne peut pas faire mieux, non ?

Émile eut la désagréable impression que, malgré les apparences, la proposition marchait à sens unique, du perdant-perdant, comme au casino. Ces réticences n'échappèrent pas à Badin.

Le Gros le secoua :

— Ou tu dis oui et tout va bien pour ton matricule et tu continues à te la jouer avec des belles nanas au volant de belles voitures. Ou tu dis non et on te colle en taule. Et là, dès qu'on mettra la main sur ton copain le Balafré – parce qu'on va y arriver et fissa –, ça sera ta fête.

Badin tira longuement sur sa pipe avant de poursuivre sur un ton bonhomme :

— Entre nous, monsieur Fachart, je ne miserais pas une pièce de 20 sous sur la célébration de votre prochain anniversaire dans le quartier des voyous de la Santé.

Le rire de fausset du Petit occupa le temps de pause que Badin s'était octroyé pendant son avertissement. Le Gros gratifia Émile d'un franc sourire.

— Le mieux serait que tu nous tuyautes et que tu continues à faire le joli cœur avec les poulettes.

Émile soupira en fixant ses chaussures pour ne pas montrer qu'il n'en menait pas large. Sûr qu'il avait pas envie de se retrouver en taule avec une pancarte dans le dos du genre : « JE SUIS UNE BALANCE ». Non, il voulait pas porter le bada et finir dans les douches un surin en travers de la gorge. Salauds de flics !

— Au fait, la Mercedes, on la garde. Tu diras qu'on te l'a volée, rigola le Petit en lui collant une baffe derrière la tête du côté gauche.

Le Gros ajouta en lui balançant un coup de poing sur l'épaule droite qui le fit basculer tête en avant :

— Tu vois, quand on te pique une bagnole, ça fait pas plaisir.

Badin lança mollement un « Allons, du calme. M. Fachart n'a rien volé… pour l'instant ! » à l'intention de ses inspecteurs.

***

Au lieu de changer à la station Père-Lachaise pour prendre la ligne n° 3 menant à République, Laetitia proposa à Rouffignac de pousser plus loin, à Belleville.

— Là-bas, on prendra la ligne 11, c'est à peine plus long. Comme ça, vous aurez plus de temps pour tout m'expliquer.

Rouffignac lui exposa ce qu'il avait appris à propos de Gabriel Jeantet, le Petit Notaire. Il n'était évidemment pas notaire, même s'il en avait l'apparence avec son air de gratte-papier et sa frêle constitution. En fait, c'était « un type inquiétant », selon les propres termes de Rouffignac.

— Militant royaliste comme son père, un homme de bonne famille passionné de littérature vivant apparemment de ses rentes, Gabriel a été le président des Étudiants royalistes. Il a milité aux Camelots du Roi, écrit dans *L'Action française*, le journal de ce mouvement très à droite. Pas assez sans doute parce qu'aujourd'hui, il est un des dirigeants de la Cagoule, un groupe d'illuminés qui rêvent d'instaurer une société fasciste en France, calquée sur ce qui existe aujourd'hui dans l'Allemagne d'Hitler. Je vois que vous ne semblez pas redouter cette aspiration politique, ma chère Laetitia, mais à votre place je me montrerais méfiante.

— Pourquoi ? Nous agissons pour la même cause, non ?

— Pas exactement. Ces gens sont des assassins.

Laetitia eut envie de lui dire : « Nous aussi », mais elle ne le fit pas par pudeur vis-à-vis d'elle-même et aussi pour ne pas impliquer, ne serait-ce qu'indirectement, son ami dans la guerre secrète et sanglante menée par le Duce contre les communistes.

— Malgré tout ce que vous pourriez me dire, Laetitia, je sais ce que vous pensez, j'ai vu comment vous avez réagi après l'assassinat du banquier russe Navachine au bois de Boulogne.

— J'y ai un peu participé…

Rouffignac ne remua pas le couteau dans la plaie. Au contraire, il la rassura en lui disant que le Russe avait sans doute été exécuté sur l'ordre de Staline qui n'avait plus confiance en lui depuis de nombreuses années.

— Peu de temps avant de décider de son assassinat, le maître du Kremlin avait demandé à Navachine de rentrer. Ce dernier n'en avait rien fait, se doutant du sort qui l'attendait. Du coup, il était devenu un traître officiel et à ce titre, il devait mourir. Vous n'êtes pour rien dans son exécution.

— Ça n'a pas de sens, rétorqua Laetitia. Si ce sont les communistes qui l'ont exécuté, alors pourquoi l'ambassade m'a demandé de l'approcher au bois de Boulogne en promenant un chien de la même race que le sien, pour engager plus facilement la conversation ?

Rouffignac lui avoua qu'il n'avait pas de réponse à cela. Juste quelques soupçons qui le ramenaient à Jeantet et sa bande de la Cagoule.

Comme Laetitia restait tendue et muette, Rouffignac lui toucha le bras. Laetitia se dégagea vivement. Elle lança sans regarder son interlocuteur :

— Je n'y comprends plus rien. Qu'est-ce que c'est, à la fin, cette Cagoule ? Des communistes. Jeantet est communiste ?

Laetitia sentit comme un gouffre s'ouvrir dans son âme de militante fasciste. Elle avait soudain l'impression qu'on se servait d'elle, qu'elle était la cruche de service pour appâter des proies.

— Jamais de la vie.

Les mots de Rouffignac étaient venus à point la sortir des idées noires qui s'emparaient d'elles.

— Jeantet est même tout le contraire.

— Écoutez, Georges, je ne sais plus quoi…

— Écoutez-moi et vous saurez.

Rouffignac l'avait interrompue d'un ton d'autorité tranquille qui lui rappela celui qu'il usait envers ses employés lorsqu'il avait des consignes à leur donner.

Ils changèrent de ligne à la station Belleville et prirent place dans un wagon de première classe aussi désert que celui dans lequel ils étaient montés à Philippe-Auguste. Rouffignac lui expliqua que Jeantet figurait dans les fichiers de la police comme élément à surveiller.

— Je sais par mes contacts que ces individus liés à la Cagoule préparent un coup d'État et je peux même vous dire que ce sera à la manière du général Franco qui combat les républicains espagnols. Ils veulent abattre la République, notre République.

Ces propos à résonnance très patriotiques tranchaient avec le registre habituel de Rouffignac. Laetitia ne savait comment interpréter ce discours solennel dans un lieu aussi incongru qu'un wagon du métro à 9 heures du soir. Rouffignac ne lui laissa pas le temps de finaliser sa réflexion.

— Ce qui m'inquiète, Laetitia, c'est que je vous sens aller vers des régions inconnues, peuplées de gens sans foi ni loi. Certes, votre M. Jeantet est distingué. Sa bonne éducation, son pouvoir de séduction ne donnent pas à penser, a priori, qu'il faut se méfier de lui, mais croyez-moi, il présente un grave danger pour tous ceux qui se trouvent mêlés à ses combines.

Elle ne put obtenir plus de détails sur ses craintes. Cependant nul doute qu'il ne lui avait confié qu'une partie de ce qu'il savait sur son mystérieux Petit Notaire.

Rouffignac lui dit à voix basse au moment où il la quitta à République :

— Et le trafic de lingots, vous en savez quoi au juste ?

— Des lingots ? Qu'est-ce que c'est encore cette histoire ?

Rouffignac sembla soulagé.

— Tant mieux que vous n'en sachiez rien.

Elle eut envie de demander des précisions, mais se ravisa.

— Vous savez, moi, je ne m'occupe que des affaires qu'on me confie.

— Vous avez bien raison.

— Pourtant, cette histoire de lingots dont je n'ai jamais entendu parler a l'air de vous inquiéter.

Rouffignac éluda la demande implicite dans ce constat.

— Beaucoup de choses me donnent du souci à votre propos, Laetitia. Je me sens responsable de vous, car après tout, c'est moi qui vous ai mis en relation avec notre police des Renseignements généraux pour avoir à l'œil les ouvriers de Maxi, c'est moi aussi qui vous ai conseillé d'accepter de travailler pour l'ambassade d'Italie quand elle a pris contact avec vous grâce à la recommandation d'un policier à qui j'avais vanté vos qualités.

— À ce propos, vous ne m'avez toujours pas dit de qui il s'agit.

— Je ne peux rien dévoiler. Mais retenez qu'il ne faut surtout pas entrer dans le jeu de ces cagoulards. Non seulement ils sont dangereux, mais ce sont des comploteurs qui n'iront pas loin. Rompez avec Jeantet.

***

La soirée était fraîche. Émile n'avait qu'une veste légère sur le dos. Il remonta son col et marcha le long du quai des Orfèvres sans savoir quel parti prendre. Dire que ce matin, il conduisait une Mercedes remplie de filles parfumées. Des traînées, d'accord, mais des chics gonzesses. Tiens, s'il avait voulu, elles lui auraient même fait une petite gâterie gratis.

Maintenant, devait rencarder la maison poulaga ! « Me voilà faux derche à peine j'entre dans le métier » : cette pensée tournait et retournait dans sa tête. Il ne se voyait pas dans ce rôle de balance, d'autant moins qu'il savait que tôt ou tard les gars exerçant ce métier faisaient pas de vieux os.

En attendant, il fallait qu'il mette au point le bobard qu'il allait servir à René pour la voiture. Le seul truc positif dans cette histoire était qu'elle n'était pas à lui. Il l'avait volée et il ne comptait pas l'utiliser trop longtemps. D'ailleurs, s'il la lui avait prêtée, c'était peut-être qu'il avait fait une croix dessus.

Une idée noire traversa Émile : peut-être que René espérait qu'il se ferait repérer avec la bagnole. À la réflexion, il avait tout à y gagner, il se débarrassait de lui et gardait définitivement le fric de l'encaisseur de Vaugirard pour lui et son copain Marcel. La pensée des 2 000 francs en guise de part du pauvre dans un vol opéré à trois qui en avait rapporté 70 000 rendait Fachard fou de rage. Un voleur, ce Balafré ! Un salaud ! Pire que les flics. « Quand je pense que ça m'embarrasse de le donner alors que lui… Fumier, va ! »

Il s'assit sur un banc et examina les environs. À cette heure, il y avait des bistrots ouverts sur la gauche et deux mémés qui promenaient leurs clebs du côté du Palais de Justice. Il s'allongea et constata que le petit vent glacial se ressentait moins durement au milieu du triangle de cette place que sur les quais.

***

Après sa sortie sans gloire de L'As de Cœur, Adrien traîna dans la rue des Vertus en espérant retrouver Laetitia. Il s'abstint de rester trop proche du dancing de crainte de retrouver le balèze. Pas de doute, cet animal ne se gênerait pas pour lui régler son affaire. Il jugea plus prudent de quitter les lieux et de se rendre rue Pierre-Bayle.

Sur le coup de 10 heures, il se stationna devant l'immeuble juste à côté de celui de Laetitia. Là-haut, l'absence de lumière derrière ses fenêtres indiquait soit qu'elle dormait, soit qu'elle n'y était pas. Il resta en faction une bonne heure. Rien ! Vu l'heure avancée de la nuit, il se dit qu'elle ne rentrerait pas. Sa jalousie fut exacerbée durant le trajet qui le ramena dans sa chambre à la pensée que Laetitia dormait avec un autre après avoir fait Dieu sait quoi durant la soirée. Il chassa les images de Laetitia, sa maîtresse, se donnant à un amant. Il avait pensé « maîtresse » par habitude et par bravoure, mais le mot lui sembla disproportionné au regard de leur relation. Non seulement elle se moquait de lui, mais en plus elle le menaçait par l'intermédiaire de gorilles qui paraissaient être comme chez eux à L'As de Cœur.

Il se réveilla vers 9 heures, l'esprit barbouillé. Il avait dormi d'un sommeil entrecoupé de longues veilles au cours desquelles ses pensées s'échauffaient à la pensée de Laetitia. Quand son ressentiment s'apaisait, il imaginait des scènes où elle lui souriait, lui tombait dans les bras, lui disait qu'il lui avait manqué ou même qu'elle était amoureuse de lui. Mais ces histoires calquées sur des scènes de films à l'eau de rose qu'il avait vus au cinéma durant son adolescence ne tenaient pas longtemps. Toujours reprenait le dessus l'image de la femme hautaine qui prenait plaisir à l'ignorer, à l'humilier.

Il but un grand bol de café noir en repensant à la résolution qu'il avait prise hier au terme d'une soirée éprouvante. Il la mit en œuvre dès qu'il eut terminé une toilette succincte. Après avoir réuni des vêtements de rechange dans un sac de voyage et s'être muni de quelques classeurs correspondant aux cours de la semaine à venir, il ferma soigneusement le gaz et quitta son petit meublé.

Une demi-heure plus tard, il émergea de la bouche de métro Philippe-Auguste, située juste en face de la rue où habitait Laetitia. L'angle de la rue Pierre-Bayle et du boulevard de Charonne était occupé par un bâtiment vétuste d'un seul étage, tout en longueur. Sur sa façade une inscription défraîchie datant sans doute du siècle dernier indiquait « HÔTEL DE NORMANDIE ». C'est là que, désormais, il habiterait jusqu'à la fin de l'année universitaire. La seule inconnue résidait dans la possibilité d'obtenir pour deux mois au moins une des chambres donnant sur la rue Pierre-Bayle, ou mieux encore, celle de l'angle au premier étage, située au-dessus d'un commerce indépendant de l'hôtel. Ainsi, de sa fenêtre, il pourrait exercer une surveillance quasi policière sur la porte d'entrée et les deux fenêtres du quatrième de Laetitia et sur la bouche de métro Philippe-Auguste.

MARDI 30 MARS

— Non, excuse-moi, mais je suis très fatiguée. Tu sais, ce pèlerinage de Chartres fut épuisant. Et cette nuit, j'ai mal dormi. J'ai du sommeil à rattraper.

— Tant pis, fit Marlène. On sortira un autre soir.

— C'est promis, fit Laetitia à l'adresse de sa copine de travail chez Maxi.

— Je ne savais pas que tu étais croyante…

— …

— … du moins pas au point d'aller participer à une grande procession.

— Plus de dix kilomètres à pied, compléta Laetitia, désireuse de donner des éléments de véracité à son mensonge. Oh ! tu sais, moi, les bondieuseries, c'est pas mon genre. Mais j'y suis allée pour faire plaisir à ma mère.

— Et elle a marché avec toi à son âge ?

L'esprit de Laetitia se mit en mode accéléré pour trouver une réponse plausible. Tant pis, elle inventa en espérant que ce quelle disait pourrait passer.

— Pour les personnes âgées, il y avait un parcours très réduit. Des voitures étaient prévues pour les amener aux différents reposoirs. Mais c'était fatigant pour elles aussi.

— Et tes frères ?

— Ah ! non, eux ils étaient pris par leur travail.

— Un lundi de Pâques ?

Laetitia éluda la remarque qui mettait le doigt sur un coin du gros mensonge en pouffant.

— Tu l'as dit. Leur excuse, c'était du bidon.

— Et ton Petit Notaire ? questionna Marlène en changeant de conversation.

— Oh ! lui… pas de nouvelles.

— Ah bon ! c'est fini ?

— Je ne peux même pas dire ça, vu que ça n'a jamais vraiment commencé.

— Envoie-le-moi, si cette bonne affaire ne t'intéresse plus.

— Pourquoi pas.

Le métro entrait dans la station Place-de-Clichy. C'est là que Laetitia descendait pour prendre la ligne 2 en direction de Nation.

— À demain, Marlène.

— À demain, madame la difficile. Et pense à moi…

Elles se quittèrent sur un éclat de rire complice.

***

« Pour une fois la chance me sourit », se réjouissait Adrien, encore tout étonné que les choses se soient enchaînées avec autant de facilité.

Il restait une seule chambre de libre à l'Hôtel de Normandie et c'était justement celle qu'il convoitait. « Prenez-la en attendant qu'une autre chambre se libère. Elle est plus froide que les autres en raison de la grande fenêtre qui laisse passer l'air », lui avait conseillé le patron. Il déclina poliment la proposition en invoquant son « manque de frilosité ». Dit comme ça, son refus fit sourire le tenancier qui afficha une mimique en signe de scepticisme et lui tendit la clé en lui précisant :

— Elle s'appelle « reviens » et on la laisse au tableau quand on s'en va.

Adrien détestait les gens qui disaient « on fait ceci, on fait cela » pour signifier une exigence, ou pire encore les gens qui le rencontraient en lui lançant « comment il va aujourd'hui » en lieu et place de « comment allez-vous ».

Il se contenta d'un bref « Bien, monsieur » et monta dans sa chambre. Impeccable : il voyait la fenêtre de Laetitia comme depuis une loge de théâtre. Les volets étaient ouverts et les rideaux des deux fenêtres étaient tirés, semblant indiquer qu'il n'y avait personne à l'intérieur.

Une fois installé, il s'octroya une petite sieste. Vers les 4 heures, il alla faire quelques courses dans une épicerie du quartier tenue par une veuve de guerre, comme c'était indiqué dans un coin de la vitrine. Adrien se sentit guilleret en revenant vers le boulevard, mais il ne le traversa pas directement en direction de l'hôtel car il serait passé trop près de l'entrée de la rue Pierre-Bayle. Il ne pouvait prendre le risque de tomber par hasard sur Laetitia. Il préféra faire un long détour et traverser Charonne loin derrière la bouche de métro.

Il remonta dans sa chambre et mangea un morceau de pain avec du saucisson, debout, derrière le rideau de sa fenêtre, l'œil rivé sur la porte du n° 3.

« Je t'aurai ma vieille, je t'aurai d'une façon ou d'une autre. »

Sa patience fut récompensée peu après 6 heures quand il vit Laetitia, vêtue comme une ouvrière, avec sa cape grise recouvrant une robe bleue. Elle était chaussée de bottines noires comme on en exposait plein dans les vitrines des magasins bon marché. Malgré le temps sombre, à cette heure de la journée, il faisait encore suffisamment clair pour ne rien perdre des mouvements de la rue. Le problème se poserait dès l'arrivée de la nuit car la rue n'était éclairée que par les reflets des réverbères du boulevard. Autant dire qu'on n'y voyait que des ombres à la nuit noire.

La joie qu'il s'était faite d'avoir trouvé avec autant de facilité un poste d'observation aussi idéalement placé tomba d'un cran quand il se rendit compte, au bout de quelques heures de surveillance, que la mission qu'il s'était assignée n'était pas une sinécure car de peur de manquer la sortie de Laetitia, il n'osait s'éloigner de la fenêtre.

« Ça promet, pensa-t-il. Et tout ça pour une femme qui se moque de moi et me trompe avec des voyous ! »

***

« Mon Dieu, déjà huit heures moins le quart ! » Laetitia sauta du lit où elle s'était assoupie une bonne demi-heure après être rentrée du travail. Vêtue de sa seule combinaison de soie, elle avait été réveillée par la fraîcheur du soir. Une fois qu'elle eut passé une robe de chambre, elle voulut aérer mais le crachin persistant qui continuait à tomber depuis le matin la dissuada d'ouvrir les fenêtres. Elle soupira, contrariée, car elle ne supportait pas l'odeur de renfermé et d'humidité des logements parisiens. Toute petite, quand elle était arrivée en France, à Lyon d'abord et à Paris ensuite, elle avait été frappée par ce que sa mère disait en français aux différentes logeuses auxquelles elles eurent affaire : « C'est bien, mais le logement sent le moisi. » L'air dégoûté de sa mère avait imprimé dans son esprit qu'un lieu qui « sentait le moisi » était la pire des choses.

Elle mit en service le chauffe-eau au gaz et fit couler de l'eau dans une bassine. Elle se lava au gant le visage, les épaules et les bras. Elle examina ses yeux. Pas trop mal malgré une soirée agitée.

La veille au soir, après son entretien avec Rouffignac, elle avait poussé jusqu'à la station de métro Arts-et-Métiers et s'était rendue à L'As de Cœur. Il était trop tard pour prendre son service au vestiaire. Le patron ne lui en avait pas tenu rigueur car malgré le fait qu'on était un jour férié, les clients n'étaient pas nombreux. De plus, M. Fageon « l'avait à la bonne » car il était très ami avec son voisin, M. Arnold, qui tenait le café juste à côté. Il se trouvait que ce M. Arnold était le beau-père de son frère Virgile. C'est précisément grâce à ce brave M. Arnold que Laetitia avait pu trouver ce petit revenu d'appoint à L'As de Cœur au début de son veuvage.

Fageon lui avait dit que deux hommes avaient eu une altercation avec le jeune étudiant qui venait tous les soirs, ces derniers temps, afin de la rencontrer.

« Deux hommes ? avait-elle demandé.

— Oui, deux types pas très nets. Après le départ du jeune gars, je leur ai demandé de régler leurs consommations et de partir. Ils ont ignoré ma demande.

— Vous avez appelé la police ?

— Non, parce qu'ils se sont tenus à carreau et qu'ils ont picolé deux bouteilles de champagne. Alors, j'ai laissé courir. Ils ont fini par partir. Tout est bien qui finit bien parce que j'avoue que je les trouvais inquiétants. »

Il s'en tint là en s'abstenant de la questionner sur le jeune étudiant. Peut-être que Fageon n'en avait rien à faire, peut-être aussi qu'il n'avait pas l'intention de la mettre mal à l'aise, sans doute par amitié pour son frère Virgile.

Finalement, elle avait quitté L'As de Cœur. Elle avait pensé un instant s'arrêter au café Arnold saluer son frère. Elle y avait renoncé car elle savait par Riton que Virgile devait être très fatigué. Les deux frères, associés dans une entreprise de peinture en bâtiment, avaient travaillé très dur au cours de la journée pour avancer un chantier important.

Elle s'était donc rendue directement au bout de la rue où l'attendait Silvio. Il patientait en fumant une cigarette. Il l'avait vue s'avancer vers lui d'un pas vif. Sans attendre qu'elle soit à sa hauteur, il s'était dirigé vers la voiture qu'il avait stationnée rue du Temple à une cinquantaine de mètres. Elle était montée à bord à sa suite.

Forte des consignes que ce dernier lui avait données, elle avait téléphoné dans la matinée à Mme Rosselli à partir d'un bureau de l'usine Maxi pour lui dire qu'elle était ravie de répondre à son invitation. « Et pourquoi pas mercredi de la semaine prochaine, à notre retour de voyage ? Nous aurons quelques amis autour d'un lunch », lui avait dit Marion, d'un ton plein d'enthousiasme et de gaieté. Elle essaya en vain, à deux reprises, d'avoir des précisions sur le voyage qui l'éloignait de Paris. Elle n'avait pas insisté de manière à ne pas éveiller l'attention de Marion, qui, tout à la joie de lui présenter ses amis, semblait ne pas entendre ses questions.

Pour l'heure, Laetitia devait se rendre à Saint-Denis dans une agence répondant au nom de PM spécialisée dans la protection des biens. Elle n'en savait pas plus. Le remplaçant du capitaine Paladini, un dénommé Cavalcanti qu'elle ne connaissait pas, lui ayant dit que « moins elle serait curieuse, mieux elle s'en porterait ». Elle devait s'y rendre en taxi.

Pas question de recourir aux services de Silvio. « Trop compromettant », avait dit Cavalcanti d'un ton qui ne souffrait pas de questions.

Le spectre de Navachine revenait la troubler, ce que son interlocuteur au bout du fil sembla percevoir car il s'était empressé de lui dire : « Nous ne voulons faire aucun mal à ce M. Rosselli qui est un idéaliste. Non, ce qui nous intéresse au-delà de sa personne, ce sont tous les gens qu'il rencontre. Parmi eux il y a des comploteurs et des assassins. C'est d'eux et de leurs actes terroristes que nous devons prémunir l'Italie nouvelle. Entrez dans l'intimité des Rosselli. Observez et notez tous leurs mouvements. Essayez de savoir où ils vont et avec qui ils se déplacent ; qui ils reçoivent et quelle est la nature des relations qu'ils entretiennent avec leurs amis. Si certains d'entre eux tiennent des propos violents et appellent à l'action contre la patrie, dites-le-nous. Nous vous attendons pour vous donner tous les détails sur cette mission qui fait l'objet de l'attention toute particulière de son excellence le prince Ciano. »

Elle sortit de chez elle vers huit heures et demie. Une nuit noire et poisseuse était tombée sur Paris. Abritée sous un parapluie sombre, elle marcha sur Ménilmontant en direction de la rue de la Roquette et héla un taxi. Elle ne vit pas derrière elle une ombre qui ne perdait rien de ses gestes.

MERCREDI 31 MARS

En passant au café où il avait ses habitudes au Quartier latin, le lendemain de son déménagement, Adrien revit Henri Noguès, un des responsables des Étudiants communistes.

— Tu tombes bien, lui dit-il. Je te propose un boulot.

Il lui expliqua qu'il venait d'être embauché au nouveau quotidien communiste *Ce soir* comme journaliste au service « Société » en charge, entre autres, des faits divers. Le titulaire de la rubrique laissait sa place, appelé à des tâches plus valorisantes que « les chiens écrasés » dans un journal militant comme *Ce soir*.

— J'ai besoin d'un assistant, lui dit Noguès. En fait, je cherche quelqu'un qui ferait pour moi ce que j'ai fait ces dernières semaines pour un autre. Je te propose d'essayer.

— Pourquoi moi ?

— Parce que ! répondit Noguès en riant. Et puis, si j'en crois ton accent, ne sommes-nous pas des gens du Sud tous les deux ?

— Vu comme ça…

— Le salaire est de 30 francs par jour.

— Pas mal, fit Adrien.

— Surtout pour un début, hein !

Noguès lui expliqua que chaque matin, il devrait aller acheter cinq quotidiens. À charge pour lui de lui apporter une revue de presse des faits divers au siège du journal avant 11 heures. La proposition intéressa Adrien, surtout sur le plan financier. Le loyer de son hôtel ajouté à celui de sa chambre d'étudiant explosait son budget.

Restait Laetitia, dont la surveillance pourrait lui prendre beaucoup de temps.

— Adrien, tu rêves ?

— Non… je réfléchis.

— Alors ?

— Ben j'accepte, bien sûr.

— Parfait. Alors, autant te le dire tout de suite, la première fois qu'on va au *Soir*, on est surpris qu'un journal communiste se trouve dans un quartier chic, mais après tout, hein, il n'y a pas de raison que les beaux endroits soient dévolus aux seuls bourgeois.

Adrien ne trouva rien d'intelligent à répondre à cette affirmation péremptoire de Noguès.

— Tu n'as pas l'air convaincu…

— Si, bien sûr, consentit mollement Adrien qui pensait à son père à qui il pourrait dire, le jour où il lui avouerait avoir travaillé pour un journal communiste, que son siège se trouvait dans les beaux quartiers.

Peut-être que ça ferait passer la pilule. Tout compte fait, le plus simple serait de ne rien lui dire.

— Ça te fait rire…

— Non, tout juste sourire.

Noguès lui expliqua quels journaux acheter tous les matins, comment se les faire rembourser en remplissant une note de frais, bref, toutes les modalités pratiques pour remplir sa mission.

— C'est étonnant tout de même…

— Quoi ?

— Que ton journal coco fasse une telle place aux faits divers. J'ai tellement entendu tes copains des syndicats et des partis de gauche dénoncer les journaux réactionnaires en raison de la place qu'ils accordaient à ce genre d'informations malsaines.

— Eh bien justement, Aragon, qui est le patron de *Ce soir*, considère que le fait divers n'est pas un genre d'information méprisable. Il voit dans les crimes et dans les délits une manifestation du malaise social et des injustices.

— Hum…

— En cela, il est en plein accord avec Émile Zola qui considérait cette rubrique très formatrice pour les journalistes débutants.

— Pas bête, lâcha prudemment Adrien.

— Comment ça « pas bête » ? Ce n'est pas une simple argutie pour faire joli dans la conversation, c'est très juste politiquement.

Adrien approuva. Ce n'était pas le moment d'émettre des réserves au risque de voir son boulot lui échapper. En plus, il s'en fichait royalement.

Ce qui le préoccupait, c'était le temps qu'il allait passer à cette activité. Il lui faudrait bien compter deux heures par jour au minimum pour aller acheter les journaux, relever les faits divers et les porter au siège du journal.

Il craignait que son nouveau travail, venant s'ajouter à son stage du troisième trimestre à l'hôpital et à la surveillance de Laetitia, n'empiète trop fortement sur ses heures de sommeil. Finalement, il balaya cette contrariété en repensant à cette formule dont usait et abusait son grand oncle Amédée : « On aura toute la mort pour dormir. »

DEUXIÈME PARTIE

MERCREDI 7 AVRIL

La dizaine de jours qui séparait son retour d'Italie du mercredi où elle devait répondre à l'invitation des Rosselli passa très vite. Laetitia avait repris ses activités à l'usine Maxi et retrouvé ses habitudes. Elle ne se rendit à L'As de Cœur que le samedi et le dimanche, comme lors de ses débuts quand elle assurait la tenue du vestiaire les fins de semaine et les jours fériés. Elle avait limité ses apparitions au dancing de la rue des Vertus sur instruction de l'ambassade qui tenait à ce qu'elle ne prenne pas le risque d'être reconnue par un proche des Rosselli dans cette fonction de dame-vestiaire peu compatible avec son état prétendu de veuve dirigeant une usine. Difficile pourtant de délaisser totalement ce petit travail, Virgile et sa femme Anne auraient pu se formaliser de sa défection et surtout se poser des questions à même de l'embarrasser. Non, elle devait rester elle-même pour tous ceux qui la connaissaient, du moins dans la continuité de ce qu'ils savaient d'elle.

Pas facile d'avoir une double vie… et même triple.

***

Les allées et venues de Laetitia ponctuaient ses journées : il guettait son départ vers sept heures et demie tous les matins et attendait son retour sur le coup de 6 heures du soir. Entre-temps, il se consacrait à sa mission d'aide-journaliste et à ses études.

Durant la première semaine, il avait surveillé Laetitia discrètement. La proximité du métro ne lui laissait pas beaucoup de temps pour descendre de chez lui et la rattraper dans la station. Aussi se tenait-il toujours prêt à enfiler une veste, à se précipiter hors de sa chambre et à courir jusque sur le quai. Heureusement, à chaque fois, il l'avait retrouvée là, à quelques mètres devant lui. Elle parlait souvent à la poinçonneuse. Il ne voyait pas son visage, mais l'expression souriante de l'employée ne laissait planer aucun doute quant au caractère amical de la conversation. Il s'arrangeait pour montrer son ticket derrière un groupe de personnes afin de passer inaperçu. Il avait vu l'endroit où elle travaillait : une usine chimique de Saint-Ouen, la Société des cirages français, où on élaborait le fameux Lion Noir. « Amusant, pensa Adrien. Désormais, quand je lustrerai mes chaussures, je penserai à elle. »

« Tout de même, elle est bizarre. Elle joue les grandes dames, mais elle travaille en usine et en plus, elle tient le vestiaire à ses moments perdus dans un bal musette. »

Un soir, il était allé l'attendre à la sortie de son usine. Il l'avait vue en compagnie d'une jeune femme modestement vêtue, une ouvrière qui lui parlait d'égale à égale. Laetitia était donc une simple employée dans cette société, voire une tâcheronne, qui cachait peut-être un tablier crasseux sous un imperméable propret.

Une drôle d'ouvrière en tout cas, qui le lendemain, était sortie un bon quart d'heure après les autres en compagnie d'un homme élégant, cravaté et coiffé d'un feutre du meilleur faiseur. Elle avait quitté ce monsieur devant le métro. Il s'était engouffré dans la station à sa suite. Il n'en était pas revenu quand il l'avait vue présenter un ticket de première classe au contrôle. « Voilà une ouvrière qui voyage en seconde classe lorsqu'elle prend le métro avec une copine de l'usine et qui présente un ticket de première quand elle est seule ! » Adrien, depuis le fond du wagon de seconde, avait constaté une deuxième entorse à ses habitudes : elle n'avait pas changé à Place-de-Clichy comme les autres soirs où il l'avait suivie. Elle avait poursuivi jusqu'à la gare Saint-Lazare. Là, d'un pas vif pour sortir du côté de la rue d'Amsterdam, il avait supposé qu'elle allait faire des emplettes dans les grands magasins du boulevard Haussmann, mais non, elle s'était postée à proximité d'un arrêt de bus. Elle avait attendu, droite comme une gymnaste se préparant à se lancer sur la piste d'exercice. Enfin, une voiture, une Simca-Fiat, s'était arrêtée à sa hauteur. Elle était montée précipitamment à l'arrière. Adrien avait eu le temps de voir un pan de tissu vert s'échapper dans son mouvement pour ramener ses jambes jointes à l'intérieur. La voiture avait disparu dans la circulation dense de la rue du Havre en direction de l'Opéra. Il avait cherché un taxi en vain, aussi avait-il pris le parti de retourner chez lui.

Il dormit mal et s'éveilla vers 10 heures, dérangé par les bruits de l'hôtel. Il crut un moment qu'on frappait à sa porte, mais ce n'était que la bonne qui passait le balai dans le couloir. « À croire qu'elle fait exprès de cogner sur les plinthes et les portes, la vieille ! » râla intérieurement Adrien.

Il sauta du lit et se passa la tête sous l'eau. Il alla ensuite jeter un coup d'œil au dehors. Les volets de sa belle Laetitia, dans l'immeuble d'en face, étaient désespérément clos. « Elle a découché ! » Il revit les images de sa filature de la veille. Celle de Laetitia s'engouffrant dans une grosse voiture qui devait l'attendre l'obsédait. Elle n'était pas montée à l'avant mais à l'arrière, donc ce n'était pas son amant. Mais qui, alors ? Un taxi ? Non, il n'aurait pas manqué de voir le compteur à l'extérieur.

Sa « belle Laetitia » : il mesurait combien la formule était ridicule se rapportant à une femme qui se donnait à tant d'hommes sauf à lui. Une blague de carabin lui revint : « Qu'est-ce qu'une garce ? » Réponse : « Une femme qui couche avec tout le monde sauf avec moi. » Voilà son triste cas résumé dans cette pochade de la dernière vulgarité : sa belle était une grue et lui le dindon d'une mauvaise farce. Souvent, il se répétait comme pour s'en convaincre qu'il était bête de s'accrocher à une femme qui ne voulait plus de lui. Mais chaque fois que la pensée de tout laisser tomber l'effleurait, l'image de Laetitia, si grande, si belle, venait étouffer sa résolution dans l'œuf. Et voilà qu'en plus d'être attirante, elle devenait mystérieuse. C'était une femme comme un homme en rencontre peu dans sa vie. Alors tant pis pour les études ! Après tout, il avait bien le droit de louper un certif' ou deux dans l'année précédant son internat. Il n'était pas une machine, il n'était qu'un homme.

***

Comme tous les après-midi depuis qu'il était au service de René, Émile faisait la tournée des boxons où son patron avait des intérêts. Sa mission consistait pour l'essentiel à encaisser « la location » des gonzesses auprès de la mère maquerelle. Mais il procédait aussi au transport des filles qui allaient d'une maison à une autre. Parfois, il allait en chercher quelques-unes à la gare de Lyon. Il ne posait pas de question à part « Vous êtes Mlle Unetelle ? », et il les emmenait à destination. Pour ce travail, il se déplaçait dans une voiture ordinaire. Une Renault noire moche et sans reprise avec laquelle il se traînait à cinquante à l'heure. Fini le temps de la belle Mercedes. René lui avait passé un savon quand il avait dû lui avouer la semaine dernière qu'il se l'était fait voler. « Rien à foutre, finalement, qu'il lui avait dit après lui avoir envoyé un coup de poing dans l'estomac, histoire d'extérioriser sa colère. C'te bagnole, elle était trop repérable. Surtout avec un guignol dans ton genre au volant. Tu te serais fait gauler par les flics à force. Et moi avec. Parce que toi, tu serais bien du genre à balancer les copains. »

Émile avait enragé intérieurement : « Puisqu'il s'en fichait de la Mercedes, il aurait pu se passer de m'envoyer un direct dans le bide. » Il s'était abstenu de manifester ses sentiments, car finalement il s'en tirait à bon compte.

Lundi dernier, il avait retrouvé le Gros dans un bar de la place d'Italie, un quartier tranquille. Il lui avait fait un rapport succinct de ce qu'il avait vu des affaires louches de René. « Et ouski crèche ton Balafré ? » lui avait demandé le flic. Émile lui avait dit qu'il ne le savait pas, puisqu'il ne l'avait vu qu'une fois au cours de la semaine écoulée. Il s'était bien gardé de donner l'adresse de son hôtel à Montgeron. Apparemment, les perdreaux ne savaient rien de cette planque. Émile avait décidé d'en dire le moins possible, de jouer la montre en attendant de voir venir.

Il soupira d'agacement : le lundi, le rencart avec les flics était dans un bistrot, et le mercredi comme aujourd'hui, c'était un square, toujours dans le quartier Italie. Il quitta l'itinéraire normal de sa tournée pour s'arrêter près du lieu de rendez-vous. C'est le Petit qui l'attendait, assis sur un banc en lisant un journal.

— Alors ducon, c'est une heure pour faire son rapport ?

— Y avait de la circulation.

— Tiens donc ! Première nouvelle... C'est bien étonnant qu'il y ait des embouteillages un jour de semaine à 6 heures, surtout à Paris !

Émile eut envie de lui en coller une et même plus que ça. Il se calma.

— Comme ça, tu te déplaces en voiture, poursuivit le nabot. Si c'est pas malheureux ! Quand je pense que je me farcis les trajets en métro de deuxième classe ! Et c'est quoi comme bagnole ?

— Une petite Renault, fit Émile d'un ton agressif. C'est largement suffisant pour faire son rapport à un condé.

— Oh ! mais c'est qu'il a l'air méchant notre Apache d'opérette. Bon, je vois... l'opérette tu connais pas ! Allez, aboule les nouvelles du front.

Après s'être assuré que personne ne traînait dans les parages, Émile parla en regardant le flic droit dans les yeux.

— Pas grand-chose depuis lundi. Sauf que je sais que René voit souvent un type qui devrait vous intéresser.

— Ah !

— On l'appelle le Bancal.

Le Petit ne trahit rien à l'énoncé du nom de ce mauvais sujet bien connu à la Crim'. Pierre Decormis, né à Marseille, devait son surnom au fait qu'il boitait depuis un accident de voiture. Condamné à l'âge de 19 ans à la prison pour vol et détention d'armes, il avait été recherché comme déserteur avant d'être repris et lourdement condamné. Depuis sa libération il y a trois ans en 1934, on avait perdu sa trace, mais on savait qu'il était impliqué dans divers trafics. « Une belle prise en perspective », se réjouissait le policier.

— C'est tout ?

— Comment ça, c'est tout, se rebiffa Émile. C'est un client, comme vous dites…

— Qui ça « vous » ?

— Ben vous, les policiers, pardi !

— Comment tu sais ça, toi ?

— J'ai vu ce genre de truc dans des films de ganster.

— Tiens donc. D'abord on dit gangster, avec un « gue ».

— Ah…

Pour finir de déstabiliser Émile, le Petit ricana.

— Oh ! ça alors, j'avais pas remarqué…

— Quoi donc ?

— Tu louches, quand tu penses.

— …

— C'est vrai que c'est pas facile à voir, vu que tu penses pas souvent.

Le désir de cogner reprit l'Apache. « Putain, pensa-t-il, si les filles à René me voyaient m'écraser devant ce salopard, je passerais pour un pédoque. »

— Hé, réveille-toi Mimile. Alors, ouskon peut le trouver ton Bancal ?

— Il sort beaucoup dans les bals de la rue de Lappe et aussi dans un dancing de la rue des Vertus.

— Lequel ?

— Je sais pas. J'ai juste entendu un pote du Balafré dire l'autre soir « on va retrouver le Boiteux au guinche rue des Vertus ».

— Et après ?

— Rien de plus.

— Alors salut, P'tite Têt'. Prochain rendez-vous vendredi, même endroit et même heure.

— Et ma prime ?

— Mince, j'oubliais…

Il sortit une enveloppe pliée en deux de la poche de son imperméable et la lui présenta, mais en la gardant contre sa poitrine.

— Allez viens chercher, petit dur de mes deux…

***

Adrien, bien résolu à chasser les pensées qui le ramenaient de façon obsédante à Laetitia, avait décidé de sortir prendre l'air et d'aller ensuite déjeuner dans un petit troquet du quartier. Quand il revint à l'hôtel, il était près de 4 heures. Après la soirée pour rien de la veille, il se désola à la pensée qu'il vivait une journée perdue pour ses études. Il n'avait ouvert aucun de ses dossiers de polycopiés d'anatomie comparée, alors que l'examen approchait. Il avait même bâclé son travail pour Nogués en se contentant de lui passer un coup de fil depuis le bistrot après avoir épluché les faits divers des journaux du matin. Il n'avait relevé qu'un accident mortel boulevard Raspail qui allait faire pleurer dans les chaumières : deux fillettes, qui allaient jouer au square, avaient été écrasées par le bus V sur un passage clouté. *Le Petit Parisien* racontait en détail l'accident avec la photo des petites, toutes souriantes. Nogués n'était pas là. C'est un autre journaliste qui avait pris la communication. Après lui avoir fait répéter certains détails, il lui avait simplement dit : « J'ai vu ! On va reprendre l'information en ajoutant des détails sur la vie des deux gamines. »

Il essaya en vain de se concentrer sur les appareils digestifs des diverses variétés de batraciens. Il finit par reposer « les polycop », et c'est miné par la douloureuse impression qu'il était sur la mauvaise pente qu'il mit le nez à la fenêtre. Bon sang, elle était chez elle ! Un volet était ouvert. C'était celui de la chambre selon ses observations des jours précédents. Il guetta pendant quelques minutes l'apparition de Laetitia ou de quelqu'un d'autre, là-haut, au quatrième étage. « Rien ne se passe… à part le temps », regretta Adrien. La formule le fit sourire malgré l'angoisse qui l'étreignait. Comme pour se persuader de mettre un terme définitif à ce jeu cruel dont il ne retirerait que déception et humiliation, il se répétait souvent : « Arrête tout, Adrien, tu perds ton temps… Et ton honneur. Ah ! si ton père te voyait, il aurait tellement honte de toi. Tout ça à cause de cette… » Il se refusa à employer un mot dégradant, même en pensée. Comme pour se libérer de ces mauvaises ondes, il s'arracha à la contemplation de la fenêtre et se jeta sur son lit. Il s'empara d'un roman de Georges Simenon, *Les Demoiselles de Concarneau*, qu'il avait emprunté à Noguès, grand amateur de littérature policière. Il essaya en vain de se replonger dans les méandres compliquées de la vie d'un pêcheur breton responsable de la mort d'un enfant au volant de sa voiture.

Au bout de quelques minutes, il n'y tint pas et reprit sa veille à sa fenêtre. Vers 6 heures, le volet de Laetitia se referma, actionné par une main gantée de cuir. Une main masculine apparemment. Quelques minutes plus tard, la porte de l'immeuble s'ouvrit. Un homme chargé d'un gros sac de voyage en sortit et se dirigea vers Ménilmontant. Vêtu d'un costume sombre et d'une chemise blanche dont le col s'ornait d'un nœud papillon, il devait cacher une calvitie précoce sous un drôle de chapeau noir. Un Italien à n'en pas douter avec ses chaussures bicolores à la dernière mode. Adrien enfila sa veste et dévala l'escalier menant à la réception de l'hôtel. Il traversa le petit hall en courant sous l'œil réprobateur du propriétaire qui finissait de se rouler une cigarette.

Arrivé sur le trottoir, il traversa jusqu'au terre-plein central afin d'avoir une vue large sur Ménilmuche. Il vit l'homme à une cinquantaine de mètres qui marchait vite malgré un fardeau volumineux qui le gênait en raison de sa petite taille. Il arriva sur ses talons au moment où l'homme prit à droite dans une petite rue bordant le mur du Père-Lachaise. Il s'avança vers une Citroën Traction Avant de couleur claire, ouvrit la malle, y jeta péniblement le sac et s'installa au volant.

Adrien poussa plus loin sur le boulevard car il avait parié que l'homme s'éloignerait en direction du centre de Paris, il avait vu juste. Dès que la Citroën l'eut dépassé, il traversa et courut jusqu'à la rue de la Roquette toute proche où il avait garée sa voiture. Il ne lui fallut qu'une minute pour démarrer sa 402 et foncer à la suite de la voiture. Mais il ne la vit pas dans le flot de véhicules au bout de la ligne droite. Tant pis, il irait dans cette direction en espérant avoir de la chance. Le seul point vraiment positif dans cette poursuite très hasardeuse était la couleur crème de la voiture, une teinte plutôt rare, donc facile à repérer.

***

Henri pénétra chez lui en poussant le sac du pied. Laetitia lui fit la bise.

— Bonjour, Riton. C'est lourd ? demanda-t-elle.

— Pas vraiment, mais c'est très encombrant.

— Je t'ai demandé d'amener trop de choses. Après tout, ce n'est que pour quelques jours…

Il n'émit aucun commentaire. Il se débarrassa de son imperméable sur le portemanteau de l'entrée.

— J'ai eu du mal à trouver ta boîte de poudre.

Laetitia remercia son frère. Elle porta le sac dans la chambre du couple qu'il formait avec Odile, son épouse.

— Tu as encore cet énorme tableau en relief de la descente de croix de Jésus, fit-elle en posant le sac sur le lit. C'est vraiment moche. Encore pire que ce qu'on fait en Italie.

— Bien de ton avis, mais c'est Odile, ils sont croyants dans sa famille. Je ne veux pas la contrarier.

— Et en plus, juste au-dessus du lit... s'amusa Laetitia. Tu n'as pas peur que ça te tombe sur la tête ?

— Ça ne risque rien... si on ne bouge pas trop...

Henri se rendit compte de l'allusion grivoise qui pouvait émerger de son propos. Il s'alarma aussitôt de ce que cela avait d'inconvenant entre frère et sœur. Laetitia comprit son embarras et prit la chose à la blague.

— Finalement, ce truc horrible est un bon moyen pour limiter le nombre d'enfants.

Ils sourirent tous les deux mais n'épiloguèrent pas sur ce sujet un rien scabreux.

— Odile, elle ne t'a rien dit à propos de moi ?

— De toi ?

— Oui ! que je vienne m'installer chez vous pour quelques jours ?

— Je lui ai raconté que tu étais importunée par un client de L'As de Cœur et que je t'avais proposé de venir chez nous, le temps que Virgile et moi, on ait eu une bonne explication avec ce type qui te suit avec insistance ces derniers temps.

— Et qu'est-ce qu'elle a dit ?

— Elle n'a pas tiqué. Elle m'a même dit que travailler dans un dancing la nuit, c'était pas prudent.

— Au fait, qui t'a dit que j'étais suivie ?

— Sans importance. Le fait est qu'on me l'a dit.

Laetitia n'en demanda pas davantage afin de ne pas mettre son frère dans l'embarras. Après tout, elle aussi avait ses secrets. Ainsi elle ne lui avait pas dit qu'elle avait reconnu Adrien dans le portrait de l'homme qui la suivait.

Il devait tenir ses informations de Rouffignac, à moins qu'il y ait des détectives italiens là-dessous. Dans ce cas, il serait de son devoir d'avouer sans tarder sa liaison passée avec Adrien au secrétaire de l'ambassadeur, en présentant la chose comme la faiblesse d'un soir. Mais cet aveu porterait une atteinte mortelle à sa réputation et à sa crédibilité. Pouvait-on faire confiance à une femme esclave de ses envies, même passagères ? On pourrait lui retirer sa mission avec tout ce que cela représentait de danger pour sa vie et sa famille compte tenu de tout ce qu'elle savait sur les complots fomentés contre les Rosselli. Non, elle ne dirait rien même si son silence pourrait être jugé plus gravement encore : cacher la vérité, n'était-ce pas une forme de trahison ? Et quel sort réserve-t-on aux traîtres ?

***

Adrien avait fait le bon choix en suivant le boulevard de Ménilmontant. Il avait rattrapé la voiture du petit Rital, c'est comme ça qu'il l'avait baptisé en attendant d'en savoir davantage sur son compte.

Le bougre, il conduisait comme un coureur automobile ! Il l'avait perdu de vue à plusieurs reprises dans le trajet qui avait abouti rue de Châteaudun. L'homme se stationna devant une porte cochère avant de pénétrer dans une vieille bâtisse au 36. Adrien tourna dans une rue à droite. Il s'arrêta lui aussi devant un porche et revint à pied rue de Châteaudun.

Arrivé près du 36, il prit l'allure tranquille d'un habitant du quartier et jeta un coup d'œil à travers la vitre de la porte protégée par un cadre en fer où le petit Rital était entré. Il ne vit rien. Il jugea prudent de s'éloigner, craignant que l'homme, une fois qu'il aurait déposé son sac, ne retourne à sa voiture pour la garer correctement. Adrien avait eu le nez creux car la porte de l'immeuble s'ouvrit en grinçant. Il n'eut que le temps de changer de trottoir avant de tomber nez à nez avec le Rital qui remonta dans sa voiture. Il prit la première à droite, une rue étroite qui montait vers Montmartre. Rue Taitbout, qu'elle s'appelait. Ce qui n'évoquait rien à Adrien. « On se demande parfois où ils vont chercher leurs noms de rues », pensa-t-il en regagnant sa voiture dans la nuit tombante.

Et maintenant ? Quelle option choisir dans sa recherche de l'endroit où se trouvait Laetitia : reprendre sa surveillance à son domicile rue Pierre-Bayle ? La guetter à l'entrée de L'As de Cœur ? Se mettre en faction rue de Châteaudun ? Il s'installa au volant et prit le temps d'allumer une cigarette pour se calmer et réfléchir.

***

— Vous êtes sûr que personne ne vous a suivi ?

— Certain. Enfin autant qu'on peut l'être. Mais je peux vous dire que j'ai bombé. Je ne crois pas que quelqu'un aurait pu me coller au train.

— En métro, c'est plus facile. Tu descends à Richelieu-Drouot et tu n'as qu'une centaine de mètres à faire pour arriver à ma porte.

— Je sais bien mais on disparaît plus facilement dans la circulation de Paris que dans les couloirs du métro. Là, je suis sûr que personne ne m'a suivi.

Rouffignac approuva en lui posant une main sur l'épaule.

— C'est bien, Riton. Je vois que votre sœur vous a mis au parfum des principes du métier. Tenez, on va trinquer à la réussite de nos affaires.

Rouffignac invita son visiteur à prendre place sur la chaise devant son bureau. Après s'être affairé devant un meuble qui contenait des bouteilles, il se tourna vers lui, deux verres à la main.

— Vous m'excuserez, je ne peux vous offrir ce cognac dans des verres glacés comme le veut la tradition du bon goût, mais vous verrez, ce Martell vaut la peine de faire un détour par mon modeste bureau.

Ils trinquèrent et s'installèrent de chaque côté du bureau. Henri rompit le silence qui s'était installé entre eux.

— Georges, je vous sens soucieux. Vous ne me faites pas confiance ?

— Bien sûr que si. Soyez tranquille, mon petit Riton, je ne doute un instant de vos qualités et de votre loyauté.

Rouf vida son verre et ponctua sa déglutition par un sonore :

— Ahhhh ! ça fait du bien par où ça passe… Pas vrai ?

Henri se contenta d'un petit signe d'approbation.

— Bon, parlons sérieusement, fit Rouffignac. Et Laetitia ?

— En sécurité. Chez moi. Je m'occupe d'elle autant que je peux…

— Hum… je viens de recevoir une commande.

— Une commande ?

— Oui, d'un ami de la police… Un service qui m'en vaudra un autre. Il faudrait que Laetitia reprenne son poste à L'As de Cœur, un lieu fréquenté par un dénommé Lecormis.

— Mais Laetitia a déjà beaucoup à faire avec les Italiens.

Rouffignac hésita un instant avant de lâcher :

— Je suis au courant. Mercredi, elle doit aller chez les Rosselli.

— Je sais. J'ai déjà réservé un taxi pour elle. En fait ce sera mon beau-frère.

— Votre beauf' ?

— Oui… Barlaud qu'il s'appelle. C'est le mari de Simone, ma sœur aînée. Il fait le taxi à Paris depuis longtemps. Son prénom, c'est Henri, comme moi.

— Il est comment ce Barlaud ?

— Sympathique, juste un peu grande gueule.

Riton porta le verre de cognac à ses lèvres. Il le vida d'un trait.

— Ce qui me tracasse, c'est son travail à Saint-Ouen. Elle n'arrête pas d'être absente. À la fin, ça va poser un problème.

— J'ai vu Gaston, sourit Rouffignac d'un air entendu.

— M. Dalit, le directeur de Maxi ?

— Oui, c'est un ami. Il va arranger ça de manière à expliquer ses absences répétées comme il l'avait fait l'an passé quand elle était retournée à Oyace chez votre père.

Comme Henri ne disait rien, l'air dubitatif, en attente d'en savoir davantage, Rouffignac reprit :

— Vous savez, Riton… Au fait, ça ne vous gêne pas que je vous appelle Riton comme le font vos amis ?

— Pas du tout, faites donc.

— Bon. Sachez que Dalit ne peut rien refuser à Laetitia depuis l'hiver dernier où elle a tenu le stand de Maxi au Salon des arts ménagers. Et de quelle manière ! Non seulement elle présente bien, mais en plus elle est fine, intelligente.

— Hum…

— Dalit envisage de lui confier la tenue de ses stands à toutes les foires et expositions auxquelles il se rend en France et même à l'étranger. Si ce n'est pas reconnaître ses mérites, une confiance pareille !

***

Adrien opta finalement pour la solution de faire le guet rue de Châteaudun. C'est là qu'il risquait de voir les choses les plus intéressantes. Après le départ du petit Rital au chapeau, il avait couru jusqu'à sa voiture et était revenu se stationner près du n° 36. Il espérait que durant le laps de temps où il s'était absenté, Laetitia, si elle était bien là, ne se serait pas échappée. Tant pis, il devait accepter une part d'incertitude dans son entreprise.

« Échappée » : le mot qui s'était glissé dans ses pensées prenait un drôle de sens. Les quelques notions de freudisme qu'il avait acquises lors d'une conférence à laquelle il avait assisté dans une salle du Quartier latin lui donnèrent à penser que ce mot avait plus de sens profond qu'une simple commodité de langage. Son intérêt pour la psychanalyse avait pris naissance chez lui alors qu'il avait 17 ans à peine, à la lecture d'une critique de théâtre parue dans *Le Figaro*, le journal auquel était abonné son père. Pour la première fois, on parlait de sexualité dans ce quotidien bien pensant. Il avait ensuite cherché à en savoir plus sur la science du docteur viennois. À Paris, il avait écumé la bibliothèque de la faculté de médecine dans le Quartier latin à la recherche de textes sur le sujet avec une espèce de fascination pour le mot libido, un mot latin signifiant « désir ». L'année dernière, alors que la France entière était tout à l'agitation politique créée par l'accession au pouvoir du Front populaire, il s'était rendu à une conférence sur le freudisme rue d'Assas dans le Quartier latin. L'entrée était gratuite avec la carte d'étudiant. Compte tenu des événements politiques qui mobilisaient le monde universitaire, il pensait qu'il n'y aurait pas foule mais il se trompait, l'amphi de la salle d'Hulst de l'Institut catholique était archi comble. La discussion qui avait suivi l'exposé du révérend père Peillaube l'avait passionné. Il se demanda si ces divers échecs dans sa poursuite de Laetitia n'avaient pas de rapport avec les fameux actes manqués qui étaient, selon lui, une notion de la psychanalyse qui l'avaient marqué.

Aujourd'hui, il attendait sans certitude aucune devant la porte close d'un immeuble banal de la rue de Châteaudun. Pour rien peut-être. Il n'avait aucune preuve de la présence de Laetitia ici ou de son absence rue Pierre-Bayle. Au bout d'une bonne demi-heure, il douta même qu'il y eût des habitants à ce maudit n° 36, car nul n'y entra ni en sortit.

Vers sept heures et quart, enfin, le petit Rital revint à pied, chargé de deux gros filets à provisions. Il n'avait plus son chapeau. « Bon Dieu, mais je le connais ce type. » Adrien se souvint de cette silhouette fluette qui tenait l'accordéon de temps à autre à L'Ermitage, le cabaret du bord de Marne à Maisons-Alfort. « C'est donc lui son amant ! Non ce n'est pas possible, j'aurais remarqué quelque chose. » Il n'eut pas le loisir de méditer sur la chose parce que, tout à coup, Laetitia apparut sur le seuil. Elle tourna la tête sur sa gauche et emprunta la rue dans sa direction. Adrien se tassa derrière son volant au moment où elle passa à sa hauteur. Mais elle regardait droit devant elle, comme étrangère à tout ce qui constituait l'animation de la rue. Adrien lui laissa prendre une trentaine de mètres d'avance avant de sortir de sa voiture. Il n'eut que le temps de voir un taxi déboîter de la place de la Trinité et s'arrêter à la hauteur de Laetitia avant de retourner en courant vers sa voiture.

***

Les Rosselli habitaient un très confortable appartement rue Notre-Dame-des-Champs dans le quartier Montparnasse. Laetitia fut accueillie par Marion qui se comportait en parfaite maîtresse de maison. Elle la présenta comme une amie parisienne « rencontrée aux eaux de Bagnoles-de-l'Orne ». Laetitia se retint de rétablir la vérité de leur rencontre qui avait eu lieu à Nogent-le-Rotrou et au manoir de Courboyer de crainte de se montrer déplaisante d'entrée. Plus que l'arrangement que prenait Marion Rosselli avec la réalité des faits, c'est la désinvolture avec laquelle elle évoquait la naissance de leur amitié qui froissa Laetitia.

Tous ces gens qu'elle venait de saluer n'étaient pas de son monde assurément : des intellectuels, comme on disait à la radio à propos des écrivains, des professeurs, des journalistes ou des avocats qui constituaient la quasi-totalité des invités. Elle reconnut des hommes politiques français parmi lesquels le nouveau ministre de l'Intérieur dont elle n'arrivait jamais à se souvenir du nom, mais qu'on voyait beaucoup dans les journaux depuis les incidents de Clichy.

Laetitia se concentra afin de bien tenir son rôle de femme d'affaires généreuse envers ses employés. Elle n'en négligea pas pour autant sa mission consistant à identifier les proches des Rosselli.

Elle s'entretenait avec un Italien vêtu d'un costume croisé beige à rayures foncées comme en portait souvent le comte Ciano, une référence en matière d'élégance à ses yeux, quand quelqu'un lui toucha l'épaule. C'était Carlo.

— Merci, Laetitia, d'avoir répondu à notre invitation. Les personnes de qualité comme vous honorent cette petite réception qui réunit mes amis et ceux de Marion…

Laetitia s'inclina et accueillit le compliment d'un sourire des plus mondains.

— Permettez-moi d'ajouter, chère Laetitia, que votre ensemble est très élégant. Ce vert vous va si bien… C'est une couleur que j'aime particulièrement.

— J'imagine, monsieur Rosselli… Il n'est que de voir le drapeau de votre pays.

L'à-propos de la remarque réjouit Rosselli d'une manière si excessive que Laetitia fut saisie d'inquiétude.

— Vous savez, Laetitia, que notre modèle à nous, les patriotes italiens, a toujours été la France avec son cortège de grands hommes épris de justice et de liberté. Nous avons tellement la France au cœur que les pères fondateurs de l'unité italienne ont choisi comme emblème le même drapeau tricolore que celui de la France, à la différence près que nous avons substitué au bleu le vert.

Laetitia qui savait tout cela joua les étonnées.

— Tiens donc. L'Italie est donc si liée à la France !

— Nous somme des cousins proches, comme me le disait souvent mon père.

— Alors pourquoi le vert plutôt qu'une autre couleur ? interrogea Laetitia, avec un accent de curiosité propre à flatter l'érudition et les sentiments patriotiques de son hôte.

— Là, les versions diffèrent…

Rosselli, au mépris des injonctions affectueuses de sa femme qui lui demandait de venir saluer des nouveaux arrivants aux patronymes italiens, se lança dans une grande explication historique renvoyant à Napoléon qui avait doté ses régiments étrangers de drapeaux tricolores sur le modèle du drapeau français, en choisissant pour les Italiens une bande de couleur verte, sa couleur préférée. Mais de toutes les explications, dont certaines étaient tirées par les cheveux, celle qui avait sa préférence renvoyait aux paysages variés de l'Italie :

— Le vert pour les collines des monts Apennins, le blanc pour la neige des Alpes et le rouge pour le sang des martyrs des trois guerres d'indépendance du XIXe siècle, s'enthousiasmait Rosselli.

Comme Laetitia restait concentrée pour jouer les étonnées avec mesure, il partit d'un petit rire aimable.

— Ah ! si vous étiez italienne, ma chère Laetitia, vous comprendriez beaucoup mieux la beauté de la chose.

***

Pas facile de traverser tout Paris en essayant de ne pas se faire semer par un taxi. De plus, la tâche d'Adrien avait été mal engagée car le démarreur de sa voiture s'était montré poussif. Il avait tiré trois fois sur la manette avant d'entendre le ronflement du moteur. Il avait démarré en trombe en coupant la route à un automobiliste qui lui avait lancé : « Hé, le jeunot, tu te crois dans une voiture à pédales à la Foire du Trône ! » Heureusement, en ce début de soirée, il n'y avait aucun agent dans le secteur.

La poursuite de ce maudit taxi l'obligea à conduire « à la parisienne » en s'affranchissant des règles comme déboîter devant un véhicule et l'obliger à un freinage d'urgence ou faire une queue de poisson pour gagner une place.

Il ne perdit jamais de vue le taxi qui fila vers la Madeleine, puis se dirigea vers la Concorde, passa devant l'Assemblée nationale, emprunta le boulevard Saint-Germain et remonta Raspail. Il stoppa dans une rue étroite entre Montparnasse et le jardin du Luxembourg. Cette rue Notre-Dame-des-Champs, il la connaissait pour avoir suivi une formation sur les maladies vénériennes à l'hôpital Cochin tout proche. Il dépassa le taxi et s'arrêta un peu plus loin dans un espace laissé libre entre deux voitures en stationnement.

Après que Laetitia eut pénétré dans l'immeuble, il s'approcha de la porte d'entrée. « Une résidence de standing dans un quartier chic ! pensa Adrien. Et avec ça, elle s'y rend en taxi. Cette femme me surprendra toujours. À croire que depuis que le Front populaire a pris le pouvoir, les ouvrières d'usine vivent comme des bourgeoises. »

— Je peux vous aider ? demanda une voix ferme derrière lui.

Adrien se tourna et vit s'avancer deux hommes en chapeau gris, vêtus d'une gabardine de la même eau. Des flics, d'après leur apparence. Ils venaient du trottoir d'en face où ils étaient sans doute en faction, dans la pénombre à l'écart du réverbère.

— Euh… non. Pour tout dire, je cherche le 19 de la rue Notre-Dame-des-Champs, je crois que c'est là, fit Adrien, tout surpris lui-même par la fulgurance de son inspiration.

— Ah ! non jeune homme, ici c'est le 79. Vous avez mal lu en passant il y a cinq minutes dans votre 402.

— Exact ! fit Adrien sur le ton de celui qui découvre son erreur.

Il s'empressa de quitter les lieux rapidement afin d'éviter des questions supplémentaires de ces deux types, qui étaient bien des policiers à en juger par le ton d'autorité qu'ils avaient utilisé pour l'interpeller. Il émit un confus « merci messieurs, au revoir » alors qu'il avait déjà parcouru une dizaine de mètres vers sa voiture. Cette retraite pitoyable finit de le déstabiliser. Il avait décidément beaucoup à apprendre pour approcher le monde de sa dulcinée. La pensée que les deux types le regardaient partir en hochant la tête d'un air de mépris électrisa sa rancœur. Un vrai plouc ! Voilà ce qu'il était ! Voilà ce qu'elle faisait de lui ! Deux fois déjà qu'on le traitait comme un moins-que-rien, qu'on l'humiliait à cause d'elle. L'autre soir à L'As de Cœur et aujourd'hui dans cette rue de Montparnasse !

Il monta à bord de sa voiture, l'esprit barbouillé par ce qu'il venait de subir. Il se promit de réfléchir à tout cela le lendemain, avec le recul d'une bonne nuit de sommeil. « Je patauge, se murmurait-il en conduisant dans le Paris plongé dans l'obscurité d'une fraîche soirée d'avril. Elle est trop bizarre cette femme. Je n'y suis plus. » Il se sentit petit par rapport à elle, comme rétrécissant à mesure qu'il découvrait de nouvelles facettes de la personnalité de Laetitia. Une situation insupportable.

***

Le fait que la soirée se déroule sous la forme d'un cocktail n'avait que des avantages pour Laetitia. Assise à une table pour la durée d'un repas, elle n'aurait pu lier la conversation qu'avec les quelques personnes assises immédiatement près d'elle. En plus, une promiscuité aussi durable aurait présenté le risque que ses interlocuteurs se montrent trop curieux en ce qui la concernait. Au contraire, il lui était facile de se défiler si nécessaire dans un salon où les gens vont de groupe en groupe un verre de champagne à la main.

Laetitia n'oublia jamais son rôle de veuve éplorée de la petite bourgeoisie laborieuse, une sorte de passeport qui lui assurait la bienveillance de tous ces gens ayant pour point commun la fibre sociale, même si elle sentait bien à leur mise et à leur langage qu'ils appartenaient au « grand monde », comme disait sa mère. Un autre monde que le sien. Elle se félicita d'avoir toujours bien écouté les conseils de Rouffignac concernant les règles de savoir-vivre dans la bonne société.

Marion Rosselli revenait la voir régulièrement pour lui présenter tous ses invités. Face aux Italiens, dont certains maniaient très peu ou très mal le français, la tentation de leur parler dans leur langue était forte lorsque la conversation s'enlisait dans les affres de l'incompréhension, mais elle sut y résister.

Trois fois, durant la soirée, elle se réfugia dans les toilettes où elle notait au fur et à mesure les renseignements qu'elle avait glanés sur les personnes auxquelles elle avait parlé : leur nom, leur adresse même très incomplète et leur activité. Elle portait une attention particulière à tout ce qui touchait les Italiens, le cœur de cible de sa mission. Ce rôle d'espionne agissant seule, dans l'ombre, l'excitait plus que tout au monde. Dans ces moments, la vision du corps de Navachine recouvert d'un manteau dans une allée du bois de Boulogne ne parvenait plus à s'imposer à elle. Pourtant, elle ne se faisait aucune illusion quant à ce qui attendait Rosselli et certains de ses invités.

Vers 11 heures, avec l'excuse toute trouvée que ses devoirs de patronne d'entreprise familiale l'appelaient à se lever de bonne heure, elle s'éclipsa après que Carlo et Marion l'eurent chaleureusement remerciée de sa venue. Marion lui fit même la bise.

C'est encore sous le charme douloureux de leurs marques d'affection qu'elle sortit dans la rue Notre-Dame-des-Champs et monta dans un taxi que ses hôtes avaient commandé et payé d'avance pour elle.

Durant le trajet qui la ramenait chez son frère, elle étouffa des sanglots qui semblaient remonter de son corps tout entier. Elle sortit son mouchoir pour effacer ses larmes, taraudée par une question lancinante : pourquoi aider à faire du mal aux Rosselli, des gens si charmants ?

JEUDI 8 AVRIL

La lumière du jour sortit Adrien de son sommeil. Il avait dormi comme un enfant. « D'un sommeil léger, comme un plomb. » Cette association des contraires le réjouit : il avait retrouvé son sens de l'humour. Il l'attribua au fait qu'il avait repris le contrôle de lui-même, qu'il avait vaincu les démons qui le conduisaient à la désillusion dans sa conquête de Laetitia. « Reconquête », s'empressa-t-il de rectifier pour lui-même. C'est vrai qu'il avait couché avec elle, et pour un jeune étudiant comme lui, mal dégrossi par une enfance et une adolescence provinciale, ce n'était déjà pas si mal. Oui, il devait se mettre dans la peau d'un conquérant ayant déjà vaincu sur le terrain et oublier celle du perdant inexpérimenté. Il lui fallait désormais agir en homme dominant sa passion afin de garder la maîtrise des événements. Le summum serait qu'il cesse d'être amoureux de Laetitia et qu'il envisage son entreprise comme une partie d'échecs dont le but serait d'amener sa proie dans sa chambre. Cet objectif, il l'avait déjà rempli dans le passé, la preuve que l'entreprise était dans ses cordes.

Il lui apparut qu'il était sur la bonne voie lorsque, après s'être extirpé de son lit, il ne se précipita pas à sa fenêtre comme tous les matins. Il prit même tout son temps pour se débarbouiller et enfiler ses vêtements comme pour bien se convaincre qu'il n'irait jeter un coup d'œil vers la fenêtre de Laetitia que s'il en avait le temps ou l'occasion.

« Non ! Tu n'iras pas voir. Tu vas mener une enquête comme les flics des faits divers que tu relèves pour Noguès. Tu dois désormais être froid et déterminé. Tu dois analyser les éléments sans passion. Par exemple, pourquoi Laetitia était-elle seule pour aller à cette réception ? Le petit Rital de la rue de Châteaudun aurait dû l'accompagner s'il était son amant. C'est donc qu'il ne l'est pas. Vu ? »

Adrien sortit de chez lui sans avoir regardé chez Laetitia. « Tiens, j'ai oublié », se réjouit-il en traversant le boulevard, sachant en son for intérieur qu'il n'en était rien. Il alla acheter sa dose habituelle de journaux du matin qu'il rangea dans sa serviette et revint sur ses pas vers la station Philippe-Auguste.

Avant de descendre dans la bouche de métro, il ne put s'empêcher d'arrêter son regard sur les deux fenêtres qui se trouvaient dans son champ de vison. « Simple vérification », se convainquit-il.

***

Les consignes de l'ambassade étaient claires : elle devait continuer pendant un temps à mener sa vie habituelle, du moins en apparence, pour ceux qui la connaissaient. Laetitia se leva à six heures et demie en même temps que son frère Henri. Ils burent tous deux un café fort dans lequel ils trempèrent des gâteaux secs fabriqués par leur mère.

Henri était revêtu d'un pantalon gris et d'une veste blanche maculés de traces de peinture.

— Mince, il pleut. Si ça se maintient, on va encore perdre une journée… Décidément !

— Vous ne pouvez pas trouver de travaux de peinture à l'intérieur ? interrogea Laetitia.

— Peut-être. C'est le patron qui nous le dira.

Laetitia se présenta peu avant 8 heures devant les laboratoires Maxi, rue de l'Écuyer à Saint-Ouen. Avant de franchir la grille, elle sortit de son sac une demi-plaquette de chocolat emballée dans une feuille de papier d'étain. Elle s'approcha d'un homme accoudé contre un poteau. L'homme dans la quarantaine, hirsute et vêtu de vêtements usagés mais relativement propres, la remercia avec moult gestes de gratitude, lui prenant sa main dans les deux siennes.

Elle se dégagea en douceur et franchit le portail de l'usine sous l'œil sévère du gardien qui se tenait droit comme la justice au milieu de la cour d'entrée, impeccablement sanglé dans son uniforme.

Arrivée à l'atelier, elle rangea son sac à main, se débarrassa de sa gabardine et de son foulard et endossa sa blouse de travail. Elle éluda les quelques questions que lui posèrent les filles sur son absence à son poste de travail.

— Je devais préparer l'Exposition. On ne vous l'a pas dit ?

Elle fila dès la sonnerie qui indiquait le début de la journée de travail en prétextant qu'elle devait se rendre sans tarder au service des livraisons.

— J'arrive dans un quart d'heure, le chef est au courant.

Les autres s'en tinrent là, non sans éprouver une certaine forme de jalousie devant les passe-droits dont elle bénéficiait ces derniers mois. Il se disait sous le manteau qu'elle était sacrément pistonnée. N'avait-elle pas déjà été choisie en février dernier pour tenir le stand de Maxi au Salon des arts ménagers ? C'était la première fois qu'une ouvrière de l'usine était appelée à cette fonction. On disait même qu'Albert Lebrun, le président de la République, lui avait serré la main avant de lui adresser un compliment.

Pour ses collègues, il ne faisait aucun doute que M. Dalit, le patron de Maxi, s'était entiché de la jeune femme. De là à véhiculer des ragots, il n'y avait qu'un pas que certaines mauvaises langues ne manquèrent pas de franchir. Pensez-donc, une ouvrière – étrangère en plus ! – qui, à peine embauchée dans l'usine, est appelée à représenter l'entreprise au Salon sur les Champs-Élysées ! Et puis, cette décoration qu'elle portait au revers de son corsage tous les dimanches au bal ! Sûr qu'il y avait quelque chose qui leur échappait. Laetitia avait beau être une bonne camarade de travail, elle n'était pas comme les autres.

Cela n'empêchait pas qu'elle se soit fait quelques amies dans l'atelier de conditionnement. Marlène était de celles-là. Parfois, elle se joignait à la « bande » de Laetitia, un groupe de copains et de copines qui se retrouvaient de temps en temps pour boire et danser dans les guinguettes du bord de Marne le dimanche ou dans les dancings parisiens les autres jours.

— Tu n'étais pas là ces jours-ci ? Une exposition avec M. Gaston ?

Interloquée, Laetitia regarda Marlène d'un air si bizarre que son amie pouffa de rire.

— Hé, je blague !

Laetitia rit avec un temps de retard.

— Bien sûr, mais je n'aime pas ces racontars. Je n'ai pas l'intention d'avoir une affaire avec M. Dalit. D'ailleurs, lui non plus.

— Pourquoi, il est différent des autres ?

— Des autres ?

— Oui, de tes admirateurs, comme on dit pour les vedettes de cinéma.

— Allons, Marlène ! Arrête ces plaisanteries, ça me gêne. Sache que je n'ai pas d'aventures. Avec personne ! Et pour ce qui est de M. Dalit, il est marié. Je ne crois pas qu'il ait des visées sur moi. Ni moi sur lui. En plus, c'est un vieux et c'est mon patron. Je sais rester à ma place.

Voyant la tournure que prenait la conversation, Marlène se tut et reprit son travail sur le tapis roulant qui faisait avancer doucement les boîtes de cirage Lion Noir qu'elles devaient emballer dans des cartons qu'une « aide », en l'occurrence une jeune fille de 14 ans fraîchement embauchée, avait au préalable assemblés et solidifiés avec des bandes de papier collant.

Laetitia se mura dans un silence, mais en prenant garde de ne pas donner l'impression à Marlène qu'elle boudait.

N'empêche qu'elle était contrariée par ce qu'elle venait d'entendre. Si jamais une de ses collègues de travail venait à apprendre comment elle était devenue Mme Toureaux, les histoires faisant d'elle la maîtresse de Gaston Dalit n'en prendraient que plus de vraisemblance. Elle entendait déjà les chefs d'ateliers qui la jalousaient répandre des calomnies comme : « Elle fait avec Dalit ce qu'elle a manigancé lorsqu'elle travaillait chez Toureaux, vous savez, la petite fabrique de vaisselle en étain du côté de la place Gambetta, dans le 20ᵉ. Là, il ne lui a fallu que quelques mois pour mettre un des fils du patron dans son lit et l'épouser. Deux ans après, elle était veuve et à elle le pactole ! »

Bien sûr que c'était bête d'imaginer que de tels propos puissent être prononcés par quiconque pour la bonne raison que personne ne savait rien de son passé, sinon qu'elle était d'origine italienne, qu'elle était veuve, et qu'elle avait toujours travaillé.

Comme pour donner du poids à ce qu'elle venait de dire à Marlène, Gaston Dalit passa dans l'atelier sans même lui accorder un regard. Il était accompagné de trois messieurs, dont l'un tenait une sorte de dossier ouvert dans lequel il prenait des notes à l'aide d'un stylo dont la plume dorée brillait sous le feu des puissants tubes fluorescents. Laetitia s'abstint de lever les yeux de son travail quand elle se rendit compte que le plus jeune des trois visiteurs ne cessait de la regarder en prenant des airs d'acteur de cinéma. Le manège du bellâtre n'échappa pas à Marlène qui poussa Laetitia du bras :

— T'as vu, le plus beau ?

— Le plus beau ?

— Oui, le plus séduisant, si tu préfères.

Laetitia, sans regarder en direction du groupe, toujours à l'arrêt près du stock de cartons, émit un petit « oui ? » peu engageant.

— Eh bien, il te regarde comme s'il était Gary Cooper.

***

Les concierges des grands immeubles se lèvent tôt. Aussi Adrien avait-il pris la résolution d'aller rendre visite à celle du 79 de la rue Notre-Dame-des-Champs avant 8 heures. La cohue dans le métro, à cette heure où les ouvriers et les employés se rendent à leur travail, l'obligea à attendre à chaque changement au portillon ouvrant sur le quai. Il lui fallut se montrer patient, une qualité qui n'était pas son fort, car pour arriver à la station Vavin, il dut faire un gros détour si bien qu'il ne se présenta à la loge de la concierge qu'à neuf heures moins le quart.

Un écriteau imprimé en lettres fantaisie mentionnait la phrase bien connue « LA CONCIERGE EST DANS L'ESCALIER ». Facile, mais lequel ? Une plaque ornée d'une flèche indiquait « BÂTIMENT B », ce qui voulait dire qu'on se trouvait dans le bâtiment A. Il opta pour le B sans raison précise et s'apprêtait à franchir la porte vitrée y conduisant quand une voix masculine l'interpella.

— Vous êtes de l'immeuble ?

Il n'eut pas à se retourner, l'homme s'était déjà porté à sa hauteur.

— Euh… pour tout dire, je cherche la concierge.

— C'est ma femme. À quel sujet ?

— Hier soir, mon père était invité ici et il a oublié son parapluie.

— Invité ?

— Oui, à une réception mais je ne me souviens pas du nom des gens.

Le type le regardait d'un œil méfiant. Heureusement, une femme forte, un fichu sur la tête et un seau d'eau à la main, mit un terme au silence qui s'éternisait.

— Ce monsieur dit que son père a oublié son parapluie hier soir… Chez les Rosselli d'après ce qu'il dit.

— Eh ! bien, il n'est pas le seul. Mme Rosselli m'en a confié trois. Suivez-moi. On se demande ce qu'ils ont dans la tête…

Adrien s'attendait à ce que l'homme, si peu amène à son égard, lui demande qui il était, mais il n'en fit rien. Il tourna les talons et disparut derrière la double porte menant vers le bâtiment B. Tant mieux. Adrien se dit que même si, maintenant, il se faisait rembarrer comme un malpropre, il avait déjà un nom : Rosselli.

La femme s'essuya les mains et lui fit signe de la suivre jusqu'à sa loge. Elle choisit la clé de la porte dans un énorme trousseau qu'elle sortit de son gros tablier.

— Facile de retrouver la mienne, j'y ai attaché un bout de tissu rouge.

Elle reprit son monologue là où elle l'avait laissé quelques instants auparavant sur les oublieux.

— Surtout les hommes... Ils arrivent avec une canne, un parapluie ou un manteau et ils repartent en veston... Et ils s'en aperçoivent le lendemain... Z'ont pas le soin de leurs affaires.

Pour créer un lien, Adrien se permit une petite plaisanterie :

— C'est sans doute qu'ils abusent parfois du champagne.

— Ah pour sûr, hier soir il s'en est bu des caisses. Il ne vous l'a pas dit votre papa ?

— Non, parce qu'il ne voulait pas reconnaître qu'il en avait abusé.

La femme lui montra trois pépins qu'elle extirpa d'un seau.

— Il était comment celui de votre père ?

Adrien choisit de donner une couleur qui ne figurait pas parmi les trois parapluies qu'elle lui présentait. Il tâcha de se souvenir de celui de son père pour donner une description plausible.

— Brun clair avec un pommeau argenté.

— Mme Rosselli ne m'a donné que ces trois-là, et un pardessus. Désolée, jeune homme.

Adrien aurait pu pousser jusqu'à aller chez Mme Rosselli, mais il n'en fit rien. Il craignait que la femme lui demande son nom. Au point où il en arrivait de la réussite de sa mission, il était inutile de prendre le risque de se faire repérer en donnant un nom, vrai ou faux, qui aurait éveillé la curiosité de cette Mme Rosselli. Mieux valait en rester là.

Il ne put néanmoins s'empêcher de prendre un dernier risque.

— Allez, je dois aller à mon travail. De toute façon, si Mme Rosselli retrouve cet objet auquel mon père est attaché, elle vous le donnera. Je repasserai. J'imagine qu'elle n'est pas encore levée après cette longue soirée.

— Elle, non. Mais son mari est parti juste avant votre arrivée. Vous l'avez manqué de peu.

— Dommage, mon père est un très bon ami.

— Je vois. Il est italien comme vous.

— Comme moi ?

— Ah ! excusez-moi. Votre teint un peu foncé et votre accent…

— Oh, ne vous excusez pas.

Adrien jugea qu'il était temps de disparaître. La méprise de la femme tombait à pic. Non seulement, il fallait en rester là pour renforcer son hypothèse qu'il était italien, ce qui lui assurait une couverture parfaite, mais en plus elle en avait dit suffisamment pour qu'il puisse en savoir davantage sur les hôtes de Laetitia.

***

Les journalistes arrivaient au compte goutte en ce début de matinée. Adrien se dit que finalement, c'était un bon métier que le leur, qui leur permettait de commencer leur journée vers 10 heures. Il avait décidé de faire son travail de dépouillement de la presse dans le bureau que Noguès partageait avec un de ses confrères. « Tu peux t'installer à sa place. C'est un vieux type très hautain qui s'occupe de la rubrique des spectacles. Il écrit ses articles chez lui. Il ne vient jamais avant 3 ou 4 heures de l'après-midi. Juste pour aller faire sa cour dans le bureau des patrons. » Cela avait laissé Adrien rêveur. « En voilà un qui est payé pour aller au spectacle tous les soirs et qui travaille chez lui. » C'était quand même autre chose que la vie de médecin de campagne que menait son père, en consultation toute la journée. Le matin à son cabinet et le reste du temps au domicile des malades qu'il visitait en empruntant sa voiture. Quel bagne quand on ajoutait à cela le contact permanent avec la maladie et la mort. Et dire que c'était cette vie que son père espérait pour lui. Il se demanda quelles études menaient au journalisme.

Il se mit à son travail de lecture des journaux, prenant des notes et découpant les articles les plus intéressants qu'il collait sur des grandes feuilles de papier. *L'Intransigeant* faisait sa une sur un drame bouleversant : le suicide d'une fillette de 12 ans à Conflans-Saint-Honorine. Elle s'était tiré une balle de carabine dans la tête après avoir écrit une lettre touchante à son père. « Finalement, le métier de journaliste a aussi ses côtés noirs quand on doit enquêter sur des choses aussi horribles que les crimes et les suicides. Une petite fille qui se tue parce qu'elle ne peut vivre sans sa maman morte des suites d'une longue maladie, c'est affreux. Dans ces cas extrêmes, le médecin et le journaliste se retrouvent côte à côte. »

Il tourna les pages de *L'Intransigeant* à la recherche d'autres informations susceptibles d'intéresser Noguès quand il tomba en arrêt sur une photo de la page « Mode ». Le mannequin présentant les voilettes était le portrait craché de Laetitia. Il se demanda même un instant si ce n'était pas elle. Le petit texte sous la photo commençait par cette phrase : « Toutes les femmes peuvent-elles porter des voilettes ? » La réponse était « non » car, expliquait l'article, « la voilette qui embellit la femme de 30 ans ne peut que vieillir un visage de moins de 20 ans ». Il se prit à rêver de Laetitia en petit chapeau et voilette. Elle avait la classe pour s'affubler d'un tel accessoire particulièrement prisé des bigotes et en faire un instrument de séduction. Et puis, elle était si belle que tout ce qu'elle portait créait le désir chez les hommes qui la croisaient. Adrien n'était que l'un d'eux, mais à la différence de tous les autres, enfin de certains autres, il avait goûté au bonheur d'avoir passé sa main dans ses cheveux clairs, pas vraiment blonds mais si soyeux, si élégamment posés sur sa tête. Non, il ne pouvait se résoudre à l'idée qu'il ne caresserait plus jamais ses épaules, son dos et tout le reste de son corps.

Il en vint à se dire que la seule façon de renouer avec elle, malgré son refus de le revoir et malgré tous ses hommes, amants et soupirants qui faisaient barrage entre elle et lui, était de la sauver d'un grand danger. Il ne savait trop ce qui la menaçait, mais son instinct lui disait que cette vie à facettes multiples la menait forcément vers de grands périls. Cette conviction le fit sourire. Il prit tout à coup conscience du ridicule de s'imaginer en héros défendant sa belle comme dans un film d'aventure américain. « C'est fou ce qu'on peut être bête et infantile quand on est amoureux. »

— Salut, Sherlock !

Adrien reconnut la voix de Noguès. Il se leva et lui serra la main.

— Approche-toi de mon bureau. J'ai quelque chose à te montrer.

— Ah ! quoi ?

— Une livraison.
— Mais encore ?
— Une machine à écrire. J'en ai demandé une à la direction qui a accepté… Tiens, elle arrive.
Un jeune gars en chemise, la casquette rivée sur la tête, s'était arrêté devant le bureau. Il portait un lourd paquet à la main.
— Posez, je m'en occupe.
Noguès ne prit pas la peine de le remercier. Il défit la ficelle et sortit une machine à écrire noire du carton d'emballage.
— C'est une Underwood avec un clavier azerty.
— Aser… quoi ?
— Azerty. Ce sont les premières lettres de la ligne du haut. Dans l'ordre le plus commode pour les utilisateurs français. Qu'importe, je t'expliquerai une autre fois.
Noguès, tout à sa joie et à l'enthousiasme de sa nouvelle acquisition, s'installa en toute hâte devant sa grosse machine noire. Il fit tourner les deux enrouleurs qui commandaient un ruban rouge et noir.
— La vache ! En plus j'ai la possibilité de faire de la couleur. Incroyable !
Il chercha du papier vierge dans son tiroir. Il actionna la molette pour engager la feuille de papier.
— Mais, dis-moi, Henri… Taper à la machine, c'est plutôt un travail de femme, non ?
Henri leva les yeux au ciel et inspira bruyamment comme s'il devait avaler un bol d'oxygène pour digérer une remarque aussi incongrue.
— C'est ce qu'on dit, mais apparemment ce n'est pas le cas aux États-Unis. Tous les écrivains et tous les journalistes fournissent leurs textes tapés par eux-mêmes.
— Ah bon ! fit Adrien, visiblement très étonné.

Noguès regarda Adrien d'un air de commisération, comme pour lui signifier qu'un étudiant du Midi mal dégrossi comme lui ne comprenait rien à la modernité.

— Bon, avant que je m'y colle pour rédiger mon premier article à la machine, montre-moi ce que tu as relevé ce matin.

— Bof, la routine. Juste un truc intéressant sur l'affaire Leplée.

— Vaguement entendu parler au poste hier soir. Dis-moi ?

— C'est un gérant de boîte de nuit qu'on a retrouvé assassiné dans sa garçonnière de l'avenue de la Grande-Armée l'année dernière. Un bon truc. Les flics recherchent un certain Valette, qui fut l'amant de la Môme Piaf. Elle chantait à l'époque dans un cabaret de Pigalle qui appartenait à Leplée.

Noguès souffla d'un air blasé. Visiblement, à ses yeux, cette information ne revêtait pas l'intérêt que lui portait Adrien.

— Ouais. La Môme Piaf, j'en ai entendu parler, mais moi Pigalle, c'est pas mon truc.

— Eh ben t'as tort. C'est là-bas que ça se passe. Les coups fourrés de la pègre, les trafics, la prostitution. Pour en revenir à ce Leplée, c'est sûrement une affaire de jalousie avec ce Valette que le journaliste appelle « le protecteur » de Piaf.

— Ah bon… « protecteur » ? Ça se dit pour un maquereau. C'est pas sympa pour elle. Dans quel canard tu as trouvé ça ?

— Euh, je sais plus… Mince, j'ai oublié de coller la coupure de presse. *L'Intransigeant*, je crois…

— Bon, laisse tomber. On verra avec le patron.

— À part ça, j'ai deux ou trois trucs mais rien de bien transcendant.

— Et le fantôme ?

— Celui du guillotiné du Limousin qui vient hanter sa maison, y en a des pages et des pages. La preuve que les gens sont de plus en plus cons.

— À qui le dis-tu, enchaîna Noguès d'un ton fataliste en parcourant les feuilles.

Sur certaines d'entre elles étaient collés les articles des journaux. Il releva la tête, comme étonné de voir Adrien encore présent devant lui.

Adrien se leva, puis revint sur ses pas.

— Henri, tu connais un type du nom de Rosselli ?

***

La direction de l'usine autorisa Laetitia à quitter son travail à 4 heures au lieu de 6 heures. À 5 heures, elle entrait dans l'église Saint-Sulpice quasi déserte où l'attendait Silvio. Il occupait une chaise sur la gauche devant la chapelle Saint-François-de-Sales. Elle s'assit à ses côtés.

— Bonjour, Yolanda. Pas de problèmes pour partir plus tôt ?

— Aucun. M. Dalit m'a à la bonne.

— Alors, cette réception chez Rosselli ?

Laetitia lui donna tous les détails concernant les invités, du moins pour la bonne douzaine qu'elle avait pu identifier en interrogeant habilement les uns et les autres. Elle avait retenu les noms de quelques Italiens, militants communistes ou socialistes. Silvio notait chaque nom sur un calepin. Il posait des questions sur la femme ou la compagne de ces hommes.

— Il y avait aussi des femmes seules, fit Laetitia pour piquer la misogynie naturelle qu'elle percevait chez Silvio.

Il ne parut pas percevoir la pointe d'acidité dans sa remarque.

— Ah oui ? Intéressant.

— Il y en avait une dont j'avais déjà entendu parler : Natalia.

— Son nom ?

— Je ne l'ai pas bien compris. Gainsdour ou quelque chose comme ça.

— Hum… fit Silvio. Quel genre ?

— Femme de tête ou artiste. Elle est arrivée en retard… Elle parlait en anglais avec la femme de Carlo.

— Et son frère ?

— Le frère de Natalia ?

— Non, Nello, celui de Carlo Rosselli. Encore un de ces cocos qui nous trahissent dans l'ombre.

— Il n'était pas là. J'ai entendu Carlo dire à un groupe d'Italiens qu'il était retenu par son travail de professeur à l'université de Florence. Il viendra en France pour les vacances universitaires.

— C'est bon à savoir. Et de quoi ils ont parlé ? De l'Italie ?

— Un peu, mais l'essentiel concernait la guerre en Espagne.

— Et vous y avez compris quelque chose ? fit Silvio d'un ton condescendant.

Laetitia le toisa d'un air de défi et lui dit en français :

— Vous me prenez pour une gourde, ou quoi ?

— Bien sûr que non, répondit Silvio dans la même langue avec un accent qui plut à Laetitia.

Il lui sourit aimablement comme pour se faire pardonner.

— Alors, ils disaient quoi ?

— Que les républicains remportent de grandes victoires dans le sud de l'Espagne, en Andalousie.

— Quoi ? Ils sont fous. Franco leur inflige des pertes énormes.

— Oui, justement, ça aussi, ils en ont parlé.

— Ah, quand même !

— Mais pour dire que c'étaient des massacres de civils commis à Durango.

— Connais pas.

— J'ai vu les articles de journaux qu'ils se passaient de main en main. Il y était dit que les bombardements avaient tué des centaines de personnes dans une église.

— Hum, Durango… Encore des inventions de communistes tellement lâches qu'ils pensent que ce qu'ils font, leurs ennemis le font aussi.

Laetitia baissa la tête en frònçant les sourcils de contrariété. Cet air de scepticisme n'échappa pas à Silvio qui reprit d'un ton sec :

— Dites-moi, Yolanda, vous ne croyez pas à tout ce que ces salauds racontent ? Au fait, est-ce qu'ils savent que les communistes se battent entre eux en Catalogne ?

Laetitia leva ses yeux interrogateurs vers Silvio.

— C'est où, la Catalogne ?

***

Adrien passa l'après-midi dans sa chambre d'étudiant, histoire de se montrer à la concierge. Il ne voulait pas que son père l'appelle pour une raison ou une autre et se voie répondre que son fils n'était pas chez lui depuis plusieurs jours. Elle le salua comme à son habitude d'un grognement sans donner l'impression qu'elle avait remarqué qu'il découchait depuis quelques jours. Heureusement, il ne recevait que très peu de courrier, ce qui n'amenait pas la matrone à frapper souvent à sa porte pour le lui donner. Il trouva néanmoins une lettre qui avait été glissée sous sa porte en entrant chez lui. C'était son père qui lui annonçait sa visite « pour bientôt », sans autre précision de date.

Il en fut un peu contrarié. « Bientôt », ça pouvait être dans deux mois comme la semaine prochaine. Non seulement son paternel allait le gêner dans ses allées et venues, mais en plus il ne manquerait pas de l'agonir de questions sur ses études et sur ses examens partiels, ceux du premier semestre et ceux qui précédaient les vacances.

Il écarta les pensées concernant son père, il avait d'autres chats à fouetter. Ce Rosselli, par exemple, le tracassait. Quel lien Laetitia avait-elle avec ce personnage ? Noguès lui avait fourni une foule de renseignements : « Bien sûr que je connais Carlo Rosselli, lui avait-il dit. C'est une des figures les plus en vues de la résistance au fascisme en Italie. Fondateur du mouvement Giustizia e Libertà, il a réussi à s'échapper des îles Lipari où il était relégué sous la surveillance de la police du dictateur Mussolini. C'est un militant communiste qui n'a pas toujours été en accord avec la ligne officielle définie par Staline. Il avait même à une époque des relations privilégiées avec Trotsky. » Adrien avait réagi : « Trotsky, j'ai déjà entendu ce nom, mais je t'avoue ne pas m'intéresser à ce genre de type… » Noguès s'était contenté d'un pincement des lèvres réprobateur pour accueillir cet aveu d'ignorance. « Décidément, mon pauvre Adrien, il y a tout à faire chez toi pour ce qui concerne ta culture politique. Mais ce qui m'étonne, c'est qu'un ignorant comme toi commence son initiation révolutionnaire par le biais d'un résistant italien de premier plan. Un homme, qui, je n'en doute pas, aura un destin national lorsque le peuple se sera débarrassé de cet infâme Duce. Tu veux donc lui parler ? » Sans réfléchir Adrien s'était défendu d'avoir une telle ambition. Ce qui amena tout naturellement Noguès à s'en étonner : « Alors, pourquoi tu as consulté l'annuaire pour noter son numéro de téléphone ? »

Ce Noguès était d'une logique implacable. Comme tous ces militants de gauche qui avaient toujours réponse à tout. Des gens avec lesquels il valait mieux ne pas entamer de discussion quand on était dans l'embarras. Avec eux, on ressortait d'un débat avec l'impression de se retrouver à poil. Et frustré par-dessus le marché.

Il se sentit dans l'obligation de se mettre au travail, mais il n'en fit rien. « Trois heures de cours en amphi, c'est suffisant pour aujourd'hui », pensa-t-il en s'allongeant sur sa couchette. Il chercha quelque chose à lire et trouva sous le lit deux magazines qu'il avait fauchés en douce dans les locaux du journal. Il y avait un vieux numéro de la revue *Comœdi*a datant du 1er janvier 1937. La première page l'amusa, on y annonçait, entre autres prévisions pour l'année qui débutait, la fin du Front populaire et la chute de Hitler accablé par un cancer. Adrien se dit qu'on n'allait pas vers la fin de la gauche au pouvoir, puisque les journaux titraient régulièrement sur la mise en place dans le calme de la loi sur les quarante heures de travail hebdomadaires. Et quant à Hitler, il se portait comme un charme, renforcé dans son pouvoir par l'occupation militaire de la Rhénanie l'année précédente, sans que la France et la Grande-Bretagne ne réagissent.

Il soupira en laissant glisser le journal sur le sol. « Il me tombe littéralement des mains », rit-il intérieurement. Il chercha à tâtons la deuxième publication sans quitter sa position confortable. Il finit par se saisir du dernier numéro de *Ric et Rac*, un journal humoristique. « Enfin quelque chose à mon niveau. »

***

Avant de passer à L'As de Cœur, Laetitia rendit visite à son frère Virgile dont les beaux-parents, les époux Arnold, tenaient le café juste à côté du dancing.

— Tu es seul ?

— Non. Anne est à l'arrière, en train de préparer des casse-croûtes pour les fêtards de tous les dancings de la rue qui sortent sur le coup de 10, 11 heures et qui crèvent la dalle.

— Et ses parents ?

— Ils sont partis passer quelques jours dans la famille en Auvergne. Avec le train, ça va vite.

Laetitia sourit d'un air entendu, il ajouta :

— Tu en sais quelque chose, toi qui es toujours par monts et par vaux.

— Tu t'améliores en français tous les jours. Pas mal pour un garçon comme toi qui n'es allé à l'école qu'une année à Lyon.

— Mais attention, Laetitia, je suis français maintenant... Grâce à ma femme, j'avoue.

Quand Anne apparut à la porte de service en s'essuyant les mains dans le bas de son tablier, ils interrompirent leur conversation.

— Alors, on complote en italien ? fit-elle, tout sourire.

Elle vint faire la bise à Laetitia.

— Toujours aussi belle. Tu es une éternelle jeune fille, qui pourrait croire que tu vas déjà sur tes 30 ans.

Laetitia fut contrariée par ce que venait de lui dire sa belle-sœur, une femme petite et sans charme.

Elle se dit qu'elle avait évoqué son âge pour lui faire malice.

— Allez, on a le temps d'y penser d'ici le 11 septembre.

Elle s'étonna qu'elle connût la date de son anniversaire. Virgile, sentant poindre la susceptibilité de Laetitia, reprit les rênes de la conversation. Il se tourna vers son épouse.

— J'étais sur le point de lui dire pour le type qui est passé deux fois cette semaine.

— Quel type ? s'inquiéta Laetitia.

— Un homme dans la trentaine, très bien habillé, qui fume sans arrêt des cigarettes américaines au parfum de miel.

— Je ne connais pas, mentit Laetitia.

— Mais lui, il te connaît bien, intervint Anne.

Laetitia fut un instant désarçonnée par la remarque de sa belle-sœur formulée sur le ton de celle qui n'est pas dupe.

— En plus, il passe plusieurs fois dans la soirée, ajouta-t-elle.

Laetitia haussa les épaules.

— Il finira bien par se calmer. Non ?

***

Les journées d'Émile débutaient plus tard à cause de cette foutue heure d'été qui faisait que le soleil ne se couchait jamais. La luminosité des débuts de soirée dissuadait les bourgeois de se rendre dans les bordels, surtout dans les petites villes autour de Paris où l'anonymat de la nuit permettait toutes les transgressions sans souci du qu'en-dira-t-on.

« Qui commence tard ne finit pas de bonne heure », lui disait sa mère quand, tout gosse, il traînait pour aller chercher de l'eau à la pompe dans la cour ou du charbon dans la remise. Ah ! si sa mère le voyait, conduisant des belles américaines comme aujourd'hui ! Sauf qu'elle n'aurait pas trop aimé connaître le but de son voyage qui était d'aller à Fontainebleau récupérer deux filles qui faisaient des extras dans un claque de deuxième catégorie. De sacrées gagneuses, ces deux là ! Jamais en peine d'aller au turbin chez les ploucs ! Le seul inconvénient, c'est qu'après, elles en avaient soupé des parties de jambes en l'air et du coup, elles se montraient pas disposées à lui offrir une petite gâterie en guise de pourboire. Putain ! il allait quand même pas allonger un billet de 100 comme tous les caves qu'elles se tapaient.

Il déposa les greluches du côté de Saint-Sulpice devant « l'entrée des artistes » du bordel Chez Christiane.

L'établissement, fréquenté par de nombreux ecclésiastiques, proposait divers services très spéciaux comme le fouet.

— Z'y êtes, fit Émile à l'intention des filles. Allez punir tous ces curetons qui ont fauté.

Elles descendirent de voiture en rigolant. Celle qui était assise sur la banquette avant plaqua un gros bécot sur la joue d'Émile en lui glissant :

— Toi aussi, si t'as beaucoup péché, il faudrait que je te punisse à l'occasion…

Émile n'eut pas le temps de retourner ses pensées sur la proposition qui l'allécha car une grosse voix l'interpella.

— Putain 9 heures ! C'est à c't'heure-là que tu livres la main-d'œuvre ?

C'était le René qui venait d'ouvrir la portière.

— Allez, pousse-toi ! Je vais conduire.

Émile glissa vers le côté passager en grommelant :

— C'est pas de ma faute. Ces gonzesses, elles en finissaient jamais. Faut dire qu'il y avait de la demande cet aprèm.

— Tant mieux, fit le Balafré en s'installant confortablement au volant.

Voyant que l'autre le regardait d'un air impatient, il reprit :

— Ben quoi ? J'aime bien être à mon aise pour conduire. Et puis moi, je veux voir que tout marche bien. Tiens, tu as vérifié les flèches ?

— Les flèches ? Ah oui, le truc pour avertir qu'on tourne.

— Oui, justement, pauvre idiot. C'est ce qu'il faut vérifier le plus souvent possible. Ces machins, ça tombe en panne facile et les poulets, c'est la première chose qu'ils observent quand tu tournes.

René démarra sec. Il se tourna vers Émile et, sentant que sa leçon de code de la route devait être précisée, il ajouta en essayant de couvrir le bruit du moteur :

— Et qu'est-ce qui peut se passer quand tu mets pas la flèche ou qu'elle marche pas, surtout quand tu tournes à gauche ?

Le jeune gars baissa la tête en s'abstenant de la ramener.

— Eh bien ce qui se passe, c'est que tu risques d'être contrôlé et surtout de te faire remarquer, gros malin. Discrétion, quand on roule. C'est ça le secret de not'taf. Vu ?

Il avait à peine dit ça qu'il fit grincer bruyamment la boîte de vitesses. Émile retrouva un peu de sa superbe pour lâcher :

— Tu pousses la seconde trop loin. Ça fait hurler le moteur et se gripper les pignons de la boîte de vitesses.

— Ta gueule, blanc-bec ! C'est cette tire qui marche mal.

Émile se contenta d'un haussement de sourcil moqueur que le Balafré ne put voir dans la pénombre.

***

« Mon Petit Notaire ! » Laetitia resta interdite devant Jeantet qui la regardait, un large sourire aux lèvres.

— Enfin, chère Laetitia !

Sous l'œil étonné de son frère et de sa belle-sœur, Jeantet se courba, s'empara doucement mais fermement de la main de Laetitia et la porta au niveau de son visage.

Pendant la scène, les deux hommes qui accompagnaient Jeantet étaient restés plantés près de la porte. Cette entrée tonitruante suivie d'un baisemain provoqua une onde de curiosité parmi la dizaine de clients, des jeunes gens pour la plupart.

Virgile et son épouse s'affairaient derrière le comptoir, tout en gardant un œil sur Laetitia.

— J'aime pas les manières de ce type qui se balade avec des mastards qui ont l'air de sortir de Pigalle, murmura Virgile à l'intention de son épouse.

Le regard qu'elle lui renvoya voulait dire qu'elle partageait son avis.

— Garçon, une bouteille de champagne, voulez-vous ! lança Jeantet qui avait entraîné Laetitia à une table près de l'entrée.

Virgile marmonna :

— Du champagne, qu'il veut, en plus !

— Tant mieux, ça fait tourner le commerce… Ben quoi Virgile, on dirait que t'es jaloux. Ta sœur est une grande fille. Après tout, elle a bien le droit d'avoir des amis et de s'amuser depuis qu'elle a quitté le deuil de Jules.

Virgile garda pour lui la réponse qui s'imposait : Jules était un honnête homme, sérieux, économe et travailleur. Tout le contraire de ce fêtard dépensier qui faisait des manières. Et que dire des deux types qui l'accompagnaient ! Mais bon, Anne, bien qu'élevée dans un bistrot, se montrait souvent d'une grande naïveté. « Allez, on ne peut pas tout avoir, c'est aussi pour ça qu'elle me plaît », pensa-t-il en essuyant la bouteille qu'il venait de sortir de la glacière.

— Je vais lui gratiner l'addition à ce mirliflore.

— Ce quoi ?

— Mirliflore... C'est un jeune prétentieux...

Comme Anne semblait ne pas comprendre d'où il tenait ce mot, Virgile expliqua :

— C'est pas un mot d'argot, je l'ai trouvé dans un des livres que m'a prêtés ta mère. Elle me dit toujours que pour bien parler le français, il faut que je lise.

Il n'eut pas le temps de finir son explication et de dire que le mot lui avait plu et qu'il l'avait rencontré dans un roman de Balzac, car Anne lui lança :

— Ben, vas-y ! Porte ta bouteille, et tu la fais à 40 francs !

— Hein ?

— Oui, t'as raison... Tiens, ce sera 50.

***

René stoppa la Studbaker Dictator le long du square du Temple. Émile fut le premier à sauter hors du véhicule. Il rajusta sa veste et rectifia la position de sa casquette. Son attention fut attirée par un chant tout proche.

— Qu'est-ce que c'est ? demanda-t-il à René qui vérifiait que toutes les portes étaient bien verrouillées.

Le Balafré se contenta d'un « là » en désignant une affiche placardée sur un panneau fixé à la grille.

Émile déchiffra le texte indiquant que la chorale du 7e arrondissement se produisait en ce 8 avril à partir de 21 heures.

— Ah ! c'est là qu'on va ?

— Mais non, ducon… Je te montrais pas l'affiche, mais le dancing à côté. Tu me vois en train d'écouter la chansonnette un soir où on a des trucs importants ?

Émile serra les poings dans ses poches. « Un de ces quat', je vais le dérouiller pour de bon ce fumier », pensa-t-il.

— Bon, je t'explique, dugland : j'ai rencard à L'As de Cœur avec Pierrot, un vieux copain auquel je rends des services. Je t'en ai déjà parlé, non ?

— …

— Comme il boîte, blessure de guerre qu'il prétend, on l'appelle le Bancal.

— Il est content du surnom ?

— Plutôt. Sauf que le gonze, il est un peu soupe au lait, comme qui dirait. Alors, vaut mieux se pointer vers lui à deux. Un qui cause, c'est moi, et un qui fait gaffe si ça défouraille, c'est toi.

— …

La marque de confiance que lui témoignait René remplit d'aise Émile qui regretta les mauvaises pensées auxquelles il s'était laissé aller une minute auparavant.

— Allez magne-toi, on va être en retard et le Bancal, il aime pas trop qu'on le fasse poireauter.

— Ton gars, il sortirait l'armurerie dans une salle de bal ?

— Dedans, peu probable… dehors, pas impossible.

Comme ils tournait dans la rue de Réaumur, au loin la chorale entamait « Quand un vicomte », le gros succès de Maurice Chevalier.

***

— Allons ! Allons ! Très chère Laetitia, vous avez bien cinq minutes.

Jeantet versait le champagne, dont il tenait la bouteille par le fond, à petites coulées afin de maîtriser la montée des bulles.

Laetitia jeta un regard vers son frère et sa belle sœur qui parlaient entre eux à voix basse en les observant. Elle leur montra discrètement la bouteille du doigt. Le conciliabule silencieux n'échappa pas à Jeantet :

— Vous avez raison. Un seau à glace ne serait pas de trop.

Il se tourna vers Virgile qui maintenant essuyait des verres.

— Garçon ! Un seau à glace, voyons.

Il revint à Laetitia.

— Nous ne sommes pas au Ritz, mais tout de même… Ah ! Laetitia, quelle joie de vous revoir.

— Comment m'avez-vous retrouvée ce soir, ici, dans ce café tenu par mon frère ?

Un large sourire illumina le regard de Jeantet derrière ses lunettes rondes qui lui donnaient un air de professeur vieilli avant l'âge.

— Parce que je vous cherchais, tout simplement, ma toute belle.

Le compliment provoqua un sourire chez Laetitia. Elle n'eut pas le temps de reformuler sa question car Jeantet levait son verre au niveau de son visage.

— À nos retrouvailles et nos amours… naissantes.

— Naissantes ?

— Bien sûr. Nous n'en sommes qu'au début et j'ai même l'impression que tout reste à faire.

La porte d'entrée claqua. Laetitia tourna son regard dans cette direction. Les deux hommes qui accompagnaient Jeantet venaient de sortir.

— Ce sont deux bons amis. Ils sont retournés à la voiture qui est mal stationnée…

Jeantet, sentant que cela n'intéressait guère Laetitia qui devait attendre la réponse à sa question « comment m'avez-vous retrouvée ici ? », reposa son verre.

— Vous m'avez manqué, Laetitia. Où diable étiez-vous passée tous ces jours ? Vous n'avez pas reçu mon paquet ? Je l'ai déposé chez vous il y a presque deux semaines.

Laetitia cherchait quelle excuse donner à cet homme contre lequel Rouffignac l'avait mise en garde parce qu'il n'était pas ce qu'il prétendait être.

— On me l'a transmis. Merci pour le cadeau. C'est un très beau corsage, je le mettrai pour une grande occasion.

Jeantet, quoique souriant, ne disait rien comme en attente d'une promesse à propos de cette « grande occasion ».

Laetitia, qui ne savait quelle attitude prendre ici, sous le regard de son frère, devant un homme qui se faisait de plus en plus pressant, choisit d'éluder la demande muette de Jeantet.

— Je ne vous ai pas donné de nouvelles parce que j'avais des ennuis de famille.

— Ingrate ! fit Jeantet d'un air amusé. Vous auriez dû vous confier à moi, je vous aurais peut-être aidée à résoudre ce problème qui vous a tenue éloignée du monde.

Laetitia ne sut quoi ajouter car il était possible que cet homme soit bien renseigné. S'il l'avait retrouvée ici, rue des Vertus, c'est qu'il en savait beaucoup sur elle. Il devait même tout savoir d'elle : où elle travaillait, où elle allait danser, où elle habitait depuis peu.

— En fait, j'habite pour quelque temps chez mon frère.

— Ici ?

Trop heureuse d'entendre cette hypothèse qui pouvait laisser penser que Jeantet ignorait son refuge rue de Châteaudun, chez Riton, elle fit diversion en lui prenant la main. Elle était petite et moite. Laetitia maîtrisa le mouvement de recul instinctif qui aurait pu l'amener à la relâcher.

— Qu'importe, mon ami. Vous êtes là et j'y suis moi aussi. N'est-ce pas l'essentiel ?

***

Le Bancal quitta des yeux la piste de danse de L'As de Cœur pour consulter sa montre. Il ronchonna à l'intention de son chauffeur assis à ses côtés :

— Dix heures, alors qu'on a rencart !

— Il est pas encore 10 heures, Pierrot, rectifia l'autre. Ils vont arriver. C'est pas le genre du Balafré de poser des lapins. Il est réglo.

— À voir !

— Tiens, le voilà qui entre avec son Apache.

— Son Apache ?

— Oui, un gars que lui a présenté Marcel, un pote à moi.

— Quel Marcel ? fit le Bancal, l'œil méchant de celui qui a l'impression qu'on lui cache certaines choses.

Le chauffeur se leva d'un bond. Il omit de répondre et se dirigea vers les nouveaux arrivants qui, plantés devant le vestiaire, jetaient un coup d'œil circulaire sur les tables.

— Salut ! Moi, c'est Fanfan. Pierrot est là.

— Hum, fit le Balafré, les mains calées dans les poches de son imperméable.

Il ne voulait pas donner l'impression de soumission au Bancal. Il se contenta de dire à Fanfan :

— Dis-lui qu'on arrive.

Fanfan tourna les talons. Comme le Balafré ne bougeait pas, que même, il prit tout son temps pour sortir son paquet de Celtique et allumer une cigarette, Émile lui demanda :

— Ben… Alors, qu'est-ce qu'on fait ? On attend quoi ?

Le Balafré lui jeta un regard plein de commisération :

— On n'attend pas, on le fait attendre… histoire de montrer.

Il tira sur sa cigarette avec application, l'air de celui qui prend le temps de bien savoir où il met les pieds.

« Montrer quoi ? » s'étonna intérieurement l'Apache. Il s'abstint de poser la question, de crainte de se prendre une soufflante devant tout le monde.

***

Laetitia avait prétexté devoir donner un coup de fil au patron de L'As de Cœur qui devait s'interroger sur la raison de son retard, pour se rendre à la cabine qui se trouvait en retrait de la salle du bistrot.

Virgile, qui avait compris que sa sœur lui offrait l'occasion de lui parler à l'insu de Jeantet, la rejoignit, deux bouteilles vides à la main.

— Il sait qui on est ? lui souffla-t-il.

Laetitia, déroutée par l'étendue de la question, mit quelques secondes à comprendre.

— … que tu es mon frère ?

— Oui, et tout le reste…

Laetitia fut un instant contrariée par ce « tout le reste » qui pouvait signifier que Virgile avait été mis au courant par Riton de toutes ses activités secrètes.

— Je… Je ne crois pas.

Elle mit un terme à la conversation en pénétrant dans la cabine.

— On fait comme s'il ne savait rien.

Elle appela M. Fageon à L'As de Cœur, mais elle tomba sur sa femme qui lui répondit sans chaleur. Laetitia n'en fut pas étonnée car en femme très jalouse, bien que son mari ne fût plus que l'ombre du bel homme qu'il avait dû être avant la guerre, elle devait penser qu'il lui avait confié la tenue du vestiaire avec une arrière-pensée.

— Je vous passe mon époux.

La voix chaleureuse de M. Fageon ne tarda pas à résonner dans le combiné.

— Bonsoir, Laetitia. Ne me dites pas que vous ne viendrez pas ce soir…

— Si, sauf que j'ai un peu de retard. J'étais patraque… J'ai dû respirer des produits malsains aujourd'hui chez Maxi. Des huiles qui entrent dans la composition des cirages rouges. Je l'ai bien senti…

— Aïe !

— Oui, et du coup je ne suis pas vraiment sortable. J'ai pensé que prendre un verre de lait à côté chez Arnold me remettrait d'aplomb, mais…

— Ne vous inquiétez pas. On fera sans vous. De toute façon, il n'y a pas foule ce soir.

Après un temps, comme Laetitia restait silencieuse, Fageon ajouta :

— Écoutez, Laetitia, puisque vous êtes juste à côté, chez votre frère, venez faire un tour. Je suis sûr que votre simple présence fera venir du monde.

***

— Alors ! c'est pas bath ? Une belle affaire, non ?

René fit la moue en inspirant un grand coup, ce qui provoqua une infime remontée de ses sourcils. Il tira sur sa cigarette et baissa la tête avant de relâcher un grand jet de fumée par les narines.

Au terme d'un silence calculé, il regarda le Bancal par en dessous :

— Dis donc, Pierrot, si c'est si facile, pourquoi tu le fais pas ? Toi et tes lascars ?

— J'ai mes raisons.

Voyant que Pierrot le Bancal n'était pas disposé à apporter des précisions, René finit par lâcher :

— C'est à voir.

— La fille, je la connais. Tu la files discrétos, et puis elle te mène au Rital.

— Et pourquoi on n'attend pas qu'elle l'emmène dans sa piaule ?

— Parce qu'il est pas du genre à y aller.

René jeta un coup d'œil vers Émile qui lui rendit un regard qui voulait dire « c'est quoi ce type qui va pas au pieu avec une belle nana ». Il revint au Bancal.

— Et pourquoi…

— Bon, ça va comme ça ! meugla le Bancal en écrasant sèchement sa cigarette dans le cendrier hexagonal aux couleurs de Byrrh.

Ce mouvement fit sursauter Émile qui porta instinctivement la main à la poche arrière de son pantalon. Le geste n'échappa pas à René qui lui mit la main sur le bras.

— Oh ! Pierrot, on discute… On veut savoir où l'Apache et moi on met les pieds.

Le Bancal gratifia Émile d'un regard méprisant. Il alluma une cigarette avec un superbe briquet en or.

Il se donna le temps de boire le reste de son verre de vin blanc avant de reprendre à voix basse, les yeux dans ceux de René :

— Nom de nom ! 50 000 plaques pour buter un type au bon moment, quand il sera dans un coin pas trop fréquenté qu'on va t'indiquer à l'avance… C'est fastoche ! En plus, le gonze, c'est pas un méchant : un professeur qu'a jamais touché un flingue. Un Rital, genre penseur, si tu vois ce que je veux dire. Alors, merde à la fin, c'est à prendre où à laisser !

— Je prends, fit René. Mais à 100 000.

— 60, répliqua le Bancal du tac au tac.

— Plus 20 après le contrat rempli, enchaîna René.

— Ça m'va.

Ils avaient à peine topé leur accord d'une fugitive poignée de mains que Laetitia fit son entrée au bras de Jeantet.

Le regard fixe de Pierrot en sa direction fit se retourner René.

— C'est elle !

René prit le temps d'observer le couple qui se débarrassait de ses imperméables avant de reprendre sa position face à la table.

— Un joli petit lot en effet. Mais elle a quand même du vécu la bourgeoise.

René chercha un sourire de complicité chez Émile qui se contenta d'un petit hochement de tête.

Le Bancal leva les yeux au ciel.

— On s'en fout. Et puis justement, c'est parce qu'elle a des heures de vol qu'elle connaît son affaire. Elle va nous conduire au type qu'il faudra s'occuper.

— « Dont » il faudra s'occuper, intervint Émile.

René émit un petit rire pincé, craignant que le Bancal prenne mal ce qui ressemblait à une précision de grammaire hors de propos.

— Qu'est-ce qu'il a à la ramener celui-là ! marmonna le Bancal en enveloppant l'Apache d'un regard courroucé. Il me cherche ou quoi ?

Connaissant le côté soupe au lait de son pote Pierrot, René entreprit de désamorcer le conflit.

— Laisse tomber. Il est un peu jeune, il sort à peine du cours complémentaire… alors il a des restes et c'est plus fort que lui.

— Hum, grimaça le Bancal. Et c'est avec ce gars-là que…

— T'inquiète, il sera à la hauteur question régler son compte à un Macaroni.

***

Une chose était acquise depuis quelques jours : Laetitia n'habitait plus rue Pierre-Bayle en face de son hôtel. « Tout ça pour rien », soupira intérieurement Adrien en regardant, comme s'il le voyait pour la première fois, le décor peu reluisant de sa chambre. Des murs au papier à fleurs datant sans doute d'avant la guerre, un lit en fer fatigué, une table branlante et une chaise dont la paille s'effilochait. Pour sa toilette, il disposait d'un pot d'eau de faïence et d'une cuvette en fer émaillé posés sur le marbre d'une desserte. Pas d'armoire, juste un portemanteau. La seule concession à la modernité résidait dans la lampe électrique du plafond reliée à une poire de va-et-vient à la tête du lit. L'installation était pratique : après avoir lu avant de dormir, il pouvait éteindre la lumière sans avoir à se relever.

Oui, Laëtitia avait déménagé. Alors, à quoi bon rester là dans cette piaule minable qui grevait son budget ? Il s'alluma une cigarette. C'était la dernière du paquet. S'il devait continuer à tourner en rond toute la soirée, il lui faudrait aller en chercher dans sa voiture. Du coup, il devrait passer une chemise et une veste. Au lieu de le contrarier, cette idée lui redonna du punch. Tant qu'à aller dehors, autant faire un tour. Sa montre affichait 22 h 35. Il alla jeter un coup d'œil à la fenêtre et constata qu'aucune lumière ne filtrait derrière les volets à claire-voie de Laetitia.

Une idée qui avait germé dans sa tête lui revint. Tout avait débuté quand il avait lu un fait divers qui expliquait comment deux garnements du Vésinet avaient réussi à s'introduire dans leur école pour consulter le livre du maître d'où étaient tirées les dictées. Ils avaient crocheté la serrure – très ordinaire, précisait l'article – avec un simple fil de fer.

« Un simple fil de fer… » Il devait essayer de percer le mystère de Laetitia en s'introduisant chez elle. Trouver un morceau de fil de fer ne devait pas être trop difficile. Il y avait près de chez lui, rue de Tolbiac, un mécanicien à qui il avait déjà confié sa voiture pour une défaillance de la batterie. Ce serait bien le diable s'il n'avait pas un morceau de métal pouvant servir de clé.

Ses longues heures de surveillance du 3 de la rue Pierre-Bayle lui avaient appris que la porte d'entrée de l'immeuble n'était pas fermée à clé et que la concierge se couchait vers les 9 heures du soir. Par ailleurs, l'immeuble était habité par des gens se levant de bonne heure pour aller au travail. De plus, il avait remarqué que le locataire du quatrième, qui habitait sur le même palier que Laetitia, était un homme dans la quarantaine qui travaillait vraisemblablement de nuit car il partait tous les soirs vers les 6 heures pour ne rentrer qu'au petit matin. Sa carrure impressionnante, son embonpoint et sa face rougeaude lui donnèrent à penser qu'il devait occuper un emploi aux Halles. Il se promit de s'en assurer dès la nuit suivante.

« Eh bien voilà ! Je me suis trouvé une occupation intéressante », se réjouit Adrien qui eut envie de fêter cette sortie de déprime que lui procurait cette mission à accomplir. Il était un peu tard pour aller boire un coup dans un bistrot du coin. Il se rabattit sur un fond de bouteille de porto. Il s'en servit deux verres à la suite qu'il vida cul sec.

***

La première personne que vit Laetitia en entrant à L'As de Cœur fut le Bancal qu'elle connaissait sous son nom véritable : Pierre Decormis. Pas de doute : cette ridicule moustache fine comme un trait de crayon, ce regard qui la déshabillait, cette mèche qu'il ramenait en avant sur un front déjà dégarni… C'était lui.

— Ça ne va pas, ma chère ? s'inquiéta Jeantet qui avait remarqué le changement soudain de Laetitia.

— Nous avons une table au fond, près de l'orchestre, dit le garçon.

Cette diversion fut une aubaine pour Laetitia. Elle la mit à profit pour se ressaisir et décider de ce qu'elle dirait ou ne dirait pas à Jeantet à propos de ce Decormis.

— Cela nous ira très bien, répondit-elle, pas mécontente qu'on les place quasiment à l'opposé de l'endroit où se trouvaient Decormis et les deux types qui l'accompagnaient.

Ils s'installèrent en longeant la piste de danse où une dizaine de couples se dandinaient joyeusement sur un air de java.

Laetitia fut ravie de constater que les danseurs constituaient une barrière visuelle entre elle et Decormis.

— Laetitia ?

Elle adressa un sourire à Jeantet.

— Qu'y a-t-il, très chère ? Votre sourire est venu éclairer un visage bien sévère, comme si vous étiez loin d'ici. Ce sont ces trois individus qui nous ont dévisagés qui sont cause de votre contrariété ?

Laetitia, qui avait d'abord décidé de ne pas dire qu'elle connaissait Decormis, changea d'avis. Après tout, Gabricl avait tout deviné, alors autant se fier à ce signe du destin qui l'invitait à ne rien lui cacher.

— Vous avez remarqué…

— Oui ! Rien de ce qui vous regarde ne peut m'échapper. Surtout si cela vous occasionne du désagrément. Qui sont ces gens ?

— C'est l'homme à la moustache.

— Lequel, il y en avait deux avec une moustache ? Il n'y a que le plus jeune…

— Pas celui qui était de dos et qui s'est retourné, celui-là je ne le connais pas. Non, l'autre, celui qui nous faisait face.

— Le gros, enfin celui qui est assez fort, si vous me permettez cet euphémisme ?

Laetitia se contenta d'un petit sourire montrant qu'elle avait apprécié l'humour de la formule.

— Voilà… C'est un client qui venait au début avec une femme, toujours la même. Sa femme sans doute. Et puis ces derniers temps, il vient tout seul et il me fait du gringue.

— Comme beaucoup d'hommes, je suppose… Vous êtes tellement belle.

— Non, soyez sérieux, Gabriel. C'est un Marseillais qui se sert de son accent jovial pour embobiner les gens. Mais il n'a rien du gentil Fernandel, il serait plutôt du genre sinistre, comme Harry Baur.

— Bravo, chère amie. Vos références ravissent le grand amateur de cinéma que je suis.

Laetitia ne parut pas entendre la tentative de son Petit Notaire pour recadrer la conversation dans un registre léger.

— Il ne me fait pas la cour avec retenue et élégance comme vous. Lui, c'est lourdement. En plus, il a des façons que je n'aime pas…

— Certes. Disons-le tout net : il a des manières de truand. D'ailleurs, il n'est que de voir avec quel genre de personnes il s'affiche, un proxénète et un Apache.

— Pourquoi dites-vous ça… Vous les connaissez ?

— Le jeune, non, mais l'autre, je crois savoir qui c'est.

***

Il avait conscience que quelque chose de malsain le poussait à entrer par effraction dans l'intimité de Laetitia. Que dirait Freud de tout cela ? À n'en pas douter, il verrait dans ce projet de forcer la porte de Laetitia la transposition d'un viol.

Sentant que s'il laissait sa résolution à l'état de projet il faiblirait dans sa volonté de la mener à son terme, Adrien décida de passer à l'action le soir même. Il réfléchit à un plan et le mit en œuvre sur-le-champ.

La porte extérieure ne poserait aucun problème, restait celle du logement de Laetitia. Pour la crocheter, il devait se fabriquer un genre de passe-partout à partir d'un fil de fer. « Et pourquoi pas une dent de fourchette ! » Pour cela, il devait disposer d'un outil. Il y avait une pince dans la petite trousse à outils que son père avait placée dans le coffre de sa voiture. « On ne sait jamais, lui avait-il dit. Tu peux en avoir besoin pour une bricole ou pour te dépanner, au cas où. »

Adrien, qui n'avait aucun don pour le travail manuel, s'était abstenu de tout commentaire. Il avait pensé : « Moi, je ne saurai jamais rien faire, mais je pourrais donner des outils à quelqu'un qui me viendrait en aide. »

Il sortit en bras de chemise et courut jusqu'à sa voiture stationnée dans une petite rue longeant le cimetière du Père-Lachaise. Il ne lui fallut que quelques minutes pour être de retour avec la petite sacoche en cuir contenant une pince-monseigneur, des clés, un marteau et des tournevis.

Presque minuit ! Il se mit à la tâche en fabriquant des crochets de différentes tailles à partir des fourchettes dont il disposait. Heureusement, elles étaient dans une espèce de métal malléable.

Il jeta un coup d'œil à la fenêtre. Au quatrième, chez Laetitia, tout semblait éteint. Même chose chez son voisin de palier qui devait normalement être à son travail. « Normalement ! » Adrien fut saisit d'une peur : est-ce que les choses se déroulaient normalement ? Le plus souvent oui, mais il y avait des exceptions… Un grain de sable dans les rouages du cours normal des choses, ça arrivait.

« Voyons, faisons le point sur l'imprévu qui me ferait surprendre au moment où je serai en train d'essayer de forcer la serrure de Laetitia ou, plus terrible encore, quand je serai parvenu à l'intérieur si par chance j'y parviens. »

Surpris par qui ? Par Laetitia ? Par le petit Rital ? Par un autre de ses amants ? Par la concierge alertée par le bruit ? Par un voisin ? Une voisine ?

Adrien se donna le temps d'envisager toutes les hypothèses et arrêta la conduite à tenir pour chacune d'entre elles. Il se dit, pour clore ce chapitre, que les voleurs placés devant une situation analogue devaient s'en remettre à leur bonne fortune. Quand on enfreignait les règles, on n'était jamais sûr de s'en tirer sans dommage. « Tant pis : qui ne risque rien n'a rien. »

La première précaution était de ne pas être reconnu, la deuxième d'agir sans faire de bruit et la troisième de ne pas insister si l'opération s'avérait au-dessus de ses possibilités. Il devait toujours garder en tête qu'ouvrir une porte était surtout une affaire de spécialiste. Ce qu'il n'était pas.

Il lui vint soudain une idée qui lui parut évidente dès qu'elle l'eut effleuré : il n'avait qu'à se faire la main ici même dans sa chambre.

Il ouvrit sa porte, fit un tour de clé sans la refermer et se mit au travail. Il essaya de faire tourner la serrure avec le plus grand de ses crochets monté sur la première fourchette. Cela ne donna rien, il eut l'impression que les espaces entre les pièces du mécanisme étaient trop étroits. Il obtint un petit début de résultat avec le crochet intermédiaire et, ô chance ! avec le plus petit des outils, la serrure tourna comme par enchantement.

***

« Une valse, ça ne se refuse pas, très chère ! »

Non ça ne pouvait se refuser, dut admettre Laetitia qui avait échappé à une série de polkas et à deux tangos. Elle accepta l'invitation de Gabriel car elle sentit qu'il vivrait très mal une nouvelle rebuffade.

Elle se forçait à être gaie et à paraître conforme à l'image qu'il se faisait d'elle, c'est-à-dire insouciante et toujours prête à aller danser ou à aller au spectacle. Elle essaya de comprendre pourquoi elle n'était pas partante ce soir. Ce n'était pas la perspective de devoir coucher avec Gabriel – ce dont elle n'avait en l'occurrence guère envie –, car elle ne lui avait laissé aucune illusion de ce côté-là en lui rappelant qu'elle logeait temporairement chez son frère.

Jeantet ne montra aucun dépit lorsqu'il fut certain que ce ne serait pas encore ce soir qu'il ferait l'amour à la belle Laetitia. Cette résignation parut trop facile à Laetitia. Elle en conçut une certaine jalousie.

Elle se ressaisit intérieurement : « Allons, tu ne sais pas ce que tu veux. Il est patient parce qu'il est un homme du monde. Il se montre délicat et je me plains. »

La valse se termina, mais Gabriel ne lâchait pas sa main. Son bras droit continuait à la presser contre lui.

— J'aime vous serrer contre moi, Laetitia, je sens toutes les vibrations de votre taille. Je la sens pleine d'énergie.

Heureusement, l'orchestre se lança dans une valse musette effrénée qui mit un terme à la gêne de Laetitia.

— Tiens, vos amis s'en vont.

— Mes amis ?

Laetitia se tourna, le temps d'une virevolte sous le bras ferme de Gabriel, vers l'endroit où se tenaient le Bancal, René et Émile. Ils n'étaient plus là. Elle regarda vers la sortie et les vit quitter la salle.

— Mes amis, vite dit…

— Ne vous fâchez pas, Laetitia, je disais cela pour plaisanter parce que j'adore vous taquiner. Vous réagissez avec tant de spontanéité, me révélant sans détour votre nature profonde tout empreinte de sincérité. Je dirais même d'authenticité. Oui, c'est ça, très chère Laetitia, vous êtes une femme vraie, je dirais même une vraie femme.

La danse se termina. Ils regagnèrent leur table. Il remplit leurs verres et leva le sien.

— Buvons à notre merveilleuse complicité, ma belle amie.

« Dommage que j'aie fermé la porte à une fin de soirée plus intime, pensa-t-elle. Il est si charmeur mon Petit Notaire. »

— Ah ! c'est comme cela que vous me plaisez encore davantage, Laetitia… quand vous souriez.

***

Revêtu de son imperméable aux larges poches, le visage dissimulé par son cache-col, Adrien pénétra dans le hall de l'immeuble de Laetitia. La grosse porte de bois peinte en bleu n'était pas verrouillée. Aucune lumière ne filtrait à travers le carreau de la porte de la concierge.

Il emprunta l'escalier en essayant de faire grincer le moins qu'il put les marches en bois. Cette montée prudente, éclairée par la faible lumière de son briquet qu'il allumait à intervalles réguliers, lui prit des minutes qui lui parurent interminables. Ce qu'il craignait, c'est qu'un habitant surgisse de la porte des W.-C. situés à chaque palier intermédiaire entre les étages.

Arrivé au quatrième, il se trouva devant deux portes qui se faisaient face. Aucun nom. Il réfléchit afin de bien localiser le logement de Laetitia. Il frappa deux coups secs à sa porte, en maîtrisant sa force afin de ne pas alerter les habitants. Nul bruit pour indiquer la réaction d'une personne à l'intérieur.

Adrien respira un bon coup. Il fouilla dans sa poche droite où se trouvait la fourchette au bout le plus court. Il alluma son briquet un instant afin de repérer le trou de la serrure.

Il fut rassuré par son examen éclair car la porte présentait un aspect ordinaire. Il se mit à l'ouvrage et, comme tout à l'heure dans sa chambre, le miracle se produisit sans qu'il puisse se souvenir lequel de ses gestes avait fait tourner le mécanisme.

Il entra et repoussa la porte derrière lui. Il tâtonna le bord du chambranle et finit par trouver l'interrupteur.

L'entrée donnait directement sur une pièce occupée en son milieu par une grande table flanquée de quatre chaises empaillées. Un vaisselier et un fauteuil complétaient le décor. Il explora l'appartement en marchant sur la pointe des pieds afin de ne pas signaler sa présence chez les locataires du dessous, un couple avec une petite fille. À force de guetter la fenêtre de Laetitia, il avait fini par connaître tous les gens de l'immeuble.

À droite se trouvait un coin cuisine équipé d'un lavabo rectangulaire en faïence. Tout était propre et bien rangé. La chambre, aussi grande que le séjour, s'ouvrait sur la gauche. Une armoire, un grand lit, un chevet, un vase de nuit en émail et une commode sur laquelle était posé un miroir grand comme une ardoise d'écolier. Il s'assit sur le lit et en ouvrit un à un les trois tiroirs. Ils contenaient des sous-vêtements et des bas transparents.

Il sourit. « Je ne suis pas un de ces vieux satyres qui sont attirés par ce genre de choses », se dit-il, quelque peu effrayé d'être tombé dès le début de ses recherches sur les gaines, les bustiers et les culottes de Laetitia. Par hasard ? Tous ces objets revêtaient un caractère éminemment sexuel selon les théories de Freud. Mais Adrien se défendit : il avait ouvert ces tiroirs par hasard, sans penser à mal. Sauf qu'en matière de psychanalyse, le hasard n'existait pas.

Mais alors, pour quelle raison était-il là si ce n'était sous l'emprise d'un désir malsain ? À cette question, il trouva une réponse inspirée, qui le rassura : il avait forcé la porte de Laetitia pour percer son mystère. Il était curieux, tout simplement. Pas pervers. Il voulait, comprendre…

Il se dirigea vers l'armoire et souleva les piles de vêtements rangés sur les étagères. Il ne trouva rien de notable, sinon une petite poche de tissu enroulée dans un pull-over. Elle renfermait des billets de 100 francs et 500 francs. Il y en avait pour 24 300 francs. Une belle somme, équivalant au prix d'une voiture neuve de bon standing. « Elle s'ennuie pas. » Il replaça l'argent exactement à l'endroit où il l'avait trouvé, à l'intérieur d'un pull-over tricoté vert, et continua son inspection dans la partie penderie de l'armoire, mais ne trouva rien. Il revint à la commode sans plus de succès. Mais que cherchait-il au juste ? Il n'en savait rien précisément. La découverte de la grosse somme d'argent ne faisait que conforter le bien-fondé de ses recherches. « Mon enquête », se convainquit-il. Voilà qu'à force de passer deux heures à éplucher quotidiennement les faits divers dans la presse, il finissait par se prendre pour Maigret.

Il revint dans la salle à manger-salon et se demanda où il planquerait des choses secrètes dans cette pièce s'il avait à le faire lui-même. Il souleva la toile cirée de la grande table à la recherche d'un tiroir. Il y en avait un.

Un bruit dans la rue attira son attention. C'étaient des voix d'hommes. Il ouvrit la fenêtre et essaya de voir quelque chose quatre étages plus bas à travers les lattes à claire-voie des volets. Mais son champ de vision se limitait à un morceau du trottoir d'en face. Il resta sur ses gardes. Il s'approcha de la porte qu'il avait simplement poussée sans la fermer. L'escalier était silencieux. Il revint vers le tiroir de la table et fut rassuré par l'absence de bruit dans la rue.

Apparemment, les gens qui parlaient étaient repartis ou entrés dans un autre immeuble.

Il fouilla minutieusement le tiroir qui était très long. S'il y avait quelque chose à cacher, ce devait être tout au fond. Sous diverses factures et les attestations de paiement des loyers, il trouva une enveloppe contenant des papiers à en-tête d'une usine, la « Poterie d'étain des frères Toureaux ». Il y avait là des bons de commandes, des facturcs, des réclames et divers documents.

« Comme ça, elle est en famille avec des patrons d'usine ! » Adrien ne put s'empêcher de laisser échapper un petit sifflement admiratif. Cette femme le menait de surprise en surprise. Une autre enveloppe de grande taille, celle-là, contenait des photos représentant Laetitia recevant une décoration et une liasse de feuilles écrites dans une langue étrangère qu'il identifia comme de l'italien.

Il y avait aussi un carnet recouvert d'un papier bleu comme ceux qui servent à recouvrir les livres d'écoliers. Dans le coin en haut à droite quatre lettre écrites en grand : ROUF. À l'intérieur, sur trois pages, figuraient des colonnes soigneusement tirées à la règle. Dans celle des dates, à droite, la première ligne indiquait 2 avril 36, dans la seconde colonne figuraient des noms et dans la troisième des sommes d'argent.

Il en était à la lecture des premiers noms, dont aucun ne renvoyait à des personnes qu'il connaissait, quand une voiture s'arrêta dans la rue. Il se précipita près de la porte d'entrée de l'appartement afin d'éteindre la lumière. Il revint vers la table à la lueur de son briquet. Il sortit une dizaine de feuilles de la liasse de lettres écrites en italien qu'il enfouit dans sa poche de veste en même temps que le calepin. Pendant ce temps le moteur de la voiture s'arrêta. S'ensuivit le claquement de deux portières.

Adrien jugea qu'il ne pouvait prendre plus longtemps le risque de se faire surprendre. Il sortit et entreprit de verrouiller la porte avec son passe-partout bricolé. Il ne parvint pas à fermer à double tour. Il n'insista pas car quatre étages plus bas, il entendit la porte d'entrée de l'immeuble s'ouvrir, puis des voix étouffées.

Il ne restait que la solution de s'enfermer dans les cabinets situés entre les paliers du quatrième et du cinquième, l'étage où se trouvaient des chambres de bonnes nichées sous les toits. Par chance, le W.-C. n'était pas fermé à clé. Il y entra et se posta en observation, l'œil collé à l'espace infime qu'il laissa dans l'entrebâillement de la porte. Il avait le palier dans son étroit champ de vison.

Ils arrivèrent au quatrième. Un homme et une femme dont il ne distingua que les formes dans la quasi-obscurité. Un échange de paroles à voix basse fut suivi d'un petit ricanement de l'homme.

— Dépêche-toi d'ouvrir, siffla l'homme.

— Je fais ce que je peux, mais je ne la trouve… Ah si ! la voilà.

La femme fit tourner la clé dans la serrure. Elle émit un « tiens, c'est bizarre » de surprise quand elle ouvrit la porte. Au moment d'entrer elle alluma la lumière du séjour. C'était Laetitia qui rentrait chez elle avec son amant.

Dès que la porte fut fermée, il sortit de sa cachette, dévala l'escalier aussi silencieusement qu'il put et se retrouva dans la rue. Il chercha des yeux la voiture à bord de laquelle le couple était venu. Il finit par la repérer à une vingtaine de mètres, dans la partie haute de la rue. C'était une Panhard au volant central dont le capot du moteur était brûlant. Une voiture de luxe. Comme il restait prostré devant le véhicule, il entendit des pas se diriger vers lui. Deux types en imperméable, le chapeau vissé sur la tête, s'approchaient en provenance du boulevard. Ils venaient droit sur lui. Adrien continua de remonter la rue jusqu'au niveau du mur d'enceinte du Père-Lachaise. Il obliqua à droite dans la rue du Repos et, dès qu'il fut hors de la vue des deux hommes, il courut aussi vite qu'il put.

LUNDI 12 AVRIL

À l'issue du dimanche après-midi passé à danser à L'Ermitage sur les bords de Marne, Laetitia avait dormi comme une enfant. Elle avait ressenti un immense bonheur à retrouver sa « bande » de copains du 11e dans la salle de bal. Ils étaient tous là : le grand Maurice, la belle Yvonne, le gros René, le toujours joyeux Victor et le petit Charles. Pour la circonstance, ils avaient même fait une photo assis sur le muret qui longe le coin baignade. Il faisait un temps splendide, si chaud que certains jeunes gars courageux arrivés du bois de Vincennes par la passerelle du Charentonneau avaient fait trempette.

Le seul point noir de la journée avait été la présence du gros Marseillais. Il avait tenté sa chance en l'invitant à danser. Il sentait l'eau de Cologne et le tabac froid. Elle s'en était tirée par un sourire ponctué d'un : « Je suis accompagnée. » Pour donner le change, elle avait demandé à Maurice de danser avec elle.

Elle était rentrée en compagnie de Riton et de sa femme qui avaient rejoint la bande en fin d'après-midi. Riton s'était même installé à la batterie, histoire de montrer son savoir-faire sur cet instrument qui devenait incontournable dans les orchestres de bal ces derniers temps. Il avait entraîné les musiciens dans une petite improvisation de jazz, une musique venue d'Amérique. Un couple avait donné une démonstration de danse moderne, mais les clients n'avaient pas paru convaincus, et heureusement pour l'ambiance, l'accordéon musette avait repris ses droits.

Oui, cet après-midi printanier passé à boire, à rire et à danser lui avait regonflé le moral. Elle se sentait d'attaque pour affronter une journée de travail, d'autant qu'elle allait retrouver d'autres amies comme Marlène. Elle descendit du bus qui s'arrêtait à une centaine de mètres des établissements Maxi. Quand elle arriva dans l'avenue Lécuyer, elle vit de loin Baptiste, le clochard qu'elle avait pris sous sa protection. Chaque fois qu'il était là – il ne venait pas tous les matins –, elle lui laissait une pièce de 100 sous. Ce geste ne passait pas inaperçu chez les ouvrières car, vivant elles-mêmes dans le besoin, elles n'avaient guère de quoi faire l'aumône.

Un jour que Marlène s'étonnait de cette générosité, Laetitia lui avait simplement expliqué : « Après tout, ça ne fait que 5 francs. C'est beaucoup pour lui et assez peu pour moi… Et puis, quand on est croyante, on doit faire quelque chose pour son prochain. Non ? » Marlène avait été surprise qu'elle avoue être une catholique convaincue. Et puis elle s'était dit, à la réflexion, que ce trait de caractère collait bien avec son habitude de se montrer généreuse avec un vagabond visiblement porté sur la bouteille.

— Bonjour, m'ame Laetitia. Vous allez bien avec ce beau soleil ?

Laetitia sourit à Baptiste qui était assis à même le sol, appuyé contre le mur d'une remise qui faisait face à l'entrée.

— Bonjour, Baptiste. Je ne vous ai pas vu la semaine dernière.

— Ah ! j'étais là lundi et mardi de la semaine dernière, mais vous n'étiez pas là.

Elle sourit et entreprit de chercher une pièce dans son porte-monnaie. Elle lui en tendit deux.

— Tenez, c'est pour me faire pardonner de vous avoir fait des infidélités.

Baptiste poussa un petit soupir qui voulait dire qu'il appréciait la gentillesse de la plaisanterie. Il n'avait pas l'habitude qu'on lui dise un mot gentil. D'ordinaire, les flics le rudoyaient en lui demandant de circuler. Ce qu'il ne savait pas, c'est qu'il devait à Laetitia la permission de faire la manche devant l'usine sans avoir à subir les foudres du concierge. Elle avait obtenu du patron de Maxi, M. Dalit, qu'on laisse son protégé en paix.

— Merci, ma p'tite dame. Dieu vous le rendra.

Toutes les fois qu'il lui lançait « ma p'tite dame », elle avait l'impression que cette façon très parigote de s'exprimer était forcée. Dans son regard et dans ses manières, elle décelait un reste de bonne éducation. Cet homme avait eu une vie « distinguée » – c'est le premier mot qui lui vint à l'esprit – avant de tomber dans la misère. « Ainsi donc, on peut sombrer après avoir mené une vie dans le beau monde. »

Elle referma son sac, lui sourit une dernière fois et se dirigea vers le portail de l'usine.

***

— Pas mal roulée la frangine, mais à part ça, rien de positif.

René fronça les sourcils.

— Ta gueule, petit con ! Je te paye, non ?

L'Apache encaissa sans broncher l'insulte et le rapport patron-subordonné que le Balafré venait d'établir avec lui.

— Pas la peine de te fâcher… Avoue que ça fait quatre jours qu'on la suit, et pas l'ombre d'un Rital à l'horizon, à part son frangin. Et ton pote Decormis, qu'est-ce qu'il avait à lui tourner autour hier au bal de Maisons-Alfort ?

— Laisse faire.

— Enfin moi, ce que j'en dis…

Le Balafré s'alluma une sèche. Il se tourna vers Émile qui avait les mains posées sur le volant.

— Ben quoi ! Démarre, on va pas poireauter devant l'usine toute la journée. On va finir par se faire repérer.

— Sans vouloir te contredire…

— T'arrête pas, justement ! Mais dis toujours.

Émile se gratta la tête, tardant à dire ce qu'il avait à dire.

— Alors t'accouche !

— Cette gonzesse, elle est du genre compliquée. Si tu veux mon avis, faut pas trop se fier à ses habitudes. Je la vois bien entrer dans l'usine d'un côté, sortir de l'autre et aller turbiner dans un autre endroit.

René caressait sa cicatrice le long de son oreille d'un air pensif. Il finit par faire une moue.

— C'est une combine à la con, ce boulot. T'as raison. On va faire le tour du pâté de maisons, des fois qu'il y aurait une autre sortie à cette foutue usine de cirage.

***

« Ma parole je suis comme les petits vieux qui sont contents de retrouver leurs habitudes. » Adrien s'amusa de s'entendre parler à lui-même devant le miroir défraîchi de sa chambre de la rue de Tolbiac. Il avait quitté l'Hôtel de Normandie la veille. Fini les attentes interminables à sa fenêtre dans l'espoir de voir rentrer Laetitia. Depuis le jeudi de la semaine dernière, la soirée au cours de laquelle il avait visité son appartement, elle n'était pas revenue chez elle. Les volets restaient clos. Pas de passage non plus à sa connaissance du petit Rital. S'il ne s'était pas introduit chez elle et n'avait pas vu tous ses vêtements dans l'armoire et tous ses objets personnels, il aurait pu penser qu'elle avait déménagé du 3 de la rue Pierre-Bayle.

Qu'importait, après tout. Son séjour dans la chambre d'hôtel lui avait permis d'en savoir beaucoup sur elle, sur les bizarreries de sa vie.

Il se versa une tasse de café. Ce bon vieux café filtre Latour comme il l'aimait qui lui avait manqué. Celui de l'hôtel était cuit et recuit. En plus, c'était du mauvais robusta, alors que sa mère lui avait donné de l'arabica. « Quand on a bu de celui-là, on n'en veut pas d'autre », lui avait-elle dit. Finalement le partage de la société entre les nantis ne se faisait pas qu'aux signes extérieurs de richesse, mais aussi à travers les petites choses du quotidien. Cette pensée le ramena à Laetitia qu'il n'arrivait pas à classer : elle était ouvrière mais fréquentait des gens du beau monde. Elle vivait dans un appartement modeste, mais prenait le métro en première classe certaines fois.

Il avait examiné le contenu du carnet « ROUF » sans très bien comprendre à quoi les noms, les dates, horaires et les sommes d'argent correspondaient. Ça ressemblait à un agenda des livraisons qui s'arrêtait au mois de mars 1937. Les noms lui étaient inconnus.

Il avait découvert, au milieu du carnet, une rubrique semblable, toujours avec des noms à consonance italienne, des dates, mais cette fois-ci, pas de sommes d'argent.

Entre chaque « livraison » figuraient quelques lignes de commentaire en italien. Adrien avait eu à comprendre qu'il s'agissait de notes rendant compte des faits et gestes des personnes concernées. Les noms des clicnts de Laetitia étaient pour l'essentiel des Italiens, même si l'un d'entre eux qui avait fait l'objet d'une attention spéciale au cours des mois de novembre à janvier avait éveillé un vague écho dans sa mémoire.

Il s'était promis, dès ce lundi matin, de se renseigner sur les personnes mentionnées dans cet énigmatique carnet. Il finissait son café quand on frappa à sa porte. C'était le propriétaire de l'immeuble.

— Ah ! c'est pour la porte, je suppose.

— Oui.

— Je me suis absenté une quinzaine de jours. Et à mon retour hier, j'ai trouvé la serrure bizarre. J'ai eu du mal à ouvrir et en tant que propriétaire...

L'homme examina la serrure de chaque côté en tenant la porte largement ouverte d'une main et faisait jouer la clé de la serrure de l'autre. Il émit un grognement qui signifiait qu'il avait compris d'où venait le mal et murmura comme pour lui-même, sans regarder Adrien :

— Je ne suis pas le propriétaire, même si la concierge m'a présenté comme tel quand je vous ai accueilli à votre arrivée. Vous étiez avec votre père, je crois.

— Oui.

L'homme examina la serrure, puis la partie extérieure et la partie intérieure de la porte.

— Je connais ça, fit-il en faisant jouer difficilement la clé dans la serrure.

Il précisa ensuite :

— On a essayé de forcer la serrure.

— Hein ? blêmit Adrien.

— Ouais ! soupira l'autre d'un ton paisible. Bon, je vais demander de faire le nécessaire pour la changer.

— Parce que vous croyez qu'on a vraiment essayé d'entrer chez moi ?

L'homme jeta un coup d'œil circulaire dans la chambre. Ses lèvres émirent une sorte de « ptt ! » dubitatif.

— Pas sûr, s'ils étaient entrés, ils auraient fouillé. Vous l'auriez vu. Non ?

Adrien fut saisi d'un sentiment de doute désagréable. Il se sentit bête de voir sa naïveté démasquée.

— Je n'ai rien remarqué… En fait, je croyais simplement que la serrure était défectueuse. C'est pour cela que ce matin, j'ai alerté la concierge. D'autant qu'hier soir, j'ai eu du mal à fermer la porte.

— Hum, fit l'homme de l'air de celui qui n'a plus rien à ajouter. Je repasse dans une petite heure avec un serrurier. Soyez présent.

Il sortit.

Une fois seul dans cette chambre dans laquelle il se sentait moins chez lui qu'à l'hôtel, Adrien éprouva quelque chose de désagréable. Quel idiot il était de n'avoir jamais avoir pensé, ne serait-ce qu'un instant, que sa serrure difficile pouvait être le signe que quelqu'un avait essayé de la forcer. Il entreprit de passer en revue toutes ses étagères et le contenu de son armoire et du tiroir de sa table.

Il s'attela à cette fouille en souriant car elle ressemblait à ce qu'en termes judiciaires on nomme une perquisition. « Une autoperquisition en quelque sorte », ironisa-t-il, partagé entre l'amusement que lui procurait ce bon mot et l'angoisse qui l'attendait s'il devait constater que quelqu'un s'était introduit chez lui.

Seule consolation : il n'avait pas laissé d'argent planqué entre deux piles de linge. Les quelques centaines de francs en sa possession pour faire face à ses dépenses, il les gardait toujours sur lui.

***

René le Balafré donna un coup du plat de la main sur l'épaule de l'Apache.

— Tiens, la voilà.

— Deux heures… C'est pas un horaire pour finir sa journée de travail. Finalement, on a bien fait d'aller boire un coup et casser la croûte.

Le Balafré n'eut pas l'air d'avoir entendu.

— En tout cas, elle a l'air pressée.

— Qu'est-ce qu'on fait ? On la suit à pied ?

— Oui. On descend et on la lâche pas. D'abord toi de près et moi de loin, et après on change.

Comme Émile semblait ne pas comprendre, le Balafré se crut obligé de préciser :

— Ben oui, dugland : un coup c'est toi qui la colles et un coup c'est moi.

Laetitia marchait d'un bon pas. Elle avait pris la précaution de mettre un imperméable parce que le temps plutôt chaud du week-end avait tourné à l'orage dans la matinée. Comme Émile et René l'avaient prévu, elle les conduisit jusqu'à un arrêt de bus et prit la direction de Paris.

Elle changea trois fois de ligne avant d'arriver place du Châtelet. Là, elle prit un taxi. Émile, qui était le plus en retrait, accourut vers le Balafré qui jurait.

— Nom de Dieu ! pas un seul taxi en vue pour la suivre.

— T'inquiète, fit Émile.

Dans l'instant qui suivit, il fonça vers une voiture qui manœuvrait pour se garer. Il ouvrit la portière en criant : « Police ! »

Le conducteur, un homme dans la soixantaine, n'eut que le temps de bredouiller « Mais qu'est-ce que… » avant de se retrouver jeté sur le pavé comme un paquet de linge sale.

Le Balafré, qui avait suivi l'Apache dans sa course, s'engouffra dans la voiture sur le siège passager au moment où Émile enclenchait la première.

— Vite, vers le pont au Change.

— Calmos, fit l'Apache, j'ai repéré le taxi. C'est un de chez Citroën. Il est bloqué sur les quais par la circulation.

— Le jaune et noir… Je vois.

Ils réussirent à ne jamais perdre de vue leur cible qui les conduisit dans une petite rue du Quartier latin. Elle descendit et d'un pas pressé se présenta à une sorte de porte à colonnes surmontée d'un fronton triangulaire.

Émile continua sa route après avoir attendu que le taxi de Laetitia redémarre.

— Ma parole, fit Émile, elle entre dans un palais. Putain !

— Mais non, connot ! T'as pas vu ce qui était écrit ?

— Non.

— Ambassade d'Italie.

***

La matinée s'était étirée d'une façon stressante pour Adrien. Il avait décidé de résoudre les deux problèmes que lui posait cette histoire de serrure.

D'abord, la réparation. Elle ne dépendait que du bon vouloir du serrurier, des gens très demandés et jamais pressés. Il lui suffisait d'attendre. Le propriétaire lui avait indiqué, toutefois sans rien lui promettre, qu'il enverrait quelqu'un avant midi.

Adrien mit à profit ce temps d'attente incertain pour poursuivre ses recherches : avait-on forcé sa porte et avait-on fouillé ses affaires ? Au terme de ses investigations, il fut rassuré. On ne lui avait apparemment rien volé. C'était déjà ça. Il sourit en pensant : « On ne m'a rien volé parce que je n'ai rien de valeur dans cette piaule à part des fringues et des cours de fac. Qui pourrait bien avoir envie de voler des cours d'anatomie ? » Par acquit de conscience, il passa en revue tous ses classeurs et tous ses livres. Rien à signaler. Côté vêtements, idem. Restait un dossier où étaient rangés quelques papiers administratifs concernant la location de son petit logement, les factures d'électricité, ses inscriptions à l'université, la copie de ses diplômes. Tout y était sauf l'extrait de naissance qu'on lui demandait à diverses occasions. Il le chercha en vain dans le tiroir de la commode où il rangeait ses papiers personnels. Il ouvrit une pochette cartonnée s'ouvrant en accordéon où se trouvaient les papiers de sa voiture. Et là, il n'eut aucun doute : le papier de l'assurance avait été replacé dans le premier des quatre compartiments alors qu'il avait toujours été dans le dernier. Il n'avait pas touché ce document depuis la rentrée universitaire. Il en était sûr. On avait donc fouillé dans ses affaires.

Heureusement, le serrurier qui frappa à la porte fit diversion et lui permit d'apaiser son énervement.

Le type avait beau essayer d'engager la conversation sur la quincaillerie d'aujourd'hui qui ne valait pas celle de jadis, à l'époque où il avait débuté dans le métier, il n'obtint que des réponses réservées. Il finit par se lasser et poursuivit son travail en silence.

Les pensées se bousculaient dans la tête d'Adrien. Leur lien commun, c'était l'inquiétude, finit-il par analyser. Il avait beau se dire que la tentative de cambriolage dont il venait d'être victime n'était qu'une parmi des centaines d'autres à Paris… que ce n'était pas lui spécialement que l'on visait, mais que le malfrat avait agi au hasard… Peut-être avait-il guetté les allées et venues et constaté qu'il ne rentrait plus chez lui ces quinze derniers jours ? Tout à coup, la symétrie de sa situation avec celle de Laetitia lui sauta à la figure : on lui rendait ce que lui-même avait commis à l'encontre de Laetitia. En plus, lui aussi avait dérobé quelque chose après son intrusion dans son logement. Le carnet !

Il alla fouiller si précipitamment dans sa serviette que le serrurier arrêta son travail pour le regarder agir d'un air intrigué.

— Quelque chose ne va pas ? osa-t-il demander.

— Non rien, j'ai cru avoir perdu quelque chose.

— Ah !

Adrien regardait ce carnet intitulé « ROUF » qui n'avait pas changé de place. Il avait essayé de percer son mystère en imaginant quel genre de produit pouvait correspondre aux livraisons qui y étaient indiquées. Les quelques papiers mentionnant la fabrique des frères Toureaux l'avaient amené à deux endroits : rue des Mûriers, où se trouvaient les bureaux et le magasin d'exposition de la société, et rue Oberkampf, où était implantée « l'usine à vapeur ». Ce quartier de Paris comptait une multitude de petites fonderies.

Une chose le frappa : les bureaux, le magasin d'exposition des établissements, le domicile de Laetitia, le cabaret où elle travaillait rue des Vertus, tout cela se trouvait dans le même coin de Paris, entre République et Ménilmontant. Dans un rayon d'un kilomètre environ.

Il n'avait pu pénétrer dans le magasin car il fallait avoir une carte de professionnel pour y accéder. Il abandonna toute idée de forcer l'entrée en se faisant passer pour un commerçant, tant il lui sembla que dans ce milieu étroit des revendeurs d'ustensiles de ménage en étain, tout le monde se connaissait.

Il avait suivi Laetitia ces quatre derniers jours. Elle était allée travailler le plus normalement du monde à Saint-Ouen depuis le domicile du petit Rital rue de Châteaudun. Il s'était lassé et avait décidé de tout laisser tomber et de tourner la page Laetitia. Il se faisait peur. Voilà qu'il était complètement esclave d'une curiosité malsaine qui faisait de lui un malfrat pénétrant chez les gens. Et pour clore le tout, il avait mené une enquête quasi policière sur les casseroles et les batteries de cuisine, fussent-elles en étain.

« Allez, promis ! Je cherche juste à savoir ce que c'est que cette maison Rouf et ensuite j'arrête ! » Il se sentit libéré d'un poids : il allait tirer le rideau sur tout ce qui concernait Laetitia et se consacrer à ses études. Et pour ce qui concernait Rouf, c'était par une sorte de défi intellectuel qu'il voulait tirer ce mystère au clair. Le fait que Laetitia soit au cœur de l'énigme n'avait rien à voir.

Voilà. L'affaire est réglée.

Adrien revint dans le monde réel. Le serrurier remballait ses outils.

— Alors, ça marche ?

— Oui. Et avec ce que le proprio vous a mis, il faudra que les cambrioleurs se lèvent de bonne heure pour entrer.

Il souleva sa lourde caisse en bois. Il sourit et ajouta :

— Remarquez, vu l'épaisseur de la porte, un coup de latte bien placé et il y aura de quoi faire passer un type à cheval.

Il rigola. Adrien sourit par politesse.

— La protection, c'est comme tout, hein ! L'essentiel, c'est d'y croire...

***

Il fallait qu'elle relance les Rosselli qui ne lui avaient plus donné signe de vie depuis la soirée du 7 avril. L'attaché d'ambassade qui l'avait reçue semblait au courant de ses faits et gestes. Indirectement, il lui reprocha de trop penser à s'amuser au détriment de sa mission essentielle : suivre les Rosselli de près.

En vérité, Laetitia ne savait trop que faire. Elle se voyait mal se présenter à leur domicile. Elle pressentait que dans ce milieu, on ne se manifestait que lorsqu'on y était invité. Le type de l'ambassade avait dû deviner ses réticences car il lui avait dit : « J'ai lu votre rapport sur votre approche à Nogent-le-Rotrou et sur l'invitation au cocktail de la semaine dernière. Votre couverture est excellente. Crédible parce que vous êtes pleinement ce personnage que vous avez créé. Rien de plus naturel pour Mme Rosselli de vous présenter chez elle. Vous êtes devenue son amie. Votre statut de veuve patronne d'usine humaniste colle admirablement à ce que recherchent ces gens-là, c'est-à-dire fréquenter des personnes de la bonne société avec des idées progressistes. Vous êtes au point de convergence des deux mondes qu'ils veulent incarner. »

Laetitia ressortit de l'ambassade en compagnie de trois Italiens, des personnes venues demander des documents administratifs. Après tout, si le bâtiment était surveillé, en tant que citoyenne française d'ascendance italienne, rien de plus normal qu'elle ait encore des liens avec sa patrie d'origine. Ils étaient des dizaines de milliers dans son cas dans la région parisienne.

Elle fila vers le métro Rue-du-Bac et s'installa dans un wagon de première classe. À travers la vitre du fond, elle ne vit pas deux hommes, arrivés en courant, se glisser dans le wagon de seconde contigu au sien. Les deux individus se séparèrent, l'un restant près de la fenêtre, l'autre allant s'asseoir hors de sa vue.

Elle sortit de son sac à main un magazine de cinéma et y resta plongée jusqu'à la station Le-Peletier, où elle sortit.

***

— Au fait, Henri, toi qui sais tout. Est-ce qu'une société qui travaillerait dans les ustensiles de cuisine ou la vaisselle du nom de « Rouf », ça te dit quelque chose ?

Henri Noguès, qui était en train de vider la grande enveloppe contenant les coupures de presse que lui avait préparées Adrien, laissa son dernier geste en suspens. Il inspira en marquant la fin de réflexion d'un petit mouvement de tête vers le haut.

— Non ! À vrai dire, les arts ménagers, ce n'est pas ma tasse de thé. T'as regardé dans le Bottin du commerce ?

— Justement, j'ai épluché toutes les rubriques possibles sans rien trouver.

— C'est que cette société se trouve dans une rubrique impossible.

— Très drôle, mais tu ne m'aides pas.

Noguès se leva.

— C'est dans Paris, ta fabrique ?

— Je pense.

— Tu penses…

— Enfin j'en suis presque sûr, ajouta Adrien.

— Tu m'as dit que j'étais du genre à tout savoir. C'est trop d'honneur. Mais par contre, ici, il y a un type qui sait tout, un vieux de la vieille qui roule sa bosse dans Paris depuis trente ans. Bouge pas, je reviens.

***

— On dirait qu'elle sait où elle va, la gonzesse.

Le Balafré ne répondit pas à la remarque de l'Apache.

— J'espère que là où elle court, y aura un rade pour s'en jeter un, parce que dans le coin de l'ambassade des Macaronis, macache !

— On boira quand ce sera le moment. En attendant change de trottoir. Moi, je reste un peu en arrière.

Ils la suivirent dans cette formation pendant une bonne centaine de mètres dans la rue Lafayette puis elle obliqua dans une rue sur la gauche. « Logique, constata Émile. Elle descend à la station Le-Peletier pour aller rue Le Peletier. » Elle filait d'un pas vif. Émile se retourna et s'inquiéta parce qu'il avait perdu le Balafré de vue. « Forcément, avec toute la charcuterie et tout le pinard qu'il s'enfile, il se traîne. Si ça se trouve, il est passé tout droit et a continué sur Lafayette. » Émile repéra un bistrot près de l'endroit où la femme s'était arrêtée. « Pas trop tôt… Au moins si elle reste là, on pourra se relayer l'autre abruti et moi pour siffler une bière. » Il poursuivit sa marche sur le trottoir opposé au 31. Il vit Laetitia s'engouffrer dans une énorme porte en bois peint. L'immeuble, tout neuf, ressemblait aux différents bâtiments du quartier abritant des assurances. « Elle voyage en première et elle est attendue dans les beaux quartiers. Ma parole, c'est son double qu'on a suivi ces jours derniers à l'usine de Saint-Ouen ! »

— Elle est entrée là ?

Émile ne prit pas la peine de se retourner. Il tira une lampée sur sa clope avant de répondre au Balafré.

— Ouais. Deux toubibs, un dentiste et une agence « Rouf ».

— De quoi, l'agence ?

— De détective privé.

— Hein ?

René se rapprocha de l'entrée et examina les plaques en les déchiffrant de son regard plissé quand il devait lire quelque chose.

— Troisième étage gauche, précisa Émile.

— J'ai vu.

Sans ajouter un mot, le Balafré fit un signe de tête pour indiquer à Émile de le suivre.

— Y a un troquet un peu plus loin. On va y boire un coup en attendant que la nana ressorte.

— Si elle ressort…

René le regarda d'un air d'incompréhension.

— Ben oui, pt'ête que le gars qui tient cette agence Rouf est son julot. Tiens, si ça se trouve, il est en train de la culbuter sur le bureau.

Le Balafré secoua la tête d'un air de pitié pour l'Apache.

— Arrête de te faire des films, petit con ! Cette femme, crois-moi, c'est pas le genre à se faire sauter par le premier venu sur un coin de table. M'est avis que c'est un gros morceau.

— Un beau morceau… tu veux dire, ne put s'empêcher de la ramener Émile.

***

Rue Le Peletier ! Adrien remontait d'un pas vif le boulevard des Italiens, le moyen le plus court pour aller du siège du journal à celui de l'agence Rouf. C'est Noguès qui lui avait donné le tuyau en allant à la pêche aux renseignements. « Rouf, comme Rouffignac, un ancien flic qui tient une agence de détective privé rue Le Peletier dans le 9e », lui avait-il dit.

Comme il passait à la hauteur de la petite rue au fond de laquelle se trouvait le siège du grand journal *Le Temps*, une violente averse l'obligea à se mettre à l'abri. C'était bien sa veine, il avait fait beau toute la journée, et au moment où il se lançait dans une marche de vingt minutes, il se faisait saucer ! « De toute façon, pensa-t-il, les bureaux de l'agence ne vont pas s'envoler. Alors autant aller boire un verre en attendant que le beau temps revienne. » Il entra dans un café qui faisait le coin. Tout de suite, il sentit la présence de messieurs importants, comme dans les grandes brasseries de Montparnasse où ses copains de fac l'entraînaient de temps en temps. Il pensa que justement, ça faisait bien longtemps qu'il n'avait pas fait la tournée des bars et des boxons avec ses copains. Précisément depuis qu'il avait entamé sa relation avec Laetitia.

Cette femme lui mangeait la vie. Une femme qui lui avait ri méchamment au nez un soir où elle s'était montrée aimable et où il s'était cru autorisé à lui parler mariage. Quel fou il était !

Il s'empressa de faire diversion à son agitation interne qui aboutissait immanquablement à la conclusion qu'il devait sortir de la vie de Laetitia en choisissant une table près de celle où un groupe d'hommes de tous les âges mais très élégamment vêtus discutaient bruyamment.

Il commanda un verre de bière et écouta la conversation animée. Ces gens étaient des journalistes du *Temps* qui commentaient la victoire possible du mouvement rexiste, les fascistes belges, aux élections de la province de Bruxelles. Le nom qui revenait le plus souvent était celui de Léon Degrelle, un ami personnel d'Hitler, « qui veut faire de la Belgique la plateforme avancée de l'Allemagne vers ses ennemis que sont la France et la Grande-Bretagne ». Visiblement, l'homme qui parlait ainsi n'arrivait pas à convaincre certains de ses collègues qui ne voyaient pas dans l'arrivée au pouvoir de ce Degrelle un danger si grand.

Adrien finit par se lasser de cette chicane qui dériva sur la guerre d'Espagne et sur la déroute des républicains face aux armées de Franco soutenues par l'Allemagne nazie et l'Italie fasciste.

Il reprit son chemin dès que le grain se fut calmé. Il arriva devant le bâtiment imposant où était domiciliée l'agence Rouf. La rue était déserte, ce qui n'était pas étonnant vu la rareté des commerces. Il poursuivit sa route avec l'intention de revenir sur ses pas au prochain carrefour. Il passa devant un bistrot et décida d'y entrer afin de réfléchir à ce qu'il pourrait faire. « Toujours le même problème, pensa-t-il, je la piste, je localise ses points de chute : son domicile, celui de son petit Rital où elle a emménagé, celui de son travail à l'usine, de ses extras à L'As de Cœur et maintenant me voilà devant une officine de détective privé où visiblement elle a une activité. Une de plus… »

Il commanda un verre de vin sous le regard des quelques clients qui l'observaient depuis qu'il s'était installé près de la baie vitrée d'où il voyait l'entrée de l'agence Rouf, à une cinquantaine de mètres de l'autre côté de la rue. Il sortit de sa poche le petit carnet qu'il avait dérobé à Laetitia et entreprit de reprendre la liste des noms. Maintenant, il ne faisait plus de doute que les clients étaient des personnes que Laetitia avait espionnées. Il s'attarda dans la partie du milieu du carnet et y retrouva le nom qui avait éveillé quelque réminiscence dans sa mémoire : Dimitri. Un nom italien ? Plutôt russe même si rien n'interdisait à un Italien de prénommer son enfant Dimitri. Il constata que dans cette partie du milieu, le carnet comportait de nombreux noms italiens. En fait, c'étaient des prénoms : Pietro, Sandro, etc. Le dernier en date était C, sans plus de précision. Plus qu'un livre de comptes, ce carnet était une sorte d'aide mémoire succinct.

Deux des clients du bar qui se levèrent subitement et quittèrent les lieux d'un pas pressé le firent sortir de sa réflexion. Il regarda en direction de l'agence et vit une silhouette féminine qui s'éloignait à grands pas. Nom de Dieu ! C'était elle. Il se précipita dehors après avoir laissé une pièce sur la table.

***

— Tu veux mon avis ?

— Non, mais dis toujours.

— Elle retourne au métro et rentre chez elle rue de Châteaudun.

— C'est pas chez elle, mais chez son frère.

L'Apache n'insista pas. Même si la manière dont René le reprenait sur un fait évident depuis qu'il filait la Toureaux eut le don de l'exaspérer.

— Eh, René ! Y a autre chose…

— Quoi encore !

— Te retourne pas, mais je crois qu'on est suivis.

— Hein ?

— Un jeune type. On était dans le bar depuis un quart d'heure quand il s'est pointé.

— Pas remarqué.

— T'aurais dû. Ensuite, on est sortis fissa quand on a vu la greluche repartir. Et comme de par hasard, il en a fait autant. Il est dix mètres derrière nous.

Le Balafré resta silencieux. Quand ils arrivèrent au croisement de la rue Lafayette, il attira Émile sous une porte cochère pendant que les piétons, parmi lesquels se trouvaient Laetitia, attendaient que l'agent de ville leur fît signe de traverser au passage clouté.

— Écoute bien ! On se serre la pogne comme deux copains qui se séparent. Toi, tu suis la gonzesse comme si que rien.

L'Apache fit un clin d'œil montrant qu'il avait compris.

— Et moi, poursuivit le Balafré, je laisse le jeunot prendre de l'avance et je lui file le train en loucedé.

— Et si le type, il se méfie ?

— Ce sera le signe qu'il nous cherche et là, je vais te dire, mon bonhomme, qu'il va nous trouver.

L'Apache partit d'un petit ricanement mauvais.

***

Il était 8 heures passées quand Laetitia sortit de L'As de Cœur. Elle traversa la rue et poussa la porte du bistrot tenu par les beaux-parents de son frère Virgile.

Anne, sa belle-sœur qui était au comptoir, l'accueillit très chaleureusement.

— Tu as de la chance de trouver la porte ouverte, on s'apprête à fermer.

— Pourquoi si tôt ?

— Comme tu vois, il n'y a que deux clients qui viennent de régler la note et qui vont partir. Pas la peine de rester ouverts avec le mauvais temps qui s'est levé. Et puis le lundi soir, c'est calme.

Anne essuyait les verres et les replaçait sur une grande étagère derrière le comptoir. Elle reprit :

— Avec ton frère, on a décidé d'aller au cinéma. Tu viens avec nous ?

— Bonne idée. Je viens de L'As de Cœur.

— Tu dois tenir le vestiaire ?

— Non, justement. Je suis passée pour leur dire que je ne pourrais pas le faire régulièrement pendant deux semaines au moins.

Anne, sachant que Laetitia n'aimait guère qu'on lui pose des questions sur sa vie personnelle, s'abstint de demander des détails. Elle considérait qu'il fallait la laisser totalement libre de décider ce qu'elle avait envie de confier.

— Oui… J'ai beaucoup de travail chez Maxi qui a loué une place à l'Exposition qui ouvre bientôt.

— Je croyais qu'ils avaient du retard ?

— Il y a du retard, convint Laetitia. Elle devait être inaugurée à la fin du mois, mais c'est reporté fin mai.

— Enfin ! C'est pas trop tôt.

— Comme tu dis. Mais M. Dalit, notre directeur, doit fournir le plan exact de notre stand pour que les choses s'organisent.

— C'est toi qui iras ?

— Je crois. Il avait été content de ce que j'avais fait au Salon des arts ménagers.

— Tu es vraiment veinarde, je suis bien…

Anne laissa sa phrase en suspens. Elle soupira, visiblement contrariée.

— Mince ! Voilà des clients. Idiote que je suis ! J'aurais dû fermer à clé.

— Et tes parents, ils sont où ?

— Partis passer quelques jours à Cézanne.

— Suzanne ?

— Non, Cézanne… C'est un patelin sur la route de Reims ou quelque part dans le coin. Ils héritent d'une maison, alors ils y sont allés pour les formalités.

Laetitia écoutait distraitement ce que lui disait Anne, car son attention fut soudain accaparée par les deux nouveaux arrivants qui s'étaient installés à une table.

— Qu'est-ce qui se passe ? Ça ne va pas ?

— Si, si… souffla Laetitia. C'est juste que ces types…

— Je t'accorde qu'ils ont des sales tronches. Mais je ne les connais pas.

— Moi si. Où est Virgile ?

— En haut en train de se changer…

— Appelle-le s'il te plaît.

***

Ce n'était pas la première fois qu'Adrien avait remarqué que Laetitia s'arrêtait au café à côté de L'As de Cœur. Il était resté en faction quelques minutes de l'autre côté du trottoir, sans décider s'il devait pour une fois entrer dans le bistrot derrière Laetitia ou rester dehors. L'arrivée de deux hommes, un grand costaud vêtu d'un costume sombre et un jeune type attifé d'un pantalon serré et d'une veste courte ajustée à la taille, avait différé sa décision. Ils avaient tenu un conciliabule avant d'entrer dans le café d'un pas décidé.

« Drôles de types… » ne put s'empêcher de penser Adrien avec une once de crainte. Finalement, l'intrusion de ces deux personnages inquiétants le dissuada de pénétrer à leur suite. Il eut conscience de sa lâcheté, cependant il sut écarter ce constat négatif au nom de son but ultime : reconquérir Laetitia. Mais l'avait-il seulement conquise ? « Là n'est pas le problème », décida-t-il, comme s'il devait convaincre un interlocuteur imaginaire. Cependant, il dut admettre que toute la surveillance qu'il exerçait autour d'elle avec l'excuse que pour mieux la séduire, il devait mieux la connaître, avait quelque chose de malsain. Tout à coup, la vérité lui sauta à la figure : il l'espionnait pour lui faire du mal car, s'il voulait vraiment renouer avec elle, il n'avait qu'une attitude à adopter : lui parler. Il reçut comme une douche froide la révélation de son ambiguïté. Vu sous cet angle, pas étonnant, quand il allait à L'As de Cœur pour la voir, qu'il ait été si souvent soulagé qu'elle n'y fût pas. « À croire que je le faisais exprès. Oui, si je suis allé la surveiller jusque sous sa fenêtre depuis cette chambre d'hôtel pouilleux, c'était pour l'avoir à l'œil. Je suis un type tordu. C'est pour ça qu'elle me rejette. Il faut que je lui montre une autre image de moi, celle d'un homme franc, loyal, jeune et beau qui a confiance en lui et en elle. »

Il vit soudain la porte s'ouvrir et deux ombres se découper dans l'encadrement lumineux. Ce n'étaient pas les types louches qui sortaient, mais deux ouvriers en tenue de travail qui parlaient fort en rigolant.

Il lui apparut qu'il n'avait qu'une chose à faire. Une seule : retrouver Laetitia dans ce café.

***

— Messieurs, on va bientôt fermer…

René jeta un coup d'œil à l'Apache, comme pour l'avertir qu'il allait en sortir une bien bonne.

— Ça tombe bien, on est pressés.

Émile se contenta d'un petit sourire de soutien, le regard fixé sur les hanches d'Anne.

— En attendant, reprit René d'un air qui se voulait charmeur, on prendra un petit blanc chacun.

Anne eut un instant d'hésitation, mais vu les mauvaises manières de deux types, elle retourna vers le bar sans rien dire. Ils ne perdaient rien pour attendre car Virgile, qu'elle venait d'appeler, n'allait pas tarder à descendre.

Elle rejoignit Laetitia qui était passée dans l'arrière-salle.

— Mais enfin, Laetitia, qu'est-ce qui te met dans tous ces états ?

— Je te l'ai dit, ce sont ces…

— Tiens, une revenante, on dirait !

C'était Virgile qui arrivait de l'appartement du haut en finissant son nœud de cravate.

Il reprit sur le même ton un rien rigolard :

— Comme ça, y a encore des gars qui te font des misères…

— Plaisante pas avec ça, Virgile. Ces types n'ont pas l'air nets. En plus, quand je leur ai dit qu'on fermait, ils ont rigolé et ont commandé deux blancs.

— Bon, j'y vais.

Virgile avait à peine quitté la pièce pour aller dans la salle du bar que la petite clochette avisant que la porte d'entrée venait de s'ouvrir se fit entendre.

La voix de Virgile résonna :

— On ferme, jeune homme !

Les deux femmes s'avancèrent pour voir qui était le nouveau venu.

— Il ne manquait plus que celui-là ! soupira Laetitia.

— Lui aussi tu le connais ?

Laetitia n'eut pas le temps de répondre car Virgile marchait droit sur Adrien.

— Qu'est-ce que je viens de dire ! On ferme !

Adrien vit Laetitia au coin du comptoir. Il attendait un signe d'elle qui ne vint pas. Il sentit la poigne ferme de Virgile se poser sur son bras et se laissa reconduire à la sortie sans rien dire.

— T'inquiète, Laetitia, fit Anne à voix basse. Les deux autres vont comprendre.

Apparemment, elle connaissait son homme car Virgile, après avoir poussé fermement mais sans violence Adrien dehors, garda la poignée de la porte ouverte dans sa main. Il se contenta d'un petit signe de tête à l'adresse du Balafré et d'Émile.

— Allez, on s'énerve pas, fit René en remettant son chapeau.

Il se leva et l'Apache en fit autant, mais en maugréant.

Ils passèrent la porte en frôlant le torse musclé de Virgile qui leur avait laissé un minimum de place pour sortir.

Laetitia poussa un gros soupir de soulagement et s'effondra en larmes dans les bras d'Anne.

— C'est fini, Laetitia. Ils sont tous partis. Ils ne reviendront pas. Ils ont vu que Virgile pouvait les démolir tous les trois à la fois. Mais maintenant, tu vas nous expliquer ce qui se passe.

***

— Putain, mais on s'est fait humilier par ce type. M'avait tout l'air d'être un Rital !

— Ah ! toi aussi, t'as eu cette impression.

— Ouais, fit l'Apache. J'ai aussi remarqué sa carrure de lutteur de foire. T'as eu les jetons, avoue !

René se tourna vers Émile, le saisit au niveau de son col de veste et le plaqua de tout son poids contre le mur.

— Tu me traites de gonzesse ?

L'Apache écarta son visage de celui de René.

— Je te traite de rien du tout. Mais tu pues de la gueule… C'est pas la peine de me parler de si près comme si t'allais me rouler un patin.

Le Balafré émit un « hein ? » indigné et le repoussa sur le côté.

— Connot !

Il rajusta son veston et son chapeau.

— J'allais pas défourailler devant la nana qu'on est en train de pister !

Émile prit le temps d'allumer une cigarette sans en offrir une à René.

— Si tu veux… N'empêche qu'on s'est fait marcher dessus. Et par un Macaroni en plus.

— Bien d'accord avec toi, mais il fallait jouer profil bas.

— Fallait surtout pas entrer pour faire les intéressants, fit l'Apache en tirant sur sa cigarette. Maintenant, la Laetitia, elle nous a repérés… Au fait, le Rital qu'on doit décaniller, c'est peut-être lui ?

— Sûrement pas, soupira Émile. On nous a dit que c'était un journaliste, pas un ours qui tient un bistrot.

Il s'éloigna de quelques pas. Il se retourna et ajouta :

— Tu veux que je te dise, René ? T'es vraiment trop con. À demain. Moi, je vais continuer à suivre le jeunot. Je l'ai vu tourner à gauche au fond de la rue.

Le Balafré serra les poings mais se contint. Pas la peine d'en rajouter en se faisant remarquer dans cette petite rue où les bars et les dancings attiraient du monde. Il se promit de remettre ce petit prétentieux à sa place, mais ne put s'empêcher de s'en vouloir de ne pas avoir été à la hauteur de sa réputation dans cette affaire. Sa frustration se déchaîna mentalement contre cette Laetitia et ce balèze de bistrotier. Celui-là, il allait lui régler son compte à l'occasion. Il pourrait toujours dire au Bancal qu'il l'avait pris pour l'autre, le dénommé Rosselli. Après tout, ces Ritals, ils avaient tous la même tronche à force de bouffer des nouilles matin et soir.

VENDREDI 23 AVRIL

Plus d'une semaine s'était écoulée depuis cette soirée mouvementé. La seule chose positive qu'elle en retint fut la séance de cinéma qui termina la journée. Le film *Police mondaine* avec pour acteurs principaux Charles Vanel, Pierre Larquey et Jean-Louis Barrault s'avéra fort distrayant.

Rentrée « chez elle » rue de Châteaudun, Laetitia prit la résolution de s'occuper des Rosselli. Elle ne pouvait attendre indéfiniment.

Pour ce qui était des deux types qui la suivaient, elle n'avait rien dit de la vérité à Anne et à son frère Virgile, sinon qu'ils venaient de temps en temps à L'As de Cœur et que simplement « le grand type la dévorait des yeux ». Virgile avait rigolé en apprenant la chose et l'avait rassurée : « Avec la manière dont je les ai flanqués à la porte lui et son vaurien de copain, il a compris à qui il avait affaire. »

Laetitia fut ravie qu'il ait gobé le mensonge avec autant de facilité. Le regard que lui avait lancé Anne lui laissa penser qu'elle n'était pas aussi naïve que son mari.

Elle avait téléphoné le lendemain même à Jeantet, à son bureau. On lui avait indiqué qu'il était parti à l'étranger pour une dizaine de jours. Elle s'était ensuite tournée vers Rouffignac qui lui avait conseillé de rester chez son frère Riton encore quelque temps et de ne pas se déplacer en métro passé 9 heures du soir. « Prenez un taxi », lui avait-il intimé après lui avoir promis de se renseigner auprès de ses copains flics sur les deux acolytes de Pierre Decormis qui l'avaient suivie rue des Vertus.

La vie reprit son cours normal à l'usine et les deux dimanches qui suivirent, au dancing de Maisons-Alfort. Elle s'autorisa même un petit flirt avec un marin de Toulon qui dansait si bien. Le naïf ne savait pas qu'elle l'avait allumé parce que justement il faisait son service militaire dans un port militaire stratégique. Prévoyante, elle gardait cette mine potentielle de renseignements sous le coude et se promettait d'en faire part à l'ambassade le moment venu. En attendant, elle laissait mijoter Jeannot le marin qui était retourné à la base navale en lui promettant de revenir dès sa prochaine permission.

Elle tarda une semaine avant de tenter de reprendre contact avec les Rosselli. Elle passa plusieurs coups de téléphone depuis le bureau de M. Dalit, le directeur de Maxi, mais n'obtint jamais de réponse. N'y tenant plus, elle se rendit à leur domicile rue Notre-Dame-des-Champs. La concierge la reçut avec méfiance. Elle se contenta de lui dire que « M. et Mme Rosselli étaient partis en voyage ». Laetitia osa émettre des hypothèses : dans le Perche où ils avaient le projet d'acheter une maison ? en Irlande ? en Italie peut-être ? Elle fut rabrouée par une fin de non-recevoir sans appel : « N'insistez pas, madame. D'ailleurs, si vous êtes une amie de M. et Mme Rosselli, vous devriez être au courant mieux que moi de l'endroit où ils se trouvent. »

N'ayant jamais revu ni Decormis, ni les deux types que son frère avait virés, elle retourna vivre rue Pierre-Bayle. Elle le fit avec d'autant plus de sérénité que

Jeantet, son « Petit Notaire », l'avait avertie de son « retour en France » pour le 23 avril par l'intermédiaire de sa secrétaire. Il lui avait fait savoir qu'il passerait la prendre chez elle dès son retour en début de soirée. Elle était en combinaison en train de se rafraîchir les bras et les aisselles quand on frappa à la porte.

— C'est moi, fit une voix.

« Quel idiot ! pensa Laetitia. Le voilà qui remet ça. En plus le jour où je dois revoir Jeantet. »

— Que me voulez-vous ? Qui vous a laissé monter ?

— Personne, la concierge ne m'a pas vu.

— Allez-vous-en, Adrien. Je vous ai déjà dit que c'était fini. Et puis, je me lave… Et ne me redites pas que vous voulez m'épouser, ça me fâcherait.

Laetitia attendit la réaction qui tarda. Elle crut qu'il était reparti, mais elle l'entendit murmurer :

— Je repasserai plus tard.

— Non !

Laetitia enfila fébrilement sa jupe et son corsage. Une fois vêtue, elle resta immobile, l'oreille aux aguets. Il devait être encore là, sur le palier, car elle n'avait pas entendu le bruit des pas sur les marches.

Comme le silence se prolongeait, elle s'approcha de la porte et l'ouvrit doucement. Adrien mit son pied dans l'ouverture, empêchant Laetitia de refermer.

— Ôtez votre pied et laissez-moi tranquille.

— Attendez, je pars tout de suite, mais écoutez-moi une seconde.

L'air implorant, inoffensif, presque enfantin d'Adrien émut Laetitia.

— Bon, alors juste un mot… Vous devez être raisonnable, Adrien.

— Je le suis totalement, Laetitia.

Adrien ouvrit la porte et entra. Il la referma et s'appuya contre les manteaux qui y étaient pendus.

— Mais je le suis… raisonnable, puisque je vous aime.

Laetitia soupira en secouant la tête.

— Vous êtes fou. Je suis une veuve de 30 ans et vous un jeune homme. Vous savez bien que nous n'avons rien à voir ensemble.

Il baissa la tête comme si la phrase de Laetitia lui avait porté un coup fatal.

— Je sais, Laetitia. Je vous aime, mais je ne veux rien de plus.

— …

— Juste le bonheur de vous voir et surtout de ne plus vous savoir fâchée contre moi.

— Eh bien pour cela, il n'est pas nécessaire que vous veniez chez moi.

Il se détacha de la porte. Voyant que Laetitia reculait, il mit sa main droite en avant en signe d'apaisement.

— N'ayez crainte… je vais partir. Je vous demande une dernière chose…

— Laquelle ?

Adrien resta un moment silencieux avant de prendre un ton solennel.

— Si je vous révèle un fait important qui vous concerne, vous me promettez un après-midi de danse à L'Ermitage ? Juste un après-midi et rien de plus. Promis ?

Laetitia fut traversée par une onde de peur. Une chose qui la concernait ? Elle reçut comme un coup sur la tête la preuve évidente que ce jeune fou l'espionnait. L'image de son carnet égaré effleura son esprit.

— Alors ?

— Dites toujours, finit-elle par lâcher d'un ton sourd. Mais après tout ça, vous me laissez tranquille.

— Promis, juré.

***

— Comme ça, tu nous prends pour des billes…

Le Gros relâcha la tignasse d'Émile après lui avoir rudement secoué la tête. L'Apache regarda autour de lui. Le square était heureusement désert en cette fin d'après-midi au temps gris.

— Putain, arrêtez de me traiter comme un collégien !

— J'arrête ce que je veux quand je veux !

Émile regarda le flic avec la mine de celui qui ne comprend pas.

— Bon, puisque t'as pas l'air de piger, je vais te mettre au parfum et gare à ta gueule si tu me la joues à l'envers.

— Je vous joue rien du tout. Je vous ai juste expliqué que le Bancal s'intéressait à une donzelle genre ouvrière d'usine les jours de semaine et rombière à chapeau les dimanches.

— Pour ce qui est de la môme Toureaux, c'était noté depuis un bout de temps. Sauf que même là, tu ne nous as pas dit pourquoi il vous demandait de la suivre…

— Chépa moi. Pt'ête que le René, i veut pas m'le dire.

— Eh bien, t'as qu'à lui demander !

Instinctivement, l'Apache porta sa main sur son crâne pour se protéger d'une nouvelle empoignade de cheveux.

— Je vous dis tout ce que je sais.

Le Gros écrasa son mégot dans l'allée et reprit la parole sur un mode plus paternel, presque bienveillant.

— De toute façon, si tu nous racontes des craques, on finira par le savoir. Bon, laisse tomber. Il y a autre chose que tu devrais savoir ou que tu ne nous as pas dit : le trafic dans les cercueils.

— Hein ?

— Oui, le Bancal et ton pote René, ils font passer de l'or en Italie dans des cercueils.

— Merde ! siffla Émile.

— Tuyaute-toi là-dessus.

— Ouais…

L'Apache rajusta sa veste, l'œil pensif. Il prit un air sérieux pour avancer :

— Dites-moi, cette Laetitia qu'est toujours fourrée avec des Ritals, elle serait pas dans la combine ?

Le Gros lui lança un regard furibard.

— J'allais te le demander ! Figure-toi, les tuyaux, ils vont dans un sens : de toi à moi et pas l'inverse. Allez file et au boulot.

***

Laetitia alla jeter un coup d'œil dans la cage d'escalier pour vérifier que la concierge n'y était pas. Elle revint et ferma soigneusement la porte. Elle écarta Adrien et vint se poster face à lui, derrière l'unique fauteuil de la salle à vivre de son petit deux pièces.

— D'abord, comment savez-vous où j'habite ?

— Je vous ai suivie.

— Depuis combien de temps ?

— … Quelque temps.

— Alors, qu'est-ce que vous avez à me dire ?

— Que vous êtes suivie.

Laetitia parut ne pas comprendre. Elle réfléchissait en passant en revue ceux qui pouvaient la faire suivre pour la protéger : l'ambassade, Rouffignac, son frère Riton.

— Deux hommes louches. Un grand habillé comme un voyageur de commerce et un plus petit genre Apache. Ils ont même jeté ça l'autre jour.

Il lui tendit le petit carnet recouvert de papier écolier.

— J'ai pensé que c'était à vous, parce que j'y ai reconnu votre écriture, surtout votre façon de faire les « z » avec une barre au milieu. C'est un livre de compte et comme vous travaillez dans un commerce dans la journée…

— Mon écriture ?… Dans un commerce ?

Laetitia essaya de se rappeler ce qu'elle lui avait dit exactement de ses activités entre son travail au vestiaire de L'As de Cœur et son emploi chez Maxi. Oui, elle avait dû rester vague et dire qu'elle exerçait une activité commerciale sans préciser davantage.

— Oui, il est bien à moi. Je croyais l'avoir perdu.

Elle regarda Adrien, essayant de sonder le jeune homme. Elle lui sourit gentiment en espérant que cela l'amènerait peut-être à dire la vérité, car elle ne croyait pas à l'histoire du carnet jeté par les deux sbires de Pierre Decormis.

— Vous les connaissez, ces deux types ?

— D'après votre description, ce sont ceux qui étaient au café de mon frère rue des Vertus l'autre soir… Quand vous êtes entré.

— … Et ressorti aussitôt, sourit Adrien. C'est bien eux.

Laetitia regardait Adrien intensément, essayant de comprendre pourquoi il suivait les deux hommes qu'elle avait vus en compagnie de Decormis à L'As de Cœur.

Craignant que le silence qui s'était instauré n'amène Laetitia à écourter l'entrevue, Adrien lança :

— Comme ça, le patron du bistrot, c'était votre frère ?

— Oui, et quand je lui dirai que vous me suivez, il ne sera pas content.

— Pardonnez-moi !

Il fit un pas vers elle, elle s'écria :

— Restez où vous êtes !

Elle eut envie de lui dire qu'elle était certaine que c'était lui qui lui avait volé le carnet, mais elle n'en fit rien. Il valait mieux qu'elle étaye à froid cette hypothèse, une arme dont elle pourrait user plus tard contre lui.

— C'est d'accord pour L'Ermitage ?

— Oui. J'ai ton adresse. J'enverrai un mot.

Le retour au tutoiement de l'heureux temps passé encouragea Adrien.

— Quand ?

— Bientôt. Maintenant sors ! Et surtout, si tu croises la concierge, ne dis pas que tu es venu chez moi, sinon j'annule.

— Au revoir, Laetitia.

Elle ne répondit pas. Il sortit. Elle ferma la porte à double tour.

***

SAMEDI 24 AVRIL

Le commissaire Badin entra dans son bureau où le Gros l'attendait en fumant une cigarette. Il ne lui accorda pas un regard, occupé à se débarrasser de son manteau.

— Mettez-vous à la pipe et au tabac hollandais, mon ami. Ce sera meilleur pour votre santé et surtout plus agréable pour l'odeur.

Le Gros ne répondit pas.

— Et en plus il fait froid dans ce bureau.

— C'est à cause de cette fichue heure d'été. En réalité, chef, il n'est pas 8 heures mais 6 heures du mat'. Alors forcément… Mais il va faire beau et même chaud dans…

— Ne me dites pas que vous m'attendez ici depuis les aurores pour me parler du temps, l'interrompit Badin.

Le Gros éteignit sa cigarette dans le cendrier en prenant garde de ne pas renverser les deux pipes du patron qui y étaient posées.

— C'est à propos de l'Apache.

— Ah ! alors qu'est-ce qu'il dit cet animal ?

— Apparemment, il ne sait rien du trafic d'or vers l'Italie du Bancal. Peut-être que son pote René Blondeau…

— Le Balafré ?

— Oui, le Balafré… Il se pourrait qu'il marche dans la combine. En attendant, le Bancal leur a ordonné de suivre une femme qui devrait les conduire à un Italien, pour le passer à tabac d'après ce qu'il m'a dit.

— Ce pourrait être Rosselli.

— Qui ?

— Carlo Rosselli, un intellectuel opposant de premier plan à Mussolini.

— Ah ! l'Apache dit ne pas savoir.

— Il se fout de vous ! J'ai placé Rosselli sous protection discrète, mais depuis une quinzaine de jours, lui et toute sa famille ont mis les voiles. Je ne sais pas où ils sont. Alors, votre Apache, ne le laissez pas dans la nature. S'il apprend quelque chose par cette femme, je veux être au courant tout de suite.

Badin se cala sur son fauteuil de bureau et commença à lire son courrier. Il leva la tête et regarda le Gros d'un air excédé :

— Tu comptes camper ici ?

— Non, mais c'est rapport à la femme. La Toureaux, c'est une Italienne.

— J'admets que ça fait beaucoup de Ritals tout ça.

— Je ne vous le fais pas dire. Vous connaissez Rouffignac, un ancien de la maison, qui a une agence de détective privé.

— Oui. Quel rapport avec l'Italienne ?

— Il paraît qu'elle est allée chez lui, rue Le Peletier.

— Il paraît… reprit Badin ironique.

— C'est du moins ce que me dit l'Apache. Lui et le Balafré, ils l'ont suivie jusque là-bas.

— Ils sont sûrs qu'elle est allée chez lui et pas chez quelqu'un d'autre dans l'immeuble ?

— C'est toujours possible, mais tout indique qu'elle est allée à l'agence Rouf.

Le Gros hésita un instant avant de reprendre :

— Ce Rouffignac, patron, je crois que vous le connaissez bien.

— Si on veut.

— Ce qui serait bien…

— Bonne idée, je vais voir avec lui. En attendant, toi et ton copain, essayez d'en savoir plus. Si ça se trouve, votre Italienne est dans la combine.

— Ce serait ça la raison pour laquelle le Bancal la fait suivre ?

— Oui. Peut-être qu'elle en sait trop.

Le Gros ne parut pas convaincu. Il osa une hypothèse :

— Patron… et si votre Rosselli n'était qu'un leurre pour filer la nana ?

Badin le regarda un instant comme s'il ne l'avait jamais vu auparavant. Il secoua la tête.

— J'ai cru un moment que t'avais eu une idée intéressante. Mais à la réflexion, elle ne tient pas debout. Si le Bancal avait voulu dessouder une complice gênante, il l'aurait fait lui-même.

— Si vous le dites.

***

Alors qu'elle s'apprêtait à traverser le boulevard Ménilmontant au coin de la rue Pierre-Bayle pour se rendre au métro, deux mains derrière elle la retinrent par les épaules puis se posèrent sur ses yeux. La voix de Gabriel murmura dans son oreille :

— Vous m'avez reconnu, Laetitia, et pourtant vous avez peur. Je le sens.

Elle se recomposa un visage souriant avant de se retourner vers Gabriel. Bien sûr qu'elle avait eu peur, mais comment expliquer à son Petit Notaire qu'elle était sur les nerfs ?

— Mais non, Gabriel ! Je dois aller travailler.

— Pas à Saint-Ouen, vous me l'avez dit hier soir au Balajo.

— Je passe la matinée avec M. Dalit à l'Exposition. Du coup, je ne peux pas disposer de mon après-midi comme tous les samedis.

— Je sais. Je voulais simplement vous accompagner là-bas. Il paraît que tout est encore en chantier. Pas étonnant avec toutes ces grèves… Bon, passons sur ces choses qui blessent l'honneur de la France que le monde entier regarde en la plaignant d'être tombée aux mains des Soviets.

Laetitia lui sourit avec bienveillance même si elle trouvait Gabriel un peu ridicule de comparer la situation de la France avec celle de la Russie. Elle qui était en contact avec les ouvriers savait fort bien qu'ils n'avaient aucune envie d'un système communiste. La plupart d'entre eux, plutôt sympathisants socialistes, écoutaient avec une certaine distance les discours de leurs camarades qui présentaient le modèle soviétique comme exemplaire.

— Vous ne paraissez guère partager ce triste constat sur l'état de la France. Ne me dites pas, chère Laetitia, que vous croyez aux bons sentiments affichés par Blum, ce juif qui s'est emparé du pouvoir. Lui et sa bande de traîtres socialistes ne sont que l'avant-garde ouvrant la voie du pouvoir aux communistes. C'est bien pour ça que pendant la guerre, Mussolini a rompu avec les socialistes pour fonder plus tard son propre parti.

Il revint à la mémoire de Laetitia ce que l'attaché d'ambassade d'Italie lui avait dit la première fois qu'il l'avait reçue dans son bureau ; lui aussi mettait sur le même plan les socialistes et les communistes : « Les pires ennemis de la patrie et du Duce qu'il fallait combattre sans merci. »

— Pensons à autre chose, chère Laetitia. Un petit tour nous fera oublier toutes les laideurs de notre époque.

Jeantet l'invita à monter à bord de sa voiture avant de s'installer au volant.

— Direction le Trocadéro ?

— Non, pas exactement. Le pavillon dans lequel on exposera se trouve quai d'Orsay. Mais on n'y sera que deux jours car c'est un lieu partagé par les différentes industries chimiques venues de tout le pays.

Concentré sur la conduite rendue difficile en raison des encombrements matinaux du quartier de la Bastille, Jeantet ne dit pas un mot jusqu'au moment où il eut franchi le pont d'Austerlitz.

— Nous voilà sur les quais. Maintenant ça roule tout seul.

— Vous faites si vite que je vais arriver en avance.

— Et attendez qu'on m'ait livré l'Hotchkiss que j'ai commandée chez un revendeur des Champs-Élysées !

Arrivé au niveau de Notre-Dame, Jeantet se tourna un instant vers Laetitia.

— Qu'est-ce qui se passe ? fit-elle. Vous avez l'air si sérieux tout à coup.

— Oh ! rien de bien grave… Mais parfois, Laetitia, je ne vous sens pas toujours convaincue par mes analyses politiques.

Elle émit un petit rire.

— Cela vous vient comme ça, tout d'un coup…

— Humm.

— Gabriel, si vous saviez lire en moi, vous verriez combien vous vous trompez.

Jeantet marqua un temps de réflexion sur la signification de ce que Laetitia venait de lui confier d'un air mystérieux. Il préféra poursuivre sur un ton badin.

— Je veux percer tous vos mystères, Laetitia, car j'y trouverai matière à nourrir la passion que j'ai pour vous.

— Si vous m'aimez tant, Gabriel, défendez-moi car des gens me veulent du mal.

DIMANCHE 25 AVRIL

Comme tous les dimanches à midi, Pierre Decormis, plus connu de ses amis sous le nom de Pierrot le Bancal, aimait sacrifier au plaisir de la table. Lui qui avait fait de longs séjours en prison depuis son plus jeune âge savait qu'un homme de sa trempe exerçant son activité dans le milieu de la prostitution, de l'extorsion et du vol à main armée menait une vie où l'avenir était incertain. C'est pour cela que sa devise pouvait se résumer à « profitons des plaisirs de la vie parce que ça risque de ne pas durer ».

En cet après-midi qui avait vu le retour du soleil malgré un petit vent frais, il avait décidé de prendre son temps au Royal Bar à Pigalle, en haut de la rue des Martyrs.

De là, il pouvait surveiller l'entrée du claque dans lequel il avait placé trois filles venues de Belgique la semaine précédente.

— Amédée ! Remets-moi un canon ! Et fais-moi l'addition.

Il s'octroya encore un bon quart d'heure de digestion avant de payer.

Au moment où il sortait du bar, il vit le chauffeur d'un taxi garé en double file remettre son compteur à zéro. La bonne aubaine ! Il monta à bord de la voiture et dit d'un ton qui n'admettait pas de réplique :

— Pour moi, ce sera 10 francs pour aller au bois de Vincennes au meeting aérien.

— Hein ? s'indigna le chauffeur. 10 francs pour le bois ? Et pourquoi pas à l'œil !

— Tiens, c'est une idée.

— Bon, bon ! Pas de blague. On y va.

— Tu vois quand tu veux. Toi, vu ton accent, tu es comme moi, tu viens du Midi.

L'autre se contenta d'un grognement.

— C'est quoi ton blaze ? s'enquit le Bancal.

— Jean.

— Et tu es d'où ?

— De Bergerac dans le Périgord.

— Eh ! bien, Jean du Périgord, même si ton patelin c'est pas mon coin, parce que moi je suis de Marseille, pour la peine j'augmente le tarif. Ce sera 15 francs. Alors, prends ton temps et soigne ta conduite, j'ai rien à faire cet après-midi.

***

La grande salle de L'Ermitage sur les bords de Marne était tellement enfumée que Laetitia fit signe à Yvonne et Marlène de la suivre sur la terrasse.

— C'est le printemps ! s'exclama Yvonne en humant, le nez en avant dans une posture comique, le parfum des arbres en fleurs.

— Je ne reste pas trop longtemps, dit Laetitia, car j'ai tellement dansé que je suis en nage. Je ne veux pas prendre froid.

— Ton marin préféré saura bien te réchauffer, s'amusa Marlène. D'ailleurs je suis étonnée qu'il ne t'ait pas déjà suivie sur la terrasse.

— Il ne va pas tarder, regretta Laetitia. Il danse bien, mais il est un peu collant. Vivement que Riton vienne. Il m'avait promis de me ramener ce soir, mais sa femme n'aime pas L'Ermitage. Elle préfère aller déjeuner au Pavillon Bleu le midi parce qu'on y mange bien. J'espère qu'elle n'aura pas l'idée de vouloir rester danser là-bas.

Un bruit de moteur dans le ciel attira leur attention.

— Regardez, de l'autre côté de la Marne, un avion en feu ! cria Marlène en se tenant la tête entre les mains.

Yvonne partit d'un petit rire moqueur.

— Mais non, c'est de la fumée pour faire joli. C'est un avion du meeting de Vincennes.

— Alors on va pouvoir regarder les avions.

— Oui, s'ils viennent un peu par ici.

Laetitia observa le biplan rouge vif tournoyer au-dessus du bois, juste en face du dancing.

— J'ai l'impression qu'il nous a vues toutes les trois sur la terrasse. Il passe et repasse en donnant des petits coups d'aile.

— Tu rêves, Laetitia. On n'est pas les seules à être dehors. Et puis, on doit être tellement petites et perdues dans les arbres et les maisons, vues de là-haut.

— Non, non, Yvonne. Je suis sûre que c'est pour nous…

— Pour toi toute seule, pendant que tu y es.

Cette dernière remarque de Marlène les fit pouffer de rire.

***

— Tiens. Voilà déjà tes 15 francs. Si tu veux en gagner 15 de plus, sois au même endroit à 7 heures.

Le dénommé Jean prit l'argent, sortit de la voiture et referma la portière à clé.

— Qu'est-ce que tu fais ? s'étonna Decormis.

— Je reste parce que dans une heure c'est le numéro de l'homme volant. Je veux pas rater ça !

— Eh ben mon salaud, finalement tu serais venu là sans que je te paie.

— Vous pensez bien, m'sieu, que je pouvais pas vous le dire avant.

— Toi, t'es un gros malin.

— Je peux bien vous accompagner et puis après vous raccompagner…

— En plus, tu fais de l'humour à deux balles.

— Non à 15 balles… sans compter le retour. Vous avez dit.

Le Bancal n'ajouta rien. Il se dirigea vers l'entrée avec le chauffeur à sa suite.

***

Riton venait d'arriver avec sa femme, quand un mouvement de foule s'opéra en direction de la terrasse laissant la piste de danse presque vide. Le marin remit son béret à pompon et expliqua à Laetitia :

— C'est l'homme-oiseau qu'ils veulent voir.

Devant le regard incrédule de Laetitia, il expliqua :

— C'est au meeting aérien, à 6 heures, qu'un Américain se jette d'un avion avec des ailes blanches en toile fixées à ses jambes et à ses bras. Il paraît qu'il vole comme un aigle dans le ciel.

— On va voir ?

Ils se retrouvèrent sur la terrasse en compagnie de la quasi-totalité des clients du dancing.

— On est trop loin, regretta Marlène. Regarde, les avions qui passent les uns après les autres faire des acrobaties, on les voit à peine au-dessus des arbres du bois.

— Parce qu'ils volent bas, expliqua le marin. Mais l'homme volant, lui, il monte à trois mille mètres. Dix fois la tour Eiffel. Alors tu penses bien qu'on le verra.

Une main tira Laetitia par la manche. C'était Odile, la femme de Riton.

— On est là. Mais finalement on va partir tout de suite. On va rejoindre Jo Privat qui joue à Nogent. Tu viens ?

— Non je reste. Je rentrerai en métro.

Odile esquissa un petit sourire complice à Riton après avoir jeté un regard amusé sur le marin qui lui tournait le dos, le regard dans les nuages.

***

— Je sais pas pour toi, mais pour moi, j'ai perdu l'avion.

Jean, le chauffeur, remit le béret dont il s'était servi de visière pour vaincre l'éblouissement du soleil couchant.

— Il est allé prendre de l'altitude vers l'ouest pour éviter le nord et les avions qui décollent du Bourget.

— T'as l'air de t'y connaître, toi, en avions.

Jean ne répondit rien. Non, il n'y connaissait rien, mais il avait lu le programme sur l'affiche en allant boire un verre derrière les tribunes payantes.

Un immense « aaah !!! » émis par la foule indiqua aux deux hommes que l'avion de l'Américain Clem Sohn était en vue. Une toute petite croix noire qu'on pouvait repérer à la traînée de fumée blanche qui s'échappait de l'arrière.

L'avion fit quelques grands tours au-dessus des têtes et soudain une masse claire s'en détacha. C'était l'homme-oiseau qui volait vers le sol. Il opéra de grandes courbes avant de replonger en piqué. À chacun de ses virages, la foule s'émerveillait à grands cris et applaudissait. Il disparut dans un des rares nuages avant de réapparaître, plus proche. Maintenant, on distinguait la couleur bleue de sa combinaison qui tranchait sur ses ailes de toile claire. On voyait nettement la forme de sa tête.

Un murmure accompagna l'éjection de son parachute de soie blanche, mais au lieu de se déployer d'un coup sec comme on l'avait vu faire chez tous les parachutistes qui avaient sauté au cours de l'après-midi, la toile s'étira comme une torche. La silhouette du malheureux acrobate se mit à tournoyer au bout des lanières car le deuxième parachute qu'il libéra s'emmêla dans les liens du premier. Un cri d'effroi, comme poussé par une seule gorge dont aurait été dotée la foule, accompagna les derniers instants de la chute qui se termina dans un silence de tombe derrière un bouquet d'arbres, à l'autre bout du Polygone, près des terrains de sport.

Jean, le chauffeur de taxi, chercha du regard où se trouvait son client. Le Bancal semblait partager l'émotion collective. Autour d'eux, la foule compacte perdit en densité car un vaste mouvement s'était créé spontanément vers le lieu de la chute. Ils se retrouvèrent en quelques secondes quasiment seuls devant le kiosque où on vendait les boissons.

— On va le ramasser à la petite cuiller, rigola le Bancal après avoir vidé son verre de vin.

— On sait pas, peut-être que toute cette toile l'a quand même ralenti… De toute façon la fête est finie.

Le chauffeur de taxi attendait une réaction de son client. Comme elle ne vint pas, il reprit :

— Si vous voulez mon avis, il n'y a plus rien à voir ici. Je vous conseille de partir maintenant avant que tout le monde le fasse en même temps. Dans un quart d'heure, ce sera la cohue.

Decormis le regarda et finit par lâcher :

— T'es pas con, toi. Tu me ramènes à Paris, ensuite tu reviens ici fissa pour prendre des clients. Ça te fait deux courses pour le temps de trois.

— Dame ! M'sieu, faut bien vivre. Maintenant, si vous préférez, je peux aller embarquer des gens où je suis garé et vous y attendre, disons dans une heure ?

— Non, t'as raison, je vais filer de suite.

Ils quittèrent sans ajouter un mot le lieu du meeting pour l'esplanade du château. Ils n'étaient pas les seuls car à mesure de leur avancée ils se trouvaient noyés dans un cortège de plus en plus dense, si bien qu'il leur fallut jouer des coudes pour retrouver la voiture.

***

À un peu plus d'un kilomètre à vol d'oiseau du Polygone du bois de Vincennes, sur la terrasse de L'Ermitage à Maisons-Alfort, les dizaines de personnes ayant assisté à ce que la presse appellera « la chute d'Icare » dans les journaux du lendemain ne savaient que penser. Certains garçons, en spécialistes autoproclamés du parachutisme, se montraient catégoriques : le casse-cou américain était mort. Pour d'autres, rien n'était sûr. Finalement, il s'en était peut-être sorti. Une voix à l'accent des faubourgs osa une plaisanterie :

— Avec un peu de bol, le gars est peut-être tombé dans le lac Daumesnil. Reste à savoir s'il sait nager.

À quoi un amateur d'humour noir répondit :

— En tout cas, pas dans le lac de Gravelle qu'est juste de l'autre côté de la Marne, parce que d'ici, on aurait entendu le « plouf ! ».

Pointilleux sur les onomatopées, un autre ajouta :

— Ça aurait plutôt fait « paf ! » vu qu'il fait trente centimètres de profondeur.

Laetitia ne put s'empêcher de sourire à la pensée qu'à Paris, on finissait toujours par prendre les choses, même les plus dramatiques, à la blague. La main d'Yvonne effleura son épaule.

— Tu es bien pensive, Laetitia. Allez, ne sois pas triste. Tu sais, ces trompe-la-mort finissent toujours mal, à force de prendre des risques.

Maurice, le facteur, un de la bande de L'Ermitage que Laetitia aimait beaucoup pour sa gouaille, intervint dans la conversation. Pour une fois, il se montra grave :

— Yvonne a raison. Ce qu'il a fait est insensé. Il aurait ouvert son parachute un peu plus tôt au lieu d'attendre la dernière seconde, il aurait eu le temps de couper les liens et de s'en débarrasser. Ensuite le parachute de secours se serait ouvert facilement au lieu de s'entortiller dans l'autre.

— T'as déjà sauté en parachute, toi ? s'étonna Yvonne.

— Non, mais j'ai lu des articles de journaux là-dessus.

Laetitia prit Maurice par le bras :

— Allez ! assez de choses tristes, on va danser. L'orchestre a recommencé. C'est un tango et j'adore !

***

Les agents de ville qui réglaient la circulation aux abords du bois de Vincennes leur permirent de sortir de la place assez rapidement. Ils traversèrent Saint-Mandé. Ensuite, Jean se dirigea vers la porte Dorée.

— C'est un petit détour, mais on gagne du temps, fit-il avant même que le Bancal ne manifeste son étonnement.

Une dizaine de minutes plus tard, dans le Paris d'une fin d'après-midi dominicale, le taxi filait à toute allure. Les rues étaient quasi désertes. Le Bancal essayait de se repérer dans ce coin du 12e qu'il connaissait mal.

— On va où comme ça ?

— On est à Nation dans une minute. Pas mal, hein ! J'ai laissé tout le monde entrer à Paris par le boulevard de Vincennes, mais moi j'ai pris Picpus. Je vous parie que dans dix minutes, pour nous, c'est retour à la case départ.

— Tu causes trop, ferme-la et ramène-moi au rade de tout à l'heure. J'ai envie de m'en jeter un.

— Bien m'sieu.

Le Bancal eut l'impression que ce Jean du Périgord en faisait un peu trop avec ses « Bien m'sieu ». Il tâta sa poche intérieure de veste et se rassura en sentant la poignée de son pistolet de marque Le Français. Un 6.35 à sept coups, léger, court et pas plus épais qu'un portefeuille.

Il se réjouit d'être maintenant en terrain connu, du côté de République. Le taxi enfila une rue étroite sur les chapeaux de roue.

— Où tu vas à c't'heure ? Barbès, c'est tout droit !

— Je sais, mais il faut éviter, il y a des travaux. Je prends Belleville un peu plus loin et je remonte par Rochechouart. Pas bête, hein !

L'itinéraire emprunté par le chauffeur laissa le Bancal perplexe. Le taxi filait dans une petite rue qu'il ne connaissait pas. Il attendit, l'œil fixé sur les bâtiments, de voir son nom, mais avant qu'il eut atteint le premier carrefour, le taxi vira brusquement à droite et pénétra dans une courette à l'angle d'une petite construction de briques rouges. C'était un ancien garage encombré de pièces de ferrailles. Decormis porta la main à sa poche mais il ne put terminer son geste car deux types surgirent par les deux portières à l'arrière du véhicule et le plaquèrent sur le siège. Ils eurent tôt fait de le maîtriser en lui bloquant les bras. Ils lui balancèrent quelques coups de boule, chacun sur un côté du crâne, histoire de le neutraliser. Ils le sortirent de la voiture, l'un poussant et l'autre tirant.

Le Bancal, un peu dans les vapes, se retrouva à genoux sur le sol.

— Mille excuses pour le beau costar, fit le faux chauffeur de taxi, mais on a oublié de balayer avant de venir.

Le Bancal secouait la tête comme pour essayer de se débarrasser de l'horrible douleur qui martelait sa boîte crânienne et qui s'amplifiait d'un cran à chaque battement de cœur. Jean lui releva la tête en l'empoignant par le menton de la main gauche, tandis qu'il gardait l'autre main planquée dans son dos.

— Arrête de t'ébrouer comme un chien qui sort de la flotte quand on te cause.

Ses deux acolytes rirent de bon cœur. Toujours le mot pour rire, le patron !

— Qui t'es, toi, petit salopard ? éructa le Bancal.

— Je te l'ai dit : Jean du Périgord…

— Mon cul ! Et ceux-là ?

— De bons patriotes.

L'un des deux gros bras fit les poches du Bancal. Il en sortit le petit pistolet.

— Oh ! qu'il est mignon le flingue à l'ami Pierrot.

Il promenait l'arme sur le visage de Decormis avec un rictus mauvais.

— N'aie crainte, mon gars. On va pas t'assaisonner, avec ton joujou de fillette, because le bruit.

Il jeta le petit pistolet sur un tas de détritus d'un geste théâtral.

— C'est pas des flingues d'hommes, ironisa l'autre.

— Si vous voulez mon fric, pas de bol, j'ai que 70 plaques sur moi, à tout casser.

— On est preneurs.

— Alors servez-vous et laissez-moi partir.

Jean écarta ses deux acolytes et se pencha vers le Bancal. Il lui laissa voir ce qu'il tenait dans sa main droite.

— Tu vois cette jolie baïonnette... C'est comme les fusils sur lesquels on montait ce genre de joujou, ça part tout seul.

Instinctivement, le Bancal se raidit et essaya de reculer.

— Calmos, gros lard ! Ce qu'on fait là est un avertissement sans frais. Tu fais suivre une certaine dame et ça plaît pas à un certain monsieur.

Le Bancal transpirait à grosses gouttes, engoncé dans son imper.

— Alors, m'sieu le gangster ?

— C'est pas la fille que je piste, mais le type qu'elle doit rencontrer. La gonzesse, elle risque rien.

— Vaudrait mieux pour ta sale gueule.

— Tu peux t'écarter, j'étouffe, se tortilla le Bancal.

Le chauffeur recula. Dans le mouvement, le pan de sa veste laissa entrevoir un instant son haut de pantalon duquel dépassait la crosse d'un révolver.

— Tu vois, je suis bonne pomme, j'ai pitié de toi.

Decormis aurait pu se tenir à carreau, refiler son lardu et promettre qu'on laisserait la môme Toureaux tranquille, mais la façon dont l'autre lui avait soufflé dans la gueule « j'ai pitié de toi » l'avait rendu fumasse. La présence du flingue dans la ceinture du chauffeur de taxi le détermina à agir.

D'un geste sec il ouvrit les bras, bouscula Jean et le plaqua au sol. Sa main chercha le pistolet dans la ceinture du pantalon du chauffeur. Il s'en empara et se releva avec une souplesse surprenante pour un homme de son poids, de surcroît empesé dans ses vêtements. Avant de régler son compte à Jean, le Bancal se tourna vers ses deux complices qui, voyant l'arme pointée sur eux, détalèrent vers la rue. Il revint à Jean qui s'était relevé.

— Petit fumier ! grinça-t-il en appuyant sur la détente.

L'arme se contenta d'émettre une série de petits clics. Elle était vide.

Le Bancal courut vers le tas de ferraille situé à une dizaine de mètres dans lequel un des deux types avait jeté le 6.35. Il se pencha vers l'endroit où il l'avait vu tomber. Il s'en empara. Mais Jean était déjà sur lui, la baïonnette en avant. Il la lui planta au jugé dans le flanc gauche.

— Prends ça, mon salaud !

***

Il était près de 8 heures quand la bande de L'Ermitage décida de rentrer sur Paris. Le temps d'arriver chez eux dans le quartier République ou dans le 20e, il serait 9 heures. Tous se levaient de bonne heure pour « aller au turbin », comme aimait à le dire Maurice, le vrai titi parisien. Charles travaillait dans un atelier mécanique, Victor était carrossier, le gros René employé de bureau, Yvonne vendeuse dans un magasin de chapeaux et Marlène emballeuse chez Maxi avec Laetitia.

Maurice les avait pris en photo sur la terrasse en début d'après-midi en promettant à chacun de lui offrir un tirage grand format de ce moment d'amitié.

Quand elle fut dans la rue, Laetitia vit, garée en face de l'arrêt d'autobus des Deux-Moulins, la voiture de Gabriel.

— On dirait que ton Petit Notaire va te raccompagner, s'amusa Marlène, la seule de ses amis à avoir remarqué la voiture. Et ton marin ?

— Il boit pour m'oublier, fit Laetitia en souriant d'un ton équivoque.

Marlène s'abstint de tout commentaire, sentant la gêne de Laetitia. Aussi se contenta-t-elle de lui lancer un « À demain » complice avant de rejoindre les autres qui se mêlaient à la dizaine de personnes attendant le bus qui les mènerait à la station de métro. Parmi elles se trouvait Adrien. Il regardait fixement Laetitia qui arrivait à la hauteur de la voiture de Jeantet.

— Chère Laetitia, vous êtes radieuse. Montez.

— Bonsoir, Gabriel. Vous m'attendez depuis longtemps ?

— Qu'importe, je voulais vous faire la surprise.

Ils s'installèrent à bord du véhicule, toujours sous l'œil noir d'Adrien.

— Vous n'avez pas l'air contente que je sois venu…

Prenant conscience de sa froideur, Laetitia posa sa main sur le bras de Gabriel.

— Pardonnez-moi, mais je suis fatiguée, fit-elle en jetant un regard vers l'arrêt d'autobus.

Adrien avait disparu.

— Seulement fatiguée ? sourit Jeantet en démarrant en douceur en direction du carrefour d'Alfort. Je voulais vous éviter le bus et le métro.

— Vous avez bien fait.

— Et surtout, il me tardait de vous dire que vous ne serez plus importunée par les deux individus qui vous suivaient.

Laetitia fut saisie d'une pensée horrible. Il lui revint en mémoire ce que Rouffignac lui avait dit à propos de Gabriel, sur le fait qu'il fréquentait des gens violents.

— Vous leur avez parlé ? demanda-t-elle en espérant qu'il lui donnerait une réponse à même d'écarter les pires suppositions qui se bousculaient en elle.

— Pas personnellement, lui répondit-il d'un ton bonhomme qui la rassura un peu.

Ils traversèrent le pont qui enjambe la Marne à vive allure. Il ne put s'empêcher de s'extasier à voix haute.

— Elle a de la reprise ! Vous ne trouvez pas ?

Devant l'expression de Laetitia indiquant qu'elle ne comprenait pas de qui il parlait, il précisa :

— La voiture. Elle a de l'accélération. Ça ne vous plaît pas ?

— Si... Bien sûr.

— Pas très convaincue, sourit Gabriel.

Dans la côte de Charenton, il rétrograda dans un hurlement de moteur qui fit mal aux oreilles de Laetitia. Jeantet ne parut pas s'apercevoir du résultat de sa conduite brutale. Il reprit, après que le moteur eut retrouvé un volume sonore normal :

— Mais ce qui compte désormais, ma chère Laetitia, c'est que vous ne craindrez plus de rentrer seule chez vous.

La pensée d'Adrien qui la poursuivait de ses assiduités s'imposa tout à coup à elle. Fallait-il qu'elle en parle à Gabriel ? Elle se dit que le mieux était d'attendre. Le jeune fou finirait bien par se lasser. Ce n'était finalement qu'un étudiant inoffensif. Elle se promit d'accéder au plus vite à sa demande d'un après-midi de danse à L'Ermitage pour honorer sa promesse. Si, ensuite, il ne tenait pas la sienne, il serait toujours temps d'en aviser Gabriel.

***

— Ben dis donc, tu l'as pas loupé le gros Marseillais !

— Pas fait exprès, répondit Jean, le faux chauffeur de taxi. Je l'avais entendu dire à sa poule qu'il voulait aller à Vincennes, mais je croyais que c'était pour prendre l'air. Je savais pas qu'il y avait cette fête. Alors, ça m'a énervé qu'on n'en finisse jamais.

Concentré dans la conduite de la voiture dont il avait retiré tous les signes extérieurs propres au taxi, Jean se contenta de siffloter. Les deux autres, René Blondeau et son pote Marcel, le premier à l'avant, l'autre à l'arrière, se turent, sentant que Jean, de son vrai nom Filiol, avait les nerfs et que mieux valait lui laisser l'initiative de la conversation.

« Finalement, c'était pas plus mal que Marcel et moi, on soit arrivés après la bataille », avait pensé Blondeau quand on lui avait raconté comment Jean avait exécuté le Bancal. Il avait agi avec l'aide de Pujols et Rières, ses deux gros bras, pour ensuite l'embrocher et finir par lui balancer des gifles. Tout ça pour bien lui montrer que maintenant qu'il « pissait le sang », il n'était « qu'une merde ».

Blondeau ne put s'empêcher d'avoir un serrement au cœur en pensant au gros Marseillais dont le corps gisait dans le coffre, enroulé dans son manteau et la toile d'un vieux matelas qui se trouvait dans un recoin de l'atelier abandonné.

— On y est, fit Jean. On va le balancer par-là. À cette heure, les promeneurs sont rentrés becqueter à la maison.

Il regarda dans le rétroviseur pour s'assurer que personne ne le suivait et tourna à gauche dans un sentier forestier.

— On va pas aller trop loin, ce serait ballot de s'embourber.

Il stoppa la voiture.

— Ici, ça ira.

René et Marcel sortirent le Bancal du coffre et le jetèrent au bas du talus qui dominait le chemin après l'avoir sorti du manteau et de la toile à matelas.

— C'est qu'il est lourd ce cochon ! murmura Marcel, ce qui fit rire Blondeau.

Jean, qui s'était approché du corps, se contenta de dire :

— Retirez-lui son futal. On le jettera un peu plus loin avec la toile et le manteau sur le bord de la route.

Il prit la main gauche inerte du Bancal et retira la bague de son annulaire.

— Il a plus besoin de tout ça, le Dom Juan de la Canebière.

Les deux autres sourirent par politesse sans avoir compris l'allusion aux films de Pagnol à l'affiche dans les salles parisiennes depuis des années.

Jean referma la veste du Bancal et avec son briquet brûla légèrement le trou laissé sur le vêtement par la lame de sa baïonnette. Il se fit la réflexion qu'il n'y avait rien de plus humiliant pour un homme que d'être habillé, mais sans pantalon. Il revint à la voiture.

— Allez, on taille la route.

Il redémarra et revint sur ses pas en marche arrière. Il manœuvra de manière à se retrouver à nouveau sur la nationale 7, mais cette fois-ci, en direction de Paris.

Il se remit à siffler.

— Alors, les gars, pas de question ?

Les autres se turent, ne sachant si cette interpellation ne cachait pas un reproche pour une erreur qu'ils auraient commise pendant l'opération.

— Le coup du briquet sur la veste… reprit Jean. Bon, je vous explique : j'ai brûlé le trou d'entrée de ma lame pour faire croire à un coup de feu, histoire d'embrouiller le légiste. Marrant, non ?

Bouche en avant, René Blondeau et Marcel Jardet hochaient la tête en signe d'admiration.

JEUDI 29 AVRIL

— On s'est fait griller par quasiment tous les journaux, râlait Noguès.

— C'est pourtant pas faute de vous avoir prévenus au journal ! geignit Adrien. Résultat, aujourd'hui chez nous, on annonce la découverte du cadavre alors que depuis hier, *Le Petit Parisien* connaît le nom du type.

— M'en parle pas. La vache ! Il suffit que je prenne deux jours de congé derrière un week-end pour aller voir mes vieux, pour que ça foire !

Noguès rejeta la pile de journaux d'un geste rageur.

— On est nuls ce matin ! On ne fait que reprendre ce que tous les concurrents ont écrit hier.

— Avec en plus un gros mensonge, puisqu'on dit que les deux promeneurs ont trouvé le corps hier matin, mardi, alors que c'était lundi. On a l'air fins vis-à-vis des collègues !

Leur conversation fut interrompue par un jeune type qui se présenta devant Noguès et lui tendit une enveloppe.

— Merci, mon ami. Vous direz à Buron que je lui revaudrai ça.

Le coursier disparut sans dire un mot.

— C'est quoi cette enveloppe ? osa Adrien.

— J'ai récupéré en douce un cliché du cadavre, auprès d'un collègue du *Petit Parisien* à qui j'avais rendu le même service du temps où je travaillais à *L'Huma*.

— Bien joué…

— Comme tu le vois, dans le métier de journaliste, un bienfait n'est jamais perdu… Enfin, pas toujours.

Adrien se leva.

— Bon, pour le reste, je n'ai rien noté d'important.

— Attends ! T'en va pas… Je vais te montrer la photo du type sur les lieux du crime.

Il regarda le cliché que lui tendit Noguès. On y voyait le corps du Marseillais tel qu'on l'avait hissé sur le talus.

— Si c'est pas une mise en scène entre voyous… fit Noguès.

Il reprit la photo.

— Sans doute des maquereaux, ajouta-t-il. Il n'y a qu'eux pour faire des trucs pareils. À tous les coups, on va trouver une fille.

— Une fille ?

— Oui, une prostituée qui a changé de mac, d'où la vengeance.

Noguès lui présenta une autre photo, le portrait d'un homme, qui se trouvait dans une pile de documents devant lui.

— Le gars qu'ils ont buté, Pierrot le Bancal, c'est lui.

Le cœur d'Adrien bondit dans sa poitrine. Ce crâne clairsemé, ce visage épais, cette fine moustache : c'était un type qu'il avait vu plusieurs fois à L'As de Cœur. C'est même lui qui l'avait bousculé un soir devant le vestiaire du dancing. Mince, c'était un gangster !

Pour dissimuler la peur qui le submergea, il ne trouva que l'artifice d'une quinte de toux, qu'il jugea très peu crédible.

— Qu'est-ce qui t'arrive Adrien ? Tu fumes trop, crois-moi.

— Tu as raison, fit Adrien en lui rendant la photo. Je vais ralentir.

— Fume la pipe… Ça dure plus longtemps.

— Euh ! oui…

Noguès reposa la photo sur une pile de papiers au coin de son bureau.

— Comme je te le disais, ce type fait partie de la pègre. Il avait déjà fait de la tôle pour des vols et des trafics en tout genre. Il était aussi proxénète. La totale. Ces gars-là, ils finissent toujours par trouver plus fort qu'eux.

Adrien en avait assez entendu. Tout cela lui flanquait une trouille à l'état brut, telle qu'il n'en avait jamais éprouvé. Et dire que Laetitia avait peut-être dansé avec ce Decormis alias Pierrot le Bancal ! Alors, si c'était le cas, elle était peut-être une… Qui était cette femme qui fréquentait des révolutionnaires antifascistes, des organisateurs de l'Exposition universelle, des proxénètes, des détectives privés, des ouvriers de l'est de Paris ? La liste semblait aussi interminable que variée. Et même, conclut-il, saisi d'un frisson d'angoisse, un étudiant en médecine.

VENDREDI 30 AVRIL

— Que se passe-t-il, Laetitia ? Vous vous cachez ou quoi ?

C'était Rouffignac, qui l'attendait à la sortie du métro Philippe-Auguste, à deux pas de chez elle. Elle resta figée, ne lui tendit pas la main alors qu'il avait esquissé le geste de tendre la sienne.

— Tout le monde se demande ce qui vous arrive.

Elle inspira un grand coup, comme pour se donner de l'air ou du courage. Mais resta silencieuse. Elle voulut reprendre sa marche en direction de la rue Pierre-Bayle toute proche, mais Rouffignac la retint du bout des doigts à la manche de sa veste d'été.

— Je suis fatiguée, Georges. Vous voyez comme il fait encore chaud alors qu'il est plus de 6 heures. Vous pouvez imaginer la température dans une usine comme Maxi avec les fours qui marchent et les verrières du toit qui transforment les ateliers en véritables serres.

Elle reprit sa marche. Rouffignac l'accompagna jusqu'au passage clouté.

— Georges, cessez de me coller comme ça. On pourrait jaser. Et je tiens à ma réputation. N'oubliez pas que je ne m'affiche ici qu'avec Gabriel.

Elle s'empressa de préciser pour éviter toute ambiguïté :

— Et ailleurs aussi !

— Laetitia, vous savez bien que personne n'imagine que vous avez une relation autre que liée au travail avec un homme comme moi. Surtout de mon âge.

Ils traversèrent tous deux le boulevard et se retrouvèrent assis dans la salle du café qui faisait l'angle avec la rue Pierre-Bayle. Ils prirent tous deux un sirop d'orgeat et une carafe d'eau fraîche. Rouffignac décida de passer outre à la mine boudeuse de Laetitia.

— Vos amis italiens m'ont alerté. Vous ne répondez plus à leurs sollicitations. Mieux, même, vous avez bousculé Silvio qui assurait ce jour-là une surveillance discrète près de chez vous.

— Il m'espionnait, vous voulez dire ! Pour m'impressionner sans doute, car je n'ai rien à cacher.

— Soyez prudente.

— Je le suis tellement que j'ai fui chez mon frère.

— Et je ne retire rien de ce que j'ai dit à l'époque sur ce M. Jeantet… Mais là, ce sont les Italiens.

Laetitia se raidit.

— Les Italiens je les connais, j'en fais mon affaire. Et quant à Gabriel, laissez-le en dehors de ça. Il n'est pas ce que vous dites. C'est un homme courageux qui n'hésite pas à me défendre.

Rouffignac sortit des coupures de journal de sa poche. Il déplia une d'entre elles.

— Cet article est paru avec cette photo hier soir.

Laetitia lut le titre sur deux colonnes : ASSASSINAT DE FONTAINEBLEAU : QUI A TUÉ PIERROT LE BANCAL ?

Elle reconnut Decormis dans le portrait illustrant l'article. Soudain, les forces l'abandonnèrent, elle se tassa sur sa chaise en s'appuyant de ses mains sur le bord de la table. Il lui présenta une autre feuille de journal, plus grande, pliée en quatre. On y voyait la photo d'un corps allongé sur un sol en pente, les jambes dénudées vers le haut. Les derniers mots de Gabriel dimanche soir – « chère Laetitia, vous ne serez plus importunée » – remontèrent en elle comme une nausée.

— C'est arrivé quand ?

— Dimanche, d'après le médecin légiste.

Ainsi donc, Gabriel était à l'origine de tout ça. Il l'avait tendrement embrassée après lui avoir annoncé qu'un homme venait d'être assassiné sur son ordre.

Rouffignac reprit les feuilles de journal et les replia prestement comme s'il voulait les cacher au plus vite du regard de Laetitia.

— Mes amis au sein de la police pensent que Pierre Decormis a été victime d'un règlement de comptes. Ils soupçonnent un individu du nom de René Blondeau, alias le Balafré. Comme vous le constatez, tous ces bandits se pavanent avec des surnoms qu'ils revendiquent fièrement la plupart du temps.

Cette révélation réconforta quelque peu Laetitia. « Si c'est ce Balafré l'assassin… Mais comment Gabriel pouvait-il être au courant ? »

Comme Laetitia semblait murée dans ses pensées, Rouffignac sortit une photo cartonnée de sa poche intérieure de veste.

— Vous le connaissez ?

— Oui, je le reconnais. Avec un autre type plus jeune, ils me filaient ces derniers temps d'après ce que m'a dit Silvio. L'autre soir, ils m'ont suivie.

— Vous leur avez parlé ?

— Non.

Rouf soupira.

— Laetitia, j'ai eu l'ambassade qui vous demande instamment de reprendre contact avec Silvio.

— Pour l'instant, je réfléchis à tout ça. Je préfère ne plus avoir de relation avec eux. On verra dans quelque temps.

— Mais pourquoi, Laetitia ? La mission qu'on vous a donnée, je ne la connais pas précisément, mais Silvio m'a dit qu'elle était importante pour le gouvernement italien. Elle n'est pas terminée.

— J'ai dit à Silvio que le couple que je dois surveiller est parti en voyage, d'après leur concierge. Ils n'ont laissé aucun renseignement sur leur destination.

— Mais rien n'empêche de reprendre contact avec ces gens dès leur retour.

— Non ! Figurez-vous qu'hier matin, j'ai entendu à la radio qu'on avait retrouvé un homme mort dans la forêt de Fontainebleau. Je n'y ai pas fait vraiment attention, d'autant qu'on ne donnait pas son nom. À moins qu'on l'ait donné sans que je l'aie entendu. Mais aujourd'hui, après ce que vous m'avez dit…

Elle prit le journal, s'obligea à bien regarder les photos et alla en page 3 où un article apportait des précisions. Arrivée au milieu de sa lecture, elle le replia brusquement et le reposa sur la chaise vide à côté d'elle.

Face à elle, Rouffignac essayait de comprendre tout ce que l'attitude de Laetitia recelait de non-dit.

— Vous avez lu comme moi !

Comme Rouffignac donnait l'impression de ne pas comprendre, elle ajouta, d'un ton excédé :

— Ne me dites pas que l'épée ou la baïonnette ne vous rappellent rien ! Ce Decormis a été tué d'un coup de couteau ou de baïonnette ! Je ne vous dirai qu'un seul mot de plus : Navachine !

— Navachine ? Quel rapport ?

— À l'époque, je surveillais cet homme pour votre compte.

— C'était une affaire qu'on m'avait confiée.

— Oui, et Navachine, ce banquier russe, a été assassiné trois jours après que vous m'avez dit que ma mission était terminée parce que les renseignements que j'avais récoltés sur cet homme étaient suffisants. Un monsieur si aimable...

— Laetitia, je crois...

— Laissez-moi parler. Et comment est mort Navachine ?

Rouf' resta silencieux.

— D'un coup de baïonnette ! fit-elle d'une voix au bord de la rupture. Un coup de baïonnette comme le gangster de dimanche. C'est bizarre, non ?

— ...

— Alors que ce soit bien clair. J'aime l'Italie pardessus tout. Est-ce que j'aime Gabriel ? Maintenant, je sais plus. Je vous aimais, j'aimais mon frère Riton... Lui je l'aime toujours... Mais maintenant basta ! Et ce n'est pas une décoration de plus comme celle que vous m'avez fait obtenir de la part de vos amis de la ligue républicaine du Bien public qui changera quelque chose : je ne veux plus servir d'appât pour que des assassins utilisent mes renseignements.

L'arrivée du serveur, venu demander s'il pouvait encaisser car son service se terminait, mit un terme au propos vindicatif de Laetitia. Le garçon lui adressa un regard complice dans lequel elle crut lire une opinion du genre « laissez-le tomber, il est trop vieux pour vous ». Elle lui rendit son sourire et reprit la pleine possession d'elle-même. Et c'est avec une froideur totale qu'elle poursuivit quand ils furent à nouveau seuls :

— Ni vous, ni Silvio, ni l'ambassadeur ou même des personnes plus importantes ne me feront reprendre du service pour espionner Rosselli et sa femme.

Il voulut parler, mais Laetitia l'en empêcha :

— Renseignez-vous, Georges. Tout ce que je peux vous dire, c'est que ce sont des gens très bons. Je ne veux pas les voir tous les deux transpercés par une baïonnette, qu'elle soit tenue par vos amis ou ceux de Jeantet. Peut-être d'ailleurs avez-vous les mêmes. Avec les Italiens aussi, si ça se trouve ! Et moi, au milieu de tout ça ! Quelle cruche je suis !

Rouffignac prit le bras de Laetitia. Il protesta vivement de sa bonne foi, si bien que les consommateurs assis aux tables voisines se tournèrent vers eux.

— Laissez-moi ! s'énerva Laetitia d'une voix étouffée.

— Pardonnez-moi. Mais vous m'accusez à tort car si je voulais vous parler aujourd'hui, c'était pour vous mettre en garde contre Jeantet.

Laetitia le regarda, interdite, craignant une nouvelle qui viendrait rendre encore plus noires les idées qui l'assaillaient ces derniers jours.

— Le crime est signé, fit Rouffignac d'une voix apaisée. Je connais un sinistre individu qui manie volontiers cette arme. Je vous ai déjà parlé de lui… Souvenez-vous ! Quand j'évoquais les mauvaises fréquentations de Jeantet, je vous avais parlé de son ami Jean Filiol, un militant de la Cagoule…

« Jean Filiol… » Laetitia ne réagit pas, comme étrangère à la présence de Rouffignac. Son esprit allait d'un personnage à l'autre : le Bancal, Gabriel, Navachine, Jean Filiol, Rosselli… Elle eut l'impression qu'un puzzle sanglant se construisait autour d'elle, un jeu dont elle était depuis des mois, sans s'en douter, la pièce maîtresse.

SAMEDI 1er MAI

Le 1er mai, c'est la poisse : la plupart des bistrots rideau baissé, le métro au ralenti, les épiceries et les boulangeries ouvertes le matin seulement, les magasins fermés. Adrien, qui suivait avec avidité les articles consacrés à l'affaire Decormis, était resté sur sa faim car peu de journaux paraissaient ce jour-là. Il lui faudrait encore attendre pour savoir le nom des assassins. Hélas, sa frustration avait continué car dans les jours suivants, les journaux avaient quasiment cessé d'évoquer l'affaire. Comme si l'enquête s'était soudain évaporée.

Adrien s'en était ouvert à Noguès qui lui avait simplement dit : « Les flics ne disent plus rien, à croire que tout cela cache quelque chose. »

Le mois de juin qui s'annonçait correspondait aux examens. Adrien décida de donner un coup de collier afin de ne pas tout rater. Il ne tenait pas à retrouver son père en affichant un bilan catastrophique de cette quatrième année de médecine, « l'année clé » de son cursus, lui avait-il dit, sans qu'il ait très bien compris en quoi elle s'avérait plus déterminante que les autres. Qu'importe son père finalement. Adrien se dit qu'après tout, il pourrait se faire à ce travail de médecin même si son père le fatiguait avec ses discours où revenaient sans cesse les mots « vocation », « bonne cause », « générosité » et « amour du prochain ».

Il n'avait nul besoin de tout ce fatras de bons sentiments pour aimer le métier de médecin. On y gagnait bien sa vie et il lui permettrait de retourner vivre dans son Sud natal entre mer et montagne, dans une grande ville à quelques minutes de la campagne et, de plus, dans un cadre naturel sain.

Il résolut de prendre ses distances avec tout ce qui avait constitué sa vie ces derniers mois. Il n'avait plus qu'un rendez-vous, le dernier avec Laetitia pour cet après-midi de danse à Maisons-Alfort. Il lui montrerait qu'il était devenu un homme. Et en homme, il lui proposerait de finir la soirée ensemble. Qu'ils fassent l'amour ou non pour clore cette journée, il lui dirait, en homme, quelque chose du genre : « Merci pour tout et adieu. »

Il sourit à la pensée que fort de cette expérience avec une amante d'un tel niveau, il allait acquérir une vraie aisance avec les femmes. Désormais, dans ce domaine, il ne craindrait plus rien ni personne. Comme Gabin, il laisserait les femmes lui tomber dans les bras. Tranquille…

SAMEDI 15 MAI

Pendant deux semaines, Laetitia refusa obstinément tout contact avec ce qui la rapprochait de l'univers de l'espionite. Elle avisa l'ambassade qu'elle abandonnait sa filature de Rosselli. « Il n'est plus à Paris et ne m'a jamais adressé le moindre courrier », avait-elle dit à Silvio, qui l'avait relancée plusieurs fois pour qu'elle reprenne ses activités. Elle n'avait pas cédé malgré les menaces voilées contenues dans un mot où ne figuraient ni le nom de l'expéditeur – l'ambassadeur lui-même vraisemblablement – ni son nom à elle. On lui disait que le « comte C. » avait beaucoup misé sur elle, qu'elle s'était engagée solennellement au nom de la patrie, etc.

Prise de peur, elle avait fini par expliquer, dans une lettre qu'elle avait confiée à Silvio, qu'elle ne pouvait se rendre disponible en mai car elle devait soigner sa couverture en répondant aux sollicitations de son patron, M. Dalit. Il envisageait de la faire travailler à l'Exposition internationale que les Parisiens et l'ensemble de la presse populaire avaient rebaptisée, non sans un brin de prétention, « Exposition universelle ». Elle avait bien conscience de n'avoir réussi qu'à repousser l'échéance. Le problème ne manquerait pas de se reposer dans quelques semaines. Mais en attendant, elle voulait vivre.

Elle avait rompu avec Jeantet le samedi 1er mai. Elle avait prétendu être indisposée quand il s'était présenté rue Pierre-Bayle pour l'emmener passer un week-end au Touquet. Elle ne lui avait pas ouvert. Comme il ne voulait se résoudre à accepter cette excuse dont il présumait qu'elle n'était qu'un prétexte, elle lui avait glissé un mot qu'elle avait préparé à son intention sous la porte.

Il était resté silencieux une poignée de secondes, occupé à lire sa lettre. Ensuite, elle avait entendu ses pas décroître dans la cage d'escalier. Elle avait attendu que le bruit du moteur caractéristique de la Panhard lui indique qu'il était en train de repartir pour ouvrir la porte. La lettre était là, froissée, sur le paillasson.

Elle l'avait ramassée et s'était enfermée à double tour. Elle était allée à sa fenêtre. En bas, la rue était déserte. Elle s'était laissée tomber sur son lit et avait éclaté en sanglots.

Elle était restée dans cette position jusque vers midi. Elle avait dû s'assoupir car elle fut réveillée par la concierge qui venait encaisser le loyer de la première quinzaine de mai.

— Le loyer ? Mais quel jour on est ?

— Samedi.

— Samedi ? Quel samedi ?

— Le samedi 15 mai voyons !

Laetitia mit quelques secondes avant de réaliser que l'on n'était pas le 1er mai, et que tout ce qu'elle avait vécu ce jour-là datait de plus de quinze jours. Elle avait dû faire un somme et revivre cette journée en rêve. Un mauvais rêve.

TROISIÈME PARTIE

DIMANCHE 16 MAI 1937

La station de métro Porte-Dorée grouillait comme un jour de semaine en cette fin de dimanche de Pentecôte. La journée belle et chaude avait incité les Parisiens à aller flâner au bois de Vincennes. Les enfants tenaient encore à la main des ballons frappés de publicités qu'ils regardaient avec fierté en se promettant, une fois arrivés à la maison, de remplacer le manche en fil de fer rigide par une ficelle afin de les alléger et leur permettre de monter dans le ciel. Mais il faudrait faire appel aux mains expertes de papa ou maman pour opérer cette substitution sans laisser échapper le gaz.

Seule une portion du quai, en son milieu, se trouvait quasiment vide de voyageurs dans la direction de Balard. Parmi eux, un jeune officier accompagné d'une jolie femme. Au moment où la rame s'arrêta, cette dernière se tourna vers une vieille dame avec qui elle avait lié la conversation :

— On va être à l'aise, il n'y a qu'une personne dans le wagon de première. Il n'y a que trois jeunes femmes qui attendent à l'autre porte. Avec nous ça fera six.

Le soldat, qui portait le képi à parements cramoisis des officiers de santé, attendit que la rame soit totalement immobilisée avant d'actionner le loquet d'ouverture de la porte.

— Tiens, je ne vois plus la passagère.

Le militaire ne prit pas le temps de répondre parce qu'il avait vu la femme s'effondrer au moment de la secousse de l'arrêt. Il se précipita et la vit sur le sol, encore coiffée de son petit chapeau blanc.

Le cri strident poussé par la compagne du jeune lieutenant alerta le chef de station. Il courut vers le wagon de première. D'autres cris se firent entendre, si bien que de nombreux voyageurs sortirent sur le quai. Le machiniste fit de même en attendant les instructions.

À bord du wagon, le cercle des curieux grossissait autour du corps gisant dans une mare de sang.

— Regardez, elle a un couteau enfoncé dans le cou !

Un vieux monsieur qui en avait déjà trop vu alla s'asseoir sur une banquette. Il était tout pâle.

— Je t'avais dit de ne pas regarder, lui lança d'un ton de reproche son épouse.

Elle prit place à ses côtés en rajustant son chapeau de paille noir.

— Écartez-vous, intima le militaire au cercle de curieux. Elle n'est peut-être pas morte !

Il retira le couteau sans que la malheureuse ne manifeste aucun signe de vie. Il s'écarta et observa le filet de sang qui s'écoulait doucement de la plaie. Il lâcha d'une voix atone, comme pour lui-même :

— La jugulaire a été sectionnée. Il n'y a plus rien à faire pour elle.

Un murmure horrifié fit suite à ses paroles.

— Appelez un médecin ! cria une voix sur le quai.

— Il y en a déjà un, répondit un homme qui se tenait à la porte du wagon proche du siège de la morte, dans l'attitude de celui qui prend les choses en main pour empêcher la foule de se précipiter sur le lieu du drame.

Sans qu'on sût qui les avait alertés, deux agents de ville apparurent au bout du quai. Avec force coups de sifflet, ils ordonnèrent aux personnes massées devant le wagon de première de circuler. Ce que nombre d'entre elles interprétèrent comme une injonction à quitter les lieux.

L'officier de santé salua les deux gardiens. Il se tourna vers sa jeune compagne :

— Notre présence n'apportera plus aucun secours pour cette femme. Venez, ma chère.

Et il sortit du wagon sous le regard plein de respect des curieux encore présents sur le quai. La vieille dame qui avait lié conversation avec le couple en fit de même, si bien que des six personnes ayant découvert le corps en montant dans le wagon, il n'en restait que trois, les jeunes femmes restées à l'écart de la foule qui avait envahi le wagon de première, pour répondre aux enquêteurs.

LUNDI 17 MAI

— Le mieux est de garder cette affaire pour nous.

Baillet, le commissaire du quartier de Picpus où se trouvait la station de métro Porte-Dorée, rajusta ses lunettes et se gratta le front au passage.

— Pour nous ? Vous voulez dire sans en référer à la presse ?

Georges Badin, le patron de la police criminelle, opina du chef sans regarder Baillet afin de maîtriser parfaitement ce qu'il avait à dire.

— Non, ça serait perdre son temps, depuis ce matin tous les flics du 36 sont harcelés de questions par une meute de journalistes.

— Ils n'ont pas perdu de temps…

— En effet.

— Écoutez, Baillet, ces journalistes, parlez-leur sans donner l'impression de vouloir leur cacher quoi que ce soit, mais pas un mot sur ce que je vous ai dit à propos de cette Laetitia Toureaux. Et pour bien montrer que nous ne la connaissions pas avant son meurtre, nous lui donnerons le prénom de « Yolanda » qui figure en premier sur ses papiers. Enfin, n'en faisons pas trop tout de même, on dira « Yolande ».

Baillet fit un signe de tête montrant qu'il avait compris.

— Quant aux proches, filtrez surtout les déclarations de son frère Henri – Riton pour les intimes, comme on dit – car à notre connaissance il en sait long sur les activités souterraines de sa sœur.

— Je l'ai vu hier soir. Il était effondré.

— Ne vous y fiez pas. Ces Italiens passent d'un état à l'autre. Ils sont dangereux parce que prompts à chercher à se venger et surtout à jouer les bravaches en disant n'importe quoi sous le feu de la colère.

Badin se leva, signe que l'entretien était terminé. Baillet en fit de même et serra la main que lui tendait son supérieur.

— On reste en contact, dit Badin. Notre enquête a mal démarré sans que nous y soyons pour quelque chose puisque les deux agents et le chef de station ont laissé filer les principaux témoins, à la fois la plupart de ceux qui ont découvert le corps et ceux qui se trouvaient dans les autres wagons.

— Pourquoi les autres wagons ?

— À travers les vitres, ils auraient pu voir entrer ou sortir l'assassin dans la voiture de première.

— Bien sûr, consentit Baillet. Je suis sur la piste du médecin major. Je n'ai pu interroger que trois témoins ayant découvert le corps, ceux qui étaient encore là quand je suis arrivé une demi-heure après les faits. À la décharge des deux policiers et du chef de station, nous devons reconnaître qu'un assassinat dans le métro est une première.

— Bien d'accord avec vous, fit Badin. À l'avenir, il faudra qu'on établisse une sorte de protocole des mesures à prendre si un tel cas se reproduisait pour sauvegarder les lieux du crime et empêcher les témoins de filer.

Badin posa une main amicale sur l'épaule de Baillet et ajouta avec un cynisme qui sembla l'amuser :

— Pour une fois, l'incompétence des policiers de base pourrait avoir du bon.

Baillet ne comprit pas très bien le double sens que semblait vouloir donner Badin à cette expression. Il se contenta d'acquiescer d'un petit mouvement de tête.

— On ne vous reprochera pas de piétiner ce cher confrère, poursuivit Badin.

Il ajouta avec le sourire de celui qui aime les plaisanteries ambiguës :

— Et soyez sûr d'une chose, je prendrai sur moi… les réussites de votre enquête.

***

En accord avec la police, la direction du métro parisien avait décidé de garder la rame 382 telle qu'elle était au moment du crime. Mais on ne pouvait la laisser stationnée sur le quai de Porte-Dorée, sauf à interrompre le trafic de la ligne. Aussi l'avait-on conduite sur une voie de garage de la tête de ligne à la station Porte-de-Charenton.

Le commissaire Baillet se rendit sur les lieux à pied. En arrivant, il vit une dizaine de journalistes et de photographes massés devant la bouche du métro.

Il ne leur dit rien mais ne les dissuada pas de le suivre quand il franchit le barrage de police destiné à empêcher les Parisiens de se rendre sur le quai de réserve de la station où était garée la rame du crime. En son milieu, le wagon de première dans lequel on avait trouvé le corps sans vie de Laetitia était là, portes ouvertes, comme s'il était en attente de voyageurs. Quelques flics en civil devisaient sous les néons en fumant des cigarettes.

Baillet les salua et se tourna vers les représentants de la presse :

— Messieurs, vous pouvez pénétrer dans le wagon pour y faire des photos. Ensuite, je pourrai répondre à toutes vos questions.

Baillet et ses inspecteurs rejouèrent, pendant cinq minutes à l'intention de la dizaine de photographes présents, les gestes qui furent les leurs la veille au soir lors de l'enquête. Les reporters en tirèrent des photos qui firent la une de tous les journaux du lendemain. La plus sensationnelle montrait les policiers penchés sur une tache de sang au pied du siège occupé par Laetitia.

Baillet se mua même en metteur en scène de spectacle en présentant à la presse trois jeunes femmes qui étaient montées à bord du wagon en même temps que le médecin major, sa compagne et la vieille dame, mais par l'autre porte.

— Ces dames sont les premiers témoins du drame, avait-il dit. Elles ont bien voulu répondre à nos questions dès hier soir et ce matin, nous avons encore des tas de choses à voir avec elles.

Les flashes crépitèrent. Baillet répondit ensuite aux questions. Il indiqua que les trois autres témoins ayant découvert le corps, parmi lesquels le médecin militaire, étaient activement recherchés.

On passa en revue quelques aspects de l'enquête comme l'arme du crime : un simple couteau de marque Laguiole, fabriqué dans le Midi.

— Selon les premières constatations du légiste, la mort a été foudroyante et peut-être même paralysante si la moelle épinière a été atteinte, précisa Baillet. Nous aurons les résultats de l'autopsie complète très bientôt.

— Quand ? demanda le chœur de journalistes.

— Le moment venu.

Ces explications devant le wagon du crime terminées, les journalistes filèrent, les uns au 3 de la rue Pierre-Bayle pour interroger la concierge et les voisins de la victime, les autres au dancing L'Ermitage à Maisons-Alfort, où elle avait passé l'après-midi du dimanche. Les dernières heures de sa courte vie.

MARDI 18 MAI

À la vue d'Adrien qui entrait dans son bureau du journal *Ce soir*, Noguès leva sa main droite, poing fermé, et déplia trois doigts l'un après l'autre.

— Samedi, dimanche, lundi ! Et retour le mardi matin, juste avant midi : ça fait presque quatre jours de vacances ! Tu te la coules douce pendant qu'on court dans tous les sens depuis dimanche soir.

Adrien se laissa tomber sur le siège face à Noguès.

— J'ai profité du lundi férié.

— Humm... T'as vu le truc énorme !

— Oui, ce matin en arrivant à Austerlitz. Tous les journaux en sont pleins... C'est une grosse affaire.

— Je veux ! Mais je sens qu'il y a plein de trucs que la police nous cache dans cette enquête.

— Pourquoi tu dis ça ?

— Bécasse ! Le retard à l'allumage dimanche soir. La femme se fait poignarder à six heures et demie, mais les flics ne disent pas un mot.

— Normal, c'est dimanche de Pentecôte.

— Sauf que des gens ont appelé les journaux. Par chance, j'étais en train de casser la croûte avec les copains de l'atelier, quand on m'a téléphoné. Du coup j'ai foncé au métro Porte-Dorée. Mais macache pour entrer ! Sur les grilles fermées, il y avait un panneau écrit à la main indiquant que la police donnait rendez-vous à la presse le lendemain lundi à 9 heures à la station Porte-de-Charenton. Résultat : on a préféré attendre comme tous les confrères.

Adrien alluma une cigarette. Il regarda les unes des différents journaux du matin réunis en un tas informe sur le bureau. Il reposa le dernier exemplaire sur lequel il s'était attardé. C'était *L'Excelsior*, qui se proposait de répondre aux interrogations que se posait le public par une enfilade de questions : « Vengeance ? Folie ? À quel mobile a obéi l'assassin fantôme qui a poignardé la jeune veuve ? »

Sous une série de photos représentant la mère et la sœur de Laetitia sortant des locaux de la police, le commissaire Baillet et le couteau du crime, un schéma reprenait le parcours minuté de Laetitia entre le dancing L'Ermitage et la station Porte-Dorée.

— C'est du lourd, hein ! fit Noguès.

Adrien se contenta d'un « pfut ! » d'étonnement à peine murmuré.

— Comme tu dis ! Cette Yolande-Laetitia Toureaux, elle a l'air spéciale !

— Comment ça ? fit Adrien, inquiet.

— Ben t'as déjà vu ça, toi ? Une femme ouvrière d'usine qui voyage en première classe ? Parce que je t'ai pas dit, elle bosse dans une usine de cirage à Saint-Ouen où on est allés ce matin.

Le téléphone sonna. Noguès décrocha et à mesure que son interlocuteur parlait, des paroles dont Adrien ne percevait que des bribes de sons nasillards, il s'exclamait à intervalles réguliers : « C'est pas vrai ! Non ! C'est pas vrai ! »

Adrien mit à profit cet intermède pour respirer un grand coup. Il voulait être prêt à affronter tout ce que Noguès allait lui dire sur Laetitia sans trahir ses émotions.

— Ah la vache ! En plus elle était la préférée du patron, peut-être même sa poule. C'est ce que vient de me dire Gilbert qui est là-bas, chez Maxi à Saint-Ouen.

Adrien encaissa la nouvelle sans broncher. Il mit quelques secondes avant de manifester un sentiment plausible aux yeux de Noguès.

— En effet !

Il se trouva bien médiocre comédien, mais Noguès n'eut pas l'air de relever.

— Cette Yolande ou Laetitia, elle se fait poignarder sans que personne n'ait rien vu. Dans le métro à 6 heures du soir ! Incroyable, non ?

Se rendant compte qu'il avait un peu forcé sur le raccourci de la situation, Noguès concéda en rigolant :

— D'accord pour le 6 heures du soir, un jour férié, j'ai un peu forcé la réalité…

— N'empêche, fit Adrien, heureux de pouvoir reprendre la conversation sur un ton dégagé. Tu as raison. Tuer quelqu'un dans le métro sans témoin, c'est fort !

— Tu l'as dit. Mais Rougerie et moi, on a des billes pour trouver la solution.

L'évocation de Gilbert Rougerie, le journaliste spécialiste des affaires criminelles dont il savait qu'il n'avait pas son pareil pour pénétrer dans la vie des gens, contraria Adrien. Ce type était capable de remonter jusqu'à lui dans son enquête sur Laetitia.

Comme mû par un désir de relativiser le travail de Rougerie, il chercha dans la pile des journaux du jour en se contentant de lâcher un « attends » à l'intention de Noguès.

Il trouva enfin ce qu'il cherchait.

— T’as vu dans *Le Petit Parisien*, ils ont fait un plan de la rame un peu comme dans *L’Excelsior*. C’est très parlant, ça…

— Ouais, convint Noguès, ces salauds, ils ont toujours une longueur d’avance. Nous, ce matin, on a la photo des trois femmes ayant découvert le corps. Mais ce qu’il nous faudrait pour demain, c’est la photo de l’espace entre le wagon de première et celui de seconde. C’est là le nœud de l’affaire ! Crois-moi.

***

Au même moment en ce mardi matin, Baillet, le commissaire du quartier de Picpus, s’entretenait avec le commissaire principal Badin au téléphone.

— J’ai fait le tour de la presse, fit Baillet.

— Moi aussi… et c’est bien, laissa tomber Badin d’une voix neutre.

Ce manque d’enthousiasme inquiéta Baillet.

— Il fallait bien que je leur donne des os à ronger… Pendant qu’ils échafaudent toutes sortes d’hypothèses sur la manière dont l’assassin a fui, ils n’iront peut-être pas trop fouiller dans la vie de Mme Toureaux.

— Hum, approuva mollement Badin. N’y croyons pas trop. En attendant, je vais mettre Rouffignac au parfum.

— Rouffignac ?

— C’est un ancien de la maison qui a ouvert une agence de détective privé.

— Ah ! je vois. L’agence Rouf.

— Les Renseignements généraux travaillent parfois avec lui, histoire de ne pas se mouiller dans certaines affaires.

« Et aussi pour passer outre aux consignes de Marx Dormoy, le ministre de l’Intérieur du Front populaire, de ne pas espionner les syndicats et les partis républicains », pensa Baillet.

— Je ne vous fais pas un dessin… poursuivait Badin.

— Inutile.

***

— Pour la rame 382, c'est fini. Les flics l'ont rendue à la régie du métro.

— Pourtant, il nous faudrait absolument une photo des soufflets du sas entre les wagons de seconde classe et celui de première.

Noguès se retint d'en dire davantage car il n'était que l'assistant parmi d'autres de Gilbert, mais il avait envie de lui reprocher son manque de réactivité aux questions que posait l'enquête.

— À croire que tu étais présent au speech que Baillet a fait hier aux journalistes, fit Rougerie d'un air amusé. Il nous a fait tout un topo là-dessus et ce matin il a nous donné un crobard.

— Un quoi ?

— Un croquis, si tu préfères.

Il sortit de sa poche d'imper une feuille pliée en quatre de la taille d'un papier à lettres. Elle sentait encore l'alcool qui avait servi à son impression. Le dessin en bleu représentait la rame de cinq wagons : deux de seconde classe, un de première et les deux derniers de seconde. Le sens de la marche était représenté par une flèche.

— Depuis un accident au début du siècle, il a été décidé de créer des sas de communication entre les voitures de manière à permettre aux passagers de se réfugier dans un des wagons à côté du leur en cas d'incendie entre deux stations.

— C'est bizarre, cette insistance du commissaire pour quelque chose qui me paraît sans mystère…

Noguès parut surpris que Rougerie juge que la fuite du meurtrier soit de si peu d'importance. Il poursuivit néanmoins :

— Je ne sais pas ce que vous a dit le commissaire Baillet, mais ça vaut le coup de se pencher sur cette question qui intrigue nos lecteurs.

— Hum, fit Rougerie sans enthousiasme. Bon, je te résume ce que nous a dit Baillet. Dans une première hypothèse, l'assassin a tué Laetitia durant le trajet entre Porte-de-Charenton et Porte-Dorée. Il aurait pu quitter le wagon discrètement Porte-Dorée. C'est peu probable parce que les six personnes étant montées à bord se seraient souvenues de l'avoir vu descendre, surtout après la découverte du crime.

— Peu probable, mais pas impossible…

— Tout est possible, approuva Rougerie, un brin ironique.

Il prit le temps d'allumer une cigarette.

— Je ne t'en offre pas ? Je suppose que tu ne t'es pas mis à fumer au cours du week-end ?

— Allez, dis-moi la suite, s'impatienta Noguès.

— La deuxième hypothèse, plus crédible, est la suivante : l'assassin tue la femme au départ de la Porte-de-Charenton. Après que la rame a démarré, il ouvre la porte de communication qui permet de passer d'une voiture à l'autre. Il reste dissimulé dans le sas et arrivé Porte-Dorée, il sort de sa cachette en pénétrant dans la voiture de seconde. Ensuite, le gars sort sur le quai et se mêle à la foule sans que personne ne fasse attention à lui.

La moue dubitative de Noguès fit sourire Rougerie :

— Je vois que tu n'es pas convaincu. Effectivement, entrer dans la voiture de seconde de cette manière sans que les passagers restés à l'intérieur n'aient rien vu paraît un peu tiré par les cheveux... Néanmoins, c'est possible. Lors d'un arrêt, l'attention des passagers se tourne plutôt vers le quai que vers l'intérieur du wagon.

Rougerie consulta les notes qu'il avait prises sur un cahier d'écolier noir à la couverture cartonnée.

— Effectivement, tout ça, ça fait beaucoup de circonstances improbables, fit-il d'un ton agacé. Tout ce bel édifice de suppositions ne tient pas la route. Les choses doivent être plus simples que ça.

— Peut-être que la solution est dans le croquis de la rame. On devrait le publier, non ? Avec la photo de l'espace entre le wagon de première et celui de seconde, ce serait une bonne illustration de ce que tu viens de m'expliquer.

Noguès attendit la réaction de Rougerie, conscient qu'il avait quelque peu outrepassé ce qu'un spécialiste des faits divers de son expérience pouvait accepter en matière de conseils de la part d'un novice.

— Tu n'as pas tort, Henri, concéda finalement Rougerie. On peut accrocher le lecteur avec cette fausse énigme dans la vraie. Effectivement, la photo dont tu parles montrerait comment l'assassin a pu passer d'un wagon à l'autre. Il faut préciser aussi que la porte du wagon à l'avant était verrouillée parce qu'elle donnait sur un poste de pilotage dans le wagon de seconde qui le précédait.

— Comment ? Un poste de...

— Laisse tomber ! Le fait est que durant le trajet entre Porte-de-Charenton et Porte-Dorée, l'assassin n'aurait pu emprunter que la porte arrière pour quitter le lieu de son forfait, ce qui limite les témoins à interroger.

— Eh bien voilà, fit Noguès. Il faudra en parler aux enquêteurs.

Rougerie émit un petit rire ironique.

— Sauf que les flics arrivés sur les lieux en premier après la découverte du crime ont été tellement bons qu'ils ont laissé partir tout le monde.

— Ah, les bourrins !

Cette exclamation de Noguès fit sourire Rougerie. Il prit la pile de journaux.

— Je vais jeter un œil sur ce que disent les confrères. Je vais développer le truc des wagons et on va demander à la technique d'insérer le dessin. Je vais envoyer un photographe prendre une photo sur un sas séparant les wagons dans la première station venue. Tant pis si ce n'est pas celui de la rame 382. Un sas est un sas, non ?

— Bonne idée, fit Noguès.

— Allez, on se met au boulot.

— Attend, fit Noguès. Je suis sûr que tu as une autre idée plus crédible sur la manière dont l'assassin s'est évaporé ?

La contrariété disparut du visage de Rougerie pour laisser la place à une forme d'excitation.

— Le gars n'est jamais allé en métro jusqu'au premier arrêt Porte-Dorée.

— Tiens donc…

— Pour moi, voilà comment ça s'est passé : Yolande Toureaux et l'assassin arrivent ensemble Porte-de-Charenton où la rame est stationnée en attendant le départ. Ils se disputent, sans doute à voix feutrée puisqu'on ne les a pas remarqués. Elle entre dans le wagon de première et s'assoit, non pas sur une banquette, mais sur un siège individuel pour signifier à l'homme qu'elle ne veut plus rien savoir de lui. Le type perd ses nerfs, il sort un couteau et la plante. Ensuite, il quitte le wagon où personne n'est encore monté. Une fois sur le quai, soit il monte en seconde comme le gars qui s'est trompé après être entré en première, soit il sort de la station et ciao la compagnie !

***

Le Gros et le Petit étaient occupés à lire la presse dans un couloir du troisième étage, au 36 quai des Orfèvres, quand le commissaire Badin fit son apparition.

— Excusez-moi les gars de vous avoir fait attendre.

Les deux flics échangèrent un regard qui voulait dire « qu'est-ce qui lui prend, au patron, de s'excuser ? ». Ils suivirent Badin jusque dans son bureau.

— Vous avez vu les journaux ?

Sans attendre la réponse, Badin leur posa une autre question :

— Toujours pas de nouvelle de votre Apache ?

— Toujours rien, fit le Gros. Il n'est pas venu à nos rendez-vous depuis plus de trois semaines.

— Depuis l'assassinat de Pierrot le Bancal, lui et le Balafré se sont mis au vert, compléta le Petit.

— C'est bien la preuve qu'ils ne sont pas tout blancs dans cette affaire, compléta son collègue.

Badin regarda le foyer de sa pipe et sortit un briquet amadou de sa poche. Il en rajusta la mèche et finit par renvoyer un épais nuage de fumée qui sentait à la fois le miel et le tabac.

— Bon, il va falloir user des grands moyens et leur mettre le grappin dessus à ces deux oiseaux. Ils pourront nous aider à tirer au clair l'exécution du Bancal.

Il prit un temps de réflexion avant d'ajouter :

— Je vais rappeler les gendarmes des bleds où habitent les parents de ces deux tordus. Qu'est-ce que vous en pensez ?

Le Petit approuva :

— C'est la meilleure chose à faire. Blondeau et son copain l'Apache vont peut-être essayer de trouver refuge dans la famille, et pourquoi pas chez papa et maman, quand ils auront fait le tour de leurs planques.

— Il y a des chances, fit le Gros. Cela dit, chef, je vois pas trop pourquoi Blondeau aurait voulu tuer le Bancal. Ils étaient en affaire et, apparemment, il était bien payé.

Badin se contenta d'un « hum » en tirant sur sa pipe.

— Moi non plus à vrai dire. Je penche plutôt pour la trouille. Nos deux clients doivent être dans le cirage et pas trop comprendre ce qui est arrivé au Bancal… Et puis il y a le cas de Laetitia Toureaux. Pourquoi est-ce que le Bancal leur demandait de la suivre pour arriver à localiser un Rital ? Parce qu'un assassinat politique se prépare ? Rien que pour ça, il faut les serrer au plus vite pour les faire parler.

Le Petit, qui se sentait coupable de n'avoir pas réussi à obtenir le nom de l'Italien vers lequel Laetitia devait les mener, intervint :

— À ce propos, patron, quand on regarde les opposants à Mussolini en France qui sont dans le collimateur des fascistes, il y a quelques noms qui reviennent. On en a relevé cinq. Ce sont des gens instruits qui écrivent dans les journaux antifascistes paraissant en France. C'est parmi eux que nous essayons de savoir lequel cette Mme Toureaux connaissait. Peut-être que ce n'est pas Rosselli.

Badin haussa les épaules et, sans accorder plus d'importance à la suggestion de son inspecteur, il entreprit d'extraire une feuille dactylographiée d'une pile de documents posés sur un coin de son bureau.

— Qui est l'auteur de ce chiffon ? fit Badin.

— Moi, répondit timidement le Petit.

— Intéressant, le rapport, mais question connaissance de la machine à écrire, c'est à mourir de rire. Et pour ce qui est de l'orthographe, c'est du niveau enfant de 6 ans et demi.

Le Gros se fendit d'un petit rire que Badin parut ignorer.

— Plus sérieusement, j'ai lu que ce que vous dites sur Filiol. Bon travail.

— Merci, patron, fit le Petit. On a vérifié, Filiol connaît très bien Gabriel Jeantet dont on sait qu'il avait une liaison avec la Toureaux. C'est une collègue de travail de Laetitia, une dénommée Marlène, qui a fini par lâcher le morceau. On lui a bien expliqué qu'elle devait garder ça pour elle. Reste à savoir si elle saura tenir sa langue. En tout cas, d'après ce qu'elle nous a dit, personne n'est au courant de l'existence de ce Jeantet dans l'entourage de Laetitia. Sauf peut-être Rouffignac. Badin se fendit d'un « Ah ! celui-là ! » sans que les deux inspecteurs puissent savoir évaluer les parts d'admiration et d'agacement que recelait cette remarque.

— C'est bien, messieurs, émit Badin entre deux nuages de fumée. Je confirme de mon côté pour Jeantet. La concierge de Mme Toureaux m'a dit avoir parlé une fois à un homme dont elle ne connaissait que la voiture, une Dynamic Panhard qui ne passe pas inaperçue. C'est celle de Jeantet. Je l'ai menacée de la coffrer pour obstruction à l'enquête si elle la ramenait à ce propos devant qui que ce soit, et particulièrement les journalistes.

— Elle avait la santé, la jolie veuve… fit le Petit.

Un léger froncement de sourcil désapprobateur fut la seule réponse du commissaire à cette remarque un rien grivoise.

***

René le Balafré tournait en rond dans la pièce du rez-de-chaussée de la maisonnette de garde-barrière occupée par ses parents, à quelques kilomètres de Dezize-lès-Maranges, son village natal de Saône-et-Loire.

Ses vieux, qui n'avaient plus reçu de ses nouvelles depuis deux ans, tombèrent des nues en le voyant sur le pas de la porte.

« D'lavou donc qu'te viens ? » lui avait dit sa mère dans son français mâtiné de patois morvandiau, partagée entre l'émotion de revoir « son gars » et l'inquiétude que suscitait chez elle cette arrivée imprévue. « De Paris », avait simplement répondu René en lui claquant deux bises.

Le père, assis dans un fauteuil en osier, avait levé les yeux de *L'Auto*[1], le seul journal qu'il eût jamais lu, et repris sa lecture en maugréant à sa femme : « Si ce mauvais sujet est là, c'est qu'il a encore fait des couanneries. »

René n'avait rien répondu. Pas la peine de se fâcher avec le paternel, ancien cheminot qui avait son fils en piètre estime depuis qu'il avait appris qu'à Paris, il

1. À la Libération, le quotidien *L'Auto*, inventeur du Tour de France, changera de nom pour faire oublier sa ligne éditoriale collaborationniste et deviendra *L'Équipe*.

avait fait de la prison. Un déshonneur pour un employé consciencieux comme lui qui avait toujours travaillé sérieusement sans demander rien à personne pour subvenir à ses besoins. Depuis qu'il était à la retraite, il ne quittait son fauteuil que pour entretenir son potager attenant à la maison et aller pêcher dans la Cosanne.

Oui, mieux valait arrondir les angles et profiter de quelques jours de repos après trois semaines de cavale au cours desquelles il avait changé quatre fois de planque.

— Les gendarmes sont venus deux fois, lui lança le vieux d'un ton de reproche. Ils cherchent après toi.

René attendit la suite un long moment avant que sa mère finisse par dire :

— Ton père leur a expliqué qu'on t'avait fichu à la porte. J'crois ben qui z'ont compris.

À la question : « T'es don v'nu à pied ? », il répondit qu'il avait laissé sa voiture dans un garage de Chagny, le temps de faire la révision des freins.

— Le mécano me gardera la voiture pour quelques jours… Je leur ai dit que j'étais dans les assurances et que devais aller à Dijon en urgence. Il m'a cru, vu que je me suis mis un costume.

Le père leva la tête :

— C'est don' ça. J'croyais que t'allais à la noce.

Pendant cette conversation, la mère de René essuyait la vaisselle qui égouttait dans l'évier. Elle s'interrompit et lui demanda d'une voix forte :

— Quéqu'don qu'tas encore fait à c't'heure pour dire toutes ces menteries ?

— Pour une fois, rien d'mal m'man.

Désireux de ne pas prolonger la conversation, René résolut d'agir sur la corde sensible de la mère en posant quatre billets de 100 francs sur la table recouverte d'une toile cirée usée jusqu'à la corde.

— C'est pour la pension !

Ses deux parents avaient compris que c'était aussi le prix de leur silence au cas où les gendarmes reviendraient.

***

Rue de Châteaudun, chez Riton, Rouffignac tenait une réunion des membres de la famille de Laetitia qui savaient tout ou partie de ses activités parallèles. Il y avait là Riton, bien sûr, sa femme Odile, et Simone la sœur de Laetitia accompagnée de son mari Henri Barlaud. Laetitia faisait parfois appel à lui afin de profiter en toute discrétion de son taxi. Virgile, l'autre frère de Laetitia, était venu seul, sa femme Anne étant retenue au café rue des Vertus.

Rouffignac rappela à tous comment des amis de Jules, le défunt mari de Laetitia, l'avaient contacté :

— Ils m'ont seulement demandé d'user de mes relations pour lui trouver un travail. Comme je connaissais M. Dalit, le patron des établissements Maxi à Saint-Ouen, je l'ai orientée là-bas. Mais il fallait attendre qu'une place se libère, alors j'ai proposé à Laetitia de travailler pour moi à des filatures très banales : des maris infidèles ou des femmes adultères. Voilà comment elle est entrée dans le métier de détective privé.

Rouffignac continua son récit tout à la gloire de Laetitia, « la plus efficace de toutes les femmes qu'il avait rencontrées dans le métier ». Si douée même qu'il l'avait recommandée à ses amis de l'ambassade d'Italie pour lesquels il accomplissait ponctuellement des missions de renseignement.

— M. Dalit l'a ensuite embauchée comme promis pour remplacer une ouvrière syndicaliste qui créait une mauvaise agitation dans l'usine.

Odile secoua la tête d'un air de réprobation.

— Pour faire la moucharde ! fit-elle de sa petite voix. C'est pas joli tout ça…

Le ton de la remarque qui contenait un reproche explicite à son encontre n'échappa pas à Rouffignac. Il la regarda droit dans les yeux.

— Écoutez, Odile, jamais il n'a été question de cela. Peut-être était-ce le vœu de M. Dalit, mais il ne m'en a jamais rien dit. Et surtout, jamais Laetitia ne m'a fait part d'une exigence de ce genre venant de lui. La meilleure preuve est que Laetitia s'était fait de nombreuses amies dans l'atelier d'emballage où elle travaillait. Dans les usines, les mouchards, comme vous dites, ne font pas illusion longtemps. Ils ont tôt fait d'être démasqués.

— Justement, répliqua Simone, la sœur de Laetitia, du tac au tac. Elle était très douée, comme vous dites… Trop douée sans doute.

Sa remarque teintée d'ironie fut suivie d'un lourd silence, troublé seulement par les bruits de la rue qui arrivaient par la fenêtre ouverte. Riton, sentant que Rouffignac perdait pied face à la rancœur de la famille qui le rendait responsable de la vie pleine de périls dans laquelle il avait engagé Laetitia, prit la parole.

— Personne n'a obligé Laetitia à agir comme elle l'a fait. Pour Rouffignac, elle n'a accompli que des missions banales. À l'usine, elle était simplement une ouvrière sérieuse, une amie de tous. À L'As de Cœur, une femme joyeuse qui se faisait un peu d'argent tout en s'amusant.

Riton se tourna ensuite vers Rouffignac pour ajouter :

— Quant à l'ambassade, Georges, vous serez d'accord avec moi pour dire qu'elle y était considérée comme une femme vertueuse agissant pour le rayonnement de notre belle Italie et, à ce titre, elle était sous la protection des plus hautes instances de l'État.

Rouffignac, qui avait retrouvé toute sa force de conviction, appuya les dires de Riton :

— Donc, ne cherchons pas de ce côté ni la cause, ni les auteurs de l'assassinat de Laetitia.

— Mais où alors ? fit Simone dans un sanglot.

MERCREDI 19 MAI

Blondeau emprunta la bicyclette de son père et se rendit au bourg de Chagny pour appeler Marcel à partir du café situé sur la place. Il lui téléphonait régulièrement pour garder un œil sur la conduite des affaires qu'il lui avait confiées. Trois semaines que cela durait et Marcel, tout pote qu'il était, pourrait avoir envie de se mettre à son compte en lui piquant son blé.

Il avait changé son costume-cravate pour un pantalon de toile et une chemise sans manches plus adaptés au quotidien de la campagne et à la chaleur de cette mi-mai. La clochette qui tinta quand il ouvrit la porte du bistrot attira les regards des quatre anciens qui tapaient le carton près de la fenêtre. L'endroit sentait la vinasse et le tabac. À une table juste à l'entrée, deux clients de passage, sapés comme des milords, discutaient devant deux verres de bière. La salle du restaurant attenante au bar ne tarderait pas à se remplir car la route nationale 6 déversait aux heures des repas son lot habituel de transporteurs en bleu de travail et de voyageurs de commerce cravatés.

René consulta sa montre : neuf heures et quart. Il était un peu en avance sur l'horaire auquel il appelait Marcel. Il s'installa au comptoir et commanda une chopine de beaujolais.

L'atmosphère du café, les voix chargées de l'accent du terroir où les « r » résonnaient comme des roues de charrette sur le pavé le remirent dans l'ambiance de sa jeunesse bourguignonne. De la fratrie dont il était le petit dernier, il ne restait personne au pays. Ses deux frères étaient partis travailler au Creusot à soixante-dix kilomètres de là. Comme ils n'avaient pas de voiture, autant dire qu'ils ne rendaient pas souvent visite aux parents. Quant aux deux sœurs, elles étaient dans l'Allier où elles s'étaient placées dans des fermes. Elles s'étaient mariées mais donnaient peu de nouvelles. « On les voit pas souvent », avait dit son père quand il avait demandé de leurs nouvelles. Sans qu'on sache si c'était par fatalisme ou sous l'effet d'une douleur enfouie au fond de lui-même, il avait lâché : « Chacun sa vie » et était retourné à la lecture de la page cyclisme du journal *L'Auto*.

« Quand tout ça sera fini, résolut Blondeau, avec l'argent que j'ai mis de côté, j'organiserai une grande fête pour les congés payés d'août et j'irai chercher les frères et sœurs et leur marmaille pour faire un plaisir à la mère. »

L'esprit traversé par des vibrations presque euphoriques, il se versa un verre de vin et s'empara du *Bien public* qui était posé sur le comptoir. Il le déplia. La photo de Laetitia au milieu de la première page lui sauta au visage. Il lut le titre : « LA MORT MYSTÉRIEUSE DE LA JEUNE ET ÉLÉGANTE ITALIENNE POIGNARDÉE DANS LE MÉTRO ».

***

La journée du mercredi fut tendue à *Ce soir*. Une fois de plus, le journal avait un temps de retard sur les principaux concurrents. Louis Aragon, le patron de la rédaction, ne s'était pas manifesté, mais chacun des journalistes travaillant sur l'affaire Toureaux s'attendait à une remontée de bretelles.

— Salut, Henri.

— Hummm… émit Noguès, occupé à fouiller un des tiroirs de son bureau.

— Ben, c'est pas la joie on dirait ! C'est à cause de l'orage ?

Adrien ne parut pas attendre de réponse à la question qu'il venait de lancer. Il se défit de sa veste qu'il pendit au portemanteau.

— La vache ! Je suis trempé. J'entre au bistrot prendre un café sous un beau soleil et dix minutes plus tard c'est le déluge.

Le coup de tonnerre qui fit trembler les vitres vint donner une illustration sonore à ses dires. Il prit place sur le siège face au bureau et posa sa serviette sur ses genoux.

— Quoi de neuf ? se contenta de demander Noguès tout en calant une feuille de papier dans sa machine à écrire.

— Des choses… T'as l'air contrarié ?

— Pas plus que ça…

Adrien sortit un paquet informe de coupures de journaux et entreprit d'en extraire une tout en longueur. Il la posa devant Noguès.

— C'est à cause de ça ?

Noguès examina le morceau de la une de *L'Excelsior*, un quotidien qui faisait ses choux gras du moindre fait divers. Une photo montrant un plan rapproché de l'espace entre le wagon de première et celui de seconde de la rame 382 était coiffée d'une titraille abondante sur deux colonnes. Sous un surtitre en majuscules et souligné, LE MYSTÈRE DU MÉTRO, on pouvait lire sur une dizaine de lignes dans différentes polices de caractères :

Si Mme Toureaux
a été assassinée
entre les stations
de Porte-de-Charenton et de Porte-Dorée,
comment le meurtrier
a-t-il pu disparaître
du wagon du crime ?

Les techniciens répondent :

EN SE CACHANT SUR LES TAMPONS
ENTRE CE WAGON ET LE SUIVANT

Noguès contenta d'émettre un « j'ai vu, tu penses bien ».

— Je ne veux pas enfoncer le clou mais…

— … En l'occurrence, l'interrompit Noguès, tu pourrais dire enfoncer « le couteau dans la plaie ».

— Amusant… Ma question est : pourquoi on n'a pas cette photo de l'espace entre les deux wagons ?

Noguès poussa un grand soupir de dépit avant d'expliquer :

— Rougerie l'avait demandée, mais le photographe a voulu absolument aller sur le quai prendre la photo de la rame 382, sur la voie de garage Porte-de-Charenton. On l'avait prévenu que la police en interdisait l'accès, mais il se croyait assez malin pour faire la photo quand même. Arrivé sur place, il s'est fait jeter méchamment. Un agent et les gars du métro lui ont dit : « Le cinéma est fini. »

Adrien reposa les coupures de presse d'un geste d'agacement.

— Le con ! Il n'avait qu'à aller dans n'importe quelle station et prendre une photo de n'importe quel soufflet entre deux rames et c'était bon.

Cet arrangement avec la vérité, venant d'Adrien, surprit quelque peu Noguès.

— D'accord, concéda Adrien, ça n'aurait pas été la vraie rame et les vrais wagons, mais dis-moi, est-ce que le lecteur en aurait pâti ? Non !

Il resta silencieux le temps que Noguès vienne enfin à bout de l'opération consistant à caler les marges de la machine à écrire. Il passa ensuite en revue les coupures de presse.

— C'est sûr qu'on a eu du cinéma, comme diraient les gars du métro. Les flics ont laissé les photographes prendre des photos d'une reconstitution du crime avec un mannequin.

— Un mannequin ? s'étonna Adrien qui avait, bien évidemment, vu les photos.

— Pas un mannequin de vitrine, une vraie femme qui joue le rôle de la Toureaux. C'est même Absalon, un journaliste de chez nous, qui jouait le rôle de l'assassin. Une chose ressort de ça : l'assassin était décidé. Un vrai pro !

— Comment ça ?

— Avec un simple couteau Laguiole, il tue la femme net, d'un seul coup. La précision et la force sont diaboliques. Un coup de maître.

— Bien sûr…

Noguès regarda Adrien, étonné du manque de conviction de ce « bien sûr ».

— Tu n'a pas l'air convaincu ?

— Si, si… fit Adrien en forçant le ton. C'est évident.

— À ce propos, pour les flics, ce crime au couteau est signé : notre homme est un Italien ou un Catalan…

— Un Catalan ?

— Oui… Un Espagnol, quoi ! Mais attention, le policier qui a confié ça à Rougerie lui a demandé de garder cette information pour lui, afin de ne pas gêner l'enquête. Ce crime serait lié à la guerre en Espagne que ça ne m'étonnerait pas.

— C'est une hypothèse comme une autre, tarda à répondre Adrien, troublé par cette révélation.

Il parvint à enchaîner au plus vite, d'une voix presque maîtrisée :

— Et ce soir, on reprend la main ?

— Affirmatif. Rougerie a décidé de mettre le paquet sur les proches de Yolande-Laetitia Toureaux. Et comme je le connais, il va ramener du lourd. Il est allé interroger les voisins.

— Hier, il est déjà allé où elle habite, rue… je sais plus…

— Rue Pierre-Bayle, compléta Noguès. C'est à Ménilmontant. Oui, il a interrogé la concierge. En fait, la vieille n'avait rien d'intéressant à dire, mais bon… Ça fait riche dans notre page de ce matin.

Adrien lui tendit la main que Noguès serra chaleureusement.

— Bon, alors à demain, Adrien.

— À demain, Henri…

— Eh ! l'interpella Henri au moment où il sortait du bureau.

— Oui…

— Pas un mot sur cette histoire de Catalan.

***

Le commissaire Badin consultait ses notes en vue du rapport quotidien qu'il adressait sur une feuille de papier libre, sans en-tête, au ministre par la voie hiérarchique. Le patron des Renseignements généraux avec lequel il venait de s'entretenir s'était montré sceptique quant à l'arme du crime.

Les conclusions du légiste rejoignaient celle du chef des RG : tuer en plantant le couteau quasiment à la verticale de haut en bas à la base du cou de la victime tenait du miracle. Un tueur professionnel aurait plutôt égorgé sa cible. Il aurait aussi pu choisir de toucher le cœur en la poignardant dans le dos ou dans la poitrine, même si la longueur de la lame de ce Laguiole ne donnait pas les meilleures assurances pour réussir pleinement dans son entreprise.

Badin soupira en secouant la tête : de quelque côté qu'on prenne la chose, un vrai tueur aurait utilisé une arme à feu dans un endroit dégagé permettant une fuite aisée. Pas dans une station noire de monde comme c'était le cas dimanche soir Porte-Dorée, selon les employés de la station et tous les témoins. Qui plus est, une station dont il était difficile de sortir puisque un seul escalier était ouvert au public. Et pour finir, comment prévoir qu'il n'y aurait personne dans ce wagon ? Une aubaine…

Non, un exécuteur en mission ne laisse pas le hasard guider le lieu et le moment où il doit agir. La probabilité d'avoir affaire à un homme décidé à tuer Laetitia Toureaux, qui la suit et qui attend un moment propice, n'était pas nulle, mais elle était peu crédible.

Tous ces éléments mettaient à mal l'hypothèse d'un tueur professionnel, comme par exemple un Italien envoyé par les services de Mussolini pour éliminer un agent encombrant. Et c'était tant mieux. Il fallait appuyer là-dessus devant la presse.

Il relut une note émanant de l'ambassade de France à Rome signalant que *La Stampa*, le quotidien de Turin, avait consacré un entrefilet à l'affaire Laetitia. Un mot écrit à l'encre dans la marge demandait de transmettre cette traduction de l'article « à qui de droit ». Badin sourit à la pensée qu'il était, au bout de la chaîne, le fameux « à qui de droit », auquel revenait de faire un bon usage de ce texte tapé à la machine à écrire.

Grande émotion à Ajax
Aoste, nuit du 18.
La mort tragique à Paris de Yolande Toureaux, née à Ajax et qui fut résidente dans cette commune où demeure encore son père, a provoqué une grande émotion dans la vallée. L'opinion des parents de la victime est que ce crime trouve son origine dans les rapports d'argent entre la victime et la famille de son défunt mari, un riche commerçant parisien.
La victime émigra dans sa jeunesse en France et retournait chaque année à Aoste pour passer l'été dans la commune et a laissé là un souvenir plein de considération. Il semble que la jeune veuve avait l'intention de conclure un nouveau mariage avec un compatriote, et ce projet avait aiguisé la dissension avec la famille du défunt mari.
Note du traducteur : Ajax est sans doute l'autre nom d'Oyace, un village de deux cents habitants au nord de la ville d'Aoste où est née Mme Toureaux car Ajax ne figure sur aucune carte. Autre possibilité, mais peu probable : la ville d'Ajas qui se trouve au fond d'une vallée à quatre-vingts kilomètres du lieu de naissance de Mme Toureaux.

Le commissaire resta pensif. Rien d'étonnant à ce qu'un journal piémontais ayant le Val d'Aoste dans sa zone de diffusion rende compte de l'assassinat d'une personne originaire d'un petit pays de montagne où tout le monde se connaît. Mais il ne faisait aucun doute que les autorités italiennes étaient à l'origine de cet article dans un pays où la presse était totalement sous le contrôle du Parti fasciste. Il était dès lors étonnant que l'article de *La Stampa* évoque des éléments fantaisistes comme le fait que Laetitia retournait dans sa région d'origine tous les ans, ou comme un projet de mariage, dont aucun de ses proches n'avait jamais parlé, et mette en cause la famille de Jules Toureaux, le mari décédé de Laetitia.

À croire que du côté des autorités italiennes, on voulait créer l'image emblématique d'une Laetitia Toureaux, née Yolanda Nourrissat, attachée à son pays natal et amoureuse d'un Italien. De là à suggérer que l'Italie lui rendait tout cet amour et n'avait aucune raison de la supprimer, il n'y avait pas loin.

Et puis cette façon gratuite d'accuser la famille Toureaux ! La ficelle semblait un peu grosse, mais d'expérience, Badin savait que les extrémistes, qu'ils soient fascistes, hitlériens ou staliniens, ne faisaient pas dans la finesse. « Plus c'est gros, plus ça passe, pensa tristement Badin. Si les Italiens tiennent tant à déclarer leur amour à Laetitia et à diriger les soupçons de la police sur le clan Toureaux, c'est qu'ils n'ont pas les mains très propres dans cette affaire. Pourquoi me transmet-on cette note ? Pour que je ferme le ban, pour que je ne crée pas d'incident entre la France et l'Italie. La boucle est bouclée. Vive l'amitié franco-italienne ! »

JEUDI 20 MAI

La nuit de Blondeau avait été agitée. Il n'avait pu trouver le sommeil tant la nouvelle de la mort de Laetitia l'avait secoué. Comme par un fait exprès, son trouble s'était accru du fait qu'il n'avait pu joindre Marcel au téléphone. Après trois tentatives à une demi-heure d'intervalle, il avait préféré en rester là, de manière à ne pas trop attirer l'attention du cafetier de Chagny. Pour comble, il avait parcouru les quatre kilomètres jusqu'à la maisonnette paternelle sous un orage de grêle.

Dans l'après-midi, il était retourné à Chagny sans pouvoir joindre Marcel. Rentré à la nuit tombante, il s'était installé à table à l'invitation de sa mère. Elle lui avait gardé de la soupe et une salade de pommes de terre, en ronchonnant que « c'était ma foi pas bien bon de manger à n'importe quelle heure ».

Pour se détendre, René avait pris *L'Auto*, le journal que son père, déjà couché, avait laissé sur son fauteuil. Tout en avalant son potage à petites gorgées aspirées bruyamment, il feuilletait le quotidien sportif. Au moment du fromage, il abordait l'avant-dernière page consacrée aux nouvelles diverses sans rapport obligé avec le sport. Et là, dans le coin en haut à gauche, il avait lu sur deux colonnes : « QUI A TUÉ LA JOLIE LAETITIA ? »

« Nom de Dieu ! » s'était-il exclamé. Même un journal de sport comme *L'Auto* parlait de l'assassinat de Laetitia Toureaux !

Dès son réveil, il annonça à ses vieux qu'il devait rentrer à Paris avant la fin de la semaine.

— Je partirai après manger. Je m'arrêterai chez l'oncle Jean à Vendenesse. J'ai envie d'aller pêcher dans l'Arroux un jour ou deux avant de continuer ma route.

Sans attendre leur réaction, il monta à l'étage dans sa chambre, en fait un recoin du grenier grossièrement aménagé avec pour tout meuble un lit étroit, un coffre à vêtements plein de vieilles frusques et une table de chevet sur laquelle trônait une lampe en faïence verte avec un abat-jour assorti.

Il s'assit sur la chaise de paille, sous la lucarne, et entreprit de relire à tête reposée les journaux qu'il avait achetés la veille au café-tabac. *Le Bien public* et *Le Courrier de Saône-et-Loire* consacraient de longs articles à l'affaire Laetitia. C'étaient quasiment les mêmes. À croire qu'ils avaient copié l'un sur l'autre. On y parlait de l'arme du crime en détail : un couteau Laguiole vendu dans le sud de la France et fabriqué à la manufacture de Thiers en Auvergne. On laissait entendre entre les lignes que le meurtrier avait dû l'acheter du côté de Toulouse ou de Montpellier où il était commercialisé car « à Paris, on en vend très peu ».

René rassembla ses affaires et les colla dans sa valise. Il y ajouta les journaux. Leur simple vue conforta sa résolution de se mettre au vert. En travaillant avec le Bancal qui s'était fait dessouder, il s'était déjà fichu dans un sacré pétrin, mais voilà que la femme qu'il lui avait demandé de suivre se faisait suriner dans le métro. En pleine heure de pointe près du bois de Vincennes !

Il s'assit sur le lit. Onze heures. Les vieux mangeaient à midi pile. Il décida d'aller chercher sa voiture avec le vélo de son père. La Berliet 944 était assez grande pour qu'il puisse ramener la bécane en l'attachant sur le marchepied.

Le garagiste allait fermer quand il se pointa.

— C'est fait, se contenta-il de dire. Finalement, les freins étaient pas si usés que ça…

— Peut-être, mais moi, j'aime voyager en sécurité.

— Ouais ! fit l'autre, un rien sceptique. Ça fera quand même 125 francs… Je vous fais une facture ?

— Pas besoin, répondit Blondeau en sortant les billets de son portefeuille.

Le mécano les recompta scrupuleusement et, regardant le vélo posé contre le mur, il dit, un petit sourire en coin :

— Vous êtes quand même pas venu de Dijon à vélo ?

Blondeau se souvint du bobard de la veille. Il opta pour un ton d'autorité afin de ne pas entrer dans un nouveau cycle de mensonges.

— Au lieu de poser des questions, aidez-moi donc à attacher le vieux clou à la portière ! Tenez, voilà 5 francs pour la peine !

Pendant que le garagiste s'affairait à fixer la bicyclette à l'aide d'une grosse ficelle, Blondeau demanda, fort du rapport d'autorité qu'il avait créé en sa faveur :

— Z'êtes pas d'ici, vous ?

— Non, c'est ma femme. C'est la veuve de l'ancien patron, M. Thévenet. J'étais son commis, alors comme elle était seule…

— Bien joué, fit Blondeau en ponctuant la phrase d'un clin d'œil.

— Mais…

— Assez discuté. Magnez-vous.

Une dizaine de minutes plus tard, il était de retour chez ses parents. Il gara la voiture derrière la maison, à l'ombre. Cette Berliet 944, il l'avait volée juste avant de fuir Paris trois semaines auparavant. Une belle voiture qui était montée facilement à cent à l'heure sur les lignes droites de la nationale 6.

Après le repas, il trouva des pots de peinture dans la remise de son père. Il changea les numéros de la plaque minéralogique en y remplaçant le R du « RD » des voitures immatriculées à Paris en un Q. Ce qui donnait « QD », le code du département de Saône-et-Loire.

Pour ne pas éveiller l'attention des gendarmes, il fallait éviter d'apparaître comme venant de loin, car on contrôlait plus facilement les étrangers que les gens du coin. « Quoi qu'il arrive, se dit-il, dans mon métier, il faut compter sur la chance. Mais quand on est cerné par les cadavres, mieux vaut ne pas tenter le diable et rester planqué. Surtout pas trop longtemps au même endroit. »

Le travail fini, il alluma une cigarette. C'était au moins la dixième de la matinée. À ce rythme-là, il allait tomber en panne avant de partir.

Ses pensées revinrent vers l'arme du crime. Un couteau de poche ! Pourquoi pas un canif tant qu'on y était ? À moins qu'on ait affaire à un crime d'amoureux commis par un Rital. « Tout le monde sait que ces gens-là ont tous un schlass dans la poche. » Cette idée le réconforta. Si c'était une affaire entre Italiens, cela ne le concernait pas. Malgré tout, il était plus prudent d'attendre que l'affaire se tasse pour remonter à Paris. Marcel lui avait dit que la voie était libre parce que les flics ne bougeaient plus à propos du meurtre du Bancal. Restait à espérer qu'ils en feraient bientôt autant pour le crime du métro.

***

Dans les locaux de *Ce soir*, l'affaire Laetitia reléguait au second plan les préoccupations politiques du moment. Certains rédacteurs, entrés au journal avec un esprit militant, s'étonnaient de cet engouement pour le fait divers si peu en adéquation avec les valeurs du socialisme révolutionnaire.

Leurs opposants dans ce débat feutré faisaient valoir que le crime du métro renvoyait au combat de classe que menaient sur le sol français les militants antifascistes italiens contre le régime autoritaire de Mussolini. Laetitia Toureaux apparaissait pour certains comme une espionne au service du Duce doublée d'une moucharde chargée de la surveillance des ouvriers syndicalistes. « Alors, pourquoi ne mettez-vous pas en avant de manière explicite cet aspect de l'affaire ? » se voyaient-ils reprocher par les tenants d'une ligne politique affirmée du journal.

Les journalistes de *Ce soir* et d'autres organes de presse y avaient bien entendu pensé car ils avaient été informés de cet état de fait supposé par la centrale syndicale CGT, expliquant que Laetitia Toureaux était l'œil du patron dans l'entreprise Maxi où elle avait remplacé une salariée militante. Les questions posées aux ouvrières travaillant avec Laetitia décrivaient une situation plus nuancée. Certes, Laetitia était très appréciée par la direction, mais elle n'avait jamais porté préjudice à ses collègues de travail. Elle était tout au contraire perçue comme une femme sérieuse, un peu fleur bleue question sentiments et très dame patronnesse à sa manière de faire la charité quand elle rencontrait un clochard.

Rougerie, Noguès et tous les journalistes qui travaillaient sur le meurtre de Laetitia restaient en retrait dans le débat interne à propos de la place du fait divers dans les pages du journal. Ils assumaient la complaisance toute bourgeoise avec laquelle ils traitaient ces affaires criminelles. Comment expliquer qu'ils se sentaient proches de leurs collègues de la grande presse parisienne comme *Le Petit Parisien*, *L'Excelsior* ou *Paris-soir* qui se nourrissaient de faits divers ?

— Désormais, Adrien, notre position est celle de journalistes avides de trouver la vérité sur un crime, plutôt que de rester dans les clous par rapport à la ligne du Parti.

Adrien chercha la forme que pourraient prendre les réserves à opposer à cette belle affirmation de Noguès. Dans l'instant, il ne trouva rien à dire de pertinent.

— Tu vois, poursuivit Noguès, notre journal est venu compléter *L'Huma*, afin d'amener un plus large public à s'informer au moyen de la presse communiste. Et pour ça, il nous faut de la bonne info et l'exploiter au mieux.

Tout sourire, Noguès sortit une feuille de papier de sa poche et l'étala devant lui après l'avoir aplatie de la paume de sa main.

— C'est quoi ?

— Un texte venu de Turin dont Badin a fort obligeamment informé la presse. On y explique que Laetitia avait annoncé son intention de se marier avec un compatriote et que cela avait fâché la famille de son ex-mari. De là à penser que c'est un crime familial…

— Ce ton ironique me fait croire que tu soupçonnes quelque chose de tordu là-dedans.

— Exact. Pour Rougerie qui connaît tout de l'affaire Laetitia, il y a anguille sous roche.

— Il croit que c'est un faux ? avança Adrien.

— Non. À sa demande, j'ai téléphoné à un bon copain flic au 36, qui m'a dit que l'origine du communiqué de Badin était un article paru hier matin dans un grand journal italien. Mais ça sent la manipulation. D'après ce que je sais de Laetitia Toureaux, c'était une coureuse qui couchait avec toutes sortes de types.

— C'est ce que Rougerie a écrit dans la dernière édition d'hier soir… Mais…

— Mais quoi ? fit Noguès, un rien contrarié. Tu n'es pas d'accord ?

Adrien regretta d'avoir dit ce « mais » qui le mettait dans l'obligation d'expliquer ses réserves et de s'exposer à un retour de bâton de la part de Rougerie. Tous au journal l'estimaient pour son savoir-faire professionnel. Ils ne lui reconnaissaient qu'un défaut : il ne souffrait pas la critique, surtout quand elle était fondée, ne serait-ce que partiellement.

Il entreprit de s'exprimer non sans avoir d'emblée dévalorisé son avis dès ses premiers mots :

— Je me trompe peut-être car vous connaissez le dossier mieux que moi, mais je trouve que ce que Rougerie écrit sur Laetitia, une femme qui serait menée par sa sensualité – c'est le terme employé –, n'est pas ce que j'ai compris d'elle à travers les témoignages.

Noguès sembla peser le bien-fondé de ce qu'il venait d'entendre.

— Quand même, elle couche avec un marin de Toulon, un soldat stationné près de la frontière allemande à Longwy, elle passe son temps dans les dancings… Avoue, Adrien, que ce n'est pas le style de vie d'une veuve qui s'apprête à se caser avec un Italien resté au pays !

— Pourquoi tu dis ça ?

— Tout le monde sait que les Italiens sont jaloux comme des poux.

Voyant qu'Adrien souriait, l'œil dans le vague comme s'il se racontait une bonne blague, Noguès l'apostropha.

— Ben quoi, c'est connu…

— C'est vrai que d'après ce que tu dis, elle donnait de quoi être jaloux, surtout à un Rital.

— Ah ! mon cher Adrien, tu me donnes raison. Ta Laetitia, c'était une coureuse !

***

Georges Rouffignac tirait nerveusement sur sa cigarette de tabac blond et renvoyait d'épaisses nuées blanches dans l'atmosphère confinée du bureau de Badin.

— Tu devrais fumer du foin, ce serait pareil que tes cigarettes hollandaises.

— Américaines ! rectifia Rouffignac.

— Si tu veux… Fume ta paille, moi je m'en tiens à la bonne vieille pipe de tabac gris.

Badin se cala dans son siège à accoudoir.

— Écoute, Georges, il va falloir passer aux aveux, si j'ose dire.

— …

— Je plaisante bien sûr. Mais tout ce que tu m'as dit sur Laetitia Toureaux va finir par sortir. Nous avons les journalistes sur le dos et déjà les bruits courent sur ce qu'elle faisait chez toi.

— Ce qu'elle ne faisait plus depuis longtemps. Sa dernière mission remonte au mois de novembre de l'année dernière.

— Justement !

Comme Badin ne semblait pas vouloir ajouter ce qu'il entendait par là, Rouffignac prit le parti de sourire d'un air entendu.

— Justement ? Eh bien, pour ce qui me concerne : rien.

— Mais encore… insista le policier.

— Allez, je te concède que je sais certaines choses d'elle.

Badin tira sur sa pipe et consulta une feuille posée sur son bureau avec attention, comme si tout à coup, la conversation ne l'intéressait plus. Rouffignac finit par rompre le silence.

— Pour ce qui est de la décoration dont tu m'as parlé tout à l'heure au téléphone, c'est la médaille de la ligue du Bien public.

— Mais encore…

— C'est une association qui comme son nom l'indique…

— Ou ne l'indique pas, interrompit malicieusement Badin. Précise, parce que j'en ai des échos pas très favorables.

— Ben…

— Ce ne serait pas par hasard des gens un peu d'extrême droite ? Du genre ligueurs comme le nom l'indique, justement…

VENDREDI 21 MAI

— Au fait, je n'ai pas vu ton assistant aujourd'hui.

— C'est vendredi, il a un examen toute la journée.

Noguès leva la tête et reprit :

— Bizarre que tu me parles de lui. D'abord, il n'est pas « mon » assistant, mais celui de toute la rédaction. Il nous économise la moitié du temps d'un journaliste pour une prime qui représente moins du quart d'un salaire.

— Arrête tes comptes d'apothicaire, rigola Rougerie. Ils font honte à notre journal qui prône la sociale.

— Je disais ça pour taquiner l'ardent communiste que tu es.

Ils partirent d'un petit rire complice tous les deux car il était notoire au journal *Ce soir* que Rougerie montrait une belle indépendance d'esprit en refusant d'entrer au Parti, alors qu'il devrait accepter d'en passer par-là s'il voulait faire carrière au sein du journal.

— Je n'ai rien contre ton copain Adrien, fit Rougerie, mais mercredi il est repassé au moment du bouclage de la dernière édition, non pas pour nous avertir de quelque chose, mais pour savoir ce que nous avions appris de neuf sur l'enquête.

— Tiens donc, s'étonna Noguès.

— Oui… Il avait l'air inquiet.

— Plutôt curieux… C'est peut-être qu'il est tout simplement passionné par l'énigme de l'assassinat de Laetitia Toureaux. Comme nos lecteurs, comme nous-mêmes.

— Humm, grogna Rougerie, peu convaincu. Quand je lui ai parlé de Barlaud, le beau-frère de Laetitia qui a précisé qu'il ne connaissait pas l'assassin, contrairement à ce que *Le Figaro* avait annoncé la veille, il m'a demandé s'il pouvait aller lire mon papier au marbre.

— Tiens donc… Hier, il ne m'a pas parlé de ça.

Gilbert Rougerie soupira. Il se pencha vers une pile informe de journaux et en sortit *Paris-soir*.

— Ils nous en mettent plein la gueule ce matin avec le roman de Laetitia. Sa rencontre avec Jules Toureaux, fils de bonne famille qui va tomber amoureux d'elle alors qu'elle n'est qu'une simple ouvrière dans l'usine de ses parents… La vache ! une page à l'eau de rose qui leur a sûrement fait doubler les ventes !

— Cela dit, tempéra Noguès, on ne peut pas être les meilleurs tous les jours.

— D'accord, mais de là à être mauvais… maugréa Rougerie.

Noguès rouvrit *Ce soir* et parcourut des yeux la page consacrée à l'affaire.

— Allez, Gilbert. Ce qu'on a fait de notre côté n'est pas si mal. Tu expliques que Laetitia vit au-dessus de ses moyens. Et puis, il y a la colonne avec l'interview du père de Laetitia qui vit en Italie. C'est pas mal quand on sait qu'on a lu dans un tas de journaux qu'il était mort à la guerre. En plus tu as la réaction du frère de Laetitia qui dit que tout ce que les journaux ont écrit sur les liens que Laetitia avait gardés avec sa famille en Italie sont de la pure fantaisie. Et je ne parle pas de ce garçon du patelin de Laetitia qu'elle projetait d'épouser !

— Oui, approuva Rougerie. C'est Jacques qui a réussi à avoir la réaction de Virgile sur ces informations qui étaient en fait la reprise d'un article paru en Italie. Sauf que…

— Sauf que quoi ? reprit Henri Noguès dans l'attente que Gilbert termine sa phrase laissée en suspens.

— Sauf que ça ressemble à de l'enfumage organisé par les Italiens. Le tout relayé par les flics du 36.

Rougerie sortit un paquet de Gauloises. Il en offrit une à Henri qui fit « non » de la tête.

— Tu vois, Henri, reprit Rougerie, on ne la fait pas à un vieux singe comme moi. J'ai l'impression que les flics font tout pour étouffer l'affaire. Quand on aura tout dit sur les circonstances du crime, sur l'absence d'indices et sur les problèmes de famille bidon, on se lassera de nous-mêmes et l'affaire tombera dans l'oubli. Regarde, certains journaux comme *L'Excelsior* ou *Le Petit Journal* ne font même plus d'appel en une sur l'affaire. Ils se contentent du minimum.

— Parce qu'ils n'ont rien !

— Non ! Parce que ce sont des charognards qui savent quand on est arrivé à l'os d'une affaire. Ensuite, ils passent à autre chose.

***

Le gouvernement du Front populaire, plus encore que ceux qui l'avaient précédé, exigeait de la police un maximum de protection pour les membres d'associations antifascistes ayant leur siège en France. Cela n'empêchait pas que certaines têtes d'affiche de ce milieu militant tombent régulièrement sous les balles des tireurs envoyés par les services secrets de Mussolini. Lequel Mussolini était ménagé par les diplomates français, afin de le maintenir dans le traité d'amitié signé deux ans plus tôt avec la France et la Grande-Bretagne à Stresa, sur les bords du lac Majeur. En cette année 1937, la hantise des anciens alliés de la guerre 14-18 était de voir l'Italie fasciste basculer dans une alliance militaire avec l'Allemagne nazie. La consigne du gouvernement était donc « pas de vagues avec l'Italie ».

Désabusé, Badin soupira à la pensée qui venait de le traverser : « À l'impossible nul n'est tenu ». Et pourtant, c'est bien ce qu'on attendait de lui…

Il relut en diagonale ses notes consacrées à Laetitia Toureaux : elle était italienne, naturalisée française par son mariage, elle multipliait les liaisons ces derniers mois, elle avait l'esprit aventureux, elle jouait sans doute les mouchardes pour le patronat dont les liens avec les ligues d'extrême droite françaises étaient de notoriété publique. Tout cela faisait qu'elle avait le profil idéal pour être un agent de Mussolini. Partant de là, qui l'avait éliminée et pourquoi ?

Il avait envoyé un inspecteur au domicile des Rosselli, rue Notre-Dame-des-Champs. La concierge lui avait dit que le couple et leur fille étaient partis en voyage, sans qu'elle sût la durée de leur absence, ni où ils étaient. Quand on lui avait montré la seule photo de Laetitia dont on disposait, en l'occurrence celle qui était publiée régulièrement dans tous les journaux, elle avait dit après mûre réflexion qu'elle ne saurait dire si elle avait vu cette femme se rendre chez les Rosselli. « C'est la morte du métro ? » Elle avait ajouté, sans même attendre une réponse à son interrogation : « Je n'ai jamais fait le rapprochement avec une personne que j'aurais déjà rencontrée ici… Mais vous savez, on voit tellement de monde… » À une autre question lui demandant si ces dernières semaines elle n'avait rien noté d'anormal concernant les Rosselli, elle secoua la tête en signe de dénégation quand son mari évoqua la visite d'un jeune homme venu rechercher le parapluie oublié par son père. « Ah ! oui, s'était-elle souvenue. C'était le lendemain d'une grande réception donnée par les Rosselli. » Elle avait donné la description de l'individu, un homme dans la vingtaine, bien vêtu, qui s'exprimait avec un accent. « Un Espagnol ou un Italien parce qu'il était mat de peau avec des cheveux bouclés. Il n'est pas revenu. »

Badin nota dans la marge de la note *qui ?* en se promettant de se pencher sur ce cas le moment venu. Pour l'heure il n'avait qu'un regret : ne pas pouvoir filer au Touquet comme il l'avait promis à son épouse en raison des contraintes de l'enquête. Badin se rendit compte qu'il avait besoin d'air depuis une semaine qu'il essayait de démêler l'écheveau du crime commis dans les profondeurs malodorantes du métro.

SAMEDI 22 MAI

On frappa timidement à la porte de sa chambre au Lapin Sauté à Brévannes. René Blondeau allait ouvrir, mais il se ravisa. L'oreille aux aguets, il attendit, la main droite sur la poignée, la gauche le long du corps tenant un couteau.

— Salut, René. C'est moi, fit une voix derrière la porte.

Le Balafré hésita un instant. Il finit par ouvrir, les muscles tendus, prêt à un éventuel combat.

L'Apache se tenait sur le palier. Seul. Souriant. Les mains en dehors des poches pour bien montrer ses intentions pacifiques.

— Nom de Dieu ! Qui t'a dit que j'étais là, Apache de mes deux ?

— Personne. Les Indiens comme moi, ils ont des dons de pisteurs, fit Émile d'un ton pince sans rire qui déplut à René. Quand j'étais petit, mon paternel m'avait emmené au spectacle de Buffalo Bill.

— Putain ! Le vrai ! s'extasia le Balafré.

— Ben non, c'était un spectacle pour enfants dans mon bled à Meudon.

— Enflure ! Tout ça…

— Oui tout ça te dit pas comment je t'ai retrouvé, coupa Émile. Simple déduction. Je suis revenu à l'endroit où je savais que t'avais déjà créché. Je me suis dit que tu y serais pt'ête encore.

René se versa un coup de blanc sans en offrir à Émile.

— Merde, je me rappelais pas que t'étais déjà venu ici.

Le Balafré mesura toute la gravité de la défaillance de sa mémoire. Il se rassura en se disant que « tous ces crimes autour de lui, ça faisait qu'à la fin, il perdait la boule ».

— Et la mère Marguerite, elle a pas tiqué quand t'as demandé à me voir ?

— Non… J'ai dit que je voulais parler à M. Jacques… C'est comme ça qu'elle t'avait appelé devant moi. Elle s'est rappelé que j'étais un de tes potes. Un gars réglo qu'elle s'est dit. Pas du genre à donner les copains…

Comme le Balafré le regardait d'un air songeur sans approuver ses paroles, Émile en remit une couche :

— Ben quoi ! On est des potes, malgré tout.

Ce « malgré tout » dérangea René. D'abord en raison d'une certaine recherche dans le langage qui ne collait pas à ce qu'il savait d'Émile. « Le peu que je sais de lui », rectifia-t-il en son for intérieur. Ensuite, parce qu'il lui rappelait qu'ils avaient eu une histoire qui s'était réglée au couteau.

— Qu'est-ce que tu veux ?

— Te parler.

Le Balafré gratifia l'Apache d'un regard soupçonneux.

— Les flics te recherchent. Et moi aussi si ça se trouve, fit l'Apache en s'appuyant sur le montant du lit. Rapport au Bancal… On dit que c'est toi qui l'as descendu.

— Qui, « on » ?

— T'as pas lu les journaux ?

Bien sûr qu'il les avait lus. D'abord chez ses vieux, ensuite chez son oncle à Vendenesse où il n'était resté qu'une nuit, et ce matin à l'auberge du Lapin Sauté.

— Et puis, il y a l'assassinat de la Toureaux, la gonzesse qu'on suivait, poursuivit Émile. T'imagines si les flics font le rapprochement entre les deux tueries ?

René émit un grognement en concentrant son regard sur le bout incandescent de la cigarette qu'il venait d'allumer.

— Écoute, René, tu veux que je te dise : le lien qui va sauter aux yeux des flics entre la mort du Bancal et celle de cette Laetitia, c'est nous !

Émile marqua une pause. Il n'en revenait pas d'avoir outrepassé ce qui était permis à un homme de main de dire à son chef dans ce milieu de la pègre qui fonctionnait selon un code hiérarchique très strict.

Le Balafré ne parut pas s'offusquer de l'audace de l'Apache. Il se leva et s'approcha de la fenêtre. Le parquet grinçait sous son pas lourd. La chambre donnait sur la route et permettait de voir les endroits où les voitures stationnaient devant l'auberge du Lapin Sauté. Il ne vit rien d'anormal.

— T'es venu comment ?

— Avec la camionnette Peugeot en face. Un pote à moi est resté à l'intérieur.

Le Balafré l'avait vue. À part elle, aucune automobile ne s'était arrêtée à côté des trois voitures à l'arrêt devant l'auberge. Il n'avait de cesse depuis son réveil de surveiller régulièrement les va-et-vient des véhicules.

— T'es sûr qu'ils t'ont pas suivi ?

— Certain. J'ai filé à pied à Châtelet, j'ai fait un tour d'une bonne heure dans le métro en changeant toutes les deux stations. J'ai pris un taxi jusque chez un gars que je connais aux Halles et comme il avait fini son taf, il m'a amené jusque-là. Autant te dire que ça m'a coûté la peau du cul.

Le Balafré écoutait attentivement ce que lui disait Émile. Il jeta un dernier coup d'œil sur les abords de l'auberge et revint à sa table. Il vida son verre de vin.

— C'est du muscadet. La réserve de la mère Marguerite. T'en veux ?

L'Apache chercha des yeux un verre, mais n'en voyant aucun sur la table ou sur l'évier, il se contenta de murmurer :

— Merci, plus tard.

— C'est toi qui vois, fit le Balafré comme s'il n'avait rien remarqué du dépit de l'Apache, et il se versa un nouveau verre. Tu as tort, ça désoiffe bien avec cette chaleur.

L'Apache essaya de ne rien trahir de sa colère intérieure. « Ce sale con se fout de ma gueule. Dire que j'ai tout fait pour ne pas le balancer aux flics. C'est vraiment un faux dur. Évidemment qu'il se planque chez la mère Marguerite. Il a pas un brin d'imagination. Et puis, si ça se trouve, avare comme il est, il a une affaire avec la mémé, histoire de pas payer sa chambre. La radinerie, c'est ça qui le perdra. »

— Eh ! Si t'as changé d'avis, l'enflure, y a des verres sous l'évier.

Cette soudaine attention troubla Émile qui se sentit un peu mal à l'aise d'avoir eu toutes ces pensées haineuses.

— Pas de doute, si les flics sont après moi, rapport à la môme Toureaux, c'est parce qu'ils savent qu'on la suivait.

— Remarque, ce que je disais était une forme d'hypothèse…

— « Une forme d'hypothèse », reprit le Balafré sur un ton d'imitation ironique. Comment tu causes maintenant. Abruti ! C'est évident qu'ils pensent que c'est nous qu'on l'a surinée. Plutôt moi, parce qu'ils savent que c'est dans mes cordes.

— …

— Et puis, y a le Bancal ! Pour les flics, qui a bien pu le dézinguer celui-là ? s'excita le Balafré.

— Ben toi ! enchaîna Émile.

— Hein ? se rembrunit le Balafré, un rien paniqué.

— Mais non, je rigole…

— T'as raison, c'est sûrement ce qu'ils croyent les flics.

— Ce qu'ils « croient » !

René fronça les sourcils à la recherche de la signification de la remarque de l'Apache. Mais n'ayant apparemment pas saisi sa portée grammaticale, il poursuivit :

— Le Bancal, c'est qui ceux qui lui ont réglé son compte ? Sûrement des Ritals qui protégeaient la Toureaux.

— Y a bien des chances, convint Émile.

— Et qui c'est qui va porter le chapeau pour l'avoir zigouillée c'te salope ?

— Ben…

— Nous ! Moi ! Comme les cognes peuvent pas me mettre le grappin dessus ils t'ont filé. Sûr que la maison poulaga va rappliquer dans cinq minutes. Tiens, t'es trop con !

C'en était trop pour Émile, il se leva d'un bond, un flingue dans la main. René, totalement surpris par cette réaction de révolte tant il était persuadé d'avoir prise sur l'Apache, se leva lentement, les mains bien en évidence devant lui.

— J'en ai ma claque de tes airs supérieurs, murmura l'Apache. Tout est bidon chez toi. Même ta cicatrice !

Une balafre ! Tu parles, une égratignure de cour de récréation reçue au patronage chez les ploucs.

René se rassit comme dans un ralenti de cinéma. Pour se donner une contenance, il vida son verre et approcha sa main du paquet de cigarettes.

Émile le lui arracha de la main dès qu'il s'en fut emparé. Il dit d'un air mauvais en s'asseyant à son tour :

— La clope du condamné, c'est pour tout à l'heure. En attendant, raconte-moi comment ça t'a pris.

— Ça m'a pris quoi ?

— De buter la belle Italienne.

***

Le corbillard chargé de couronnes de fleurs attendait la fin de l'office religieux devant le portail faussement roman de l'église de Saint-Antoine-des-Quinze-Vingt, dans le quartier de la Bastille. Les proches de Laetitia avaient choisi cette église parce que l'un des prêtres de la paroisse était un Italien ami de la famille. Ainsi, l'office renverrait à la double appartenance de Laetitia : française de raison et italienne de cœur.

Une foule immense avait pris place sous la nef. Debout près de la porte d'entrée, le commissaire Badin n'était pas fâché que la messe interminable touche à sa fin. L'orgue retentit et entama un air qu'il ne réussit pas à identifier. Les employés des pompes funèbres soulevèrent le cercueil et se dirigèrent vers la sortie.

La mère de Laetitia, grande et distinguée, toute vêtue de noir, avançait, soutenue par une jeune femme dont le visage était masqué par une voilette et par un homme grand qui gardait la tête haute, comme dans une attitude de défi. Badin reconnut Simone, la sœur de la morte, et son frère Virgile. Les pleurs de la mère de Laetitia déchiraient le bruit feutré du déplacement de la foule qui lui emboîtait le pas vers la sortie. Badin suivit le mouvement. Il fit un petit signe de connivence à un de ses inspecteurs qui faisait partie de l'équipe chargée de repérer des individus susceptibles d'être mêlés au meurtre de Laetitia, d'après une série de photos qu'on leur avait demandé d'étudier. Il était notoire que, souvent, les assassins assistaient aux obsèques de leurs victimes. Badin s'était résigné à l'idée que tout ce déploiement d'enquêteurs dans cette église était plus qu'aléatoire. « Qu'importe », se résignait-il amèrement. Après tout, sa mission secrète n'était-elle pas d'éviter de trouver un coupable gênant pour les autorités, tout en donnant l'impression à ses collaborateurs de tout faire pour aboutir à son arrestation ? Rien de plus simple !

***

— Qu'est-ce qui te prend de me demander ça ? La Toureaux a été tuée dimanche dernier et on était ensemble puisque t'as emmené les filles rue de Lappe.

— Ouais ! Sauf que je suis parti à 5 heures. Et qu'est-ce que t'as fait après ? Dans le journal, on dit que la fille a été saignée à six heures et demie. T'avais largement le temps d'aller au dancing de Maisons-Alfort et de lui régler son affaire. D'autant que t'es un habitué des coups en vache avec un schlass.

Le Balafré secoua la tête pour bien marquer le côté insensé de l'accusation que venait de lui lancer Émile.

— Pourquoi j'aurais fait ça ? Hein ! Je me planquais depuis que le Bancal s'était fait dessouder. Pourquoi que je serais allé me trimballer dans un endroit fréquenté par des gens qui me connaissent comme

L'Ermitage pour zigouiller la Toureaux ? En plus, cette môme, c'était du tout bon pour nous.

René se leva sans paraître craindre la menace de l'arme que l'Apache tendait vers lui. Il continua :

— Sauf que le Bancal six pieds sous terre, elle valait plus un clou la gonzesse. Tu peux ranger ton artillerie. Si tu tires sur moi ici, t'es mort.

Contrairement à ce à quoi s'attendait le Balafré, Émile n'insista pas. Il reposa le Beretta sur la table.

— Si je peux pas te flinguer sans être mort, toi non plus, fit-il d'un ton plein d'assurance qui acheva d'exaspérer René.

Ce freluquet se la jouait trop comme s'il était le chef.

— Écoute bien, l'enflure, arrête de faire le mariole !

Sans dire un mot, d'autorité, Émile s'empara du verre de vin blanc de René. Il se dirigea vers le lavabo, y jeta le fond de muscadet qui y restait et le rinça. Il revint à la table.

— Allez, René. Détends-toi. Pour le flingue, t'as eu raison de pas le prendre pendant que j'avais le dos tourné.

— Parce qu'il est vide.

— Non, il y a les sept balles dans le chargeur. Tu peux vérifier.

Comme le Balafré fronçait légèrement les sourcils en signe d'incompréhension, l'Apache reprit l'arme et l'enfonça dans la poche de son pantalon.

— Tu vois, je fais confiance, moi !

Sentant qu'il y avait un truc genre moquerie derrière les paroles de l'Apache, René n'épilogua pas sur le sujet, d'autant qu'il n'était pas en position de force pour la ramener. Sale gamin, il ne perdait rien pour attendre…

Émile se versa un plein verre de vin blanc. Il le vida d'un trait.

— Arrête de jouer à l'homme, tu vas être beurré dans cinq minutes.

— T'occupe ! Bon, pour causer sérieux, si tu me dis que t'es pour rien dans l'affaire de Laetitia, je te crois parce que si ça avait été le cas, t'aurais pas pu t'empêcher de t'en battre la gueule.

— Me battre quoi ?

— La gueule. C'est ce que disait mon grand père quand il voulait dire « se vanter ».

L'Apache sourit comme pour se réjouir de l'exaspération qui se manifestait dans le regard du Balafré.

— Marcel et moi, on est des gars réglos.

— Marcel ?

— Oui ! Lui et moi, on s'est occupé de tes affaires. On a fait bouillir la marmite, comme disait ma grand-mère…

Le Balafré émit un sifflement agacé devant cette accumulation de références familiales. Émile sortit de la poche intérieure de sa veste une grosse enveloppe en papier kraft sur laquelle était écrit en gros caractères : RENÉ.

Il la jeta sur la table.

— Ouvre !

Dedans, il y avait une liasse de billets. Que des jaunes de 50 et 100 francs, en vrac.

— Il y a 10 000 balles.

— Putain… s'extasia le Balafré.

— C'est le bénef' des filles et de tes envois de lingots qui nous restaient. C'est Marcel qui s'en est occupé.

— Et Marcel, il est où ?

— Dans sa planque autant que possible.

— Où donc ?

— Ah ça… si je te le dis, ce sera plus une planque.

— Bien vu.

Le Balafré reposa les billets. Il n'était pas digne d'un vrai chef de les mettre trop rapidement dans sa poche.

— Alors ? fit l'Apache.

— Quoi ?

— On n'est pas réglo Marcel et moi ?

— Si… Rien à dire… Merci, les gars !

— Puisqu'on est réglo, à toi de l'être aussi et de nous dire tout ce que tu sais et surtout tout ce que tu as fait rapport à la Toureaux. Marcel et moi, on veut bien être avec toi pour les filles, les cambriolages, les attaques de commissionnaires et les lingots envoyés en Italie, mais pas pour un crime. Risquer la Veuve, pour nous pas question.

— J'ai rien fait. Je le jure sur ma mère.

DIMANCHE 23 MAI

Adrien ne fut pas surpris de voir son père frapper à sa porte le dimanche après-midi. Le paternel lui avait annoncé qu'il s'était inscrit à un séjour à Paris pour visiter l'Expo universelle qui avait désormais ouvert la quasi-totalité de ses pavillons au public.

Ils échangèrent une brève accolade.

— Bonjour, p'pa. Tu es arrivé quand ?

— Il y a deux heures à peine.

— Tu dois être fatigué après toutes ces heures de train.

— Onze exactement, fit-il en tamponnant la sueur qui perlait sur son front avec un large mouchoir à carreaux bleus.

— Et encore, tu n'as pas eu à subir une grève surprise ! se plut à dire Adrien, trop heureux d'établir à bon compte un lien de complicité en dénigrant les cheminots, une profession qui faisait l'objet de la détestation sans faille de son père, qui en bon homme de droite, familier du dur travail de la terre, ne comprenait pas que des « gens payés à ne rien faire de bien fatigant revendiquent sans cesse ».

Ils parlèrent de choses et d'autres, mais la conversation revenait toujours vers la voiture.

— Tu la rentres au garage régulièrement, j'espère ?

— Tu penses bien, mentit Adrien.

— Et tu l'amorces à la manivelle le matin quand tu t'en sers ?

— Forcément.

— Et tu ne t'es pas trop fait abîmer par tous ces Parisiens qui roulent comme des fadas ?

— Juste un petit pète au pare-chocs… Si tu veux on va y jeter un coup d'œil et en chemin, on se boira une bonne bière.

Le père d'Adrien sembla satisfait de ce projet. Il resta néanmoins assis sur l'unique chaise de la chambre. Il ouvrit la sacoche dans laquelle se trouvaient quelques papiers et une bouteille en aluminium fermée hermétiquement par un bouchon de faïence.

— C'est de l'eau de la fontaine que m'a donné ta mère. Elle doit être chaude maintenant.

— Boire de l'eau chaude, c'est dégueulasse. Jette-la dans l'évier.

L'homme parut surpris par la proposition de son fils. Il prit le parti de celui qui n'avait pas entendu. Il sortit deux journaux et les posa sur la table.

— Tiens, je t'ai amené le journal de chez nous. Je l'ai acheté pour toi ce matin à la gare. Tu auras des nouvelles du pays.

Adrien s'approcha de la table. Il ouvrit d'une main le journal du jour.

« Mince alors ! » La photo de Laetitia en robe de mariée s'étalait pleine page avec ce titre : « CRIME DU MÉTRO : LA VICTIME AURAIT FAIT L'OBJET D'UNE AGRESSION PEU DE JOURS AVANT SA MORT. »

— Ils disent que c'est les Allemands, mais moi je suis sûr que c'est les Italiens.

Adrien regarda son père d'un air d'incompréhension.

— Les Italiens ? murmura-t-il, inquiet.

— Tu n'as pas lu le titre ? En plein milieu…

Le titre ? Il relut : LE CRIME DU MÉTRO…

— Ils ont bombardé Portbou.

Adrien respira profondément. Son père parlait de Portbou, la ville frontière espagnole avec la France que les alliés de Franco avaient bombardée. C'était le titre central de la une. Il était bête de s'inquiéter comme ça. L'article sur Laetitia, son père ne l'avait sans doute même pas lu. La politique et la guerre d'Espagne accaparaient toute son attention.

— Ces salopards de communistes et d'anarchistes comprennent leur douleur maintenant. Ils ont saccagé le pays, fusillé des prêtres et des bonnes sœurs… Encore un peu, et Staline était à nos portes avec ces gens-là.

— Bien sûr, papa… se contenta de murmurer Adrien, tout à la lecture en diagonale de l'article consacré à Laetitia.

La cinquantaine de lignes reprenait en gros ce qui était paru la veille dans la presse parisienne. Il lut avec une attention plus soutenue le passage rapportant l'agression dont Laetitia aurait été victime quelque temps avant sa mort. Seul *Le Petit Journal* de ce dimanche matin était revenu sur cet événement. Mais tout était vague et peu crédible. Apparemment, le journaliste parisien faisait des piges pour les journaux de province.

— Je suppose que les cabinets sont dans l'escalier.

— Oui, entre deux étages. Tu montes ou tu descends. C'est propre en principe…

Les pensées d'Adrien revinrent vers Laetitia pendant que son père disparaissait dans le couloir. Hier, Rougerie était revenu dans la dernière édition sur l'ensemble de l'affaire en notant que les témoignages sur Laetitia se contredisaient d'une façon évidente. Pour les uns elle était une femme réservée, d'autres la percevaient comme une fille délurée. Elle voyageait toujours en seconde dans le métro pour les employés de la station Philippe-Auguste alors qu'elle avait été assassinée en première Porte-de-Charenton. Finalement, Adrien retrouvait dans ce papier de Rougerie toute l'ambiguïté de son vécu avec le personnage de Laetitia. Oui, elle était devenue un vrai personnage pour les gens qui s'arrachaient les journaux traitant du crime. La grande crainte d'Adrien était qu'il soit convoqué par la police si, par malchance, Laetitia avait laissé un écrit le concernant. En même temps, il ressentait une sorte de dépit que les enquêteurs n'aient rien trouvé de tel dans ses affaires lors de la perquisition effectuée dans son appartement mercredi. C'était la preuve qu'il n'existait pas, ou très peu, pour elle.

— Alors ces examens ? J'espère que tu vas passer haut la main. Comme moi !

Adrien reprit contact avec la réalité : son père était de retour, là devant lui, en train de se rajuster. Un cigarillo aux lèvres, il entreprit de regarder un à un les papiers posés sur le coin de la table. En dessous des journaux, il y avait une chemise dans laquelle il avait découpé et classé par jour tous les articles concernant l'assassinat de Laetitia. « Mince, s'il découvre ce dossier, comment expliquer ma curiosité pour ce fait divers ? » Heureusement, son père n'alla pas jusque-là. Il remit à leur place les cinq ou six quotidiens qu'il avait sortis de la pile.

— Je t'ai amené des journaux, mais je vois que tu es paré de ce côté-là…

— C'est un copain de fac qui me les passe. Son père tient un kiosque.

— Il doit faire de bons chiffres de vente avec ce crime du métro. Même chez nous, il y en a plein les pages. D'ailleurs, ta mère n'est pas rassurée…

— Pourquoi ? fit Adrien, un rien inquiet.

— Le danger… dans le métro. Elle ne comprend pas qu'on puisse voyager sous terre, et même passer sous la Seine. Alors, si en plus, c'est mal famé…

Adrien émit un petit rire.

— Ça t'amuse…

— Non papa, fit Adrien, mais c'est qu'en province, les gens imaginent Paris comme une ville dangereuse alors que…

— … alors qu'on égorge des jolies femmes dans le métro ! Et en plus, l'assassin court toujours !

Le père d'Adrien fit une petite pause. Il regarda fixement son fils et d'un ton soudain grave il demanda :

— Toi qui lis tous ces journaux, tu en penses quoi ?

— Rien papa… Tu sais, en ce moment, je bosse pour les certifs.

— C'est bien…

Adrien prit la pile de journaux sans oublier le dossier de Laetitia en dessous et alla poser le tout au pied de l'armoire dans sa chambre.

— On y va, juste le temps de ranger un peu… Je ne voudrais pas que tu dises à maman que je vis dans un foutoir. De toute façon, dès lundi, je vais trier tout ce fourbi de papiers et de journaux et en jeter les trois-quarts.

— Bien, fiston ! Je dis toujours à ta mère qui garde tout un tas de paperasses inutiles : le meilleur accessoire de rangement est la corbeille à papier.

***

Il consulta sa montre : 9 heures. Il avait encore du temps avant de recevoir Rouffignac. Il l'avait convoqué de la manière la plus officielle qui soit et en avait avisé la presse. Cela afin de bien marquer l'absence de lien entre lui et le patron de l'agence de détective qui avait fait travailler Laetitia Toureaux.

Ce rideau de fumée ne l'empêcherait pas d'avoir une discussion sérieuse avec Georges qui pourrait lui être d'un précieux concours pour travailler à la protection des personnalités antifascistes.

Selon les renseignements venant des services de l'espionnage français à Rome, les dirigeants fascistes considéraient Carlo Rosselli comme l'ennemi n° 1, l'homme à abattre. Nul doute que le nouvel ambassadeur d'Italie en France, le très distingué Vittorio Cerutti, avait pour mission de faciliter son élimination.

« On marche sur des œufs, se désola Badin. Avec cette meute de journalistes qui mettent leur nez partout, ce sera un miracle si on évite l'incident diplomatique. »

Pas la peine d'être grand clerc pour comprendre que les autorités françaises espéraient qu'on classerait cette affaire Laetitia au plus vite, afin de ne surtout pas découvrir une vérité gênante.

LUNDI 24 MAI

La rédaction de *Ce soir* avait retrouvé son calme en cette fin d'après-midi. Le journal était quasiment bouclé. À sa table de travail, Gilbert Rougerie, en bras de chemise, relisait les papiers qu'il venait de rédiger.

— Bonjour, Gilbert. Il fait chaud, hein !

— Pour un gars du Sud comme toi, c'est presque frais. Assieds-toi.

Adrien posa sa serviette sur ses genoux et en sortit quelques journaux.

— Noguès n'est toujours pas là ?

— Non, il sera absent encore deux jours. Il termine son reliquat de congés de l'an dernier…

L'absence d'Henri contraria Adrien car il se sentait plus à l'aise pour obtenir des informations de sa part. Tant pis, il essaierait de tirer les vers du nez de Rougerie, car il devait absolument savoir si un jeune amoureux de Laetitia apparaissait dans l'enquête. Cette pensée en entraîna une autre, totalement cauchemardesque : celle de son père apprenant que son fils était l'amant de la victime…

— Alors, quoi de palpitant chez nos confrères qui m'aurait échappé ? fit Rougerie en reposant ses trois feuillets.

— Comme je te l'ai dit au téléphone ce matin, répondit Adrien, j'ai tout épluché. Et le moins qu'on puisse dire, c'est que l'affaire Toureaux est en voie de disparition dans la presse. Ce matin, sur les six quotidiens qui en parlent, un seul fait un appel à la une. Et encore, un tout petit carré perdu au milieu de titres sur la mort de Rockefeller, sur l'Expo, les cent ans de l'Arc de triomphe ou encore le football.

— M'en parle pas, j'ai vu qu'on s'était fait battre par l'Irlande. Je croyais qu'ils ne jouaient qu'au rugby dans ce pays.

Adrien offrit une cigarette à Rougerie. Il s'en prit une lui-même.

— Du nouveau pour ce soir ? demanda-t-il en lui donnant du feu.

— Pas vraiment… On verra ce que donne la convocation de Rouffignac. À mon avis pas grand-chose… Finalement, on va faire comme les autres. Juste un petit truc à la une, histoire d'appâter tous ces drogués de l'affaire Laetitia.

Comme Rougerie eut l'impression qu'Adrien réagissait mal à ce qu'il venait de dire, il s'empressa d'ajouter :

— Y a pas de mal à se passionner pour les faits divers, même si a priori on peut penser que ça n'intéresse que les gens animés d'une curiosité malsaine.

— C'est que cet assassinat est bien mystérieux, bredouilla Adrien.

— Et plein de chausse-trappes ! approuva Rougerie. Tiens, cette histoire d'agression dont elle aurait été victime près de la station de métro Philippe-Auguste, tout près de chez elle…

— Eh bien ?

— On ne sait pas d'où sort ce truc.

— Il y a eu des témoins, non ?

— Pas du tout ! s'exclama Rougerie. Même si *Le Petit Parisien* osait titrer samedi que quatre personnes... Une seconde !

Il chercha dans un dossier parmi des coupures de presse et en sortit une pliée en deux. Elle faisait la hauteur de la page du journal sur deux colonnes.

— Regarde ce titre.

Adrien lut : « LAETITIA TOUREAUX AVAIT-ELLE DÉJÀ ÉTÉ ATTAQUÉE DANS LE MÉTRO ? » Les deux lignes de sous-titre précisaient : « QUATRE TÉMOINS EMPLOYÉS À LA STATION PHILIPPE-AUGUSTE L'AFFIRMENT... »

— Oui, j'ai vu ça samedi.

— Tu remarqueras que le titre pose une question, ce qui est loin d'être la forme grammaticale servant à exprimer les certitudes. D'autant que le sous-titre se termine par trois points de suspension qui laissent entendre que ces affirmations sont à relativiser. Et ce d'autant plus que dans l'article, les fameux témoins n'ont rien vu ! C'est Mme Toureaux qui leur a raconté cette agression dont elle aurait été victime, sauf qu'elle n'a été aucunement blessée. Mieux même : elle a rendu compte de cet événement en rigolant... Tu parles d'une agression !

Adrien relut en diagonale l'article qu'il connaissait déjà. Il le reposa.

— Hein, c'est pas du grand journalisme ça ! Et dans la foulée hier et ce matin, tout le monde reprend cette pseudo-information exclusive du *Parisien*. Enfin du « petit » *Parisien* qui porte bien l'adjectif de son nom.

— Et toi, ce soir, tu reviens dessus.

— Forcément ! Mais je suis allé voir la famille, la sœur et le frère de Laetitia...

— ... lequel ? interrompit Adrien.

— Virgile, le costaud… Bref ils m'ont dit que leur sœur ne leur avait jamais parlé de cette agression. Si ça avait été le cas, elle leur en aurait certainement touché un mot parce qu'ils étaient très proches.

Adrien ne put totalement s'empêcher d'avoir une expression sceptique quant au fait que Laetitia disait tout à sa sœur Simone et à son frère Virgile. Si Gilbert en savait autant que lui sur Laetitia, il aurait choisi d'interroger l'autre frère.

— Et Riton ? demanda-t-il.

— Riton ? Il n'était pas là. Il travaillait, paraît-il… C'est curieux parce que lui et Virgile sont peintres et qu'ils bossent ensemble. Encore une bizarrerie.

Rougerie regarda Adrien et lui dit d'un ton solennel :

— Je persiste dans ce que je dis depuis deux jours que je vois l'enquête s'enliser : il y a quelque chose qui ne tourne pas rond.

— Quoi ? Il y a encore des personnes dans l'entourage de Laetitia dont on n'a pas parlé ?

— Peut-être, mais ce n'est pas à ça que je pense. Vendredi, les flics ont fait tout un plat sur les activités de détective de cette femme. Tu y crois, toi ?

— Ben…

— À partir de quelques filatures de femmes adultères à la demande de maris jaloux, on voudrait nous faire croire qu'elle a été tuée par vengeance ! Vengeance de qui ? Tu veux que je te dise ? Cette histoire n'a rien à voir avec ce Rouffignac qui a été convoqué cet après-midi par Badin. Ce n'est que de la poudre aux yeux, du faux semblant !

— Pour cacher quoi ?

Rougerie prit le temps d'écraser sa cigarette avant d'en rallumer une autre. Il tendit son paquet de Celtique à Adrien.

— Non merci… Tout à l'heure peut-être.

— Pour cacher quoi ? reprit Rougerie. Des tas de trucs. Par exemple, les liens que cette femme entretenait avec l'Italie. J'ai interrogé les représentants de la mouvance antifasciste italienne en France. Ils avaient l'air gênés par cette affaire alors que des éléments montrent que Laetitia Toureaux était sympathisante de Mussolini.

— Tu veux dire que c'est pour ça qu'elle a été tuée ?

— Et pourquoi pas ! Les Ritals, ils ont le couteau facile, non ? Tous ceux qui se mêlent de leurs affaires ont intérêt à être prudents.

Adrien tendit le bras vers le paquet de cigarettes.

— J'en veux bien une.

Il l'alluma à l'aide du briquet doré que lui tendit Rougerie.

— Tiens, je vais te dire une chose qui va rester entre nous. J'ai interrogé une collègue de travail de Laetitia au début de l'enquête. Une certaine Marlène qui était à L'Ermitage, le dancing de Maisons-Alfort, le dimanche de Pentecôte. Elle a fini par me dire que Laetitia fréquentait beaucoup d'hommes : un marin de Toulon, un diplomate, un notaire et à une époque un jeune toubib. Un gars qui s'était présenté comme brésilien aux membres de la bande parce qu'il avait honte de son accent.

— Pas croyable ! transpira Adrien.

— Oui, comme tu dis… Toi, tu as un accent puisque tu viens du Midi. Tu t'imagines te faire passer pour un métèque venu de nulle part parce que tu aurais honte ?

Un toussotement intempestif d'Adrien interrompit la conversation.

— Excuse-moi, Gilbert… Elles sont fortes…

— Encore du grand n'importe quoi ! poursuivit Rougerie, tout à son idée. C'est comme la mise en cause du marin de Toulon et d'un autre militaire stationné à Longwy ! Il s'est avéré que c'étaient des fausses pistes. À se demander même s'ils ont eu vraiment une relation avec Laetitia Toureaux.

Un homme se présenta au bureau de Rougerie. C'était le « chameau », le coursier qui faisait le tour de la rédaction pour prendre les articles rédigés par les journalistes et les donner aux linotypistes qui frappaient les lignes au plomb qu'on insérait ensuite sur les rouleaux de la rotative.

Il prit les feuillets et repartit après avoir dit « merci, t'es le dernier ».

— Où j'en étais au fait ?

— À un médecin brésilien.

— Un médecin ? Ah oui ! Brésilien mon cul ! Quoi de plus ressemblant à un accent brésilien qu'un accent italien.

Adrien tira une grande bouffée de sa cigarette et fut repris de toussotements.

— Décidément… fit Rougerie en rigolant. Tu fumes depuis quand ?

Éludant la question, Adrien demanda entre deux quintes de toux d'une voix cassée :

— Et cette Marlène, qu'est-ce qu'elle a dit ?

— Rien, justement. Elle me dit que ce « Brésilien », elle ne l'a plus revu depuis longtemps. Selon elle, il a dû retourner dans son pays… Si tu veux mon avis, cette fille a peur.

— Et ses copains ?

— Ceux que j'ai interrogés n'ont pas l'air de se rappeler de ce gars… Comme par hasard.

Adrien sourit, l'œil dans le vague. Il finit par lâcher :

— C'est bien connu : parfois le hasard fait bien les choses.

— Tu ne crois pas si bien dire.

ÉPILOGUE

Qui a tué Laetitia Toureaux ?

Laetitia Toureaux a été assassinée le dimanche 16 mai 1937 aux environs de 18 h 30. L'affaire a frappé les esprits parce que c'était la première fois qu'un meurtre était perpétré dans le métro parisien.

Elle a ensuite passionné l'opinion publique en raison de l'énigme policière qu'elle est devenue, un mystère dans la lignée de celui de la chambre jaune. Comme dans le roman de Gaston Leroux, la victime d'un meurtre est retrouvée dans un espace clos, ici un wagon de première classe, sans que l'on sache comment l'assassin a pu quitter les lieux sans attirer l'attention.

La passion pour cette affaire ne s'est jamais démentie au cours de ces quatre-vingts dernières années. Périodiquement, des émissions de radio et de télévision reviennent dessus. En Italie, durant l'été 1963, *La Stampa* de Turin y a consacré une bande dessinée intitulée *Il delitto perfetto* (Le crime parfait). L'intérêt particulier de ce grand quotidien italien s'explique par le fait que le Val d'Aoste, berceau de la famille de Laetitia Toureaux, née Yolanda Nourrissat, se trouve dans sa zone de diffusion. Déjà au moment des faits, *La Stampa*, alors sous contrôle de l'État fasciste, avait traité du crime du métro à raison d'un article tous les deux ou trois jours.

De leur côté, les journaux français du printemps 1937 ont fait leur choux gras de cette affaire. Rien qu'à Paris, on comptait une vingtaine de quotidiens qui proposaient à leurs lecteurs plusieurs éditions au cours d'une même journée afin de coller au mieux à l'événement.

Les journaux de province n'étaient pas en reste. Dès le mardi qui suivit ce funeste dimanche de Pentecôte, la presse régionale consacrait des articles illustrés de photos à l'assassinat de Laetitia Toureaux.

La France s'est d'autant plus enflammée pour ce fait divers qu'il semblait devoir échapper à la sagacité des enquêteurs. De « crime du métro », il est devenu « l'énigme du métro » puis « le mystère du métro ».

Curieusement, après l'effervescence des deux semaines suivant le crime, l'affaire disparut quasi totalement des journaux, comme si journalistes et lecteurs en étaient repus.

Des quotidiens aussi friands de faits divers que *Le Petit Parisien* ou *Le Petit Journal* cessèrent de parler de l'affaire dès le 2 juin après avoir évoqué une aléatoire piste anglaise qui s'avérera fantaisiste. Paradoxalement, c'est le journal communiste *Ce soir*, une sorte de complément populaire de *L'Humanité* dont le directeur était Louis Aragon, qui poursuivra le plus longtemps l'évocation du crime du métro.

La présence de l'étudiant Adrien, un personnage fictif (qui ne l'est peut-être pas), au sein de la rédaction de ce journal, permet de montrer comment s'élaborent les pages de faits divers et comment la police de l'époque se montrait assez compréhensive avec les journalistes en mal d'informations. Elle se prêtait même à certaines mises en scène comme le montrent les articles, et surtout les photos, publiés lors des premiers jours de l'enquête.

Évidemment, toutes les séquences romanesques se déroulant au journal *Ce soir* sont pure fiction, élaborées à partir de ce que publiaient le quotidien et certains autres tels *Le Petit Parisien*, *L'Excelsior*, *Paris-soir* ou *Le Petit Journal*. Le personnage du journaliste spécialiste des faits divers, Gilbert Rougerie, est bien réel en revanche. À lire sa couverture régulière de l'affaire, il ne fait pas de doute qu'il était un cador dans son domaine. Non content de trouver des informations intéressantes avant les autres, il avait l'art de les mettre en scène. Ses analyses en forme d'éditos mettaient souvent le doigt sur les incohérences de la police.

Ainsi, dans l'édition datée du 27 mai, Gilbert Rougerie fait le point après dix jours d'enquête policière. En panne en l'occurrence. Il écrit crûment : « La police ne sait rien et ne veut rien savoir (sic). Pour que nul n'en ignore, elle fait connaître l'impuissance de ses efforts par des communiqués. Elle avait d'abord soutenu qu'il n'y avait aucun mystère dans la vie de Laetitia. » Et Rougerie de s'étonner que l'on découvre ensuite que loin de mener une vie rangée, Laetitia était plutôt du genre veuve joyeuse courant les dancings, menant une vie dispendieuse à laquelle ne pouvaient suffire ses modestes revenus d'ouvrière aux établissements Maxi à Saint-Ouen ou de dame-vestiaire à L'As de Cœur.

Le journaliste justifie ensuite le titre de son article « Le mystère de la Porte-Dorée reste indéchiffrable » en montrant que l'affaire recèle de nombreux éléments cachés par la police. Avec subtilité, il rappelle les liens de Laetitia avec le monde peu ordinaire de l'espionite. Elle a travaillé pour l'agence de Rouffignac, un personnage énigmatique qui cultive le secret. Cet ancien flic de la Criminelle a travaillé avec Badin avec lequel il entretient des bons rapports, au point que son agence de détective privé « Rouf » collabore de temps en temps avec la police officielle. Et réciproquement sans doute.

Dans ce même article, Rougerie cite le journal *L'Œuvre*, un quotidien pacifiste et proche des radicaux socialistes qui laisse entendre, en faisant mine de s'interroger, que l'agence de Rouffignac espionne les partis politiques. De là à penser que Laetitia assurait la surveillance de certains hommes politiques, il n'y a qu'un petit pas que le lecteur s'empresse de franchir. C'était peut-être en récompense de son excellent travail que Laetitia avait été décorée de la médaille de la ligue du Bien public, dont elle arborait le ruban rouge sur sa robe le jour de sa mort. Son parrain était un certain Chatrian, grand ami de Rouffignac qui avait ses entrées dans cette organisation qui ne cachait pas ses sympathies pour l'extrême droite. Tiens, tiens !

Rougerie n'est pas dupe : il voit bien que l'enquête menée par le commissaire Badin piétine de manière anormale. À croire qu'il le fait exprès !

UN PERSONNAGE CENTRAL : JEAN FILIOL

Si nous admettons que Laetitia n'était pas une simple ouvrière d'usine, nous devons essayer de percer les secrets de sa double vie. C'est ce que cette fiction, s'appuyant sur l'enquête policière et les investigations des journalistes, s'est proposée de faire au cours de ces quatre cents pages.

C'est donc à partir de centaines d'articles de journaux qu'ont été reconstitués certains épisodes de cette histoire, comme le meurtre de Pierre Decormis alias Pierrot le Bancal, un truand dont on sait qu'il connaissait Laetitia Toureaux. Quelle était la nature de leurs rapports ? Sa présence régulière à L'As de Cœur peut laisser penser que, à l'instar de nombreux habitués des lieux, il avait succombé au charme de Laetitia.

Dans sa recherche de l'assassin du Bancal, la police a mis un certain temps avant d'évoquer la piste René Blondeau, plus connu dans le milieu sous le sobriquet du Balafré. Ce sera chose faite le 27 mai 1937. Le mobile du crime n'est pas donné clairement, sinon que c'est un règlement de comptes entre voyous. On notera, là encore, que les journalistes de *Ce soir* avaient évoqué quelques jours auparavant la possibilité que les meurtres de Decormis et Laetitia Toureaux soient liés.

La suite prouvera que Blondeau n'a joué qu'un rôle très lointain dans cette exécution. Il comparaîtra devant la justice à deux reprises après son arrestation au cours de l'automne 1937. D'abord le 31 mai 1938 devant le tribunal correctionnel de Corbeil, au sud de Paris, pour des délits divers : cambriolages, escroqueries, vols, port d'arme prohibé et agression des gendarmes. Durant le procès, il apparaît que Blondeau n'est qu'un voyou de seconde zone et que les crimes qu'on lui prête (assassinats de Pierrot le Bancal et de Laetitia Toureaux) ne sont pas dans ses cordes. Condamné à dix ans de prison par le tribunal de Corbeil, il comparaîtra quatre ans plus tard, en mai 1942, devant les assises de la Seine en compagnie de Raymond Poujols et de quelques comparses pour le meurtre du Bancal. Mais Blondeau n'est accusé que du délit de recel de cadavre car il s'est avéré que son rôle s'est limité au transport du corps de la victime depuis le lieu du crime, à Paris, à la forêt de Fontainebleau. Il s'en tirera avec une peine de deux ans de prison tandis que Poujols, reconnu comme l'auteur du crime, se verra condamné à la prison à perpétuité bien qu'il ait plaidé la thèse de l'accident. Selon les accusés, il n'était pas dans leur intention de tuer le Bancal, mais de lui donner une bonne leçon. Quant aux complices de Poujols, ils ont été condamnés à diverses peines de prison. On notera que les journaux paraissant en 1942 se gardent bien d'entrer dans le détail des débats du tribunal. Deux raisons à cela : le manque de papier qui réduisait les journaux à une seule feuille recto-verso, et sans doute aussi l'embarras des autorités pétainistes qui n'avaient pas intérêt à ce que la presse se montre indiscrète sur ce règlement de comptes où l'extrême droite avait partie liée avec le grand banditisme. Mettre au grand jour des vieilles complicités honteuses pouvait nuire au prestige des dirigeants de l'État français, allié de l'Allemagne nazie, qui osaient prôner, sans rire, le retour aux « vraies valeurs morales ».

De la morale, les activistes de l'extrême droite, ils n'en avaient guère durant le Front populaire quand ils recevaient des armes de l'Italie fasciste pour renverser le pouvoir socialiste. Ces envois d'armes réguliers étaient payés soit en lingots, soit en services divers rendu par l'OSARN (Organisation secrète d'action révolutionnaire nationale), également appelée CSAR (Comité secret d'action révolutionnaire). Le secret et le cloisonnement quasi militaire de cette organisation fera qu'on l'appellera « la Cagoule ». Parmi les prestations en nature qu'elle proposait à l'Italie fasciste, il y avait l'intimidation, voire l'élimination des opposants au régime fasciste de Benito Mussolini. Pour mener à bien ce genre de mission, la Cagoule avait un homme de main au sein même de son directoire : Jean Filiol. Les autres responsables de cette organisation politico-criminelle étaient Eugène Deloncle (le patron), Aristide Corre dit Dagore, Jacques Corrèze et Henri Deloncle.

Ce personnage de Filiol a marqué l'extrême droite française des années 1930 et 1940. Très jeune, il milite à l'Action française où il dirigeait la 17e équipe des Camelots du roi dans le quartier de La Muette à Paris. Il participe à la tentative de renversement de la République par les Ligues fascistes en 1934. Chassé de l'Action française, il reste un activiste violent. Ainsi, il est l'instigateur de l'agression contre Léon Blum que des militants d'extrême droite reconnaissent dans un taxi boulevard Saint-Germain à Paris.

On sait avec certitude qu'il a été le chef du commando qui a assassiné les frères Rosselli près de Bagnoles-de-l'Orne le 9 juin 1937. Filiol agissait là pour le compte de Mussolini qui voyait dans Carlo Rosselli l'opposant en exil le plus dangereux. Nello Rosselli, son frère, a été abattu pour ne laisser aucun témoin. Professeur à l'université de Florence où il résidait, il avait eu la mauvaise idée de venir rendre visite à Carlo.

Les cagoulards se plaisaient à attaquer ou à tuer tous ceux qui combattaient les partis d'extrême droite en France, en Italie ou en Espagne. Mais ils ne dédaignaient pas sous-traiter des crimes politiques émanant d'autres commanditaires. Ainsi, il est avéré que Filiol a assassiné le banquier Dimitri Navachine en janvier 1937. En l'occurrence, son crime ne profitait qu'à un dictateur d'un tout autre bord que le sien : Joseph Staline.

Arrêtons-nous brièvement sur la personnalité de Navachine. Ce banquier russe agissant dans les années 1930 au nom du gouvernement bolchevique avait refusé de se soumettre à l'injonction de Staline de rentrer en URSS en 1935, alors que les purges décimaient les rangs des plus hauts responsables du pays. Tous ses amis qui n'avaient pas suivi son exemple avaient terminé leur vie une balle dans la tête dans les caves de la Loubianka, le siège de la redoutable police politique de Staline, ou dans un camp de travail en Sibérie. Cette désobéissance de Navachine avait de quoi irriter le n° 1 soviétique au point de le condamner à mort. Afin qu'aucune enquête ne puisse remonter jusqu'à ses services secrets, le maître du Kremlin a très bien pu exiger qu'on sous-traite cette affaire à un tueur sans lien avec l'URSS. Que Filiol ait été un activiste d'extrême droite ne pouvait que présenter une garantie supplémentaire dans ce domaine. Cette duplicité de Staline qui voulait qu'on sache que ses victimes tombaient sous son ordre tout en brouillant les pistes se retrouvera dans l'assassinat de Léon Trotsky en 1940. L'auteur du crime n'est pas un Russe, mais un Catalan. Il se nomme Ramón Mercader del Rio. Il agit sous le nom de Jacques Mornard, citoyen belge francophone ayant gagné le Mexique, où Trotsky vivait en exil. La preuve que dans la liquidation d'opposants, Staline et ses sbires n'aimaient pas faire simple dans la préparation et l'exécution.

Dans cette affaire Navachine, il n'est pas certain que Filiol ait agi en accord avec les dirigeants de la Cagoule. Son côté chien fou, toujours prêt à laisser libre cours à ses instincts sanguinaires, a très bien pu l'amener à accepter de son propre chef le contrat mis sur la tête de Navachine par les Soviétiques.

Le journal de bord de Dagore, le nom de code d'Aristide Corre, un des chefs de la Cagoule, montre que Filiol échappait souvent à tout contrôle. En 1969, ce carnet de Dagore, rédigé d'avril 1937 à février 1940, long de trois mille pages, est entré en possession du journaliste et écrivain Christian Bernadac qui en a publié quelques centaines de pages[1]. Durant l'Occupation, Dagore fait partie de ces Français d'extrême droite

1. *Dagore, les carnets secrets de la Cagoule*, Éditions France Empire. Quant à Filiol, le « misérable Filiol » dit de lui Corre en 1940, il se réfugie en Espagne. Il revient en France en 1941 mais Pierre Laval, qui se méfie de cet activiste qui agit contre lui parce qu'il le trouve trop modéré, le fait interner en 1942. Joseph Darnand, secrétaire d'État du maintien de l'ordre de Pétain et chef de la Milice, le fait libérer au début de 1944. Filiol opérera dans le Limousin au sein de la Milice et torturera de nombreux résistants. Après le débarquement, il s'enfuit en Allemagne et trouve finalement refuge chez ses amis franquistes en Espagne. Il deviendra représentant dans ce pays de la firme L'Oréal. Eugène Schueller, le fondateur de L'Oréal, n'avait jamais caché ses sympathies pour le régime d'Hitler et à ce titre, il fut un contributeur important de la Cagoule. Sa fille Liliane Bettencourt hérita d'une immense fortune à sa mort en 1957. Quant à Filiol, il meurt dans l'oubli en Espagne à une date indéterminée, sans doute après la mort de son protecteur, le général Franco, en 1975.

qui choisissent la Résistance plutôt que la collaboration avec les Allemands. Arrêté en 1942, il est fusillé dans la cour de la prison du Cherche-Midi à Paris.

Une autre motivation de Filiol pour tuer Navachine réside dans le fait que le banquier russe, davantage homme de gauche modéré que vrai bolchevik, regardait l'expérience du Front populaire avec une certaine sympathie. De quoi alimenter la haine de l'anticommuniste et de l'antisémite forcené qu'était Filiol.

Dans ce récit, le lecteur aura reconnu ce même Jean Filiol dans le personnage qui tue le Bancal d'un coup de baïonnette, alors que la justice condamnera Raymond Poujols pour ces faits. C'est une option romanesque crédible car le crime porte en quelque sorte la signature de son auteur. Filiol est à ranger dans la catégorie des tueurs en série qui aiment sentir la mort qu'ils donnent à travers l'arme blanche qu'ils tiennent dans leur main. Le Bancal a été transpercé par un couteau ou une baïonnette : est-il plausible que Raymond Poujols soit le véritable auteur du meurtre et l'ait donc assassiné de cette manière ? Difficile à croire. Pour procéder à une exécution, les truands comme Poujols ont toujours utilisé des armes à feu, des outils simples, efficaces et faciles à cacher dans la fuite. De plus, on peut douter sérieusement que ses amis aient eu la volonté de tuer le Bancal, car le but de l'expédition était de lui faire peur et de le faire cracher au bassinet. Lui mort, il devenait aléatoire de récupérer l'argent qu'il leur avait subtilisé.

Mais pourquoi dès lors Raymond Poujols ne dit rien de tout cela lors de son arrestation en 1938 ? Tout simplement parce que, en truand à l'ancienne, il respecte la loi du silence. Lui et ses acolytes continueront dans cette voie lors de leur comparution devant les assises de la Seine en mai 1942, devant des magistrats qui ont prêté serment d'allégeance au maréchal Pétain. Poujols peut supposer à juste titre que ces juges ont des sympathies pour les ex-cagoulards et les gangsters qu'ils fréquentaient.

À ce stade de nos hypothèses on peut se demander en quoi cette affaire concerne Laetitia Toureaux.

Si on admet qu'elle travaillait comme espionne pour l'Italie mussolinienne, elle devait connaître tout ou presque des relations entre la pègre française en cheville avec l'extrême droite et les services italiens. Et quand bien même elle n'en aurait pas eu connaissance, tout le laissait penser.

Pour quel motif ? La réponse réside peut-être dans une information parue dans le *Ce soir* du 3 juin 1937 indiquant que le Bancal était à la tête d'un trafic de lingots d'or entre la France et l'Italie. Il n'est pas impossible que Decormis, chargé de payer les armes envoyées par les Italiens aux factieux de la Cagoule, ait prélevé quelques lingots pour sa peine en plus de sa commission[1].

Un retard dans l'envoi des armes aux cagoulards alors que les lingots avaient été versés aurait pu faire « péter les plombs » à Filiol qui, dans la foulée du meurtre du Bancal, aurait décidé de tuer Laetitia Toureaux.

Certes, un tueur « normal » aurait tendu une embuscade à Laetitia dont la vie était réglée selon certains horaires faciles à repérer. De plus, noctambule, elle

1. La Cagoule a toujours puni ceux qui n'étaient pas réguliers dans les trafics menés à son profit. Ainsi, Maurice Juif et Léon Jean-Baptiste, deux affairistes qui achetaient des armes pour l'organisation en augmentant les prix demandés par les fournisseurs afin d'arrondir leur commission, ont payé de leur vie leur trahison. Léon Jean-Baptiste a disparu à l'automne 1936 tandis que Maurice Juif a été abattu à Cesio en Italie le 8 février 1937.

rentrait souvent seule le soir. Quoi de plus facile que de l'attendre dans la petite rue Pierre-Bayle non éclairée et de l'exécuter discrètement.

Seul un tueur « anormal » peut suivre la jeune femme et l'assassiner à la première occasion d'un coup de couteau, sans prendre de précautions pour éviter la présence de témoins et assurer sa fuite. Un être « hors norme » de cette trempe, il n'en existe qu'un dans Paris : Jean Filiol.

La thèse Filiol assassin est d'autant plus crédible qu'il n'est pas impossible que l'on ait demandé à Laetitia de filer Navachine afin de faciliter son exécution. Dès lors, Filiol pouvait très bien se méfier de cette femme qui, ne donnant peut-être plus toutes les garanties de fiabilité, aurait pu l'identifier comme l'assassin du banquier russe.

Dès le mois de janvier 1938, cette hypothèse selon laquelle Laetitia Toureaux aurait pu être exécutée par le milieu et l'extrême droite apparaît dans des journaux aussi divers que *Paris-soir* (le 14 janvier 1938), *Le Journal des débats* (le 15 janvier 1938) et à nouveau *Ce soir* (15 janvier 1938). Certes, ces quotidiens utilisent le conditionnel, mais il ne fait guère de doute qu'ils ont de bonnes raisons d'émettre une telle éventualité.

En Italie, *La Stampa* du 22 juin 1938 va plus loin dans un entrefilet où le journal se demande si Laetitia Toureaux n'a pas été tuée par le même homme qui a exécuté Navachine et les frères Rosselli : Jean Filiol. Encore lui !

On a expliqué dans le fil du récit pourquoi les autorités françaises auraient pu trouver gênant que l'enquête mette en cause les dirigeants italiens dans le meurtre de Laetitia Toureaux, même par Filiol interposé.

Il valait mieux laisser s'enterrer l'enquête et éviter de mettre en accusation le régime de Benito Mussolini qui en 1937 n'était pas encore un franc allié d'Adolf Hitler. Ces ménagements prodigués à Mussolini, qui avait signé un traité d'amitié avec la France et l'Angleterre en 1935, ne résisteront pas à l'habileté de Ribbentrop, ministre des Affaires étrangères d'Hitler, qui confie à Mussolini la présidence de fait de la conférence de Munich, tenue en septembre 1938, qui autorisera l'annexion des Sudètes (une région de Tchécoslovaquie peuplée d'une forte minorité allemande) par Hitler.

Mussolini recevra les félicitations des dirigeants nazis pour la façon dont il sut se conformer à leurs desideratas pour rouler les Français et les Anglais dans la farine. Dès lors, fort de l'estime ostensible des Allemands et des garanties qu'ils lui apportaient pour le Sud Tyrol, le Duce se donnera corps et âme à Hitler. Au mois de septembre il fera une visite triomphale à Berlin. Ces enjeux internationaux peuvent expliquer la raison qui a amené la police française à lever le pied dans la conduite de son enquête sur le meurtre de Laetitia Toureaux en mai 1937. D'autant plus que cette affaire n'était jamais qu'un règlement de comptes entre fascistes et voyous. Ce qui, aux yeux d'un ministre du Front populaire, pouvait revenir au même.

L'INVITÉ SURPRISE

On sait que Laetitia Toureaux entretenait des relations multiples. On lui a prêté une foule d'amants, parmi lesquels un homme politique[1], des policiers, des voyous, des militaires, des diplomates, etc. Cela nous conduit vers une dernière piste.

Dans ces conditions, il n'est pas interdit de penser qu'elle ait été victime d'un amoureux éconduit. L'homme l'aurait suivie et aurait profité qu'elle se trouvât seule dans le wagon de première classe du métro Porte-de-Charenton pour la tuer. Possible mais bien peu crédible.

1. On ne sait rien de cet homme politique. Dans la trame romanesque de ce récit, Laetitia a une liaison avec Gabriel Jeantet, un jeune fasciste très proche du premier cercle des dirigeants de la Cagoule. Ce n'était pas à proprement parler un homme politique, ni un d'action. Néanmoins, il n'ignorait rien du trafic d'armes comme le montrent certaines pages des carnets d'Aristide Corre. À ce titre, il aurait très bien pu intéresser les Italiens et amener Laetitia Toureaux à entrer en contact avec lui. Son entregent et sa bonne éducation lui permettaient de donner une image respectable de la Cagoule à la grande bourgeoisie industrielle qui la finançait. Riche et plutôt séduisant, il fréquentait les dancings à la mode, des lieux de rencontre d'un milieu interlope. La proximité de Laetitia Toureaux avec un homme dans cette position l'amenait forcément à partager des secrets et à vivre dangereusement.

Laetitia ne semblait pas engagée dans une relation forte. Elle était plutôt du genre à papillonner. On serait tenté de la ranger dans les « allumeuses » plutôt que dans les grandes amoureuses.

L'hypothèse du crime passionnel n'est donc pas totalement à écarter, mais reconnaissons qu'elle est peu probable. Le seul élément plaidant en sa faveur est le choix de l'arme : un couteau Laguiole semblable à ceux que nous utilisons aujourd'hui lors de nos repas. La seule différence résidait dans le fait qu'il était pliable et muni d'un cran d'arrêt. Une arme d'amateur pour la police. Sauf qu'un tel ustensile, manié par une main experte comme celle de Filiol, peut s'avérer redoutable. Cependant, la thèse selon laquelle Laetitia Toureaux a été assassinée par un amoureux va prendre corps avec un coup de théâtre vingt-cinq ans après les faits.

Nous sommes en juin 1962 au 36 quai des Orfèvres. Max Féret, le patron de la Brigade criminelle, ouvre une enveloppe qui lui est adressée. Elle n'est pas signée mais son titre, écrit en lettres capitales, est renversant. En voici le texte intégral :

JE SUIS L'ASSASSIN DE LAETITIA TOUREAUX

Monsieur le commissaire,

Je ne sais pas si cette lettre vous parviendra. Peut-être sera-t-elle jetée au panier avant, comme l'œuvre d'un fou, et peut-être cela vaudrait-il mieux. Sans doute vous souvenez-vous de l'assassinat de Laetitia Toureaux qui eut lieu Porte-de-Charenton, dans le métro, le 16 mai 1937. Je suis l'assassin de Laetitia Toureaux.

Cette lettre va sans doute vous étonner. Pourquoi l'assassin d'un crime réputé parfait veut-il ainsi raconter son forfait plus de vingt ans après ? Je ne saurais le dire exactement. Sans doute ai-je besoin de me libérer (ayant gardé le secret pendant de si longues années que je n'en éprouve plus de remords), peut-être aussi une sorte d'orgueil me pousse-t-il à apporter les éléments nécessaires à la résolution de cette affaire.

Je n'ai nullement l'intention de vous révéler mon nom et souhaite rester dans l'anonymat le plus complet, par égard pour ma famille.

Je suis originaire de Perpignan, où je naquis en 1915. À la fin de mes études secondaires, je manifestai le désir de devenir médecin et pour cela, je montai à Paris en 1935. Mon père était aisé, et avec une voiture, m'alloua une substantielle pension. J'arrivais tout droit de ma province assez timide et niais, aussi je vous laisse à penser ma joie à ma soudaine liberté.

Entraîné par quelques camarades plus « à la page » que moi, je connus bientôt tous les dancings et cabarets de Paris et de ses environs.

J'étais sans fausse modestie assez beau garçon, mais affligé d'un horrible accent qui déclenchait des crises d'hilarité chez mes conquêtes d'un jour. Aussi me faisais-je passer, plus généralement, comme étant d'origine sud-américaine, et mon accent devint alors, pour ces aimables femmes, mon plus précieux atout !...

C'est dans un dancing que je fis la connaissance de Laetitia, en novembre 1936. Elle était très jolie et possédait le charme rare, pour un jeune homme, d'être une femme ayant déjà vécu. Je tombai immédiatement amoureux et lui fis une cour respectueuse. Elle ne m'accordait aucune faveur et ne me permettait pas de la raccompagner à son domicile. Nous ne nous rencontrions que dans des cafés du Quartier latin ou dans ma voiture. Elle ne m'accordait, à mon goût, que de trop rares rendez-vous. En fait, elle me traitait en gamin et je pense, avec le recul du temps, qu'elle reportait ainsi sur moi son amour maternel vacant ; elle me conseillait, me gourmandait. Mais à mesure que le temps s'écoulait, je devins de plus en plus pressant. Elle traitait mon amour avec une douce ironie, ce qui me blessait, et je commençai à m'impatienter, à faire des scènes ridicules. Bientôt elle écourta nos rendez-vous sous des prétextes plus ou moins risibles. Prenant mon courage à deux mains, je lui demandai de devenir ma femme. Elle me rit gentiment au nez. Blessé dans mon orgueil et mon amour, j'allai jusqu'à la menacer et elle m'éconduisit assez vertement.

Je décidai alors de l'oublier (nous étions au mois de mars) et me plongeai dans le travail en vue de mes examens. Elle ne donna alors plus signe de vie mais je ne pus l'oublier. Ainsi, après plus d'un mois de silence, le 2 mai, j'allai au dancing L'Ermitage où je savais la retrouver. Nous sortîmes et je lui proposai de prendre ma voiture. Elle accepta. Je lui demandai alors humblement de me laisser la revoir. Après quelques hésitations, elle accepta et nous prîmes rendez-vous pour le 16 mai. Nous devions nous retrouver à L'Ermitage pour dîner ensemble le soir. Mais le 16 mai au matin, en fin de matinée, elle vint me retrouver dans un café du Quartier latin pour se décommander du dîner : elle devait assister à un dîner des Valdôtains. Furieux de cette déconvenue, je l'accusai de retrouver un autre homme. Furieuse à son tour, elle me répondit qu'en effet, elle avait rendez-vous avec un autre homme, et comme je la défiai de me le prouver, elle sortit un télégramme signé d'un certain Jean lui fixant rendez-vous pour le soir même. Sans attendre ma réaction, elle me déclara qu'elle ne me reverrait plus et sortit sans plus attendre. J'étais fou de rage et m'estimais trompé. Je rentrai dans ma chambre en proie à la plus meurtrière colère. J'y passai plusieurs heures. Au fur et à mesure que les heures passaient, je me calmai, mais je fus alors possédé d'une rage froide, bien plus inquiétante.

Après avoir longtemps hésité, je décidai d'aller la rejoindre à L'Ermitage où je pensais qu'elle s'était rendue malgré tout. Mais avant de partir, je mis dans ma poche un couteau que j'avais acheté en compagnie de camarades, un jour que nous voulions « épater » les filles. Je pris ma voiture et me rendis au dancing. Mais lorsque je fus devant l'établissement, ma timidité (ou mon orgueil) reprit le dessus et j'attendis Laetitia devant la porte. Elle sortit vers 18 heures. Alors que j'hésitais sur ce que j'allais faire, elle alla prendre l'autobus et je la suivis en voiture. J'en descendis rapidement à porte de Charenton, de sorte que j'entrai dans le métro juste derrière elle, sans qu'elle devine ma présence. Elle s'installa en première, je montai juste derrière elle et, ne sachant plus ce que je faisais, je l'appelai alors qu'elle venait de s'asseoir. Étonnée, elle se retourna, je sortis mon couteau et le lui plongeai dans la gorge. Elle n'eut pas le temps de pousser un cri. Je recalai le corps qui avait basculé et descendis rapidement pour remonter en deuxième classe, dans la voiture suivante. La rame partit aussitôt.

Je ne sais comment les gens ne remarquèrent pas mon trouble. J'avais l'impression que tout le monde me dévisageait. À Porte-Dorée, un remue ménage m'apprit que le corps était découvert. Comme tous les voyageurs, on me fit descendre de la rame. À cet instant, j'envisageai d'aller me renseigner pour savoir si Laetitia était morte, mais j'étais incapable du moindre geste : j'avais peur d'apprendre que je l'avais tuée. Je vis passer la civière et faillis me trouver mal. On nous garda environ une demi-heure qui me parut un siècle. Je crois que si un des policiers m'avait demandé quoi que ce soit, je me serais effondré. Mais bientôt, on nous laissa aller. Je rentrai à mon hôtel, je ne sais trop comment. Ce n'est que le lendemain, après une nuit horrible, que j'appris la mort de Laetitia. Lors de l'enquête rapportée dans les journaux, j'appris aussi que Laetitia s'était décommandée auprès de Jean et que ma jalousie n'était pas fondée. Je vous laisse à penser mon état d'esprit.

Quelques jours plus tard, j'allai rechercher ma voiture qui était restée porte de Charenton. Au fur et à mesure que les jours passaient, je me calmai. La police ignorait totalement mon existence. Je suivais passionnément l'enquête par les journaux et appris aussi que j'avais commis un crime parfait, non imputable à mon intelligence, mais à un extraordinaire concours de circonstances.

Maintenant, bien des années ont passé. Je suis médecin, marié et même grand-père, mais ce secret a pesé lourdement, n'étant pas assez croyant pour le confier à un prêtre.

Je n'ai plus de remords et il me semble vous raconter l'histoire d'un autre ; aussi mon récit vous paraîtra-t-il froid et sec. Vous, monsieur le commissaire, assis derrière votre bureau, vous allez sans doute me juger sévèrement, mais en vérité je ne pense pas être un criminel-type, et j'aurais sans doute bénéficié de circonstances atténuantes.

En espérant qu'ainsi sera classée l'affaire Laetitia Toureaux.

Je vous adresse, monsieur le commissaire, mes salutations distinguées.

Source : *Dans les archives secrètes de la police : quatre siècles d'Histoire, de crimes et de faits divers* sous la direction de Bruno Fuligni, éditions de L'Iconoclaste (2008).

Le commissaire Fernet n'a jamais rendu public ce qu'il pensait de ces aveux.

Il classe l'affaire car, vingt-cinq ans après, les faits sont prescrits. On imagine bien que s'il avait voulu savoir qui était ce médecin natif de Perpignan ayant fait ses études à Paris avant la Seconde Guerre mondiale et disposant d'assez d'argent pour avoir une voiture, il lui aurait été aisé de le faire. D'ailleurs, rien ne nous dit que par pure curiosité, il n'a pas cédé au désir de connaître le nom de l'assassin autoproclamé de Laetitia Toureaux. À notre connaissance, le commissaire Fernet n'a rien entrepris. Peut-être avait-il des informations l'ayant amené à ne pas prendre au sérieux ce courrier anonyme.

Officiellement, ces aveux ont été pourtant considérés comme très crédibles en raison des précisions sur les circonstances du crime contenues dans la lettre. Et on précise « surtout vingt-cinq ans après les faits ».

Mais, à bien y regarder, tout de ce que dit ce Perpignanais a été mentionné dans les nombreux quotidiens et magazines ayant traité de l'affaire. Il n'était donc pas nécessaire d'être l'assassin pour connaître tous les détails du crime. Un passionné ou un proche de Laetitia qui aurait collectionné les coupures de presse de l'époque pouvait parfaitement raconter dans le détail la dernière heure vécue par la jeune femme.

Et si ce brave médecin perpignanais n'avait été que le témoin du meurtre ? Admettons la véracité de la situation qui était la sienne : Adrien (un prénom choisi au hasard parmi les prénoms des cent vingt-six garçons nés à Perpignan en 1915 d'après l'état civil paru dans le quotidien *L'Indépendant*) est un étudiant ayant eu une brève liaison avec Laetitia dont il est follement amoureux. Il est jaloux et veut savoir si Laetitia, qui le repousse, a un amant. Il la surveille, il la suit.

Le dimanche de Pentecôte, sa filature le conduit à la suivre depuis le dancing L'Ermitage de Maisons-Alfort jusqu'au métro Porte-de-Charenton. Il la voit monter en première classe. Il s'engouffre dans la voiture d'à côté, en seconde. À travers les vitres des wagons, il voit le seul passager de première aborder Laetitia et lui planter un couteau dans le cou. Il reconnaît peut-être l'homme.

Peut-être le voit-il pour la première fois. À la station Porte-Dorée, il entend les cris. Il reste un instant sur place et de peur d'être interrogé et d'éveiller les soupçons en raison de son trouble, il se sauve, en profitant de la confusion. Il se gardera bien de témoigner car sa liaison passée avec Laetitia le mettrait en position de suspect.

Vingt-cinq ans plus tard, par jeu, il avoue le crime. Cette hypothèse paraît plus crédible que celle d'un jeune étudiant en médecine jouant du Laguiole et tuant d'un seul coup de couteau la belle Laetitia.

Qu'importe que l'assassin fût le jeune Adrien ou le sinistre Filiol, il a fait de Laetitia une énigme fascinante pour longtemps encore.

REMERCIEMENTS

Ce livre doit beaucoup à Michèle, mon épouse, qui a été la première lectrice du manuscrit au cours de son évolution. Sa lecture minutieuse, ses remarques judicieuses ont été déterminantes pour le bon aboutissement du projet.

Ma gratitude également à Maithé Tudell, Philippe Poquet et Jacques Issorel pour leur lecture attentive de l'ouvrage terminé. Leurs corrections pertinentes et bienveillantes m'ont été aussi nécessaires que leur amitié.

Merci aussi à mes deux filles Hélène et Laura pour leurs critiques et leurs encouragements.

Ce livre n'aurait pu trouver la documentation dont j'avais besoin sans le site Gallica de la BNF qui met à la disposition de tous l'intégralité des quotidiens parus durant la période des années 1930.

Parmi d'autres sources, il y a le quotidien italien *La Stampa* de Turin qui a consacré des articles au crime du métro au cours des mois de mai et juin 1937. J'ai découvert avec intérêt dans le même journal une bande dessinée intitulée *Il delitto perfetto* (Le crime parfait) parue au cours de l'été 1963 racontant l'affaire Toureaux.

J'ai abondamment consulté les numéros anciens de *L'Indépendant* à la médiathèque centrale et aux archives municipales de Perpignan. Merci aux employés pour leur accueil sympathique.

Merci à Fabrice Drouelle qui m'a invité à participer sur France Inter à l'émission « Affaires sensibles » consacrée à l'affaire Laetitia Toureaux.

Principaux éléments bibliographiques (liste non exhaustive) :

Histoire de l'Italie : Des origines à nos jours de Pierre Milza (Fayard) ; *Dictionnaire historique des rues de Paris* de Jacques Hillairet (Minuit) ; *Dans les archives secrètes de la police* sous la direction de Bruno Fuligni (L'Iconoclaste) ; *Mémoire des rues : Paris 20e* de Thierry Halay (Parigramme) ; *La Presse dans tous ses états : Lire les journaux* du XVIIe au XXIe siècle (Magnard) ; *La Méthode à Mimile : L'argot sans peine* d'Alphonse Boudard et Luc Étienne (La Jeune Parque) ; *Le Petit Perret illustré par l'exemple* de Pierre Perret (JC Lattès) ; *Dictionnaire français-argot* de Jean Marcillac (La Pensée moderne) ; *Dictionnaire du Paris disparu* d'Alfred Fierro (Parigramme) ; *La Vie quotidienne en France au temps du Front populaire : 1935-1938* d'Henri Noguères (Hachette) ; *Paris criminel* de Muriel Neveux (Tana) ; *Dagore, les carnets secrets de la Cagoule* de Christian Bernadac (France Empire) ; *Maisons closes parisiennes : architectures immorales des années 1930* de Paul Teyssier (Parigramme) ; *La Vie quotidienne dans les maisons closes : 1830-1930* de Laure Adler (Fayard) ; *Maisons-Alfort, mille ans d'histoire : le XXe siècle* (tome 2) de l'association pour la sauvegarde du patrimoine de la ville (Maury imprimeur).

Le site Internet « Les années Vaillant » a publié de larges extraits d'une série d'articles remarquablement documentés d'Henri-Jacques Dupuy parus dans les années 1980 dans *La Revue de l'accordéoniste* sur l'histoire des bals musettes à Paris.

Pour finir, j'ai écouté avec profit les émissions de Jacques Pradel évoquant l'affaire Laetitia Toureaux dans le cadre de l'émission « L'Heure du crime » sur RTL.

MIXTE
Papier issu de sources responsables
FSC® C003309
FSC
www.fsc.org

L'éditeur de cet ouvrage s'engage dans une démarche de certification FSC® qui contribue à la préservation des forêts pour les générations futures.

Pour en savoir plus :
www.editis.com/engagement-rse/

10/18 – 92 avenue de France, 75013 PARIS

Imprimé en France par CPI

N° d'impression : 3045078
X08007/01